Chroniques des Vampires d'Airain

TOME III

PANINI BOOKS

Les Seigneurs Vampires

Chroniques des Vampires d'Airain

Tome III

Andy Remic

ECLIPSE

Titre original : *Vampire Warlords*

Illustration de couverture : Marc Simonetti

Traduit de l'anglais (Royaume-Uni) par Karim Chergui
Suivi éditorial et relecture : studio Zibeline & Co

ISBN : 9-782809-433562

Eclipse est une collection de Panini Books

www.paninibooks.fr

Ce roman est dédié à mon grand ami et collègue écrivain Ian Graham, auteur de Monument. Ian est un grand gaillard avec des cheveux partout, un excellent guitariste, un auteur merveilleusement créatif et brutal, tout en restant scandaleusement modeste quand il s'agit de son œuvre et de son talent. Nous avons partagé de nombreuses pintes de bière, des feux de camp, des expériences théâtrales louches et des séances de critiques… De plus, un jour, on travaillera pour de bon ensemble, vous êtes prévenus !!

Pour Ian, donc. Je lève ma chope à ta santé, monsieur !

Longue vie aux Stinklings !!

REMERCIEMENTS

Comme d'habitude, je dois adresser mes remerciements à tout un tas de personnes : Sonia, Joe et Oliver, pour les barres de rire ; Dorothée, pour ses conseils et ses critiques ; mon cercle toujours plus grand de relecteurs (vous êtes tous formidables, et vous avez *toujours raison*…) ; mes nombreux amis cinéastes, pour avoir supporté mon sale comportement des deux côtés de la caméra ; Nick, pour ses précieux conseils au sujet de mon Mac et ses intrigues de fou pour Combat K ; Jim, pour être aussi sympa ; Kev, pour avoir renoué une vieille amitié (au fait, c'est *moi* qui ai remporté la dernière partie de Monopoly, tu te souviens… ?). Enfin, et vu qu'il s'agit du dernier volume des *Vampires d'Airain*, j'embrasse tous les membres de la communauté Gemmell, pour ne pas m'avoir *trop* voué aux gémonies en apprenant que j'allais rendre un authentique hommage à mon maître à penser.

PROLOGUE

LE PORTAIL

LE VENT HURLAIT comme un porc à l'abattoir. Un film de neige noire recouvrait les montagnes. Des rafales de glace tournoyaient, telles des nuées de confettis aux épousailles d'un mort. Les Aiguilles Noires paraissaient *soupirer* avec langueur, tandis que le ciel s'obscurcissait, que les étoiles mouraient lentement et que le monde cessait de tourner sur son axe. Puis, les Temples du Chaos prirent *timidement* substance, comme une chandelle éteinte que l'on verrait peu à peu se rallumer.

Une bise aigre souffla, baiser mortel venu de terres étrangères aux hommes et aux dieux, et des tourbillons de fumée surgirent comme une giclée d'acide dans le ciel. Noirs et gris, ils formèrent des symboles ancestraux, des serpents ramassés sur eux-mêmes et des insectes aux dards redoutables. La fumée se dissipa lentement, comme paresseuse, du Mont de l'Enfer aux sommets de la majestueuse Skaringa Dak. Les Trônes de Granit, inoccupés depuis un millénaire, avaient renoué avec la substance. Avec la chair.

Les trois Seigneurs de Guerre Vampires, aussi vieux que le monde, aussi dénaturés que le chaos, prirent corps sur les Trônes de Granit, là où on les avait invoqués. *Presque* corps. Ils étaient grands et secs comme des coups de trique, arboraient de longs membres torves et grêles, et leurs articulations s'agitaient selon des angles improbables. Leurs visages étaient comme les stèles anonymes qui peuplaient les cimetières, et leurs yeux lançaient de funestes reflets rougeâtres, miroirs de quelque flaque de sang épais fraîchement répandu. Mais ce qu'il y avait de pire en eux, ce qu'il y avait de plus dérangeant, résidait dans ce qu'ils étaient véritablement. Car en se matérialisant, ils ne se figèrent pas, ne devinrent aucunement tangibles. Leur nudité – si tant était que le terme puisse s'appliquer, car les Seigneurs de Guerre Vampires ne connaissaient nulle parure – consistait en un entrelacs de tons gris et noirs, de millions de minuscules volutes de fumée grasse aux motifs sans cesse changeants et grouillants telle une orgie de cadavres enlacés, dont les entrailles, tels des serpents de noirceur, dérouleraient des bobines de viscères nécrosés. Leur chair ne cessait de trémuler, de se mouvoir, de s'entremêler, de s'agiter, comme pour se libérer d'un exosquelette de fer façonné de haine pure. Leur peau s'agglomérait pour former de singuliers symboles, des artefacts antiques, des serpents, des araignées, des cafards et toutes sortes d'engeances chaotiques pourvues de dards, de griffes et de mandibules, que le Grand Tout accueillit avec bonheur. Ils ne connaissaient pas la mort. Ils n'étaient pas des dieux. Leur statut était ambigu, ils irradiaient un pouvoir rampant et malsain, orné d'épouvante et de déliquescence. Nul ne pouvait poser les yeux sur leurs chairs grouillantes et désirer faire partie de cette abomination. Leur peau, leurs muscles, leurs tendons et leurs os, étaient une accrétion de démons captifs, une concentration d'âmes maléfiques, l'essence du matériau vicié dont étaient façonnés les pavés qui ramenaient à la décadence lointaine des Temples du Chaos à l'heure du déclin.

Les Seigneurs de Guerre Vampires tournèrent la tête d'un même mouvement et toisèrent les deux hommes... les deux *vachines* qui les avaient invoqués, libérés, rappelés dans ce monde dont ils avaient été bannis.

Et les Seigneurs de Guerre Vampires rirent, d'une voix haut perchée et irréelle. C'était le rire de la démence, mais il y avait *davantage*. C'était le rire d'une démence associée à une intelligence duale du bien et du mal, de l'ordre et du chaos, du pandémonium et... de l'anarchie.

— Toi, désigna Kuradek.

Il était Kuradek l'Impie, et sa peau grouillait de noirs symboles religieux. Un flot de doctrine suintait de lui tel du pus, et il irradiait une haine primordiale envers tout ce qui prêchait la parole de Dieu sur ce monde de décadence et de perdition. Les livres d'histoire prétendaient que Kuradek avait incendié des églises, violé des couvents entiers, plongé des monastères dans la folie pour que les cloîtrés s'entre-tuent, à coups de couteau d'os confectionnés avec les membres écorchés de leurs compagnons abattus. Kuradek leva le bras, un bras incroyablement long dont les doigts s'achevaient par des serres aussi aiguisées que des rasoirs assoiffés de sang. Le général Graal, bouche bée d'incrédulité, la main plaquée sur son visage, là où Kell lui avait ouvert la joue comme un fruit bien mûr, s'empressa d'opiner du chef, comme effrayé de commettre quelque impair. Il ne craignait pas seulement la mort, mais une éternité de tourments et d'oubli dans une cuve d'huile âcre.

— Oui, Seigneur ?

Ce ne fut rien de plus qu'un murmure. Graal baissa la tête et fixa, soulagé, le plateau glacé sur lequel il se tenait.

Tout valait mieux que plonger son regard dans ces yeux. Tout valait mieux que contempler ces chairs grouillantes.

— Approche, esclave.

— À vos ordres, Seigneur.

Le général Graal se redressa. Une colère nouvelle le fit se tendre comme une corde d'arc, puis il plissa les yeux et gravit la plinthe basse sur laquelle les Trônes de Granit reposaient, tels des crapauds venimeux. Kuradek se tenait debout, et les autres Seigneurs de Guerre, Meshwar le Violent et Bhu Vanesh, Celui Qui Dévore dans les Ténèbres, siégeaient, leur regard saigneux luisant d'une intelligence malveillante et séculaire.

— Tu as cherché à nous contrôler, tout comme les Gardiens nous contrôlaient, déclara Kuradek.

Le silence régna sur le plateau, et tous inclinèrent la tête et détournèrent le regard tandis qu'un vent de désolation soufflait sur l'étendue et réfrigérait les âmes. Graal, mâchoire serrée, eut raison de ne pas faiblir. Maintenant qu'il se trouvait tout près, il lui était possible de discerner de plus fins détails. La peau, les volutes serpentines de fumée, de symboles pullulants, d'images déviantes sans cesse changeantes, luisaient, comme détrempées. *Ointes*. À présent, il distinguait les *crocs* de vampires des Seigneurs de Guerre, courts et noirs tels des os rongés par la nécrose. Ils n'irradiaient ni l'or, ni l'argent, à l'image de la vanité des vachines. Graal crissa des dents. Oh ! comme ils avaient dû rire du narcissisme de la sous-espèce vachine. Comme ils devaient à présent se régaler de l'éclat tapageur dans lequel les vachines avaient volontairement sombré.

— Non, je…

Graal s'interrompit. Kuradek le fixait du regard. C'était idiot. Il pouvait *lire ses pensées*. Kuradek fit un geste las et, l'espace d'un instant, son être entier parut luire et le rythme des volutes tourbillonnantes qui s'agitaient dans sa carcasse asservie, sa chair douée de vie, s'accéléra. Le général Graal, commandant de l'Armée de Fer, fut propulsé, dans une débauche de membres gesticulants, à l'autre bout du plateau de granit. Il poussa un bref hurlement suraigu qui s'éteignit quand il heurta le sol et roula, démantibulé, avant de s'immobiliser dans une flaque de neige fondue. Il ne bougeait plus. Kuradek se tourna vers Kradek-ka, qui pivota à moitié comme pour prendre la fuite. Il fut soulevé et jeté au loin comme un tronc brisé, battant des bras et des jambes avant de heurter une imposante paroi de roche inclémente. Il culbuta sur le sol, le visage réduit à l'état de masque sanguinolent, et s'immobilisa.

Les autres Seigneurs de Guerre se levèrent à leur tour. Leurs gestes étaient désinvoltes, fluides, et donnaient l'impression d'une grande puissance physique contenue. Tous trois relevèrent la tête tandis que les Temples du Chaos s'estompaient peu à peu et que les étoiles réapparaissaient timidement, une à une. Le vent interrompit son souffle. Un silence complet recouvrit les Aiguilles Noires comme un suaire de cendres.

— Nous sommes arrivés, gronda Meshwar, tandis que de minuscules volutes de fumée suintaient autour de ses crocs de vampire, telles les âmes en déroute de ceux que l'on passe au fil de l'épée.

— Oui, dit Bhu Vanesh.

Également connu sous le nom de Celui Qui Dévore dans les Ténèbres, Bhu Vanesh était un terrifiant chasseur. Là où Meshwar se contentait de se complaire dans une violence brute et débridée (la douleur pour la douleur), dans des châtiments que ne justifiait aucune transgression, et favorisait le meurtre plutôt que le pardon, Bhu Vanesh était plus complexe, plus subtil, plus dévastateur. Avant sa captivité, il avait tiré fierté d'être le plus grand chasseur de vampires; il avait été à même de tout débucher, y compris les autres Seigneurs de Guerre Vampires. Avant de se faire enchaîner dans les Temples du Chaos, Bhu Vanesh avait parcouru le monde, à la recherche des meilleurs chasseurs, et les avait lâchés dans les forêts, les étendues montagneuses, endossant tour à tour le rôle d'appât et de prédateur. Une fois la traque achevée, et ses victimes captives et sous bonne garde, il les dépouillait de leurs épines dorsales, vertèbre par vertèbre, libérait violemment les muscles, la peau et les tendons meurtris, avant de s'installer devant le feu de camp tandis que ses proies hurlaient, sanglotaient ou encore se contentaient de le regarder d'un œil effaré comme il savourait ses trophées, suçait le cartilage des colonnes qu'il tenait dans son poing, aspirait le fluide cérébrospinal dans de grands gargouillis de contentement. Bhu Vanesh était le plus bestial des trois Seigneurs de Guerre. Il était le plus funeste. Un chef non désigné…

Bhu Vanesh était le *Premier.*

Meshwar pointa un soldat albinos du doigt.

— Toi. Soldat. Va chercher Graal.

L'homme lui adressa un bref coup de menton et se rendit auprès du général. Avec précaution, il l'aida péniblement à se remettre debout et Graal s'appuya sur lui, pantelant, du sang, de la morve et de la bave dégoulinant de sa bouche ravagée. Son visage était une ruine. On aurait pu croire que sa peau blafarde de vachine avait subi les assauts d'un marteau.

Kuradek traversa la clairière à grands pas. Une brise fraîche se mit à souffler à mesure que la normalité reprenait possession du monde, que la magie d'huile-de-sang se libérait sans heurts des montagnes tel un vide-gousset se faufilant dans la nuit. Kuradek escalada une paroi rocheuse. Ses serres et ses membres grêles balafrèrent la pierre. Un éboulement de petits cailloux vint ponctuer son ascension. Puis il se redressa sur un sommet étroit recouvert de givre et embrassa le Val Silva du regard. Autrefois foyer de la civilisation vachine, la vallée était à présent inondée, et des milliers de vachines avaient péri noyés pour sceller le sortilège qui avait rappelé les Seigneurs de Guerre chez les mortels.

Ses frères vinrent le rejoindre, et ces trois grandes et grêles créatures, dont les silhouettes parodiaient la physiologie humaine, dont les chairs ne cessaient de se transformer dans un magma de fumée et de symboles, se dressèrent fièrement et contemplèrent le monde comme des nouveau-nés.

— Les vachines sont morts, déclara Kuradek.

— La plupart, fit observer Meshwar.

— Ceux qui vivent encore doivent être pourchassés, conclut Bhu Vanesh, dont la langue vaporeuse aux allures de queue de crotale pourlécha ses crocs de ténèbres.

Pour lui, l'excitation de la chasse résidait en toute chose. C'était ce qui donnait à son existence sa simple signification.

— Pas tout de suite, dit Kuradek. À nouveau, nous sommes jeunes sur ce monde. Notre évasion et notre renaissance nous ont rendus faibles. Il nous faut recouvrer des forces. Il nous faut reformer les clans vampires. Comme aux anciens temps, mes amis. Ces funestes bons vieux temps.

— Des suggestions ? intervint Meshwar en se tournant vers Kuradek, ses yeux écarlates plissés et luisants de malveillance.

— Ces terres me sont connues, répondit Kuradek, son esprit tourné vers les siècles passés, chancelant sous le passage du temps et venant se fondre aux images de tous ces gens, de tous ces lieux, toutes ces exécutions. C'est ici que les Ankaroks ont pris vie, reprit-il.

Bhu Vanesh laissa échapper un sifflement grave.

— Ils ont été faits prisonniers, dit Meshwar. Tout comme nous.

— Oui. Nous devons être attentifs. Prudents. Mais pour l'instant, une puanteur alourdit l'atmosphère. Une puanteur indistincte. C'est le relent des hommes, des femmes et des enfants, de la *viande*, impure et malpropre, dénuée de fierté, de puissance ou de dignité naturelle. Nous devons nous séparer, mes frères, nous devons partir explorer le monde (il se passa la langue sur ses crocs noirs, et ses yeux luisirent sous les rayons d'une lune innocente), et il nous faut *repeupler*.

— Nous partons en guerre, donc ? fit Meshwar, d'une voix empreinte d'excitation, de hâte et… d'autre chose.

Il en fallait peu à Meshwar pour éveiller son désir.

— Oui. La guerre. Contre tous ces déviants, dépourvus de toute la pureté des vampires !

I

L'INFRAMONDE

Les derniers événements n'étaient pour Saark qu'un enchevêtrement de scènes confuses. Saark, lui, le riche dandy, le cavaleur flamboyant, car tout ce qui l'intéressait dans la vie, c'était les vins fins et les ébats amoureux sonores, les plateaux d'argents recouverts de porc délicatement tranché, d'yeux baignant dans une subtile sauce aux pommes, découpés dans le *trouve-tout*, ce poisson que l'on pêchait à l'aide de nasses de fer dans l'océan de Salarl. Le plaisir était son obsession, tout comme la joie et son propre *désir* implacable et jamais assouvi. Saark était un hédoniste, un narcissique, un nihiliste, qu'un feu intérieur et succulent laissait sans honte. Et pourtant, à présent, tout se perdait dans le brouillard. Il ne distinguait plus sa vie, et tout ce qui en faisait partie avait une qualité onirique, mélange confus d'incompréhension, de confusion et, plus important, de...

Douleur.

Le couteau était planté dans sa poitrine. Il aurait pu hurler et succomber aux spasmes. Tour à tour, la lame irradiait la chaleur et le froid glacé, cuisant, cuisant comme la pointe qui lui embrochait l'épiderme et les muscles et le tailladait en rythme, impatiente, qui forait dans son sternum et lui faisait pousser de petits halètements, ses dents claquant sans cesse, les doigts crispés tandis qu'il suppliait, *suppliait* que ça s'arrête, que ça s'arrête. Le visage qu'il distinguait au-dessus de lui était dur et brutal. C'était celui de l'Horloger vachine Kradek-ka. Le sang de Saark fusa de sa poitrine et de son ventre, et il sentit qu'on le dépouillait de quelque chose.

Étendu, pantelant, Saark gisait comme un poisson sur le Trône de Granit. Une neige noire tombait, et un vent froid sifflait, réveillant ses longues boucles noires. Le vent sentait bon, il sentait la glace et la liberté d'au-delà les montagnes, loin de cette lame qui lardait sa chair pâle et faible. Les montagnes. Les Aiguilles Noires. Skaringa Dak. Le Mont de l'Enfer.

Ces noms s'effaçaient, désormais. Son sang cognait dans ses veines, il avait changé. Une morsure de la Voleuse d'Âmes l'avait infecté, et son venin courait puissamment dans son organisme, répandant en lui la *toxine* des vachines, des vampires, une infection au rabais qui seyait aux héros de seconde zone… Saark rit. Ses poumons violentés lui firent cracher un sang qui macula ses lèvres. Il se sentit mourir. Et il savait, il savait que cela était sûrement le cas.

Il put identifier des bruits, des cris, le fracas des armes, mais ils le quittèrent bien vite. Sa conscience le fuit comme un chaton effrayé et, quand il se réveilla, le granit marmoréen du Mont de l'Enfer lui étreignait le visage comme une amante. Il entendit davantage de cris et de sanglots et, d'un œil, vit un *portail* s'ouvrir dans les cieux sombres, sur les Temples du Chaos, le Néant Saigneux et l'Ossuaire. La peur enfonça son poing en lui tandis qu'il prêtait l'oreille à son pouls régulier. Lentement, il fit ramper sa main sur le sol. Ses doigts parcoururent ses chairs huileuses, ses chairs huileuses et transies, croûtées de sang séché, et il se découvrit un orifice béant dans la poitrine. Il perçut les palpitations de son *cœur*, car il était nu devant le monde, équarri comme un porc sur un étal, et cela était si doux, si ironique, si effrayant.

Une main apaisante passa sur son front. Plus loin, il perçut une présence horrifiante, manifestation de mort, de haine et de rage absolue. Les Seigneurs de Guerre Vampires étaient là. Et Saark, malgré son égarement, connut l'affliction.

— Tout ira bien, l'apaisa une voix à son oreille.

Il reconnut Nienna et sourit : elle lui caressait le visage. Il vit la peur qui habitait son regard, et comprit qu'il allait mourir. Que voyait-elle ? Comment pouvait-elle lui venir en aide ?

Saark tenta de parler mais en fut incapable.

Saark tenta de bouger mais en fut incapable.

Au loin, autour d'un lacis de pensées fracturées, des paroles lui vinrent, enchevêtrées, mêlées, telles les brins de coton filé avec lesquels sa mère raccommodait ses chausses. *Il faut qu'on y aille. Il le faut ! On ne peut pas ! Il est mort. Faites venir Saark. Faites venir Saark. Il est mort.* Elles retentirent encore et encore, se réverbérant comme la chanson mal exécutée d'un ivrogne nageant dans les sédiments d'un cul de chope. *Faites venir Saark ! Faites-le venir !* Les hurlements d'une femme. Oh ! comme les hurlements d'une femme lui manquaient, mais le monde était différent. Les temps avaient changé.

Des gestes. La glace. Le froid. Le vent. Et puis…

Une chute légère. Une sensation d'apesanteur. Enfin, Saark ne se rappela plus rien.

Sur le plateau transi du Mont de l'Enfer, les Seigneurs de Guerre Vampires dans son dos, ces démons fraîchement ranimés, ces dieux sombres, ces vampires issus des Temples du Chaos, Kell portait Saark sur une épaule et traînait Nienna derrière lui. Il tenait fermement Ilanna, sa formidable hache, dans son poing puissant et la rage et l'effroi déferlaient dans son poitrail comme du plomb fondu. Il bondit vers la cavité située au sommet de la montagne, bondit vers le conduit vertical depuis peu inondé des eaux que l'on avait refoulées, *chassées* sous une pression considérable pour engloutir le Val Silva et noyer les vachines qui y avaient élu domicile…

La logique de Kell était simple : descendre le long de ce conduit. *Se faire la belle !* Il y avait de l'eau, là en dessous, quelque part, lui disait une voix aux abois dans son crâne, assurée que cette eau amortirait sa chute. Et sinon ? Eh bien, quelque chose de sinistre dans l'âme de Kell décida que, *sinon*, s'ensuivraient un impact brutal et une mort sans détour, et que cela vaudrait mieux que de vivre sous la férule des vampires.

Kell cilla. Le général Graal lui barrait le chemin.

Rien ne pouvait se dresser sur la route de Kell.

Ilanna fusa et balaya l'épée de Graal comme si elle n'avait été qu'un jouet. Dans son élan, des lames cuisantes lui ouvrirent la joue gauche tel un tranchoir œuvrant sur la chair et l'os. Le général poussa un cri suraigu et perdit l'équilibre, tandis que Saark et Nienna culbutaient dans la cavité, dans le tunnel creusé dans la roche pendant des millions d'années par les eaux de fonte. À cet instant, Kell aperçut trois silhouettes sur les Trônes de Granit. Des silhouettes de suie. Leurs yeux étaient écarlates. Et ils étaient posés sur lui.

Kell perdit l'équilibre et chuta, séparé de ses compagnons. Toute pensée, toute crainte lui furent arrachées comme sous l'effet d'un coup de gourdin. L'accélération le prit pour amant, la peur lui riva les mâchoires, et il plongea tête baissée et tomba pendant une éternité…

Le tunnel était long. Blanc. Des images clignotèrent et s'estompèrent sous ses yeux. Il culbuta çà et là, mais ne s'écorcha pas la peau : les flancs étaient lisses, rongés par les crues, la glace et la fureur d'un torrent. Ses cheveux et sa barbe volaient dans son dos. Des larmes roulèrent de ses yeux de vieillard. Il dégaina Ilanna, sa hache, sa douce, contre sa poitrine, baissa le menton et se prépara à la violence de l'impact…

Qui ne vint jamais. Le tunnel décrivait une douce courbe, et Kell glissa, récupéra une fois de plus l'équilibre et culbuta à nouveau, tête en avant. Au loin, il perçut un cri, mais il n'y avait rien qu'il puisse faire. Il jeta un œil derrière lui et ne vit que ténèbres. Encore une fois, une courbe le prit doucement dans ses bras, et la friction le fit ralentir, embrasant les chairs de ses mains. Il glapit, de surprise, de rage face à cette subite et profonde agonie, mais cela lui apporta une certitude : il dérouillait, et ça voulait dire qu'il était en vie. Ce n'était pas un rêve. Il plissa les yeux, serra les dents et sa chute lui fit traverser Skaringa Dak, l'emporta au cœur de la montagne.

Il franchit les tunnels à toute allure. Des dépôts minéraux en illuminaient certains. D'autres étaient de formidables cavernes qui émaillaient le passage dans lequel Kell avait basculé. *Où est passée toute l'eau ?* s'interrogea-t-il. Puis, il comprit : *Une crue. Une crue de magie a noyé le Val Silva, noyé la civilisation vachine tout entière…* Il atteignit un autre méandre, ralentit, et fut projeté dans les airs et les ténèbres. Il atterrit dans une eau si froide qu'il en perdit l'haleine, et des aiguilles de glace vinrent se ficher dans ses yeux et son cerveau. Il était transi. Il coula et étreignit Ilanna. *Je ne te laisserai pas partir, je ne te perdrai pas, mon amour.* Pris d'une colère soudaine, Kell battit violemment de ses jambes puissantes et remonta à la surface, crachant et haletant désespérément. Il but à nouveau la tasse, mais lutta pour se maintenir à flot, toujours à bout de souffle. Tout près, il distingua une lueur et se propulsa vers la lumière avec énergie, impérieux, glacé jusque dans ses vieux os.

C'était une sorte de plage. Kell rua et guerroya, avant de se retourner lamentablement sur le dos, son formidable poitrail agité de soubresauts. Il n'avait jamais été un bon nageur, et il détestait l'eau avec passion.

La douleur et la peur en maraude dans ses veines, il se remit péniblement debout et vida ses narines avec force grognements, pris de vertiges. Puis, il entendit quelque chose, un sanglot, des remous dans le lac souterrain. *Nienna !*

Il laissa tomber sa hache et se précipita vers le lac gelé.

— Nienna ! tonna-t-il.

L'écho de sa voix lui revint amplifié cent fois, tel un ricanement de démons.

— Grand-père ! hurla la jeune femme. J'ai Saark avec moi, au secours ! Il m'entraîne avec lui !

Kell se débarrassa sans ménagement de ses bottes en marmonnant de sombres jurons et, la lueur irréelle et spectrale derrière lui, replongea dans les eaux glacées. Il accourut auprès de Nienna et arracha la masse inerte du corps de Saark à ses mains trémulantes. Kell regagna la rive, Nienna à sa suite, et ils restèrent étendus sur le sable noir, le souffle court, épuisés, tremblants sous la morsure intime du froid. Kell fit rouler Saark sur le flanc, et bougonna :

— Tu aurais dû le laisser se noyer. À quoi ça sert de sauver un cadavre ?

— Il n'est pas mort, haleta Nienna.

— Je les ai vus lui ouvrir la poitrine ! rétorqua-t-il sèchement, las à présent. (Il rampa, se releva et se frotta les mains.)

Bien sûr, qu'il est mort ! Maintenant, il nous faut un feu, ma fille, ou on vaudra pas mieux d'ici quelques heures.

— Mais...

— Nienna ! Debout ! Bouge. Secoue-toi.

Elle se leva, et ils regardèrent autour d'eux. La rive du vaste lac souterrain paraissait s'étendre à l'infini. La caverne était immense, sans limites. La lueur émanait des stalactites et des stalagmites tapis, sinistres, parmi ce qui avait l'apparence de moisissures. Kell se rapprocha de l'une d'entre elles et en gratta la surface. Il flaira. Toucha le frottis de la langue.

— J'espère que ça va brûler. (Il embrassa les environs du regard, ses longs cheveux gris plaqués sur son crâne tremblant.) Parce que sinon, nous crèverons ici.

La plage était recouverte de pierres et de rochers aux mille formes, échoués là pendant des millénaires. Kell envoya Nienna ramasser les fongus luisants. Puis, il récupéra une poignée de pierres qu'il heurta entre elles jusqu'à trouver le couple qui produisait une étincelle. Sa tâche accomplie, Nienna empila les moisissures qu'elle venait de récolter, et Kell s'agenouilla, confus et grelottant. Il projeta des étincelles sur les fongus et, à la quatrième reprise, des flammes virent le jour. Une fumée au parfum étrange s'éleva, et la chaleur naquit au cœur des pétales ignés et lumineux. Kell releva la tête.

— Va en chercher plus, dit-il.

— Installe Saark près du feu, l'enjoignit Nienna.

Agacé, Kell grinça des dents, mais acquiesça et retourna sur la rive clapotante. Il se pencha, souleva le dandy et récupéra sa hache. Il ramena les deux sur le site de cet insolite campement et laissa Ilanna choir au sol. Il étendit Saark, qui ouvrit les yeux.

— Merci, vieillard, dit-il dans un murmure rauque. Je pensais que t'allais me laisser crever ici.

— Saark ! Par les dieux ! T'as vraiment l'âme chevillée au corps, enfoiré !

Kell approcha Saark des flammes et posa un regard effaré sur l'atroce blessure qui lui ouvrait la poitrine. Il vit son cœur y battre, palpitant lentement, tout lentement. Kell frémit. Le dandy n'était qu'à un cheveu de la mort.

Nienna revint, et ils empilèrent davantage de moisissures sur le feu. Les flammes rugirent et, en quelques minutes, leurs habits trempés dégagèrent de la vapeur. Saark avait fermé les yeux, et Kell fit un geste à l'attention de Nienna. Ils s'éloignèrent du foyer.

— Je ne peux rien faire pour lui, déclara-t-il, les yeux et la voix voilés par la tristesse. J'aimerais bien, Nienna, vraiment. Qu'il ait tenu le coup aussi longtemps relève du miracle. Il a dû perdre beaucoup de sang.

— Tu ne peux pas le recoudre ? Je t'ai déjà vu faire des sutures !

— Non, petite. La plaie est trop importante. Elle court jusqu'à l'os. Il faut… qu'on le veille. Mais quand l'heure sera venue de partir d'ici, eh bien…

Kell empoigna fermement sa hache, que ce geste puisse apporter du sens à ses propos.

Nienna ne le comprit que trop, et elle abattit son poing sur son bras.

— Non ! cracha-t-elle. Tu ne vas pas le tuer ! Je ne te laisserai pas faire.

— Nous ne pouvons pas l'emmener, ma fille. Regarde autour de toi ! Je doute vraiment qu'on en sorte vivants. Quelle connerie de se trimballer avec un cadavre ambulant !

— Pour toi, c'est peut-être un cadavre ambulant, fit Nienna, le regard de glace, sa voix celle d'une tombe. Mais pour moi, c'est un excellent ami, et je ne l'abandonnerai pas. Va-t'en si tu veux, *grand-père*. Mais moi, je trouverai le moyen de faire revoir le soleil à Saark.

Kell soupira et regarda Nienna rejoindre Saark. Il serra les dents, se frotta les tempes et retourna près du feu, libéré des crocs glacés de la caverne. *Elle est aussi têtue que sa mère*, pensa-t-il avec amertume, mais cela ne fit que susciter davantage de souvenirs douloureux – des jours d'antan... de Sara. Kell referma sans ménagement cette porte derrière lui.

Saark gémit et ouvrit les yeux en battant des paupières.

— Où suis-je ? murmura-t-il.

— Tu devrais être mort, gronda Kell.

— Moi aussi, je suis content de te revoir, vieux fumier.

— Je suis simplement honnête, se hérissa l'homme à la hache.

Saark toussa, et Kell se gratta la barbe.

— M'est avis qu'il va falloir bientôt quitter les lieux. Aucune envie que ces soi-disant Seigneurs de Guerre Vampires viennent me planter leurs griffes dans le cul.

— Ça fait longtemps qu'on s'est échoués ?

— Une journée, peut-être.

— S'ils voulaient vraiment nous attraper, ils nous auraient trouvés, coassa Saark, les yeux larmoyants. Y a un truc à manger ?

— Non.

— À boire ?

— Rien qu'une eau dégueue et saumâtre. Au moins, ce lac nous gardera en vie.

Saark rit, puis grimaça de douleur.

— Tu m'emmènes toujours dans des endroits délicieux, Kell.

— Ouais, mais bon. On n'est pas encore mariés, si ?

— Au moins, tu reconnais qu'il nous reste peut-être le temps d'y arriver. Ha !

— Pas tant que je respirerai, mon garçon.

— Où est Nienna ?

— Elle rassemble encore des fongus. Ça brûle bien, mais ça dégage une drôle d'odeur.

— Je connais cette odeur, Kell. C'est de la reniflette. Tu nous fais tous planer. Bien joué, mon pote. Je pensais que mes douleurs s'étaient calmées, mais en fait, c'est parce que je sniffe ce truc depuis tout à l'heure. T'es pas défoncé, toi ?

Kell montra les dents, son visage rendu sinistre à la lueur du feu et des stalagmites luisants et recouverts de fongus.

— Si. Mais ce que tu ressens… ça pourrait être à cause de la fumée, j'en conviens, mais ça pourrait aussi être le sang vachine qui coule désormais comme un fou dans tes veines.

Un silence maladroit s'installa.

— Écoute, fit enfin Saark en détournant le regard, gêné.

Kell posa sa main sur celle du bretteur et la tapota.

— Te tracasse pas, mon garçon. Je sais que tu me vois comme un tueur de vachines complètement fêlé… Bon, c'est vrai, j'en *suis* un, mais tu es des nôtres. Tu es un ami. Je te le promets, ici et maintenant, sur mon honneur, sur mon sang, sur ma hache, que je ne *t'éliminerai pas*, vachine ou pas vachine. Te voilà rassuré ?

Saark toussa. Du sang lui macula les lèvres.

— Merci. Mais tu ne te rends pas compte de ce que tu promets. Tu ne sais pas ce que ça fait.

— Éclaire-moi.

— Attends. Quelqu'un arrive.

— Comment est-ce que…

Saark sourit sans joie.

— Ce sont mes sens de *vachine*. Ils sont performants, Kell. Très performants.

Kell se leva, Ilanna dans ses formidables poings, et scruta la rive noire, yeux plissés. S'il s'agissait des Seigneurs de Guerre Vampires, déités immortelles ou non, il leur ferait goûter de sa hache d'une façon qu'ils ne seraient pas près d'oublier !

Et si c'était le général Graal qui venait fouiner, en quête de sang et de violence ? Un sourire mauvais vint déformer ses traits sages et burinés. Dans ce cas, Graal trouverait ce qu'il cherchait depuis longtemps.

Une silhouette progressa avec précaution le long de la grève. Il s'avéra qu'il s'agissait d'une femme. Elle était grande, et ses membres étaient robustes. Sa chevelure noire, autrefois soigneusement coupée ras, était désormais longue, délicatement bouclée et satinée tel le pelage d'une panthère. Là où son visage avait été émacié, dévasté par le cancer, les yeux caves, les lèvres exsangues et étroites, ses chairs distendues comme un parchemin hors d'âge taché d'huile, sa peau était à présent lisse et d'un blanc marmoréen. Elle avait les traits fiers, les pommettes hautes, le regard sombre et luisant. Son allure était saisissante. Une belle femme. Elle arborait les minuscules crocs pointus des vachines. Le doux et lent *tic-tac* des vampires mécaniques. Un vampire d'airain.

— Myriam ! éructa Kell en se préparant au combat.

Myriam s'approcha prudemment, les deux mains tendues, paumes ouvertes, vides. Son regard croisa celui de Kell, et elle perçut la mort qui y était tapie. Mais elle croisa aussi celui de Saark, et un sourire anima ses lèvres.

— Il est encore vivant, dit-elle d'une voix qui ne ressemblait plus aux râles des moribonds.

— C'est pas grâce à toi, morue de vachine. Prends une arme, Myriam, parce que, par tous les dieux, je vais te fendre en deux du crâne à la chatte, que tu suives ce conseil ou non.

— Je ne suis pas venue pour me battre, dit-elle en faisant halte, ses bottes crissant sur les pierres de la plage noire. Si j'avais voulu te voir mort, j'aurais pu te planter à cinq cents pas avec mon arc. Et tu sais que ce n'est pas de la frime, vieillard.

Kell sourit.

— Ouaip. Eh ben, on ne me tue pas facilement.

Il avança, tête baissée, le visage déformé par une rage dévorante. Ilanna se souleva légèrement et parut *irradier* de ténèbres, impatiente de combattre. Myriam les avait trahis. Elle avait permis aux Voleuses d'Âmes de capturer Kell, Saark et Nienna, avait *participé* à leur incarcération et les avait livrés au général Graal, saucissonnés comme des dindes de carnaval en vue de l'abattage. C'était une ennemie, de la tête aux pieds. C'était une aberration vachine. Un pantin. Elle devait mourir.

— Non ! s'écria Nienna en lâchant ses brassées de fongus. (Elle se précipita sur la plage et vint se planter devant Kell, bras écartés.) Non, Kell, non ! ne fais pas ça !

— Ôte-toi de mon chemin, mon enfant, ou je te colle une gifle.

— De bien braves mots pour la Hache Noire de Drennach ! railla Myriam. Comme c'est héroïque, de menacer une petite fille.

Pour la première fois, Kell posa les yeux sur Nienna.

— Elle va nous trahir. C'est une ennemie. Elle doit mourir. As-tu si vite oublié ce qui est arrivé sur le pont ? Moi pas.

— Laisse-la parler, grand-père, reprit Nienna d'une voix plus douce. *S'il te plaît ?* Elle a son arc avec elle. J'ai vu la façon incroyable dont elle se sert de cette arme… C'est dévastateur ! Elle aurait pu facilement nous tuer de loin… tous les trois.

— Ma fille, tu commences sérieusement à me piquer les doigts ! fit sèchement Kell.

Mais il abaissa sa hache, conscient qu'il n'était que de la glaise entre ses doigts, même si, au plus profond de lui-même, il savait qu'il regretterait de laisser Myriam en vie.

— Ce sont mes épines de rose ? suggéra-t-elle gentiment. (Les larmes aux yeux, elle se tourna vers Myriam.) Myriam ? Tu es venue nous aider ?

— Oui, mon enfant, répondit cette dernière avec un sourire, de l'amour dans le regard. Ton grand-père m'a libérée. De ma geôle. De ma servitude.

— Explique-toi, gronda-t-il.

— C'était quand tu as tué les Voleuses d'Âmes. Elles m'ont contaminée avec leur huile-de-sang, leur maladie, et se sont servies de leurs rouages pour faire de moi une vachine à part entière. J'étais à leurs ordres, pas juste par les paroles ou par gratitude, mais par… c'est *difficile* à expliquer. Elles m'ont dérobé une partie de mon âme, et j'ai embrassé la leur. Nous étions unies. Je ne pouvais pas les repousser. Shanna et Tashmaniok étaient comme une drogue pour moi. J'étais leur marionnette. Mais, quand tu les as tuées, je suis restée étourdie quelque temps, puis leur essence est retournée dans les Temples du Chaos, et j'en ai été libérée. Alors, j'ai vu les Seigneurs de Guerre Vampires, j'ai entendu ce qu'ils disaient, et une terreur absolue s'est emparée de moi. J'ai fui, Kell. J'étais effrayée. Je me suis échappée du Mont de l'Enfer et je suis partie à ta recherche. Crois-le ou non, mais vous autres êtes ma seule famille.

Kell grogna et s'affala aux côtés de Saark. Le dandy avait le souffle court.

— Eh bien, tu nous as retrouvés dans une sacrée mélasse. J'espère que ces fumiers de vampires ne vont pas nous courir après, parce qu'on n'est vraiment pas en état de se défendre.

Myriam s'approcha, un œil prudent toujours rivé sur Kell et sa hache.

— Puis-je examiner les blessures de Saark ?

— Vas-y. Il sera mort demain. (Il fixa Myriam d'un œil humide.) Et tu as joué un grand rôle dans tout ça, ma grande.

Myriam s'agenouilla et ôta le tampon de lin déchiré que Kell avait placé sur la plaie.

— Ça a commencé à guérir, déclara-t-elle.

— N'importe quoi, rétorqua sèchement Kell. Et même si la chair guérit, j'ai déjà vu des blessures comme celle-ci sur le champ de bataille. Il va sûrement se retrouver truffé d'infections. La gangrène va s'installer et transformer sa viande en bouillie nauséabonde. Il mourra de façon atroce, sans aucun doute. Et dans de grandes douleurs.

— Ta gueule, Kell ! haleta Saark, excédé. (Il fixa Myriam.) Qu'est-ce qui est en train de m'arriver ?

— C'est l'huile-de-sang vachine qui court dans tes veines. Tu as changé, Saark. Ça, tu le sais déjà. Tu jouis à présent de pouvoirs de guérison accrus, et aucune infection ne pourra atteindre ton sang souillé. (Elle jeta un œil à Kell.) Le vieux se trompe. Il n'y aura pas de gangrène. Pas d'infections bourrées d'asticots. Tes chairs sont pures, car aucune bactérie ne peut faire face au parasite vampire.

— Et pourquoi ça ? demanda Kell, intrigué.

Myriam lui répondit d'un léger sourire.

— Sa chair est maudite. Aucune infection ne l'atteindra. Nienna ! Apporte-moi des fongus. Plus ils sont jaunes, mieux c'est.

Nienna en procura à la chasseuse et s'agenouilla à côté d'elle, très attentive.

— Tu peux nous aider à le sauver ? s'enquit-elle d'une voix douce, les yeux écarquillés.

Nienna était dans un état de choc permanent. Elle avait vu trop de morts. Son enfance lui avait été arrachée comme l'écorce d'un arbre, et cela l'avait laissée nue et meurtrie.

— Regarde. (Myriam réduisit le fongus en morceaux et, s'emparant d'une roche plate, entreprit de le moudre entre ses griffes d'airain.) C'est de la mulgeth, elle pousse aussi dans le bois du Lion de Pierre, dans les endroits froids, sombres et humides. Elle est d'une grande aide pour ceux qui vivent dans les étendues sauvages.

— Ça brûle bien, fit observer Kell, même s'il me viendrait sûrement pas à l'idée d'en bourrer ma pipe.

— Certains médecins l'utilisent, poursuivit Myriam. (Elle ouvrit son sac à dos qu'elle avait déposé auprès d'elle et en sortit une tasse en étain.) Nienna, file chercher de l'eau, ordonna-t-elle en lui tendant la tasse. (Elle se retourna vers Kell.) La mulgeth supprime la douleur, contribue à la guérison et, oui, elle est comestible. Mais si on l'utilise de façon trop prolongée, elle vous détruit le cerveau et le retourne comme un gant. Elle vous abrutit et votre salive devient à jamais jaunâtre. Très vite, tous ceux qui en abusent se retrouvent dans les Fosses à Merde sur les docks, occupés à ramasser à la pelle des têtes de poisson pour gagner de quoi vivre.

Kell se colla contre Saark.

— T'entends ça, mon garçon ? Pas d'effets secondaires pour ta pomme.

— Va te faire foutre, Kell, toussa-t-il, grimaçant de douleur.

Nienna refit son apparition. Myriam versa de l'eau sur les feuilles de mulgeth écrasées et pétrit le tout jusqu'à obtenir une pâte épaisse. Puis, elle se pencha en avant et fourra délicatement l'ensemble dans la cavité creusée dans la poitrine de Saark. Il gémit, un feulement sourd d'agonie, et, une fois la plaie comblée, Myriam la recouvrit d'un bandage qu'elle sortit de son sac à dos. Elle s'empara d'un autre sac et en sortit une petite fiole de verre brun. Elle la déboucha et laissa tomber une goutte de liquide clair dans la bouche ouverte de Saark. Quelques secondes suffirent à le faire sombrer dans un profond sommeil.

Myriam se retourna vers Kell.

— Maintenant, il faut qu'on parle du Falanor. Il faut qu'on arrête ces Seigneurs de Guerre Vampires.

Kell renifla de façon peu élégante.

— On est coincés sous les montagnes, ma fille. Qu'est-ce que tu veux que je fasse ? Tout leur faire tomber sur la gueule ? (Son regard se fit sombre.) Et puis c'est bien joli de t'entendre parler de choses braves et honorables, toi qui as fui devant l'ennemi. Tu as fui devant eux, oui, ou alors tu étais peut-être de mèche avec Graal et sa bande d'ordures ?

— Non, dit Myriam. Les Seigneurs de Guerre Vampires sont effectivement redoutables. Ce sont de noires créatures issues des Temples du Chaos. Ils y ont été bannis, autrefois, mais Graal et Kradek-ka les ont fait revenir à l'aide d'un portail ouvert grâce à l'huile-de-sang ! Mais je connais leurs plans, Kell. J'ai entendu beaucoup de choses avant de pouvoir me faufiler dans les passages qui donnaient sur Skaringa Dak. J'en ai entendu assez pour vous apporter ces informations !

— Continue, dit Kell, tout ouïe, sourcils froncés. Mais je te dis tout de suite que tu vas oublier le passage où le puissant Kell sauve le Falanor et rentre chez lui sur la croupe d'un porc, avec les têtes tranchées de trois Seigneurs de Guerre Vampires rangées dans un sac à patates, lèvres rivées au téton d'une vierge reconnaissante.

— Écoute-la, grand-père, dit Nienna en s'asseyant en tailleur sur une pierre. Qu'est-ce que tu as à perdre ?

— Nos vies ? suggéra Kell, avant de marmonner indistinctement. (Il se gratta la barbe. Du moins le lac l'avait-il entièrement lavé du sang, des humeurs, des cervelles et des rouages vachines. Il se sentait presque humain, pour changer.) Vas-y, petite, je t'écoute. Après, je me concentrerai sur le moyen de faire sortir ma petite fille de ce trou à rats pourri et de la ramener à un semblant de normalité.

— Si c'est au Falanor, tu peux faire une croix dessus, intervint Myriam d'une douce voix. (Elle posa le regard sur Saark. Son visage était à présent détendu, paisible. Puis, elle le reporta sur le vieux guerrier grisonnant.) Ils sont trois : il y a d'abord Kuradek l'Impie ; il nourrit une haine infinie pour les religions humaines. Son passe-temps préféré était de massacrer des moines et des nonnes, ou pire encore, de les transformer en vampires avant de les jeter sur leurs frères et sœurs de confession. Il a brûlé des églises et rasé des temples, il en a dévoré les cendres, hilare de déféquer dans le feu sacré. Aujourd'hui, il envisage de revenir au nord, à Jalder. Il contrôlera la portion septentrionale du Falanor et y rassemblera son armée d'albinos et… et de *vampires*.

— Tout le monde est mort à Jalder, dit Kell, glacial. J'y étais. Je l'ai vu.

— Non, Kell. Il y a eu *beaucoup* de morts à Jalder. Mais les hommes sont bien plus résistants que tu ne le crois. Ils se sont cachés. Dans les caves, les greniers et les entrepôts. Dans les égouts, dans les chaudrons à fiente des tanneries. Kell, bien des gens ont survécu, tu peux me croire. Kuradek le sait, lui aussi, et il va les traquer, en faire ses esclaves vampires, les transformer en pantins parasitaires qu'il sera à même de contrôler.

Kell inspira profondément. Il pensa à ses rares amis à Jalder, des vieillards, des vétérans rencontrés devant le Mur de Crake, à Jangir, lors du siège de Drennach et sur la lande Valantrium. Si des hommes avaient pu survivre à la fumée de glace, ces gens-là devaient certainement en faire partie.

— Je ne sais pas, dit lentement Kell. J'ai survécu à cette invasion par miracle. Sans Ilanna…

— Voilà ce que Graal a dit à Kuradek. Voilà ce que j'ai entendu.

Kell opina du chef.

— Et ils font quoi, les deux autres salopards ? Ils vont monter une crèche et sevrer des bébés vampires à coups de biberons remplis de sang ?

— Non, Kell. Meshwar le Violent va se diriger vers le sud et prendre la ville de Vor, capitale du Falanor, sous sa férule. Là-bas, Graal pense que davantage encore de rebelles ont survécu à l'invasion de la fumée de glace. Des milliers de tunnels courent sous la ville et forment un gigantesque réseau. Au début de l'invasion, nombreux ont été ceux qui ont fui la suite par les tunnels et les dédales des égouts. Beaucoup se sont cachés. Et Vor est une grande ville, comme tu le sais bien. Le travail de Meshwar, c'est de pourchasser ces gens, les éliminer et en faire des membres de sa horde vampire.

— Et le troisième ?

— Bhu Vanesh. Celui Qui Dévore dans les Ténèbres. C'est un chasseur, à l'ancienne, répondit Myriam.

Elle se frotta les yeux, désormais aux aguets en dépit de son sang vachine. La terreur imprégnait chacune de ses paroles, et Kell observa un léger tremblement au niveau de sa main. Si elle simulait la peur, c'était une excellente comédienne. Mais bon, Kell avait croisé de nombreuses comédiennes de talent quand il combattait sur les terres du Falanor. Il en avait aussi tué quelques-unes. Sur scène et en coulisses.

— Et c'est quoi, le plan magistral de celui-là ?

— Il va vouloir prendre le contrôle du port de Gollothrim.

— Les chantiers navals ? fit sombrement Kell, front plissé. Il chercherait à étendre leur sale petit empire vers l'ouest ? Ce qu'il veut, c'est déplacer son armée, n'est-ce pas, Myriam ?

— Oui. Ses esclaves albinos et vampires s'empareront de la flotte et lui construiront également une escadre supplémentaire. Avec l'appui de cette monumentale marine, ils partiront vers l'ouest sur l'océan de Salarl… Ils étendront leur Dominion Vampire au monde entier !

— Et Graal ?

— Il va accompagner Bhu Vanesh. Il supervisera la construction des navires. On pourrait dire qu'il a été… rétrogradé. Graal pensait pouvoir contrôler les Seigneurs de Guerre Vampires. Mais ils sont tout-puissants. Ils ont d'autres plans.

— Graal a toujours été un connard arrogant. Et je n'ai pas eu l'occasion de lui graver mon nom sur le cul à coups de hache. Pas encore, en tout cas. Cela dit, je lui aurai quand même coupé un bon steak dans la joue.

— Graal a été bien loin de s'en vanter, intervint Myriam avec un bref sourire lourd de sous-entendus. (Son regard croisa celui de Kell.) Tu comprends tout ce que cela veut dire, la Hache ? Tu *comprends* ?

Kell poussa un profond soupir. Un soupir issu des sombres tréfonds d'un homme las de porter le poids du monde.

— Je suis un soldat à la retraite, répondit-il. Je suis un homme simple, un homme qui aime le pain et le fromage, le picrate et les souvenirs nostalgiques des batailles. J'ai jamais voulu ça. J'étais censé finir mes jours à Jalder, suivre le parcours de cette jeune dame à l'université, éventuellement traverser une dernière fois les Aiguilles Noires avant que la sénilité n'écrase mes chicots dans son poing et ne voie ma cervelle me couler des esgourdes.

— Nous devons les arrêter, dit Nienna.

Elle avait écouté calmement, la tête penchée d'un côté. Ses yeux lancèrent un reflet noir.

— Nous ne pouvons pas, dit Kell.

— Toi, tu peux ! s'exclama sèchement Nienna. Si quelqu'un peut mettre un terme à cette folie, c'est bien Kell la Légende !

L'espoir brillait dans ses yeux. Ses mains et ses lèvres tremblaient. Sa concentration était totale.

Kell secoua la tête.

— Je suis vieux, Nienna, dit-il doucement. Mon dos me fait mal quand il fait froid. Mes genoux me font mal quand je monte les escaliers. Mon épaule me fait souffrir le martyre chaque fois que je brandis cette foutue hache. Et, enfin, et là tu vas rigoler, Myriam, car c'est de ta faute, morue… le *poison* court encore en moi. Le poison que *toi*, tu as mis en moi. Il est toujours là, comme un asticot sous le purin.

— Je t'ai donné l'antidote, dit Myriam, les lèvres légèrement plissées.

— Celui qui ne marche pas à tous les coups ? (Kell leva un sourcil, et Myriam garda le silence en se mâchonnant la lèvre.) Je n'en attendais pas moins. Dans ta hâte de devenir vachine, tu m'as tué, ma belle, de façon aussi certaine que si tu m'avais planté une dague dans le cœur. Ton antidote m'a fait gagner du temps. Mais le fluide fétide est encore là : dans mes veines, dans mes organes, dans mes os. Je le sens. Il me ronge, lentement et avec ardeur, comme un acide d'apothicaire.

— Je suis tellement navrée, dit Myriam, consciente que ses paroles ne voulaient rien dire.

Elle avait été moribonde. Un cancer lui avait cavé chacun de ses os. Afin de forcer Kell à lui venir en aide, elle l'avait empoisonné avec une toxine rare extraite d'une espèce particulière de Trickla, fleur originaire de l'ouest lointain, par-delà l'océan de Salarl. Son antidote, toutefois, n'avait pas suffi. Ou peut-être le poison s'était-il trop propagé dans le corps de Kell. Combien de temps lui restait-il à vivre, désormais ? Des semaines ? Des mois ? Un an ? En se sauvant, Myriam avait effectivement réduit à néant le plus grand espoir du Falanor – le dernier vrai héros du Falanor. Myriam laissa cette ironie glisser en elle tel le miel dans une éponge, et elle sourit sans joie, amèrement. Par ses actes, elle avait peut-être condamné le monde.

— Je n'arrive pas à y croire, dit enfin Nienna en posant ses mains sur ses hanches. (Les yeux plissés, son expression ne présageait rien de bon.) Tu es sûr, grand-père ? Tu es sûr de tout ça ? Je t'ai vu combattre ces Voleuses d'Âmes. Tu les as tuées ! Comme si elles n'étaient que des enfants !

Kell éclata de rire.

— Qu'est-ce que vous pouvez tout enjoliver, vous les jeunes ! Elles ont failli m'avoir, ma fille. Sans l'aide de Skanda, je me serais retrouvé comme un steak de cheval sur l'étal usé d'un boucher. (Il posa son regard sur Myriam.) Tu es venue ici pour aider. Pour t'aider toi, oui, car tu as peur de tes nouveaux maîtres. Mais aider le Falanor, ce n'était qu'une arrière-pensée. Je suis désolé, Myriam. Les combats pèsent lourd sur ma carcasse et mon esprit fatigué. Il n'y a rien que je puisse faire. Pour une fois, le Falanor devra s'aider tout seul.

Myriam baissa la tête. Des larmes perlèrent doucement sur ses joues.

— Soit, murmura-t-elle.

Ils voyagèrent pendant des heures, par d'étroits tunnels parfois à peine assez larges pour laisser passer Kell. Enfin, quand la fatigue commença de s'emparer de Myriam, robuste vachine apparemment increvable, quand Nienna prit des airs de revenante, une halte fut ordonnée dans une petite alcôve. L'endroit était froid et humide, mais tous les passages situés sous Skaringa Dak l'étaient.

Nienna s'allongea, enroulée dans une mince couverture, le moignon de son doigt envahi de palpitations. Après qu'un soldat albinos l'ait amputée de son doigt pour punir la résistance d'un Kell récemment fait prisonnier, les événements s'étaient précipités, et tout était devenu si frénétique qu'elle n'avait pratiquement pas eu le temps de songer à cette nouvelle perte... Maintenant, en dépit de l'épuisement, le sommeil lui échappait. Elle scruta les ténèbres illuminées par les étranges filons, et se cala d'abord contre Kell qui ronflait, perdu dans les royaumes oniriques lointains des souvenirs et des batailles, puis contre Myriam, dont le souffle produisait des bruits flûtés entre ses petits crocs pointus. Ses crocs de vampire. Ses crocs de *vachine*. Nienna se frotta le moignon et grimaça quand la douleur lui incendia la main, puis le bras. Kell avait recousu la plaie, *l'amputation*, d'une main experte, usant d'un pan de peau pour recouvrir l'os finement tranché. Il en avait eu les larmes aux yeux. Des larmes de chagrin, mais aussi de culpabilité. Il s'en attribuait la responsabilité. L'entière responsabilité. Mais alors, s'il fallait lui reprocher la perte de l'auriculaire de Nienna, il fallait aussi lui reprocher de lui avoir sauvé maintes fois la vie. Elle pouvait au moins lui pardonner une petite erreur, si c'en était une. Un rictus lui déforma les traits. En temps de guerre, tout le monde devait faire des sacrifices. Au moins était-elle encore en vie.

Nienna se massa le moignon. Ce moment avait été le plus douloureux de son existence, et cet acte de carnage, l'expression sur le visage de ce soldat albinos... eh bien, elle ne pourrait jamais les oublier. Tout comme le meurtre de Kat. Les vachines, les chancres, les soldats, les combats... Son grand-père arpentant les lieux, hache en main, *Ilanna* en main, autrefois vieux soldat aimant, vieux soldat retraité à la crinière blanche, drôle, affectueux, qui lui ébouriffait les cheveux, préparait des soupes de légumes, lui cirait les bottes à coups de crachat et d'huile de coude, qui la grondait quand elle négligeait ses études, la taquinait pour qu'elle s'habille de façon plus élégante, mange mieux, soit gentille avec sa mère même quand celle-ci lui criait dessus, la délaissait, la laissait crever de faim. Nienna rit amèrement. Oh oui. Sa mère. Une femme bonne et forte, voilà ce que tout le monde racontait sur elle. Une femme pieuse. À sa mort, elle avait mérité sa place dans les Temples de Lumière. Mais Nienna se souvenait d'un autre aspect de son caractère. La mère de Nienna, la fille de Kell... Sara, la fille qui avait renié Kell et juré de ne plus jamais lui adresser la parole. Eh bien, pour Nienna, c'était une femme dépourvue d'émotions. Une femme dure. Une femme à cheval sur les principes. Une femme qui lui donnait la chair de poule, qui lui faisait dresser les cheveux sur la nuque, une femme qui avait fait de sa vie un calvaire, une vie d'études religieuses, de prières marmottées et d'adoration éternelle et soumise à ces foutus dieux !

J'emmerde les dieux, pensa Nienna.

Qu'ils brûlent dans la fournaise du Néant Saigneux !

Qu'ils pourrissent dans les Temples du Chaos !

Oui. Kell était peut-être un homme rude, un buveur de whisky, un pugiliste, c'était peut-être un psychopathe et toutes ces autres choses par lesquelles on le désignait... et dont elle avait été témoin. Mais il avait bon cœur, Nienna le savait. Il était gentil. Son âme était plus belle encore. Et, à ses yeux, quoi que les autres aient pu tenter pour changer de sujet, il restait un héros. Son nom était Kell. Kell la Légende.

Le sommeil la gagna enfin.

Avec lui, un rêve, un rêve noir, un rêve dans lequel Bhu Vanesh la pourchassait, haletant et ricanant dans une ville de ténèbres vidée de ses occupants, dans les rues, les temples et les cathédrales désertés, son pas rapide résonnant sur les pavés gras et humides. Quand il la rattrapa, ses crocs luisirent, et il les approcha de sa gorge délicieuse...

Tandis que Nienna se tournait et s'agitait dans son sommeil, Myriam se réveilla en battant vivement des paupières. Elle se détendit d'un coup, tel un serpent dérangé au pied d'un pommier, se leva et s'étira. Elle se délecta de sentir ses muscles tout neufs, ses os tout neufs, et la mort de son cancer. Comment celui-ci pouvait-il survivre au sein d'un être qui était lui-même un prédateur, lui-même un cancer pour la civilisation ? Comment les mélanomes pourraient-ils la dévorer quand ses cellules vierges de vachine étaient bien plus agressives, brutales et foudroyantes que tout ce que la *Nature* pouvait engendrer ? Là où la Nature avait échoué, l'homme avait fait un pas en avant. Elle plissa les yeux. De son point de vue, les vachines étaient le sommet de l'évolution. Il était impossible de faire mieux.

Doucement, elle avança la main. Kell avait placé son Svian, son arme de rechange quand Ilanna n'était plus à portée, sous son bras. Cette arme était également utilisée, si l'on devait en croire de vieilles légendes, pour les suicides rituels – même si Kell ne l'aurait jamais admis. En cas de coup dur. En cas de désastre.

Myriam sortit le Svian de son fourreau. Le rythme des ronflements de Kell se modifia, puis il renifla et se détendit à nouveau. Elle joua avec la lame quelques instants, faisant courir son doigt le long du fil aiguisé comme un rasoir. Une perle apparut sur son doigt pâle. Elle la lécha, et sa langue se teinta très brièvement de carmin. Enfin, il n'en resta plus rien. L'huile-de-sang avait disparu, et elle fut parcourue d'un léger frisson.

En Myriam, quelque chose se *fit jour.* Elle ressentit le mouvement des ressorts et des contrepoids, sentit les engrenages tourner, sentit des rouages perfectionnés se mettre en branle, intimement mêlés à sa chair, ses os, ses viscères. Et elle jouit de l'*évolution ultime* qu'ils représentaient.

Pouvait-elle laisser quelque chose se dresser sur le chemin de son existence de vachine ?

Pouvait-elle laisser Kell se dresser sur ce chemin ?

Bien sûr que non.

Une envie incoercible monta en elle. Dans son cœur. Dans ses *rouages*.

Le besoin la submergeait. De plus en plus fort. Et Myriam avait tant besoin de se nourrir. Cela la brûlait comme un tison. Comme une naissance. Comme une mort. Comme l'existence. *L'existence*.

Myriam leva le Svian. La lame darda ses reflets à la lueur des parois veinées de minéraux.

Elle porta le regard sur Kell.

Un sourire cruel apparut sur ses lèvres exsangues…

II

SEIGNEURS DE GUERRE

Le général Graal fut aspiré par les flux de magie d'huile-de-sang. Il crut mourir, renaquit, et se retrouva enfin sur les dalles glacées d'une cuisine, le regard posé sur les poutres de bois du plafond maculé de suie, dans la Forteresse Haute du port de Gollothrim. La *Forteresse Haute*. Un sourire sans vie anima ses lèvres. On l'appelait également la *Forteresse du Seigneur de Guerre*.

Le monde de Graal était sens dessus dessous. Tout d'abord, une odeur de bois brûlé lui parvint aux narines. Puis, il huma la mer, le piquant du sel, le goût d'une fraîche brise marine. Étourdi, car le télétransport dont il venait de faire l'expérience revenait à se faire écraser au sol par le poing d'un géant, il s'efforça peu à peu de reprendre ses esprits. Il perçut des sanglots désespérés. Il inspira, profondément, et, en lui, des rouages se mirent à cliqueter.

Il tourna la tête sur sa gauche. Kradek-ka gisait, inconscient, des larmes de sang sur les joues. Il avait le teint pâle et cireux et Graal le crut tout d'abord mort… Puis, il entendit un tout petit bruit d'engrenages et vit sa poitrine se soulever doucement. Enfin, il regarda sur sa droite et sursauta face à la sauvagerie du spectacle…

Bhu Vanesh se dressait du haut de ses deux mètres dix, grêle, parcouru de volutes, ses longs membres déjetés. D'une main, il tenait la silhouette inerte d'une femme replète. Du sang coulait en abondance de sa gorge dévastée. Ses yeux, billes sans vie, le fixaient. Il frémit. Bhu Vanesh se tourna légèrement, comme s'il avait senti que Graal reprenait conscience. Il posa ses yeux carmin sur lui, mais ne s'interrompit pas : il se nourrissait. De l'autre main, il agrippait une autre femme, délicate, presque menue, vêtue du tablier blanc des cuisinières. Elle avait de longs cheveux blonds, fins comme la soie, qui dépassaient de son châle et laissaient voir son cou, pâle, perforé et tressaillant.

Bhu Vanesh téta longuement la plaie de la grosse femme sans quitter Graal des yeux. Le général ne cilla pas, puis reporta son attention sur la petite blonde. Le visage déformé par la douleur, l'effroi habitait son regard. Elle serrait et desserrait les poings et, l'espace d'un instant, Graal eut un sursaut de compassion, qu'il refoula promptement sur la haute grève déchiquetée de sa cruauté.

Graal se leva, contempla la scène et comprit, dans un accès de joie malfaisante, que Bhu Vanesh était faible. Faible d'avoir séjourné dans les Temples du Chaos. Faible d'avoir arpenté les flux de magie d'huile-de-sang. Les Flux de la Terre.

Enfin, la grosse femme ferma les yeux. Elle frémit. Mourut. Bhu Vanesh extirpa ses crocs à grand renfort de bruits humides et laissa retomber la cuisinière plantureuse au cou ravagé. Il posa la blonde sur les dalles de la cuisine et s'ouvrit le poignet d'un coup de griffe. La fumée noire et grise se dissipa, et une humeur épaisse suinta de la plaie.

Il en fit couler dans la gorge de la petite blonde, s'accroupit et observa. Graal garda le silence. Il n'y avait rien à dire.

La blonde fut prise de convulsions, son corps tout entier trembla, et ses muscles se raidirent et se détendirent violemment. Une huile noire parut bouillonner à ses lèvres puis lui coula par les yeux, les oreilles et le sexe, maculant son uniforme blanc. Une flaque se forma sous sa carcasse.

Graal jeta un œil par une petite fenêtre située sur sa gauche. Le spectacle de la transformation en vampire le mettait mal à l'aise. Cela lui rappelait trop son enfance et de bien mauvais souvenirs. Des souvenirs effacés de sa mémoire… jusqu'à cet instant.

Il contempla l'aube, les cieux d'hiver bleu acier. Au loin, il distinguait la mer. Des mouettes rieuses passèrent à toute allure dans son champ de vision. Gollothrim. Le port de Gollothrim. La Forteresse. Était-elle encore occupée ? Graal frémit. Ils le découvriraient bientôt…

Il tourna la tête et vit que la transformation était achevée. La blonde se tenait debout et paraissait gauche dans sa nouvelle enveloppe. Ses yeux étaient à présent noirs… noir de jais et d'un lustre surnaturel, comme remplis de miel de chancre. C'était la marque qu'arboraient les serviteurs des Seigneurs de Guerre Vampires. Graal se souvint alors, et ses pensées prirent un tour tout à fait différent.

— Toi.

Graal fut brusquement ramené dans le monde des vivants, dans l'instant présent, et réalisa que Bhu Vanesh le pointait du doigt. Graal le fixa un instant avant de jeter un coup d'œil à la femme. Elle souriait, exhibant ses crocs de vampires. Défunte, mais consciente. Un mort-vivant. Cela n'avait rien à voir avec la sophistication des rouages vachines…

— Oui ? fit sèchement Graal, envahi par la colère, l'amertume et les regrets.

Qu'avait-il fait ? Il observa fugacement la silhouette cireuse de Kradek-ka. Qu'avaient-*ils* fait ?

— Accompagne Lorna dans les quartiers du général de division. Il est là. Je sens sa peur. Lorna va commencer à recruter pour moi. Elle est la Première.

— À vos ordres.

— Autre chose, Graal…

La voix de Bhu Vanesh n'était qu'un grondement sourd. Il scrutait le général de son regard pourpre.

— Oui, Seigneur de Guerre ?

— Oublie tes manières encore une fois, et je te tranche la tête avant d'en dévorer le contenu.

Graal pâlit. Il baissa très légèrement la tête.

— À vos ordres, Seigneur de Guerre.

La brise marine hivernale vint caresser les couloirs de pierre de la Forteresse Haute du port de Gollothrim tandis que Graal guidait Lorna, vampire transformé et nouvellement baptisé, en direction du poste de commandement principal de cette ville située au sud-ouest du Falanor. Avant la résurrection des Seigneurs de Guerre Vampires, l'Armée de Fer de Graal n'avait pas progressé aussi loin. Ce qui signifiait, en théorie, que les habitants de la ville étaient sains et saufs. Ceux, du moins, qui n'avaient pas fui après le sac de Vor.

Graal observa une pause et regarda par une fenêtre qui dominait la ville. Au-dessous de lui, la cité semblait déserte. Puis, il les vit. Un groupe d'hommes d'apparence peu commode, près du front de mer. De hauts murs suivaient le rivage, sans doute pour protéger de fortes marées ou de violentes tempêtes. Graal laissa errer son regard et il distingua une femme, plus loin. Elle avait un bébé dans les bras et se déplaçait à vive allure, nerveusement, jetant fréquemment un œil par-dessus son épaule. Elle gagna une petite rangée de maisonnettes et s'engouffra promptement dans l'une d'entre elle. Tiens donc. Le port de Gollothrim servait encore de résidence à… Graal sourit. De la viande fraîche. Des prototypes. Des prototypes de vampires. Mais où étaient les soldats ? Mandés au loin pour combattre son Armée de Fer à Vor ? C'était possible.

Graal se gratta le menton. Sa joue lacérée le cuisait, mais il sentit que ses chairs améliorées de vachines avaient d'ores et déjà entrepris leur œuvre de reconstruction. Le lendemain matin le verrait se lever entièrement rétabli.

Il sentit le regard de Lorna posé sur lui. Il se retourna.

— Que regardes-tu ?

— Quelqu'un d'angoissé.

Graal la fusilla du regard et la gratifia d'un sourire froid, lèvres pincées.

— Dis-moi, Lorna, chienne, toi la Première de Bhu Vanesh, qui es venue dans notre monde d'atrocités rien que parce que tu te trouvais au mauvais endroit, au mauvais moment… Tu te crois si puissante que ça ? Montre-moi. Fais-moi voir, comme le font les singes danseurs dans les théâtres de marionnettes.

Lorna inclina la tête et scruta Graal, dont les rouages cardiaques s'emballèrent. Puis, elle se retourna et se mit à avancer. Elle progressait rapidement, ses pieds nus claquant sur les pavés de pierre glacée, son tablier blanc maculé de sang et du bouillon noir libéré par les veines de Bhu Vanesh. Son cou arborait les morsures jumelles des vampires. Sa peau luisait, parodie ironique de la vie.

À présent, Graal la suivait. Lorna n'avait pas besoin de guide.

Elle accéléra et Graal dut trottiner pour rester à sa hauteur. Ils suivirent de longs couloirs, gravirent des escaliers et gagnèrent promptement les appartements du général de division. Leur arrivée surprit les cinq hommes qui s'y trouvaient. Le général de division Dekull se tenait près d'une grande table de chêne verni, accompagné de quatre autres hommes. Tous étaient vêtus d'uniformes militaires frappés des armoiries noir et argent du Falanor. La table était recouverte de cartes et de nombreux verres de vin à moitié vides.

Dekull était imposant, rougeaud, et son cou, pareil à celui d'un taureau. Ses cheveux bruns se faisaient rares et il arborait deux battoirs en guise de mains. L'espace d'un instant, il parut ne plus rien comprendre.

— Vous êtes qui, vous ? gronda-t-il.

Une grimace vint déformer sa face rubiconde, le rictus d'un homme à qui les interruptions ne seyaient guère. Subitement, une soif de sang, de *sang*, s'empara de Lorna et elle poussa un cri suraigu. Quelque chose explosa en elle, et elle lui bondit dessus. Ses crocs avides partirent en quête de sa jugulaire. Il recula, titubant, et renversa la table. Le vin se répandit sur les cartes. Il tenta de lutter avec le vampire fraîchement créé, mais un craquement soudain se fit entendre comme son bras se brisait comme un fétu. Le général de division Dekull poussa un hurlement suraigu et animal qui fit aussitôt réagir ses compagnons. Ils tirèrent leurs épées et chargèrent, tandis que Graal restait sur le pas de la porte, impassible.

Quatre épées fusèrent prestement sur Lorna alors qu'elle relevait les genoux pour projeter ses pieds nus contre la poitrine de Dekull. Elle donna un coup de reins, culbuta, et atterrit dans le dos d'un soldat. Un bruit disgracieux ponctua le heurt des épées. Le poing de Lorna s'écrasa sur un troupier, le *traversa* et en ressortit dans un geyser de sang. Elle se dressa en retenant sa carcasse agitée de soubresauts, avant de la relâcher tandis que les trois autres reculaient d'un bond, les traits creusés par l'incrédulité, les yeux plissés. Lorna lécha la longue coulée de sang qui lui maculait le bras du coude au poing. Ses yeux dardèrent de furieux reflets noirs.

— Allez, grogna-t-elle, d'une voix rauque et bestiale.

Quelqu'un hurla et se jeta sur elle. Du bras gauche, elle dévia le coup, et la lame aiguisée tel un rasoir l'écorcha comme s'il s'était agi d'une tendre pièce de porc braisé. Elle laissa retomber sa main droite, saisit l'assaillant par l'entrejambe et tira brutalement en arrière, réduisant tartan de mailles, bourses et pénis en une bouillie confuse. Les deux autres soldats s'approchèrent à pas comptés de la porte. L'un d'entre eux, le sergent-chef Wood, se retourna alors et se fraya un chemin à coup de bottes par la fenêtre aux vitres plombées. Il atterrit sur une corniche et disparut. L'épée du dernier tomba à terre à grand fracas. Le général de division Dekull était à genoux dans une mare de sang et serrait son bras brisé contre lui. L'os avait transpercé la peau, une fracture atroce, un pieu acéré pointé sur le plafond.

Lorna rejoignit le soldat déconfit et s'agenouilla à ses côtés, presque tendrement. L'homme, un jeune conscrit du nom de Shurin, tremblait de tous ses membres. De l'urine coula le long de sa jambe et forma une flaque à ses pieds. L'odeur était épouvantable.

— Je n'ai pas fait exprès, murmura Shurin, l'œil suppliant. J'implore votre pardon.

— Je ne te donnerai pas l'absolution, dit Lorna.

Il était à genoux devant elle, elle lui maintenait la tête, une paume contre chaque joue, et elle souriait. La pisse de Shurin gargouilla tandis qu'elle s'accumulait autour de leurs deux silhouettes, et le jeune homme approcha son visage du corps de la vampire, comme deux amants séparés se retrouvant pour un dernier baiser. Puis, Lorna libéra ses crocs et les planta dans ses chairs. Il hurla et rua, lutta sauvagement tel un animal pris au piège dans les déjections de la lâcheté. Lorna aspira Shurin, le but jusqu'à la lie, et laissa sa dépouille exsangue retomber sur les dalles comme une poupée brisée.

Lorna se releva. Elle lécha le sang qui lui maculait les lèvres. Elle rayonnait de puissance.

Graal s'examinait les ongles d'un air bonhomme sans prêter attention à la scène de carnage qui se déployait sous ses yeux. Il connaissait la situation. Il l'appréhendait de façon innée. Avant que Lorna n'ait tué et se soit nourri, elle n'était pas un véritable vampire. Désormais, après s'être repue de sang frais, elle y était presque. Presque. Désormais, à la façon dont les vachines usaient de rouages pour finaliser la transformation de leurs victimes, Lorna devait engendrer son propre esclave. Sa propre *goule*. Telle était la Loi des Vampires. Elle figurait parmi les Lois Séculaires. Car les vampires étaient une race d'esclaves…

Lorna s'approcha de la carcasse à peine consciente du général de division Dekull. Son bras brisé projetait des ombres étranges sur le mur. À l'extérieur, le soleil d'hiver brillait faiblement.

— Tu en as oublié un.

— Quoi ? fit Lorna en tournant vivement la tête.

Graal releva le menton. Fit un geste en direction de la fenêtre.

— Tu en as oublié un. Ce n'est pas très professionnel.

— Je ne t'ai pas vu m'aider, gronda-t-elle.

Du sang lui collait encore aux crocs et plaquait ses frêles cheveux blonds en grasses queues de rats sur son visage.

— Cette foire aux monstres n'est pas la mienne, rétorqua froidement Graal en souriant.

Il lui tourna le dos et quitta la pièce pour retrouver Kradek-ka. Derrière lui, il entendit Lorna prononcer des paroles apaisantes. D'abord, il entendit un craquement quand elle remit le bras de Dekull en place. Le général de division hurla à en ébranler les chevrons. Puis, elle se nourrit, et lui offrit son sang. Ce faisant, elle transmit le sang noir de Bhu Vanesh, du tueur à la victime. Elle propageait la maladie. Elle propageait la malédiction.

Il faisait nuit.

Graal se trouvait dans ses très luxueux quartiers, assis à une table en séquoia soigneusement vernie, les doigts lovés sur un verre de vin cuit. En face de lui était installé Kradek-ka, le visage encore meurtri par sa brutale rencontre avec la paroi déchiquetée d'une montagne. Il n'arborait plus son air habituel, composé et serein.

Dehors, une grande lune pâle était suspendue dans le ciel tel un pancréas fièrement brandi par un chirurgien ivre. Quelques rais jaunâtres filtraient dans la chambre et illuminaient gauchement les traits sinistres du général et de l'Horloger.

— C'est donc fait, déclara Kradek-ka en portant le verre à ses lèvres.

Graal acquiesça et se frotta les yeux. La peste vampirique de Bhu Vanesh avait balayé la Forteresse Haute en moins d'une journée. Désormais, il possédait cent cinquante esclaves vampires, une hiérarchie éparse placée sous la férule de Lorna et du général de division Dekull. Ce dernier s'était révélé un fervent adepte de la cause. Et, bien entendu, une fois sous le contrôle de Bhu Vanesh, le Seigneur de Guerre Vampire avait eu accès à ses émotions, ses pensées et, plus important, ses souvenirs. À l'instant où le sang de Bhu Vanesh s'était retrouvé dans les veines de Dekull, ils avaient partagé leurs consciences. Bhu Vanesh connaissait les plans de la Forteresse Haute, du port de Gollothrim, les subtilités des unités militaires du Falanor, et tout ce qui relevait de la tactique. Il avait absorbé l'esprit du général de division. C'était un de ses *talents*.

Bhu Vanesh remonta le pont-levis et, sous l'œil divin, fâché et désapprobateur de la lune bilieuse, pointa la ville du doigt. Devant lui, assemblés dans la cour pavée, se tenaient cent cinquante vampires. C'étaient des soldats, des palefreniers, des cuisiniers et des blanchisseurs. Tous arboraient les marques jumelles à leur cou. Tous avaient des reflets de ténèbres dans le regard. Tous pouvaient sentir le parfum du sang frais. Là-bas, en ville, dans le monde entier…

— Faites croître le nombre de mes esclaves, ordonna Bhu Vanesh en s'éloignant du pont-levis.

Porté sur ses étranges articulations, il dodelina lentement de la tête et parut encore moins qu'humain. Dans la pénombre, les volutes agiles qui habitaient ses chairs paraissaient bien plus tangibles.

En silence, le flot de vampires disparut dans la nuit et se dissémina. Leur mission : se nourrir et convertir de force.

— Voilà qui est fait, convint Graal.

Il avait un goût amer sur la langue, dans sa tête, dans son âme. Il se passa la langue sur ses crocs de vampire. La présence de Bhu Vanesh était presque palpable. Le Seigneur de Guerre ne détestait pas seulement les humains, mais aussi les albinos *et* les vachines. Il était d'une totale arrogance. À ses yeux, tout ce qui marchait ou rampait était un être inférieur. Un esclave voué à servir, distraire et, au bout du compte, nourrir.

— Nous devons renverser Bhu Vanesh, déclara Kradek-ka. Lui et les deux autres ! Les renvoyer dans les Temples du Chaos !

Une lueur de démence brillait dans ses yeux noirs de vachine. Il était Horloger ! Un Ingénieur Royal du Val Silva ! L'asservissement ne lui était pas coutumier…

— Chut ! intima sèchement Graal. (Il embrassa la pièce du regard et sourit faiblement.) Je crois que nos frères d'élite sont du genre à avoir plusieurs sources de renseignements. Mais je comprends ta frustration, et ta façon de penser me convient. Ce que nous devons faire, c'est attaquer au moment où il est le plus faible.

— Il devient plus puissant avec chaque nouvel esclave. Il devient plus féroce avec chaque nouvelle goutte de sang ! Graal, vous connaissez les légendes aussi bien que moi. Ce que je veux savoir, c'est pourquoi la magie nous a fait défaut. Par tous les dieux, pourquoi le contrôle nous a-t-il échappé ?

Graal secoua la tête.

— C'était une combine de bas étage. Comme les tours de cartes auxquels les marins jouent sur les docks. Qui a écrit les anciens textes ? Les serviteurs des Seigneurs de Guerre. Après tout, leur trame de mensonges s'est insinuée dans leurs récits, sinon qui aurait bien pu vouloir libérer de telles créatures ? Quel mobile pourrait pousser quelqu'un à se réduire volontairement en esclavage ? À devenir un pantin ? On nous a trompés, Kradek-ka. Et notre arrogance, notre cupidité, ont contribué à notre chute. Sans nos efforts, sans notre soif de pouvoir, le Val Silva serait encore la demeure des vachines. Nous étions les rois d'une petite mare, et maintenant nous sommes des esclaves, comme tous les autres.

— *Ainsi finissent les puissants, écrasés tels des insectes sur leurs trônes*, cita Kradek-ka en modifiant le texte d'origine.

Il s'empara de la carafe et se resservit un verre. Le vin cuit darda ses reflets de sang dans le récipient. Quelque part en ville, un homme poussa un abominable cri, suivi de plusieurs craquements. Puis, le profond silence reprit ses droits.

Graal croisa le regard de Kradek-ka.

— Comment fait-on, pour résoudre cette histoire et garder la main ? s'enquit l'Horloger.

— Notre première étape, c'est l'élimination de Bhu Vanesh.

Kradek-ka acquiesça, serra son verre contre lui et prêta l'oreille à la traque féroce qui se déroulait au loin, dans le noir.

LE SERGENT-CHEF WOOD était assis sur le toit de la Forteresse Haute, la tour du Seigneur de Guerre. Son moral n'était pas au beau fixe. Son épée courte reposait sur ses genoux, et il restait immobile, engoncé dans l'étoffe épaisse de sa veste d'uniforme, en proie à d'incoercibles tremblements. Le froid, le vent et la glace n'étaient pas les seuls responsables. Tout ce dont il avait été le témoin le pétrifiait. Et il y avait davantage : les choses qu'il voyait se dérouler dans la ville, des choses affreuses. Des cauchemars.

Le roi Léanoric était mort. Cette nouvelle ne lui causait nul chagrin superflu. Même l'invasion, contre laquelle il avait lutté dans les rangs de l'Armée de Fer, cette Armée de Fer irréductible, invincible ! était un événement auquel il avait pu se préparer en serrant les dents. Qu'il avait pu tenter d'anticiper. La magie d'huile-de-sang. La fumée de glace. Les chancres. Le sergent-chef avait été le témoin de tout cela, il s'était impliqué, et, une fois Léanoric abattu lors de la bataille de la Vieille Skulkra, le sergent-chef Wood (ainsi que plusieurs parmi les meilleurs éléments), avait pris la direction du sud pour aviser ses supérieurs. Mais des centaines de chancres, laissés libres et fulminants, leur avaient barré la route. Wood et ses hommes avaient mis trois jours à contourner ces monstres, et deux escarmouches leur avaient coûté six hommes. L'heure n'avait pas été aux réjouissances. Néanmoins, Wood avait alors pu se battre à coups de poing, d'épée et de masse. Mais maintenant ? Maintenant, l'heure était à cette… *abomination*.

Il scruta la cité qui se déployait sous ses yeux. Le port de Gollothrim. La ville de son enfance. Une ville qu'il aimait de tout son cœur. Gamin, il avait semé le désordre dans les venelles pavées, volé aux étals, organisé les autres orphelins et les vagabonds en unités méthodiques dont les proies étaient les riches commerçants et les négociants en soie, épices et diamants. Il s'était fait épingler à l'âge de seize ans, à la suite du cambriolage d'un important marchand d'aromates, qui était mort d'une crise cardiaque lors du casse. L'on avait condamné Wood à la pendaison. Mais un vieux capitaine bienveillant, le capitaine Brook, l'avait tiré in extremis d'affaire. Dès lors, il s'était enrôlé dans la Compagnie de Brook en tant qu'homme à tout faire. Il avait affûté les épées, graissé les armures et préparé le repas des soldats. Par la suite, le sergent-chef Wood avait gravi tous les échelons possibles. Il était rude comme une botte oubliée dans le désert, plus dur que les clous d'acier qui rivetaient les bâtiments de la Marine du Falanor. Toutefois, Wood aimait bien ses hommes et, bien plus encore, sa *ville*. Le port de Gollothrim. *Sa putain de ville !* Assiégée de l'intérieur…

Il avait déjà combattu des chancres et des vachines. Pour lui, la surprise n'était pas de mise. Wood avait du mal à comprendre la rapidité avec laquelle la Forteresse Haute avait été conquise. À *l'accepter*. Mais rien n'égalait le spectacle de la transformation de ces gens en ces… *créatures*.

Wood cracha sur le toit. Il suivit du regard un vampire qui déambulait dans les rues, tout en bas. Un tintement retentit, un bris de verre, alors que le vampire traversait la fenêtre. Wood entendit des cris. Il frémit de rage, poings serrés, yeux plissés. Puis, le silence le recouvrit dans les ténèbres glacées.

— J'ai mis du temps à te retrouver, dit Lorna.

Accroupi au bord du toit de la Forteresse Haute, Wood se releva. Il porta son regard derrière elle, mais la vampire était seule.

En dépit de sa taille, du tonneau qui lui tenait lieu de poitrail et de ses battoirs assez puissants pour réduire en miettes la colonne vertébrale de quiconque, Wood, d'un bond leste, gagna le toit plat. Le froid et la glace en avaient rendu la surface glissante. Il agita plusieurs fois sa lame dans le vide.

— Tu es venue ici pour m'apprendre quelque chose, petite fille ?

Cela la fit rire. D'un rire cristallin. Elle fit courir sa main dans sa délicate chevelure blonde, et ses griffes s'allongèrent, sous les rayons lugubres de la lune.

— N'inversons pas les rôles, sergent-chef *Wood.*

— Mon nom t'est donc connu.

— Tu vas faire une excellente recrue. Une fois que j'aurai joué avec toi. Que je t'aurai *sucé.*

Elle lui sourit, espiègle, et il rougit. Les allusions sexuelles avaient toujours mis Wood mal à l'aise.

Un sourire sinistre vint déformer ses traits. *Une excellente recrue ? Plutôt mourir. Je préférerais me trancher la gorge à coups de lame rouillée. Je préférerais me pendre moi-même par les couilles ! Mais... Avec un peu de chance, les choses n'iront pas jusque-là.*

Elle attaqua sans attendre, en un clin d'œil... et se retrouva nez à nez avec la pointe de l'épée de Wood. Une pirouette latérale lui suffit pour se dégager. Wood la suivit à la trace.

— T'es rapide, pour un gros, dit-elle.

— Viens plus près, petite fille. Je vais t'en montrer plus.

Elle grogna et ses yeux de ténèbres s'étrécirent. Puis, d'une succession de bonds, elle se projeta vers lui, évitant ainsi sa riposte, mais il lui décocha un crochet du gauche au visage et la cueillit d'un formidable direct du droit. Il lui écrasa le nez et enchaîna avec deux bottes en pleine tête. Puis, elle chuta au sol et il sauta sur sa poitrine pour finir sur son crâne. Elle s'écroula et, d'un geste prompt, il s'empara de sa frêle carcasse et la brandit haut. Il bondit sur les remparts qui longeaient le toit de la Forteresse Haute et scruta la cour.

— Bhu Vanesh te punira ! marmotta Lorna, des dents brisées plein la bouche.

Ses pommettes enflées et meurtries lui donnaient un tout autre visage. Wood lui adressa un bref coup de menton.

— Qu'il vienne me trouver, dans ce cas, rétorqua sèchement le vieux soldat, du ton féroce qui avait envoyé des centaines de bleubites s'aligner sur de bien nombreux champs de parade.

Il roula de ses prodigieuses épaules et projeta Lorna dans les airs. Il la regarda tomber, jusqu'à ce qu'elle s'écrase sur les pavés dans un bruit effroyable. Puis il partit récupérer son épée et revint se placer au bord du toit. Il vit Lorna recommencer à bouger, à se contorsionner et à se débattre, ses membres ravagés.

Quelqu'un accourut à sa rencontre. Elle se remit debout sur ses articulations déformées. Puis, elle fusilla du regard le vieux soldat.

— Par les couilles de l'Enfer ! s'exclama Wood en se précipitant à l'autre extrémité du toit, où se trouvait un tunnel qui lui permettrait de prendre la fuite. Mais que faire ? Où aller ? Comment pouvait-il combattre de telles créatures ? Comment pouvaient-elles *mourir* ?

Il eut une illumination, un éclair de génie. D'inspiration.

Il écumerait la ville et rallierait les survivants à sa cause. Les criminels, les forgerons, les soldats, les commerçants du marché. Et ils prendraient les armes.

Ils allaient lutter contre ce fléau.

Fort de ce nouvel objectif, de cet *objectif militaire*, le sergent-chef Wood s'enfonça dans les ténèbres d'un pas décidé.

***

JALDER ÉTAIT LA principale ville septentrionale du Falanor, autrefois désignée sous le nom de « T » du Nord, poste d'approvisionnement reliant les routes militaires de l'est, du sud et de l'ouest. Située juste au sud des formidables Aiguilles Noires et séparée d'elles par la forêt de Fer, Jalder avait été la première ville touchée quand les vachines avaient surgi des montagnes et de leur place forte, le Val Silva, pour envahir le sud avec leurs troupes albinos, l'Armée de Fer.

Depuis cette invasion, au cours de laquelle le général Graal avait utilisé la ruse et la magie d'huile-de-sang, d'abord pour éliminer les éclaireurs et les gardes postés au nord, puis pour infiltrer la garnison et y massacrer le régiment tout entier sans subir aucune perte, depuis la crue funeste de *fumée de glace* qui avait permis aux soldats de capturer et d'assassiner la grande majorité de ses habitants, eh bien… la vie avait été incroyablement dure pour les rescapés.

À Jalder, les conditions étaient si rudes que l'on aurait pu s'attendre à ce que tout le monde ait péri. La fumée de glace congelait les gens dans leurs lits, frigorifiait les commerçants à même leurs étals, éliminait les enfants qui jouaient dans les rues. Les survivants, eux, s'étaient laissé encercler par l'Armée de Fer et, pire, beaucoup avaient été dévorés quand une unité de chancres en maraude s'était libérée et avait dévasté les rues, tranchant gorges et têtes.

L'Armée de Fer avait pris la direction du sud, laissant derrière elle une garnison de trois cents guerriers albinos et cinq Moissonneurs fantomatiques et éthérés, avec pour charge de patrouiller la ville désertée, ramasser les traînards et avertir Graal de toutes les activités militaires prenant place derrière ses lignes avancées.

Douze semaines s'étaient écoulées.

Et, incroyablement, quelques personnes avaient survécu.

Elles vivaient dans les égouts, dans les greniers, dans les tanneries et les poissonneries abandonnées, agglutinées comme des cafards sous les parquets de demeures autrefois fières et opulentes. Elles se cachaient dans les tours de l'Université, dans les geôles du Palais de Marbre, dans le Clocher de Dazoon et dans les vieilles boutiques à épices de la guilde. Elles prospectaient telle la vermine, en quête de nourriture, vêtues de haillons, équipées d'armes rouillées. Mais elles survivaient. Elles *existaient*. Et lentement, précautionneusement, elles commençaient à rendre les coups.

La résistance était dirigée par un petit homme au visage émacié que l'on connaissait uniquement comme le Furet. Il était mince et sec, mais fabuleusement fort en dépit de sa taille, après une dure vie passée à voler, à combattre dans l'arène et, par la suite, à croupir dans les Prisons de Sa Majesté et à séjourner dans les terribles *Mines des Aiguilles Noires*. Le Furet compensait son manque de muscles par sa rapidité, sa précision, sa sournoiserie et un bon usage de sa cervelle. Les premiers jours, quand la fumée de glace flottait dans les rues de Jalder, il s'était réfugié dans les geôles jusqu'à ce que deux soldats albinos arpentent méthodiquement les cellules pour y tuer tous les prisonniers. Quand ils se présentèrent devant lui, il était roulé en boule dans un coin de la cellule, sanglotant, recouvert de morve et de bleus, implorant qu'on lui laisse la vie sauve. Les deux soldats ouvrirent la porte. L'un se curait les ongles tandis que son collègue se préparait au massacre... avant de gargouiller, alors que le Furet lui sautait dessus, les doigts comme des serres, et lui arrachait la gorge. Il s'empara de l'épée du soldat, la soupesa soigneusement, et fendit d'un coup le crâne du second albinos. Il se retourna alors vers le premier homme, dont l'œsophage perforé libérait des quantités de sang laiteux, le prit par les cheveux et lui arracha la tête.

Tout cela remontait à trois mois.

Trois mois !

Comme les choses avaient changé. Comme la vie à Jalder avait changé pour les pauvres malchanceux qui avaient survécu. Les Moissonneurs écumaient les rues et commandaient les patrouilles. De nombreux rescapés humains avaient rapidement été éliminés… éliminés et *moissonnés*. Les vieux, les faibles, les chétifs, ceux qu'étreignait la peur. Les enfants, eux, s'étaient révélés résistants. Ils savaient se cacher et apprenaient rapidement à tuer en meutes avec toute la férocité de leur jeune âge, et sans remords.

Et, peu à peu, ils étaient venus au Furet. Ce petit homme, ce maigrichon, avec ses cheveux bruns tout aplatis et sa face grêlée tel le cul des porcs. C'était un opprimé, un proscrit. Mais alors, putain, il s'en était bien sorti, le Furet. Il avait démontré que tout n'était qu'une question d'*intellect*. Tout n'était qu'une question de préparation, de réflexion et d'instruction. La violence ne suffisait pas, non, il fallait aussi *préparer* la violence.

Le Furet réunit ces égarés auprès de lui, hommes, femmes et enfants, qu'il organisa en groupes: les enfants formaient des bandes dédiées à l'approvisionnement; les femmes formaient des unités dédiées à la pratique de l'épée et de l'arc le jour, à la réparation des armures et la confection de flèches, la nuit. Ils découvrirent des galeries souterraines près du fleuve et installèrent des filets à poissons, ce qui leur procura des denrées fraîches et des protéines. Ils se servirent des vieux fourneaux des tanneries pour cuire leur nourriture, de façon que la fumée et les émanations passent par les hautes cheminées de briques pour se faire emporter par les vents lointains. Ils dormirent, serrés les uns contre les autres, sans jamais se séparer de leurs armes, sous de vieilles couvertures et des fourrures élimées que les enfants avaient dénichées dans les demeures de riches commerçants.

Une nuit, une unité de cinq soldats albinos tomba sur un de ces dortoirs... Le combat fut féroce, mais bref. Vingt personnes y trouvèrent la mort, parmi elles l'un des fidèles « généraux » du Furet, comme il aimait à désigner ceux qu'il promouvait et à qui il confiait des tâches d'importance.

Ces premiers jours, le nombre de résistants était d'environ cinq cents : les vagabonds des égouts, ceux qui se cachaient dans les caves et les greniers, grelottant dans les endroits sombres et glacés. À présent, ils n'étaient pas plus de deux cents. Lentement, systématiquement, ils avaient été débusqués et abattus. Cela déprimait le Furet plus qu'il ne l'admettrait jamais et, aujourd'hui, assis dans le petit centre de commandement installé dans les entrailles d'une vieille tannerie glaciale où le silence régnait en maître, à côté des énormes chaudrons vides et des feux éteints, il attendait sa meilleure arme en compagnie de trois de ses généraux. Il attendait l'allié en qui il avait le plus confiance, son soldat le plus cruel : une petite de douze ans qu'ils appelaient Rose. Belle à l'extérieur, mais truffée d'épines.

Rose était une petite créature tranquille. Mais elle avait fait maintes fois ses preuves en tant que *soldat* le plus efficace de la résistance du Furet. Elle excellait quand il s'agissait de glaner des renseignements : les itinéraires des patrouilles albinos, la présence éventuelle de Moissonneurs, l'actualité du monde extérieur. En ville, elle disposait de ses propres relais, et le Furet ne lui posait aucune question à ce sujet. Ce qui comptait, c'étaient les résultats qu'elle obtenait, et le Furet n'avait nul besoin de connaître tous les détails.

Tout ce qu'il savait de Rose, c'était que ses parents avaient été tués quand elle était encore petite, à l'âge de quatre ou cinq ans, et qu'elle avait depuis survécu dans la ville grâce à son intelligence et son intuition. En dépit de ses airs d'ange, c'était une tueuse-née. Il n'y avait pas plus dangereux qu'elle.

Ses tout petits pieds nus claquèrent dans le couloir, et Rose fit son apparition. Prudemment, car elle ne prenait jamais aucun risque, mais avec décontraction et confiance. Cette fille était en totale adéquation avec cet étrange milieu troglodyte.

— Bonjour, Rose.

— Bonjour, Furet, salua-t-elle en promenant son regard noir sur les généraux, puis dans la pièce. Chouette planque.

— Tu as des informations à me donner ?

— Oui.

Le Furet sourit, et son visage s'illumina. *Ne jamais faire confiance à quelqu'un qui travaille gratuitement*, se dit-il. Avec Rose, il fallait payer les renseignements qu'elle glanait pour lui. Le plus souvent avec des pierres précieuses, qu'il envoyait les mômes chercher dans les demeures abandonnées des riches commerçants. Ainsi, il s'assurait de conserver les services de ce petit bijou à deux pattes.

Le Furet lui lança un petit sac en velours rempli de rubis.

— Voilà pour toi.

Rose attrapa le sac au vol et jeta des regards inquiets autour d'elle. Elle fronça les sourcils, puis parut se détendre. Le Furet scruta ses réactions : il ne l'avait jamais vue froncer les sourcils. Y avait-il un problème ? Avait-elle vu, ou perçu, quelque chose qui lui aurait échappé ?

Le Furet se concentra davantage. Il desserra légèrement l'épée et le couteau qu'il portait à la ceinture, mais conserva son sourire. Il jeta un œil aux trois généraux dont les tenues étaient souillées. C'étaient des colosses et des combattants aguerris. Il était dur de rester propre quand on travaillait dans les égouts, et ils empestaient comme des chiens morts depuis trois jours. Tous sauf Rose, pour être précis. Rose, elle, était très propre, ses simples habits noirs, aussi frais que la neige virginale, et ses cheveux, soigneusement brossés sur ses épaules. Rien en elle ne trahissait un style de vie clandestin, consacré à la quête de renseignements et aux meurtres de soldats albinos.

Rose versa les rubis dans sa petite main pâle. Maintenant qu'elle les tenait dans sa paume, quelque chose dans leur apparence ne collait pas. Puis, d'un geste vif, elle les goba, les avala avec une grimace, releva la tête et regarda le Furet, avant de laisser tomber le sac en velours sur le sol de pierre.

— Les albinos savent où tu es, déclara Rose.

Un frisson de peur parcourut l'échine du Furet et affola ses sens comme s'il avait pris de la reniflette. Ses tempes cognèrent et du plomb fondu courut dans ses veines.

— Quoi ? Ils connaissent cet endroit ? Ils connaissent *cet endroit* ?

— Oui, répondit Rose en regardant autour d'elle, comme si elle était inquiète.

Le Furet ne l'avait jamais vue faire ça. Il ne l'avait jamais vue afficher autre chose qu'un calme absolu quand elle était certaine que personne ne la surveillait. Mais là ! Là, elle était différente. Cela ne lui correspondait pas. Un rictus vint déformer le visage du Furet quand il comprit ce qu'elle ressentait : Rose avait *peur*.

— Ils viennent te chercher, ajouta-t-elle, comme une arrière-pensée.

— Ce soir ?

— Non. Là. *Maintenant* !

Elle prononça ces faibles paroles au moment même où les briques et l'acier malmené se mettaient à hurler. Une cascade de débris se déversa dans la chambre souterraine. Des moellons crépitèrent dans le centre de commandement, soulevant des volutes de poussière. Le Furet et ses généraux dégainèrent leurs armes, prêts à tout, alors qu'un *vampire* surgissait du poussier en grognant, vif comme l'éclair. Il toucha un général à la poitrine et le jeta au sol avant de lui ouvrir la gorge à coups de serres. Le colosse fut pris de convulsions, battit de tous ses membres et s'étrangla avec son propre sang. Il s'affaissa dans des geysers écarlates, bras et jambes trépidant, mais resta cloué au sol : ce vampire était bien plus lourd que sa carrure n'aurait pu le laisser supposer.

Le Furet pourlécha ses lèvres maculées de poussière. Le vampire était grand et mince, avec une peau d'albâtre et un crâne pratiquement chauve. Ses longues oreilles étaient rabattues vers l'arrière. Il tourna son visage de fouine vers lui, les yeux écarlates, ses crocs dépassant de ses lèvres. Dans un sursaut brutal qui faillit lui remonter les couilles dans le ventre, le Furet comprit qu'il s'agissait du Vieux Terrag. Autrefois boucher sur les marchés du fleuve Sélénau, il excellait au maniement du fendoir, comme tout le monde s'accordait à le dire. Jusqu'à présent, il avait fait partie intégrante des résistants de Jalder. Le Vieux Terrag était l'un des hommes les plus fidèles du Furet. Désormais, il avait changé…

Le vampire grogna et baissa la tête alors que le général écharpé cessait de se convulser et que la fontaine de sang qu'il était devenu se muait en un ruisseau gazouillant. En un éclair, le formidable marteau de guerre frappa le vampire au visage et le projeta à travers la pièce, dans une débauche de membres désarticulés. Le Furet jeta un œil à Blaker et lui fit un signe de la tête. Le colosse, qui avait gardé tous ses esprits, disparut dans les volutes de poussière. Mais le Furet était loin d'être sorti d'affaire. *Merde. Ça, ça ne se reproduira plus. Il faudra me passer sur le corps. Oui, sur le corps.*

Le Furet se retourna brièvement vers Rose mais la jeune fille avait disparu.

— Bordel, jura-t-il.

Le vampire se jeta dans son dos, le faisant rudement chuter sur les dalles, tête en avant. Des étoiles dansèrent dans son crâne, et il ne vit plus rien. Il entendit des bruits de lutte, des sifflements et des grognements. Il se redressa vivement et entreprit de ramper. Un craquement retentit, comme une branche que l'on briserait, suivi d'un terrible hurlement qui finit en gargouillis étouffé. Le Furet se mit à la recherche de son épée et, à mesure que sa vue s'éclaircissait, il enroula ses doigts autour de la robuste petite lame. Il trouva un mur et réalisa que la plupart des lanternes s'étaient éteintes. Quelqu'un les avait brisées. Ne brûlait plus qu'une faible flamme. Le Furet tâtonna quelque peu avant de se retrouver dos au mur. Il s'accroupit, l'épée posée au sol, les sens aux aguets. *Sers-toi de ta cervelle, merde ! Réfléchis !*

Trois généraux. Deux étaient morts. Et un coup de marteau dans le museau du fumier qui les avait attaqués (un coup qui aurait dû fendre le crâne du vampire en deux comme il l'aurait fait d'un fruit trop mûr) n'avait fait que le ralentir quelques secondes. *Que t'ont-ils fait, Vieux Terrag ? Qu'ont-ils fait de toi ?* Mais le Furet savait. Il avait lu les contes. Il avait entendu les vieilles fables, les délires insensés et déformés qui se transmettaient de génération en génération. Le Vieux Terrag était un *vampire.* Et un vampire plus puissant, bien plus puissant, que les soldats albinos qui patrouillaient les rues de Jalder pour faire de la vie du Furet un enfer.

Un rugissement retentit, et Dandig frappa de sa hache. Le Furet plissa les yeux, vit quelque chose se tortiller dans la poussière des débris laissés par la destruction du toit. Deux silhouettes s'entrechoquèrent. L'une était un véritable géant dont le cou était aussi épais que la taille du Furet, et ses biceps l'étaient à peine moins. C'était un tueur au cœur noir qui n'obéissait au Furet seulement parce qu'il ignorait où l'or était entreposé... La hache s'abattit sur le Vieux Terrag, qui recula, chancelant. Il changea de direction, sauta et rebondit sur le mur pour se jeter sur Dandig. Des mains griffues s'emparèrent du crâne de ce dernier, tandis que le revers de la hache *vrombissait* sous la carcasse émaciée du Vieux Terrag. Toujours en suspension dans l'air, le vampire tordit le cou du troisième général. Le Furet attendit le craquement fatal. Mais le vampire n'en resta pas là. Il continua de tordre et de serrer, des tendons claquèrent et se rompirent, et la tête céda *d'un coup*. Le sang jaillit en cascade. La dépouille désordonnée de Dandig s'affaissa comme un sac rempli de merde molle.

Le Furet tenta de se passer la langue sur les lèvres, mais en fut incapable. La peur lui avait asséché la bouche.

Le Vieux Terrag se dressa, *putain, il a toujours été grand, ce con*, et contempla le corps agité de soubresauts qui gisait au sol. La tête avait roulé dans les ténèbres, et le Furet savait que cela aurait agacé Dandig au plus haut point. Dandig n'était pas quelqu'un qui avait l'habitude de perdre.

Le Furet refoula l'envie de ricaner.

Le Vieux Terrag posa son regard saigneux sur le Furet, dont les couilles parurent se flétrir comme des raisins secs.

— À ton tour, cracha le vampire.

Le Furet se pétrifia tel une statue, une sculpture de glace, et le vampire se rua sur lui. Il voulut hurler et se recroqueviller, ramper dans quelque recoin sombre et y rester jusqu'à ce que la putrescence l'emporte. *Allons, allons, Fador, l'apaisa sa mère en le bordant sous l'épaisse couverture en peau de chèvre. Mais les ténèbres étaient partout, et les récits d'oncle Grimmer, encore vivaces dans son imagination débridée d'enfant. Les vampires d'airain, les métamorphes d'airain, qui rôdaient dans le noir, pourvus de serres plus longues que le bras d'un homme… en maraude… prêts à frapper…*

Il cilla. Déjà, le Vieux Terrag se jetait sur lui, bras écartés. Une panique viscérale lui fit vivement relever son épée. Il ne calcula rien, oublia tout ce qu'il avait appris, perdu dans une débauche de gestes désordonnés. Sa lame lança des éclairs, et le vampire s'empala de lui-même. Le Furet entendit l'acier mordre dans les chairs, les os, les muscles, l'entendit se frayer un chemin par le poitrail, transpercer le cœur et en ressortir dans son dos, paré de fragments de vertèbres.

Ils restèrent figés là comme des amants. Le Vieux Terrag plaqua sa paume roide sur le visage du Furet. Leurs regards se croisèrent. Le vampire trépidait sur l'épée, embroché; le malandrin pouvait voir la pointe de la lame qui sortait du corps du monstre. Le Vieux Terrag fut pris de convulsions, et la haine lui tira les traits, lui *lissa le visage*. Le Furet crut qu'il allait y passer. L'ancien boucher avait encore la force de lui tordre le cou. Comme il l'avait fait avec Dandig. Merde.

Puis, le Vieux Terrag ferma les yeux, sourit et mourut.

Le Furet attendit une minute, soucieux de voir ce qui allait se produire. Puis, il se dégagea maladroitement de la dépouille, posa un pied sur la poitrine du vampire et tira son épée courte. Son cœur. Il lui avait transpercé le cœur !

Il s'appuya contre le mur quelques instants, le souffle court, puis se débarrassa d'un revers de main de la sueur et de la poussière de brique qui lui maculaient le front. Une vilaine traînée rouge et épaisse vint orner sa manche.

— Tu peux aussi leur trancher la tête, fit doucement Rose, comme elle émergeait du nuage de poussière.

Le Furet toussa et glaviota copieusement.

— Tu les as vus se faire tuer ?

— Quelques-uns, répondit-elle. Le quartier est de la ville leur appartient presque entièrement. Tous tes rebelles. (Elle sourit tristement.) Tous ont été… *changés*.

— Comment ça « changés » ? Magiquement ?

— Une morsure a suffi. Une morsure au cou. Ils donnent l'impression de mourir, puis ils reviennent à la vie, prompts, forts et l'âme chevillée au corps. Comme tu as pu le constater.

Elle regarda les trois corps démantibulés des généraux du Furet. Trois hommes robustes, des durs, des hommes qui avaient massacré des soldats albinos rien que pour s'amuser. Mais un seul vampire les avait abattus tous les trois. Et il l'aurait tué lui aussi, sans ce coup de pouce du destin.

— Merde. Nous avons atterri dans l'Ossuaire !

— Non. Nous sommes à Jalder. Il faut que tu parles à ton peuple. Ils t'écouteront. Il faut que tu leur expliques comment se battre. Comment tuer… (Elle posa les yeux sur le cadavre du Vieux Terrag. Déjà roussi, froissé, comme rôti, l'odeur qu'il dégageait était pestilentielle.) Comment tuer ces créatures.

— Je vais le faire, déclara le Furet. Viens avec moi, Rose.

— Non.

— C'est la mort, qui t'attend, là dehors !

— Je sais, sourit-elle. Mais j'ai du boulot.

Il s'appelait Vishniriak. C'était un Moissonneur. Un chef parmi les Moissonneurs. Originaire des entrailles des Aiguilles Noires ce grand personnage portait de fines robes blanches brodées de symboles religieux dorés. Il était chauve, avec le visage plat et ovale, et son nez minuscule bruissait à chacune de ses respirations. Et ses yeux… ses petits yeux noirs étaient sans émotion, mais luisaient d'une intelligence féroce.

Il se trouvait sur les remparts qui dominaient la ville de Jalder. Ses habits claquaient violemment, fouettés par le vent. Il se tourna sur sa gauche et fixa de ses prunelles de ténèbres Kuradek, le Seigneur de Guerre Vampire.

La haine courait dans ses veines.

Vishniriak et les Moissonneurs détestaient les Seigneurs de Guerre Vampires. Mais lui savait qu'ils étaient des outils. Et les bons ouvriers recherchent les meilleurs outils.

Aux yeux des Moissonneurs, les Seigneurs de Guerre Vampires étaient les meilleurs outils.

— Envoie-les, ordonna Kuradek, ses chairs tourbillonnant tel un maelström.

Vishniriak était bien conscient qu'un jour il faudrait faire les comptes, qu'un jour ils se combattraient. Mais aujourd'hui, aujourd'hui, oui, ils étaient alliés. Ils partageaient le même dessein.

Vishniriak regarda dans la cour, à l'endroit où, des mois auparavant, un déluge de soldats albinos, l'Armée de Fer, avait marché sur la ville de Jalder tapie sous la fumée de glace et avait massacré la majeure partie de la population, laissant derrière eux d'innombrables dépouilles prêtes pour la *Moisson*.

À présent, les vampires étaient une centaine, choisis parmi les hommes, les femmes et les enfants les plus robustes s'étant dressés sur le chemin des soldats albinos.

Vishniriak avait trouvé ce spectacle fascinant et, en dépit de toute la haine qu'il nourrissait par principe à l'égard des vampires, il avait trouvé remarquable la rapidité stupéfiante de la contagion. Kuradek avait découvert trois humains, les avait infectés et en avait fait ses lieutenants, ses goules, avant de les envoyer infecter d'autres victimes. Comme une épidémie, ils avaient balayé le quartier est de Jalder. Jusqu'à ce qu'il ne reste plus personne.

Cela avait pris deux nuits.

Maintenant, ils s'insinueraient dans la cité comme une aiguille d'airain pénétrant une veine dodue.

Et ils chasseraient. Ils convertiraient. Ils se nourriraient.

Jusqu'à ce qu'il ne reste plus d'humains.

III
LA ZONE

— J'ose espérer que tu ne vas pas te servir de ce truc ? s'enquit doucement Nienna, tout, tout près.

Myriam sursauta et se retourna, imitée par son reflet sur la lame du Svian.

— Tu es discrète, pour une… mortelle, mon enfant.

Elle sourit. Nienna perçut bien l'ironie de ces propos. Myriam jeta un œil à Kell, qui ronflait mollement, les traits détendus par le sommeil. Il avait l'air d'un vieillard comme les autres. Un ancien soldat comme les autres. Comme il était simple de se faire abuser. Myriam savait bien qu'il était le tueur le plus acharné du continent. Elle fit un geste pour remettre le couteau dans le fourreau qu'il portait à son bras, et un poing formidable vint claquer autour de son poignet. Malgré sa force accrue de vachine, malgré la puissance des rouages, Kell avait la poigne aussi ferme qu'une entrave d'acier, et elle se retrouva immobilisée. Il souleva une paupière.

— T'as fini de jouer ? gronda-t-il.

— Ce n'est pas un jeu, dit Myriam.

— Je me demandais si tu allais tenter le coup.

— Je ne suis peut-être pas aussi idiote que ça, rétorqua-t-elle en grimaçant, comme Kell resserrait son étreinte et la forçait à lâcher la lame.

Le vieux guerrier s'empara de l'arme et la rengaina. L'acier bien graissé chuinta contre le cuir.

— Peut-être bien, fit-il en se redressant sur son séant tout en la libérant.

Elle massa sa peau blême et regarda les meurtrissures rubescentes que le poing de Kell avait laissées sur son bras.

— Tu es encore fort pour un vieux débris.

— Tu ferais bien de t'en souvenir, maugréa-t-il en se levant.

Il donna un coup de pied à Saark, qui ouvrit un œil pour le regarder, tel un lézard sur une pierre chauffée par le soleil.

— Amène-toi, le dandy, grogna-t-il. On se barre.

— Il aurait suffi de me le dire.

— Je trouve qu'une botte dans le cul est bien plus persuasive.

— Je faisais de si beaux rêves, il y avait cette jeune serveuse bien roulée que j'ai divertie autrefois. Elle savait faire des trucs incroyables avec de la crème fraîche et des œufs mollets. Tu aurais dû voir la mousse que ça faisait !

Kell le fusilla du regard.

— Si je comprends bien, même ton nouveau sang de vachine n'arrive pas à juguler la libido galopante que tu traînes avec toi ?

— Pour être franc, Kell, cela n'a fait que la rendre encore plus galopante ! (Saark se leva, sourit et étira ses muscles rendus gourds par un sommeil inconfortable. Mais au moins parvenait-il à se tenir debout. Au moins pouvait-il s'étirer.) Maintenant, mon vieil et hirsute ami, je suis infatigable.

Il porta la main sur sa poitrine, tendrement, et se rappela son effroyable blessure et sa brève entrevue avec la mort. Il refoula ces souvenirs. Cela n'avait plus d'importance. Il n'était pas mort. Il était en vie. Et il allait boire goulûment à la coupe de l'hédonisme.

— Ouaip, toussa Kell. Eh ben, fais gaffe où tu la trempes. Tu t'es déjà attiré assez d'emmerdes comme ça.

— Comme je l'ai toujours clamé, ta voix misérable et gémissante est celle de la fatalité ! déclama joyeusement Saark. Tu devrais apprendre à te détendre, Kell. Regarde-moi, moi qui gambade héroïquement au bord du gouffre, est-ce que tu m'entends chigner comme une petite fille qui aurait cassé sa corde à sauter ? Mais toi, Kell, Kell la Légende Immortelle, après tout ce que nous avons traversé et enduré, tu brailles encore comme un agneau sans sa mère, égaré au bord d'une falaise. J'ai l'impression de voyager avec mémé. C'est quoi la suite ? Une canne ? Des poches à fiente ? Le quatrième âge ? Mince, j'avais pas vu que tu y étais *déjà*.

Il fit un clin d'œil.

Kell renifla et se renfrogna, silencieux. Saark avait raison, mais Kell ne pouvait pas s'empêcher de nourrir de bien sombres pensées. C'était simplement comme ça qu'il fonctionnait. Avec l'âge venait une grande sagesse. Venait aussi une flopée de jérémiades. Kell renifla derechef et maudit le jour où il avait croisé la route du dandy.

Nienna se rendit auprès de Saark et posa doucement la main sur sa poitrine.

— Comment te sens-tu ? Comment se porte la blessure, à présent ?

— Ça guérit, répondit Saark en posant lui aussi sa main à l'endroit de la plaie. Les drogues de Myriam m'aident à dormir.

Il porta le regard sur la sublime et toute récente vachine, avec ses longues boucles noires et ses yeux lumineux et funestes. Elle sortit pour emprunter le tunnel et scruta le chemin devant elle. Elle avait les hanches larges, les jambes puissantes, la taille fine et les seins fermes sous son gilet de cuir bien ajusté. Saark se passa la langue sur les lèvres.

— J'ai fait de très beaux rêves, reprit-il en portant un doigt à sa langue avant de le laisser inconsciemment retomber sur son torse.

Nienna vit son geste et son expression, et garda le silence tout en fronçant les sourcils. Elle tourna les talons. Partit rejoindre Kell.

— Est-ce que tu fais confiance à Myriam ? demanda-t-elle d'une voix calme.

Elle observa Saark prendre le tunnel en direction de la vachine. L'amertume s'empara alors d'elle, car Myriam et Saark partageaient quelque chose, désormais. Un lien. Tous deux avaient été transformés tout récemment et représentaient maintenant une race *différente* d'humains. Ils étaient des vachines. Tandis qu'elle, Nienna, était humaine. Humaine, jeune et faible. Trop jeune pour Saark. Elle plissa de nouveau les paupières. Un bref instant, elle regretta que Shanna et Tashmaniok, les Voleuses d'Âmes, ne l'aient pas mordue, *elle*, n'aient pas fait d'*elle* une vachine. Partagé leur huile-de-sang avec elle. Partagé leurs rouages. Transmis leur maladie. *Alors*, Saark se serait mélangé à elle. Il l'aurait considérée sous un angle nouveau. Le regard de Nienna s'embrasa.

Kell se frotta le cou, roula des épaules et des hanches, et grogna tout en dissipant la raideur qui succédait au sommeil.

— Je fais autant confiance à cette salope que le premier jour où je l'ai croisée. À savoir : pas du tout. Mais quel choix avons-nous ? Elle affirme qu'elle peut nous faire quitter cet endroit. Si elle ment, eh bien, je détacherai sa tête de ses épaules de vachine et on trouvera tout seuls le chemin de la sortie.

— Ce serait… intéressant, dit Nienna.

— Tu veux que je la tue tout de suite, c'est ça ?

— Non, pas que tu la tues. Qu'elle disparaisse, juste.

Nienna se rendit auprès de Saark et lui toucha le bras, son beau visage illuminé d'un sourire. L'air décharné des moribonds l'avait presque quitté. Sa constitution améliorée de vachine faisait bien son travail. Il ne ressemblait plus à un cadavre ambulant. Il avait recouvré la santé et la force. Il prit la main de Nienna, mais continuait de parler avec Myriam.

Kell observa cette scène et poussa un grondement sourd quand il comprit brutalement. Quelque chose était en train de se passer entre Nienna et Saark. Ou du moins, il se passait quelque chose du côté de Nienna. Avant, Kell s'était toujours concentré sur le dandy et ses manigances à l'égard de Katrina, l'amie plus âgée de Nienna, car cette idylle-là était plus évidente. Cela l'avait distrait des approches plus subtiles de sa petite-fille.

— Bordel de merde ! fit Kell en crachant au sol. Ramenez-vous ! tonna-t-il sans appel. Faut qu'on se remue. Tu es sûre que c'est par là, Myriam, mon petit ange ?

Myriam le dévisagea d'un air curieux. Un sourire pincé déforma ses lèvres. Une question habitait son regard, mais Kell ne baissa pas les yeux, funèbre. C'était le regard qu'il avait réservé à Dake, l'Homme à la hache, juste avant de lui trancher la tête.

Myriam haussa les épaules.

— Oui. On en a pour plusieurs jours, si je me rappelle bien. Bien que je ne sois pas sûre de ce qu'on fera une fois qu'on sera arrivés. Le fleuve est trop rapide pour qu'on puisse y aller à la nage, même si les albinos ont érigé des resserres non loin. Espérons qu'on ne les trouvera pas remplies de soldats, pas vrai ?

— Pour moi, ça ne changerait strictement rien, grommela Kell. D'une façon ou d'une autre, on passera.

Il brandit Ilanna, et ses intentions ne firent plus aucun doute. Myriam ne manqua pas de voir la menace qui habitait ses propos.

— On y va, alors, dit-elle.

QUAND ILS FIRENT halte pour la nuit, il faisait moins froid. Myriam dénicha assez de débris de cageot pour faire un feu.

— Ça va se sentir à des kilomètres, maugréa inutilement Kell, sans toutefois l'empêcher d'allumer le foyer.

Ils avaient tous besoin de chaleur. Non seulement ça, mais ils avaient aussi besoin de la lumière et du coup de pied au moral que leur prodiguerait un bon feu. Ces tunnels avaient la faculté de pénétrer les gens, de se frayer un chemin en eux sans demander la permission… avant de leur dévorer l'existence, les tripes et l'âme. Ces souterrains, Skaringa Dak elle-même, étaient une énorme tombe. Se retrouver à l'intérieur des montagnes revenait à se faire enterrer vivant – ou pire : à finir *mort et enterré*.

Nienna se trouva un coin tranquille et, à l'aide de la pauvre couverture que lui avait donnée Myriam, fit de son mieux pour se mettre à l'aise. Saark s'approcha et s'agenouilla à ses côtés. Il lui offrit un peu d'eau.

— Myriam en a trouvé là-bas. Une nappe qui ne sent ni le soufre, ni la merde. Elle est fraîche. Goûte !

— Nous en sommes réduits à de si petits plaisirs, dans la vie, dit Nienna. Soulagés et joyeux de pouvoir boire une goutte d'eau fraîche.

— Ouaip. Ça remplacera jamais l'hydromel qu'on sert dans les bordels de Vor ! sourit Saark avant de se refaire de suite une contenance. (Il regarda Kell.) Navré, fit-il. J'oubliais ton jeune âge. Et ma grande gueule.

Nienna lui toucha le bras.

— Je ne suis pas aussi jeune que tu le crois, dit-elle.

Le regard de Saark s'illumina. Il avait les yeux ténébreux et tentateurs, et Nienna plongea son regard dans ces profondeurs de velours.

— Trop jeune, ma douce, je crois, dit-il en la gratifiant d'un sourire désinvolte, amical et désarmant. Ce serait bien trop *dangereux*, conclut-il dans un souffle.

— Je n'ai que quelques mois de moins que Kat, fit observer Nienna. Et son jeune âge ne t'a jamais posé aucun problème.

— Certes. Et regarde comment elle a fini ! rétorqua sèchement Saark dont le sourire s'était évanoui. (Il soupira et se frotta les yeux pour en chasser momentanément le sommeil.) Navré. Encore navré. Je n'oublierai jamais ce que ce fumier de Styx a fait. Quel gâchis. Quelle misère.

— Oui.

Saark s'éloigna doucement de Nienna, qui resta engoncée dans sa couverture, les yeux fixés sur lui. Ses cheveux étaient longs, noirs et bouclés. Même sans les onguents et les parfums, il était l'incarnation même de la beauté masculine. Les traits réguliers. Parfaitement dessinés. Oui, il avait *traversé* les guerres, mais ses derniers périples et les combats incessants n'avaient fait qu'embellir son allure d'athlète, ce qui en faisait un guerrier né plus performant qu'à leur première rencontre. Tout cela appuyé par sa transformation en vachine… Désormais, sa peau brillait. Ses yeux luisaient comme des gemmes. Il ressemblait à… un *dieu*.

— J'ai froid, dit Nienna.

Saark observa une longue pause, son regard rivé dans le sien.

— Quel dommage que ce soit comme ça, dans ce bled. (Il reporta son regard sur Kell puis se retourna vers Nienna, impérieux.) Les lits chauds et confortables d'une vie facile me manquent, moi aussi. Un jour, peut-être, pourrai-je te réchauffer. Mais pas ce soir, ma chérie.

Il s'en fut. Son odeur vint chatouiller les narines de Nienna. Elle se mordit les lèvres, se frotta les yeux et fixa son grand-père. La peur que ce vieillard inspirait à Saark était palpable. Nienna se pelotonna sous sa couverture et tenta de penser à des choses agréables. En vain : elle rêva de Bhu Vanesh qui la pourchassait, qui la traquait dans de sombres citadelles… et personne ne l'entendait crier. Personne ne l'entendait jamais crier…

Pendant trois, jours, ils progressèrent par les méandres de petits souterrains. Parfois, ils durent gravir d'impressionnants dénivelés et ils trouvèrent plusieurs postes de garde avancés sur leur chemin : c'étaient de petits bâtiments en bois, le plus souvent totalement vides, à l'exception de sommiers de planches dépourvus de literie. Au moins disposaient-ils de bois pour le feu. Kell brisa les sommiers et les fit brûler durant la nuit, autant pour le confort que prodiguaient les vives flammes que pour la chaleur qu'elles diffusaient.

Le quatrième jour, Kell fit halte et pencha la tête d'un côté. Il regarda Saark.

— T'entends ?

— Oui. Tu as l'ouïe particulièrement fine, pour un humain, répondit Saark en souriant.

— Ça m'aide, quand il s'agit de tuer, grogna Kell en reprenant sa route.

— Qu'est-ce que tu entends ? demanda Nienna.

— De l'eau. Un cours d'eau.

Ils progressèrent une heure de plus et le tunnel déboucha sur une douce pente rocheuse. Le sol était jonché de gravats, un talus peu abrupt de galets donnait sur un large torrent souterrain au débit impressionnant, dans lequel ils seraient *loin* d'avoir pied. En retrait de l'entrée du souterrain se trouvait encore un poste de garde avancé. Kell s'en approcha prudemment, Ilanna fermement enserrée dans ses poings puissants. Il y avait de la mousse sur les galets, ainsi que des plantes grimpantes noires, enroulées et lovées autour des pierres tels de petits doigts squelettiques.

— Que quelque chose arrive à pousser ici m'impressionne, fit Nienna en s'accroupissant au bord de l'eau.

— Ne t'en approche pas trop, prévint Myriam en lui posant la main sur l'épaule. Si tu tombes, c'est la mort. Le froid et la glace te paralyseraient en quelques minutes.

Nienna se libéra de l'étreinte de Myriam.

— Je n'ai pas besoin de tes conseils. Je ne suis pas idiote.

Myriam regarda Saark, qui haussa les épaules.

— Le bâtiment est vide, déclara puissamment Kell depuis la guérite. (Il entra et ressortit au bout de quelques instants.) Il y a des vivres. Un sac de céréales et des armes.

— Des épées ? demanda Saark.

— Ouaip, acquiesça Kell en lançant une fine rapière de fantassin à Saark.

Saark rattrapa l'arme et lui fit battre l'air.

— Bien équilibrée. Acier de qualité. (Il releva la tête et croisa le regard de Kell.) La chance est peut-être en train de tourner ?

— C'est ça. T'excite pas trop. On est dans une impasse.

Il donna un coup de menton en direction du cours d'eau.

Saark parcourut le talus de galets du regard et comprit que Kell était dans le vrai : le seul autre accès se faisait par le torrent. Puis, il repéra une petite jetée de bois sombre, branlante et à moitié pourrie. Quelqu'un l'avait consolidée à l'aide d'une corde, mais elle menaçait à chaque instant de sombrer dans la ravine.

— J'ai comme l'impression que cet endroit n'est pas très fréquenté, dit Saark.

— Moi, je pense que ces connards d'albinos ont d'autres choses à foutre que de s'inquiéter de nous, mon garçon.

Tu te rappelles, à Skaringa Dak ? Quand le ciel s'est éteint comme une bougie ? Quand les trois minets ont débarqué, ces soi-disant Seigneurs de Guerre Vampires ?

— Je me souviens, oui, répondit Saark. (Il scruta le cours d'eau et frémit. Puis, il porta le regard sur Myriam, avant de se concentrer à nouveau sur l'onde grasse et agitée. Des blocs de glace dansaient à la surface.) Je sais ce que tu vas nous proposer de faire.

— Tiens donc ? fit Kell, impressionné.

— Nous n'avons pas le choix.

— C'est-à-dire ?

— Le torrent, dit Saark, l'œil sombre. Si on ne construit pas quelque chose de solide, on boit la tasse de l'année, Kell.

— Je sais, mon garçon. Mais si on reste ici, soit on finit congelés, soit on tombe sur un groupe de gigolos à la solde de Graal. C'est un risque que nous devons prendre.

— Je ne sais pas construire de bateau, dit Saark, les yeux plissés, la voix subitement empreinte de doute. Qu'est-ce que tu attends de *moi*, au juste ?

— Va me couper la corde qui se trouve sur la vieille jetée. On en aura besoin pour attacher nos affaires. Moi, je vais aller ramasser du bois mort.

— Et je la coupe avec quoi, je te prie ?

— Y a des couteaux, dans la guérite.

— Ils sont aiguisés ?

Kell fusilla Saark du regard.

— *J'en sais rien*, mon garçon. Bouge et va voir toi-même.

Saark se rendit dans la cahute en maugréant et jeta un œil à l'intérieur. L'endroit était sombre et humide, le bois, rongé de moisissures, et le sac de céréales, avarié. Saark fit la moue et se faufila prudemment, comme pour éviter de toucher quoi que ce soit. Il dénicha un couteau tout rouillé dont le manche tenait à peine, et ressortit de la guérite.

— Il est couvert de rouille, annonça-t-il.

Kell releva la tête et soupira.

— Contente-toi de faire de ton mieux, mon garçon.

Saark gagna la jetée, marmonnant toujours au sujet de la richesse, des honneurs et de la noblesse, sur le fait que les travaux manuels étaient une disgrâce aux yeux de ses ancêtres, tellement au-dessous de sa condition qu'il aurait mieux fait d'avoir élu domicile au sommet d'une montagne. Il fit halte et scruta prudemment le ponton peu avenant. L'eau claquait sur l'appontement avec enthousiasme, bouillonnante, tourbillonnante. Il tendit la main et toucha le bois en faisant la grimace : il était détrempé de mousse. La structure tout entière vacilla sous sa main, frémissante.

— Génial, fit-il en soupesant le couteau recouvert de rouille.

Il entreprit de trancher un bout de corde.

Dans la cahute, Kell arracha quelques planches à l'aide de la pointe des lames papillon d'Ilanna, tout en murmurant une excuse à sa hache. C'était une arme qui avait pour fonction de tuer. Une arme de mort. S'en servir pour de bêtes tâches de charpenterie relevait de la plus complète hérésie.

Myriam fit un petit feu et prépara un potage, assistée de Nienna. Elles prirent un peu de céréales et observèrent avec amusement Saark lutter avec la corde, le couteau rouillé et la jetée ivre. En dépit de l'élégance qui le caractérisait, de sa fougue, de son assurance et de son équilibre, Saark avait deux mains gauches dès lors qu'il lui fallait s'occuper de basses besognes. Il râla et jura, avant d'enfin parvenir à trancher une longueur de corde, battant brièvement des bras pour ne pas tomber dans le cours d'eau. Myriam bondit, l'attrapa par le col de sa chemise et le retint sur la terre ferme.

— Merci, fit-il.

— Les pendus t'envieraient ton jeu de jambes.

— Je préférerais être pendu que d'avoir à faire le boulot d'un paysan, maugréa-t-il en lissant sa fine moustache.

Il s'immobilisa. Il était tout près de Myriam, dont la main avait glissé de son col à sa nuque. Il avait l'impression qu'elle l'étreignait. Contre elle. Comme une amante. Il tourna la tête, se colla à elle et huma son arôme. Elle était aussi sucrée que les arbres d'été. Mûre comme une baie. Dangereuse, tentante, poison au goût de miel.

Myriam était aussi grande que lui, et leurs yeux se croisèrent alors que leurs visages ne se trouvaient qu'à quelques centimètres l'un de l'autre. Leurs lèvres étaient closes. Myriam y fit passer une langue qui laissa derrière elle un filet de salive luisante et humide. Saark recula, le souffle court, et constata que Kell et Nienna les observaient.

— Qu'est-ce qu'il y a ? gronda-t-il. Z'avez jamais vu un artiste faire des tours avec une corde ?

— Des beaux branleurs, j'en ai vu, ça c'est sûr. Laisse faire Myriam, dit Kell. Tu finiras pas noyé, si tu m'écoutes.

— Pas question !

Mais Saark tendit la lame à Myriam et battit en retraite près du feu. Il la regarda gagner l'autre bout de la jetée à pas élégants. Son cœur se souleva, et il frémit. D'un geste vif, elle trancha dans le chanvre et entreprit d'enrouler la vieille corde noircie. Sur la gauche, Kell entassait une impressionnante réserve de planches, au grand dam de la cloison postérieure de la cahute, là où le bois était plus sain.

Saark se tourna vers Nienna et fut surpris de la voir le fusiller du regard.

— Qu'est ce qu'il se passe, petit singe ?

— Je suis pas ton petit singe, enfoiré, grogna-t-elle. (Saark leva les mains en présentant ses paumes et secoua légèrement la tête, l'air troublé. Nienna se calma et plongea son regard dans les flammes.) Ça te botte, de la toucher, pas vrai ? reprit-elle sèchement.

— Tu n'as aucune raison de t'inquiéter, dit Saark. Tu oublies bien vite que cette femme m'a planté un couteau dans les côtes. Je ne pardonne et n'oublie pas aussi facilement que toi, dirait-on.

— Quand elle était moribonde, c'était un cadavre sur pattes, fit Nienna avec colère. Et maintenant elle est… jolie. Elle est belle ! Son teint est éclatant. Elle est forte, elle irradie la santé. Et maintenant, vous êtes tous les deux des…

— Des vachines ? s'esclaffa Saark. Je n'ai pas encore réussi à déterminer s'il s'agissait ou non d'une malédiction que j'allais bientôt regretter. Oui, ça m'a guéri. Oui, ma vue est mille fois plus perçante qu'avant et je ne fatigue pas comme autrefois. Mais tout cela a un prix, je le sens. Il y a toujours un prix à payer.

— Mords-moi, dit Nienna.

— Quoi ?

— Rends-moi comme toi.

— Non. (Il fronça les sourcils.) C'est de la folie. Si Kell t'entendait parler de la sorte…

— Qu'est-ce qu'il ferait ? C'est un vieux ronchon. Un sale *ringard*. Mords-moi, Saark, et emmène-moi avec toi. Quand on sortira des montagnes, on pourra se sauver ensemble !

— Holà ! (Saark se pencha en arrière et vit que le regard de Nienna s'était enflammé, comme enfiévré. Délicatement, il s'approcha d'elle et posa une main sur son genou.) Qu'est-ce qu'il se trame dans ta jolie tête, petite ?

— Arrête de me traiter comme une putain de gosse ! cracha-t-elle. Tu sais très bien ce que je veux !

Saark rit.

— Oui, je suis prévisible, n'est-ce pas ? Mais ce que tu me demandes entraînerait ma mort. Tu le sais, et moi aussi. Si nous nous retrouvons ensemble, combien de temps faudra-t-il à Kell avant qu'il ne vienne nous pourchasser ? Combien de temps avant que la douce Ilanna vienne m'ouvrir le crâne en deux ? Où en sera ton amour d'enfant, alors ?

— Mon amour d'enfant ? Comment *oses-tu* ?

— Je suis assez gonflé, petite fille, rétorqua Saark avec un grand sourire, les yeux brillants. Si tu veux juste une partie de jambes en l'air, n'importe quel encaserné fera l'affaire. Je peux t'arranger le coup, si tu veux. Mais si tu veux un morceau de choix, si tu veux *sentir* le contact, les talents et l'expertise supérieurs de Saark, eh bien, il va falloir attendre de grandir un peu. Je ne suis pas comme les buveurs d'absinthe parfumés de Vor qui glanent les petits garçons et les petites filles rien que pour rigoler. C'est une pratique que j'ai toujours réprouvée.

Nienna, les yeux écarquillés, se leva et s'éloigna d'un air courroucé. Au même moment, Myriam fit son apparition et déposa sans ménagement un gros rouleau de corde à côté du feu. Elle s'assit et regarda Saark.

— Tu sais que j'ai entendu la plus grande partie de ce que vous vous êtes raconté ?

— Je sais, oui.

— Tu penses que ça va marcher ?

— Je l'espère. Même si j'adorerai tâter de son miel juvénile, je suis sûr que le prix en serait trop élevé. (Il jeta de nouveau un œil sur Kell.) Bien trop élevé.

— Dans la vie, tout a un prix, dit Myriam en le gratifiant d'un sourire éblouissant.

— J'ai remarqué, marmonna Saark.

ILS SE RESTAURÈRENT en silence, dans une ambiance atone. En dépit du maigre feu, le froid et l'obscurité les accablaient.

Après trois heures passées à maugréer, à travailler dur et à labourer les galets d'un pas furieux, Kell était enfin parvenu à construire un radeau.

Ils contemplèrent son œuvre. Saark haussa tant les sourcils qu'il ressembla au loup de carnaval dément issu de l'*Hommage à la peste noire*, pièce antiroyaliste interdite d'un des dramaturges les plus azimutés du Falanor.

— Ça veut dire quoi, cette expression, exactement ? exigea Kell, renfrogné.

— Rien ! Rien. Je veux dire, il était censé ressembler à ça, au départ ?

— Ressembler à quoi ?

— À *ça*. Tu sais, tout tordu et bancal. Sans déconner, les charpentiers de la création doivent se retourner dans leurs tombes.

— Je sais bien, que je ne suis pas doué pour ça, rétorqua sèchement Kell, les yeux luisants de colère. C'est exactement ça, l'histoire ! Nous sommes dans une situation de vie ou de mort. Faut faire avec ce qu'on a. Travailler avec les outils dont nous disposons. À savoir, *aucun*. Je te cause *évasion*, Saark, pas charpenterie à la con.

— Admettons. (Il fit la moue.) Cela dit, il a vraiment pas l'air en état de naviguer.

— J'ai *jamais* prévu de construire un putain de galion, gronda Kell, les mains sur les hanches, de plus en plus agacé.

— Tu *m'étonnes* ! fit Saark. Pour être honnête, je pense que j'aurais plus de chances de m'en sortir face aux soldats et aux démons, parce que si on essaie d'embarquer sur ce *truc*, c'est la mort assurée.

Kell le toisa quelques instants et haussa les épaules.

— À ta guise. Tu viens, Myriam ?

— J'arrive, répondit l'intéressée en lui adressant un sourire timide.

Elle s'empara d'une extrémité de l'esquif, et Kell l'aida à tirer l'embarcation de fortune jusqu'à la berge où l'eau clapotait puissamment, impatiente.

Saark traîna des pieds à leur suite et fit halte, trépignant.

— Ça commence à drôlement prendre des airs de camp d'entraînement militaire, cette affaire, marmonna-t-il.

Il observa Kell effectuer les ultimes petits réglages et resserrer les attaches. Le bois grinça avec véhémence sous la pression du vieux guerrier.

— Ce qui veut dire ?

— Eh ben, on faisait tout un tas de conneries dans ce goût-là pendant les classes. Porter des rochers et des troncs, construire des radeaux, travailler en équipe pour franchir un fleuve, installer des pierres de gué, se balancer du haut de grands arbres, escalader des parois rocheuses comme des singes, comme ça pour rien, courir dans les montagnes, naviguer dans le blizzard, ce genre de trucs. Ha ! Quelle pantalonnade !

— T'as déjà construit un radeau, alors ? fit Kell en relevant la tête de son travail.

— En quelque sorte.

— Comment est-ce qu'on peut *en quelque sorte* construire un radeau ? Soit on le fabrique, soit on laisse tout en plan.

— Je dirigeais les manœuvres, comme tout bon capitaine.

— Tu veux dire que tu laissais les autres faire le vrai boulot, pendant que tu restais posé sur ton cul à fantasmer sur les galipettes du soir ?

— Bien entendu, répondit Saark avec un petit sourire satisfait. (Il n'avait même pas saisi l'ombre d'un sarcasme dans les propos de Kell.) C'est comme ça que ça doit se passer. Les rois et les bien nés aux commandes, pendant que, hum, sauf ton respect, les paysans se crottent les ongles.

— Alors comme ça je suis un paysan, hein, mon garçon ?

Kell se raidit et se frotta les mains sur son gilet. La peau de ses mains était incrustée de crasse. Ses ongles étaient pour la plupart noircis par les coups reçus au cours des combats. Ses battoirs arboraient le cuir robuste de soixante années de labeur.

— Évidemment que t'en es un ! confirma joyeusement Saark. (Il sourit et donna une tape dans le dos de Kell.) Mais te bile pas, vieille rosse ! Je vais pas t'en vouloir pour ça ! Comme tu le dis toi-même, il m'est arrivé de travailler avec pire outil.

Kell hissa Nienna sur le radeau de bois et tendit la main à Myriam, qui grimpa lestement à bord. Le radeau tangua. Il était loin d'avoir l'air sûr. Kell regarda brièvement le visage radieux de Saark et embarqua lui aussi. L'embarcation accusa réception de son poids, et il posa une main sur le petit timon qu'il avait improvisé à partir du couvercle d'un vieux coffre en cerisier. Le radeau s'éloigna de la berge.

— Hé, vous m'oubliez ? fit soudain Saark, abrupt, les yeux ronds.

— Tu ferais mieux de te dépêcher de sauter, p'tit père.

— Holà, attends, je croyais, je veux dire…

— Je me suis dit que ça te brancherait pas d'avoir à toucher mes sales pattes de bouseux, dit Kell avec un grand sourire. (L'écart était à présent d'une cinquantaine de centimètres, et le courant commençait de faire pivoter l'embarcation.) Je te conseille de te grouiller. Quand le courant nous aura emportés, tu n'y arriveras jamais.

Saark fit un pas en arrière, poussa un cri tout aussi aigu qu'inélégant, et bondit sur le radeau. Il atterrit sur le rebord et batailla quelques instants, plongé jusqu'à la taille dans l'eau glaciale. Puis, Myriam le saisit et le hissa sur les planches grossièrement façonnées, où il s'étendit, pantelant.

— Ça t'aurait pas dérangé de me laisser sur place, dit-il.

— Arrête de raconter des conneries, le rassura Kell avec un sourire.

— Je sais que t'en aurais été capable. Je le sais.

— Eh bien, peut-être qu'un jour tu retiendras la leçon.

Saark se releva d'un coup.

— Et elle cause de quoi, cette leçon ?

— Ne jamais mordre la main qui te nourrit.

Le courant emporta le radeau, et la subite accélération leur fit traverser la caverne. Ils disparurent bientôt dans un conduit étroit et plongé dans le noir. Saark eut l'impression qu'ils se faisaient aspirer dans les Temples du Chaos…

L'air froid les gifla. Ils se retrouvèrent plongés dans une obscurité totale. Le radeau progressait rapidement, secoué çà et là par quelques forts remous, et Saark se tint très, très tranquille. La peur de l'eau n'était pas une chose qu'il avait véritablement envisagée. Le seul navire sur lequel il avait *vraiment* embarqué avait été la Barge Royale, sur le lac Katashinka, et il avait passé le voyage dans les bras de l'ivresse. À présent, toutefois, une sobriété bien lucide le tenait dans son poing, et chaque rocher, chaque cahot, chaque virage, chaque plongée, chaque remontée, lui retournaient l'estomac. Une nausée subite s'empara de lui, sa salive s'épaissit. Une pâleur de cadavre se peignit sur son visage mais les ténèbres empêchèrent ses compagnons de déceler ses angoisses.

Ils parurent ralentir quelque temps, traversèrent d'étroits tunnels et débouchèrent dans une énorme caverne. Des veines fluorescentes dardaient leurs reflets sur les parois et leur éclairaient la route. De la glace scintillait sur la pierre et les stalagmites.

Ils replongèrent dans l'obscurité.

— Y a quelqu'un qui se sent mal ? demanda Saark d'une voix blanche.

— Fais pas ta soubrette, répondit sèchement Kell.

Il se concentrait dur, tentait de *sentir* le cours d'eau, d'anticiper dans le noir complet, afin de déterminer s'ils allaient se faire projeter sur les rangées de crocs rocheux et déchiquetés qui émaillaient leur chemin.

— Non, non, vraiment, j'ai vraiment la gerbe.

— C'est ta blessure, sans doute, dit Myriam non sans douceur. (Elle rejoignit Saark et lui prit les mains.) Allez. Laisse-moi t'apaiser.

— Ouais, je me doute que ça va bien marcher, dit Nienna, tout bas.

— Non, honnêtement, je me sens vraiment…

Saark gagna difficilement le bord du radeau et rendit bruyamment. Il vomit un bon moment. S'ensuivit un silence gêné, et il s'assit enfin.

— Comment tu te sens ? gronda Kell.

— C'est ta faute.

— *Ma faute* ? Par les *couilles* de Bhu Vanesh, comment en es-tu arrivé à cette conclusion, je te prie ?

— C'est toi qui diriges ce patouillard, pas vrai ? Tu fais tout ici, mon pote ! (Il se tourna vers Nienna et Myriam. Elles n'étaient plus que deux phosphènes dans le noir.) Je suis navré, mesdames, d'avoir perdu ainsi toute contenance. Mais vous devez vous sentir barbouillées, vous aussi, non ?

— Pas moi, dit Myriam.

— Ni moi, dit Nienna, dont les yeux luisaient telles des dagues. T'as p'têt' pris quelque chose que t'aurais pas dû ?

Le regard furtif qu'elle jeta à Myriam se perdit dans les ténèbres et les cahots violents du radeau.

— Y a un truc qui vient vers nous, dit Kell.

— Comment ça, « Y a un truc qui vient vers nous » ?

Mais, au moment même où Saark éructait ces paroles entachées de renvoi, le radeau suivit une forte dépression et partit s'écraser à grand fracas dans un tourbillon d'eau furibonde. Kell lutta avec le timon de fortune. Avec un grand *crac*, la barre lui resta dans les mains. Il regarda Myriam.

— Ça, ça le fait pas.

— Imbécile ! s'écria Saark. T'es censé piloter ce bazar ! Et là, tu viens de tout casser ! Pauvre type ! Qu'est-ce que tu branles ?

— Je ne branle rien du tout, rétorqua sèchement Kell. Je n'arrive pas à contrôler cet engin. En revanche, je saurai quoi *faire* si tu continues à me faire porter le chapeau : je te ferai rencontrer le courant impétueux d'un bon taquet dans ta gueule.

— Pas la peine de le prendre comme ça, dit Saark d'un ton guindé. (Ils atteignirent une autre dépression, le radeau fit une folle embardée et Saark roula vers le bord en braillant comme un nouveau-né.) Aaaah ! paniqua-t-il.

Myriam se jeta derrière lui, le saisit et le ramena à bord sans cérémonie.

— Accroche-toi à quelque chose ! cracha-t-elle en rentrant ses griffes.

Saark ressentit une vive douleur, et il réalisa que ses *serres de vachine* l'avaient sauvé en se plantant dans le muscle de sa cuisse.

Il hurla.

— Tu m'as planté ! Tu m'as planté mon putain de *muscle* ! T'es sous reniflette ou quoi ? Tu sais plus ce que tu fais ? T'es cinglée ? Regarde, je saigne. Y a du sang plein mon pantalon, y a du sang partout, sur mon pantalon, partout !

— Si ça continue, va bientôt y en avoir plus, marmonna Kell, mais ils abordèrent une autre dépression et une trombe les submergea.

Ils s'accrochèrent désespérément au radeau, qui se mit à tanguer dans tous les sens, et tombèrent dans un bassin agité d'eaux écumantes. Un rugissement leur parvint. C'était un fracas puissant et dénué de bienveillance.

— Ça ressemble au bruit d'une chute d'eau, avança prudemment Saark.

— Effectivement, mon garçon, fit sèchement Kell.

— Tu te rappelles la cahute de tout à l'heure ? Tu te rappelles que personne ne l'avait utilisée ?

— Je crois comprendre, maintenant, dit Kell.

Saark reporta ses doléances sur Myriam.

— Dis donc, *toi*, je croyais t'avoir entendue raconter que tu *connaissais* ce chemin ?

— N'importe quoi. J'ai dit que je pouvais nous faire sortir d'ici.

— Et nous faire dévaler une chute d'eau souterraine fait partie du plan, c'est ça ? Ne serais-je vraiment entouré que d'imbéciles ?

Myriam s'empara de lui. Ses crocs de vachines brillèrent

— Écoute-moi bien, Saark. J'ai jamais dit que j'avais déjà mis les pieds ici. Seulement que je connaissais l'existence de tunnels conduisant hors des Aiguilles Noires. Si tu es si parfait, fais-nous remonter ce putain de cours d'eau !

— Attendez, dit Nienna d'une voix douce. (Elle leva une main.) Écoutez.

Ils s'exécutèrent, et le grondement proche d'une chute d'eau leur parvint.

— C'est ma mort imminente, que j'entends, finit par dire Saark.

— Vous entendez ces crépitements ?

— Génial ! C'est blindé de rochers, avec ça ! Prodige sur prodige !

— Non. C'est de la glace, dit Nienna.

— Hé bé, fit Saark, radieux. C'est complet. Ça nous tire d'affaire proprement, et avec tout un tas de… PAR LES CHAMPS SACRÉS DE JANGIR, REGARDEZ-MOI LA MERDE DANS LAQUELLE ON EST !

C'était une bande noire d'inexistence, et elle ondulait rapidement en direction des occupants du radeau, bordée d'une couche de glace virginale et étincelante, plongeant, *plongeant* dans un vaste néant transi envahi de ténèbres et de vapeur…

IV

LA FRICHE

KELL CHUTA, L'AIR siffla à ses oreilles, et il pria pour que le lourd radeau ne lui tombe pas sur la nuque. Des rochers s'écrasèrent autour de lui et, Ilanna plaquée contre sa poitrine, il se prépara à l'impact dans l'eau glacée, redoutant ce que ce choc brutal pourrait infliger à son visage, son corps et son âme. Il savait qu'une telle collision pouvait tuer un homme, que le poids de son armure et de ses armes pouvaient s'avérer fatals... Il en avait déjà été le témoin, à plusieurs reprises. Il avait vu des navires de guerre sombrer dans l'océan comme des dragons agonisants, il avait vu des hommes s'agiter et hurler, la panique les submergeant aussi rapidement que l'eau glaciale, et finir aspirés sous de lourdes lames absinthe sans jamais remonter à la surface. Mais Kell n'abandonnerait jamais Ilanna. Il n'abandonnerait jamais la Sœur de son Âme. Même si sa vie en dépendait...

Saark piailla de façon fort peu virile, battit des bras comme un poulet, de ses ailes atrophiées, se moquant bien de savoir s'il allait être la risée du monde entier. Il heurta l'eau en hoquetant, plongea loin sous la surface et remonta, se débattant comme un homme au bout d'une corde. Une forme énorme et menaçante culbutait dans sa direction, et, en un clin d'œil, il comprit qu'il s'agissait du radeau, *ce putain de radeau*. Il recula vivement, se contorsionna et plongea profond, *profond*. Un grand bruit sourd retentit au-dessus de lui. Saark sut que cette saloperie allait le toucher, qu'elle l'emporterait tout au fond, qu'elle le noierait, et il nagea, amer, persuadé d'être maudit, convaincu qu'il était un pion et que cette foutue terre entière était en fait un plateau de jeu démoniaque que l'on avait conçu *exprès* pour lui. Des bulles explosèrent autour de lui, tels de sombres pétales et, enfin, tandis que ses poumons le brûlaient et que de joyeux phosphènes dansaient devant ses yeux comme de tout petits poissons, il se dirigea vers la surface et sortit à l'air libre, pantelant. Il se laissa ballotter quelques instants, dans le noir, et écouta le grondement de la chute. Puis, sa vue s'ajusta et il vit Kell, Myriam et Nienna sur le radeau, détrempés et sourcils froncés. Ils le fixaient. Il se renfrogna.

— Allez, mon garçon, le pressa Kell. Qu'est-ce que tu attends ?

— Vous avez fait comment, vous vous êtes tous cloués au rafiot, ou quoi ? cracha Saark en progressant dans les eaux tumultueuses.

— Non, répondit Kell en le prenant par le poignet et le hissant à bord. (L'embarcation tangua violemment.) C'est *toi* qui as passé un temps dingue à tutoyer les fées. Tu foutais quoi, mon pote ? On pensait que tu t'étais noyé !

— Ah. Non, je comptais ce que j'avais dans la poche, rien de plus. (Saark releva la tête. Ils avaient chuté sur une distance considérable. Derrière eux, le bassin de la cascade était agité de violents remous. Les embruns explosaient et la glace crépitait sur les rochers. Saark frissonna et réalisa qu'il n'était pas en train de mourir de froid.) Attendez. Y a un truc qui colle pas, reprit-il.

— C'est un geyser, déclara Myriam. Ici, l'eau est réchauffée par les sources thermales qui se trouvent loin sous les Aiguilles Noires.

— Ça sent bizarre, grimaça Saark.

— C'est du soufre, expliqua Kell. Tu devrais être content de pouvoir te baigner, mon pote. Tu commençais à puer pas mal.

— Désopilant. Si tu n'avais pas cette grosse hache, je te mettrais la fessée cul nu. Et on sait tous à quel point ça te plairait !

Kell le fusilla du regard.

— Je retire ce que je viens de dire, dit Saark. (Kell se calma.) C'était une boutade, c'est tout. Au moins, on n'est pas morts. (Son visage s'éclaira.) Tant de femmes ! Et si peu de jours encore à passer sur ce monde.

Kell lui tendit une planche brisée. Saark la regarda fixement, incrédule.

— C'est quoi, ça, exactement ?

— Ça, c'est là où je voulais en venir : ne te réjouis pas trop. C'est l'heure de pagayer.

— Tu veux que je pagaye ?

— Oui, Saark. Pagaye. Avant qu'on se fasse reprendre par le ressac de la cascade, et qu'on finisse dans une tombe bien humide.

Saark déglutit et se mit à pagayer. Ses efforts ne lui attirèrent aucun commentaire, même s'il avait l'air un peu ridicule.

Ils naviguèrent encore dans les ténèbres, un noir profond et velouté qui ressuscita les sombres cauchemars d'enfance, la vulnérabilité et le désespoir. Bientôt, le froid régna de nouveau dans les tunnels, et les quatre compagnons grelottèrent et regrettèrent d'avoir abandonné la chaleur de la source souterraine. Ils passèrent d'autres élévations et d'autres dépressions, et la progression se fit plus rude.

— Ça vibre, dit Saark. C'est censé vouloir dire quoi ?

Des dépôts minéraux les illuminèrent une fois de plus de leur radiance et parèrent Saark d'un vif halo argenté qui lui donna des airs de spectre. Tout son corps était agité de frissons, et ses fins atours épousaient ses contours comme une seconde peau.

— Ça veut dire qu'on va en chier, répondit Kell. Accroche-toi à un truc et, dans ton intérêt, ne le lâche surtout pas.

Baigné de cette étrange lueur fantomatique, le cours d'eau se faisait de plus en plus bouillonnant. Ils virent dépasser quelques rochers aux airs d'ailerons de requin qu'ils laissèrent derrière eux. Un deuxième rugissement leur parvint aux oreilles, tel le grésillement grandissant de mille insectes, et le radeau fut violemment secoué. Kell se cramponna. Saark, dans un sursaut, sortit ses griffes et jeta un regard horrifié autour de lui.

— Bienvenue dans le monde des vachines, dit Myriam en souriant.

Elle planta ses serres dans les planches malmenées. Saark ficha les siennes dans le bois et se cramponna lui aussi, grave, livide et désespéré.

La proue plongea, emportant l'embarcation vers l'avant, tandis que le cours d'eau amorçait brutalement une longue descente tortueuse. Saark hurla et Nienna s'agrippa à Kell. Le vieux guerrier avait l'expression des mauvais jours. Ils filèrent devant des rochers et des blocs de glace, puis le lit de la rivière s'élargit d'un coup. Il s'y trouvait de violents tourbillons, des goulets et de vastes cuvettes. Ils furent ballottés dans un sens, puis dans l'autre, et une eau truffée d'aiguilles de glace les trempa jusqu'à l'os. Nienna poussa un hurlement. Ils valsèrent derechef, manquèrent de chavirer, et s'enfilèrent à toute allure dans un large tunnel descendant. Ils passèrent de nouveau devant des rochers et Saark crut qu'il tombait dans un tunnel aux parois liquides. Il était persuadé qu'il allait y laisser sa peau, qu'il mourrait après tous les tourments qu'il avait endurés, ce qui lui laissa un goût amer dans la bouche, un incendie déchaîné dans le crâne. Il râlait, criait, se cramponnait comme un perdu et…

…le calme revint.

Ils émergèrent à la lueur transie de l'hiver. Le cours d'eau s'enfonçait dans une forêt de vieux conifères plombés de neige. Une bise glacée mordit leurs carcasses froides et humides.

Kell poussa un rire grave et franc.

— On est dehors ! souffla-t-il. (Il étreignit Nienna et regarda autour de lui. Il était plein d'émerveillement, il découvrait le monde. Il porta son regard sur Myriam.) Bien joué, ma fille. Tu avais raison ! Tu as fait du bon boulot.

Myriam parut rougir sous les louanges. Saark baissa les yeux sur ses vêtements trempés, déchirés, ses haillons maculés de gadoue et de sang. Puis, il leva la tête vers le soleil.

— On est… en sécurité, sous le soleil ?

— Presque.

— Je croyais que les vachines…

Myriam secoua la tête.

— Non. Ce sont des fables. Dans ton état, le soleil le plus éclatant pourra peut-être te faire souffrir, mais c'est tout. (Myriam s'approcha de lui.) Ce dont tu dois t'inquiéter, Saark, mon amour, c'est que de l'huile-de-sang te court dans les veines, et que tu ne jouis d'aucun rouage pour la contrôler.

Saark la gratifia d'un bref coup de menton et jeta un œil méfiant vers Kell.

— M'sieur la Légende m'a déjà parlé de ça. Il a raconté qu'il faudrait que je m'unisse aux rouages, même si je n'ai pas la moindre idée de la façon d'y parvenir. Même si j'ignore si j'en ai la moindre envie.

Il frémit et fit bouger ses griffes d'airain.

— Tu n'as pas le choix, déclara Myriam. Sans l'intégration de rouages, sans le talent des Ingénieurs, tu mourras.

— Merci pour le tuyau, se renfrogna Saark.

Le radeau descendait le cours d'eau à vive allure. Kell arracha une planche du pont grossier et s'en servit pour les rapprocher de la berge. Son cou de taureau et les muscles de ses épaules roulèrent tandis qu'il luttait contre le courant déchaîné.

Saark sourit et aspira une grande goulée d'air glacé. Après ce qui parut une éternité passée dans les souterrains troglodytes de Skaringa Dak, il était bon de se retrouver libre à nouveau. Il était bon d'échapper aux Aiguilles Noires. Bon de retrouver le Falanor. Bon d'être *en vie*.

— *L'œil triste sur l'onde d'un monde sombre et vert, Kell sut que seul était coupable son allant, pour les Jours de la Honte et les longs Jours Sanglants…*

Kell se retourna brusquement et fusilla Saark du regard.

— Le poème ? s'enquit Myriam en penchant la tête d'un côté.

— Ouaip, répondit Saark. (Le radeau gagna un talus recouvert de neige, et le dandy en descendit d'un bond et rendit son regard à Kell, comme s'il s'était agi de quelque grand monstre marin récemment massacré.) Par les Temples, je suis bien content d'être sur la terre ferme !

Il mit les mains sur ses hanches et regarda Kell quitter l'embarcation, Nienna accrochée à un de ses bras. Elle paraissait frêle et faible, et, à cet instant, son cœur s'envola vers elle.

— Il nous faut un feu, de quoi manger, et un abri, déclara Kell d'un ton neutre, le regard incandescent. Sinon, on va y rester.

— J'aime bien les gens qui ne mâchent pas leurs mots, dit Saark.

— Et moi, j'aime bien les gens qui font leur part de boulot ! Alors tu files chercher du bois pour le feu et tu nous dégottes un abri. Si tu fais pas ce que je te dis, Saark, je te jure qu'un deuxième grand sourire viendra accompagner celui qu'il y a déjà sur ton bide avant le coucher du soleil.

— D'accord, d'accord, un simple *s'il te plaît* aurait suffi. (Saark, dandy déchu, tourna les talons pour se mettre en quête de bois mort, mais l'expression de Kell le retint sur place. Il se retourna, sourcils froncés.) Oui, vieillard ? Autre chose ? Je devrais peut-être me planter une brosse dans le cul et balayer, pendant que j'y suis, c'est ça ?

— Oui, y a autre chose. Plus jamais de poésie. Ou je te tranche ta sale langue en rigolant.

Saark grogna et prit en marmonnant la direction de la forêt plongée dans les ténèbres.

— Toutes ces menaces de violence sont, mais alors vraiment, dénuées de noblesse, intensément crues et frustes. Les menaces, voilà la langue des paysans.

Ils pénétrèrent dans la forêt et découvrirent un endroit à l'abri du vent. Puis, ils firent un feu dans une petite alcôve cernée de buissons de houx et de vieilles pierres recouvertes de mousse. Myriam s'absenta deux heures et revint avec un renard qu'elle avait abattu d'une seule flèche. Comme elle entreprenait d'écorcher et de vider l'animal, Saark déchira sa chemise trempée et la posa à sécher sur une pierre, près du feu. Il tendit ses muscles et sentit que son corps guérissait rapidement, tandis que Kell l'observait tout en affûtant les lames d'Ilanna à l'aide d'une petite pierre à aiguiser.

— Tu te remets bien, mon garçon, dit-il, le regard rivé sur la blessure que Kradek-ka avait infligée à Saark, juste au-dessus du cœur, sur le plateau du Mont de l'Enfer. J'ai encore du mal à croire que tu as trimballé cette Gemme de l'Âme en toi tout ce temps… sans t'en rendre compte.

— On m'a ensorcelé. Une fois. Et rien qu'une fois. (Saark soupira et s'étira comme un chat au soleil. Puis, il fit courir ses mains le long de ses bras et de ses flancs pour s'assurer que tout allait bien.) Ça n'arrivera plus jamais, je te le promets ! Et, par tous les dieux, je me suis vraiment fait tabasser depuis que j'ai fait ta rencontre. (Ses yeux pétillaient de bonne humeur. Sa douleur avait de toute évidence diminué, et il redevenait peu à peu celui qu'il était avant.) Regarde-moi toutes ces nouvelles balafres ! Incroyable. Pourtant, on aurait pu se dire que voyager en compagnie de *La Légende* ne m'aurait apporté que femmes, délicieux hydromels, viandes succulentes et renommée inégalée. Et en fin de compte ? *En fin de compte,* je me retrouve coincé dans une forêt après avoir vécu, très franchement, les aventures les plus abominables de toute mon existence. Je suis recouvert de bleus et de cicatrices, je me suis fait rosser plus de fois qu'une putain pratique les docks, je me suis fait poignarder, brûler, mortifier et insulter, et, pour couronner le tout, pour toute compagnie, j'ai un vieux fumier tout ronchon qu'on devrait battre à coups de bâton rien que pour ses goûts vestimentaires, et sa façon de choisir son whisky et ses femmes.

Saark soupira.

Kell releva la tête.

— Écrase, fit-il.

— Vous voyez ? Où se trouve la galéjade, dans tout ça ? La répartie sidérante ? Je veux deviser littérature, femme et philosophie. Au lieu de ça, je me retrouve dans les bois à chercher des champignons et des oignons, à me crotter les ongles comme le dernier des ouvriers, plutôt que de me faire chevaucher par une plantureuse fille de ferme !

Kell soupira à son tour et regarda Myriam.

— La viande est prête ? Le ragoût est en train de bouillir.

Myriam le rejoignit, chargée d'une petite gamelle en métal, et y versa une portion de renard.

— Je vais sécher le reste, le rouler dans le sel. On pourra le prendre avec nous.

— C'est bien ma fille, dit Kell en appuyant ses propos d'un hochement de tête. (Saark se renfrogna et entreprit d'ôter son pantalon de tartan.) Tu fais quoi, là, exactement ? lui demanda sèchement Kell.

Saark, à moitié plié en deux, releva la tête.

— J'en ai marre de porter des vêtements mouillés.

— T'enlèves pas tes sapes puantes ici, mon garçon. Va dans la forêt.

— Mais… il fait froid dans la forêt.

— Compte pas sur moi pour mater ton cul tout poilu pendant que je fais à manger, rétorqua Kell, impérieux. Moi aussi j'en ai bavé pas mal récemment. C'en est déjà assez de voir sa terre natale dévastée et ses amis assassinés par la fumée de glace et des soldats albinos engendrés par des insectes, sans qu'un gommeux vienne remuer du popotin au-dessus de mon ragoût de renard. Alors tu vas dans la forêt et t'essaies de pas t'asseoir sur les épines de pin. Ça pique, tu sais.

Saark fusilla Kell du regard.

— Kell, t'es pire qu'une poissonnière sur le retour, fit-il sèchement, mais il remonta son tartan et, rien que pour ennuyer le vieux guerrier, s'éloigna du camp improvisé d'un pas nonchalant et chaloupé.

Une heure plus tard, alors que le soleil hivernal mourait dans le ciel et que des vrilles rosées rôdaient à l'horizon, chassées par de noirs nuages colériques et pétris de neige,

Kell s'adossa, les mains posées sur son ventre, et ferma les yeux.

Saark raccommodait sa chemise avec le fil et l'aiguille qui se trouvaient dans le bagage de Myriam. Habituée à vivre en pleine nature des semaines d'affilée, les provisions qu'elle transportait étaient peu encombrantes, mais nécessaires. Du sel, des flèches, du fil, diverses herbes et plusieurs cordes d'arc de rechange. Comme elle le fit remarquer, son arc, c'était sa vie. C'était son moyen de se procurer régulièrement des vivres. Et, avec un bon ragoût de renard dans le ventre, tout le monde trouva difficile de dire le contraire.

Nienna fixait le feu, perdue dans ses pensées. Elle tenait le nœud qui ornait désormais son doigt amputé. Myriam vint s'asseoir à côté d'elle.

— Tu veux que j'y jette un œil ? Il devrait être temps de changer le bandage.

Nienna soupira et hocha la tête.

— Oui. Merci.

Tandis que Myriam défaisait le bandage, examinait les chairs recousues au-dessus de l'appendice tranché et appliquait des herbes fraîches sur la plaie, Nienna se retrouva les yeux dans le vide, le visage de marbre.

Dans les profondeurs de Skaringa Dak, le soldat albinos lui avait tranché le doigt pour punir Kell d'avoir tenté de s'échapper. Désormais, elle se sentait moins que femme. Sa beauté n'était plus. Elle n'était plus entière. Elle baissa la tête et tendit les muscles de sa main, grimaçant comme la douleur lui transperçait le bras et le tranchant de la main.

— Ça fait encore mal, hein ? sourit Myriam.

— Une vraie saloperie, confirma Nienna.

— Et t'en as déjà vu, des saloperies, pas vrai ?

Nienna rit.

— Je ne parlais pas de toi.

— Moi si, dit Myriam dans un soupir. J'ai fait... des choses discutables. (Elle se caressa la joue et se frotta les yeux.) J'en ai assez de faire de mauvaises choses. J'ai reçu un don. Une seconde chance. Je suis forte, à présent, en pleine possession de mes moyens. Et, bien qu'aux yeux du peuple du Falanor, je sois...

— Une proscrite ? demanda doucement Kell.

Elles relevèrent la tête. Il était allongé et, dans l'obscurité de la nuit tombante, l'on ne discernait de lui qu'une masse sombre. Le feu brillait dans sa barbe, dans ses yeux luisants. Il aurait pu ressembler à un gros ours amical, engoncé qu'il était dans son vieux gilet défraîchi, malmené et informe, mais c'était un gros ours amical qui pouvait en un clin d'œil se transformer en véritable psychopathe.

— Oui. Une proscrite. Une étrangère. L'ennemi. (Myriam sourit à Kell, haussa les épaules et regarda Nienna.) Une fois que tout cela sera fini, une fois que la partie sera terminée, je serai pourchassée jusqu'à ma mort dans tout le Falanor. Par tous ceux qui disposeront d'un arc ou d'un couteau. Les vachines sont considérées comme maléfiques. Je ne peux rien y faire.

— Ils boivent le sang d'autrui, fit remarquer Kell, toujours de la même voix douce.

— Et toi tu te nourris de la chair des animaux, rétorqua Myriam.

— Oui, mais pas de chair humaine.

— À l'est, par-delà la lande Valantrium, après Drennach, après les marais de Tetragim, vivent des tribus qui mangent de la chair humaine. Ils n'y voient aucune différence avec du bœuf, du chien ou du porc. C'est juste de la viande.

— Eux aussi, sont maléfiques.

— Pourquoi ?

— Tout ça va à l'encontre des enseignements de l'Église. La chair de l'homme est sacrée.

Myriam haussa les épaules.

— Tu veux me dire qui si jamais tu te retrouves dans une situation où tu risques de mourir de faim, et qu'il y avait de la chair humaine au menu, tu n'en mangerais pas une miette ? Pas même pour sauver ta propre vie ? Pour sauver la vie de tes enfants ?

— Je n'en ferais rien, mentit Kell, la gorge sèche, ramené au souvenir des Jours Sanglants au cours desquels il s'était effectivement nourri de chair humaine et de bien d'autres choses, de choses bien pires. Je préférerais mourir, reprit-il d'une voix rauque, regard baissé.

— C'est en ça que nous sommes différents, dans ce cas, fit durement Myriam. Mais tu ne devrais pas être si prompt à juger, Kell. Je vous ai guidés, toi, Nienna et Saark, pour quitter cette foutue montagne. Je vous ai sauvé la vie. Cette fois-ci.

— Quelle chance, acquiesça Kell, dont les yeux noirs brillèrent à la lueur du feu. (Il ne ressemblait plus à un ours bien sympathique, désormais. Il avait l'air bien plus dangereux.) Mais assez parlé. Quels sont tes plans, maintenant, Myriam ?

— Je vais tenter de tuer les Seigneurs de Guerre Vampires.

Un bref silence accueillit cette déclaration. Le vent siffla dans les arbres, tels des rouleaux venant s'échouer sur la grève. C'était hypnotique. Quelque part, de la neige tomba lourdement de hautes branches. Des conifères craquèrent et gémirent.

— Pourquoi ? finit par demander Kell, la tête penchée d'un côté.

Cette question était si simple que Myriam dut prendre quelques instants pour organiser ses pensées.

— C'est la bonne chose à faire, répondit-elle enfin, avant de plonger son regard dans le feu pour éviter de croiser le sien.

— Tu vas mourir, alors.

— Qu'il en soit ainsi.

— Cette histoire est trop grosse pour toi, grogna sèchement Kell. L'Armée de Fer de Graal est invincible. Tu sais très bien comment ils se sont emparés de Jalder, et de Vor, et les dieux savent de quelles autres villes du Falanor. Et j'étais à la Vieille Skulkra quand l'Armée de Fer est arrivée sur la Grand-Route du Nord, quand ils sont sortis de la forêt de Vorgeth comme des fantômes. (Il cracha et se gratta furieusement la barbe, comme mécontent de lui-même.) Ces enflés de Moissonneurs sont capables d'utiliser la magie de la fumée de glace. Aucun soldat ne pourrait résister face à eux !

— Mais tu es encore là, dit doucement Myriam.

— Je suis différent, rétorqua-t-il avec humeur.

— Oui, tu as ta hache magique, dit-elle d'un ton légèrement moqueur.

— Cette hache n'a rien de magique. Et, avant que tu le dises, non, aucun démon ne se trouve à l'intérieur. On dira juste qu'Ilanna jouit d'un attribut qu'aucun de vous n'arriverait à deviner.

— Donc, tu ne m'aideras pas ?

— Je ne peux pas mener indéfiniment les combats du Falanor à sa place.

— On dirait que tu as arrêté de te battre tout court, ouais, intervint Saark.

Kell le regarda et pointa un doigt puissant sur lui.

— Toi, surtout tu commences pas, intima-t-il.

— Hé bé, le railla Saark. Regarde-toi, regarde tout ce qu'on a traversé, tous les combats, les meurtres, les bains de sang. Et le puissant Kell tournerait bride *maintenant* ? Au moment même où les choses vont de mal en pis ? Au moment où on a le *plus* besoin de lui ?

— C'est justement là où je veux en venir, mon garçon. On a fait empirer les choses. Tu ne vois pas ? Nous sommes des pions dans le jeu d'un d'autre. Chaque pas que nous avons fait depuis notre rencontre à Jalder, dans cette saloperie de tannerie, nous a toujours rapprochés un peu plus de la résurrection des Seigneurs de Guerre Vampires. Nous sommes responsables de ce désastre, Saark. Les fumiers responsables de ce désastre, c'est nous.

Saark secoua la tête.

— Tu racontes vraiment n'importe quoi, Kell, et tu le sais. Si ce n'était pas arrivé de cette façon, ça aurait eu lieu autrement. D'accord, on s'est peut-être fait manipuler ici et là… parce qu'Alloria est parvenue à m'implanter une Gemme de l'Âme à côté du cœur, à l'aide de sombres enchantements vieux comme le monde dont seuls les dieux noirs doivent connaître l'existence. Mais l'issue a toujours été gravée dans la pierre, écrite avec du sang. Maintenant, il faut qu'on arrête tout ça.

— Non, fit Kell en grinçant des dents.

— Et pourquoi ? s'insurgea Saark. Je n'arrive pas à croire que le puissant Kell baisse les bras. Ou alors c'est peut-être qu'il s'est ramolli, que son cœur ne bat plus que du beurre, qu'il a de la gelée en guise de muscles, et que la bite du puissant Kell est enfin devenue toute flasque et qu'il peut plus se faire des petits minets. Mais tu suces encore, Kell ? (Saark se leva. Kell baissait la tête.) C'est tout ce que tu attends de la vie, maintenant, vieux fumier ? Sucer des chevaux et t'enterrer la tête dans le sable ? T'apitoyer comme une loque sur ton sort ?

D'une belle voix, il entonna une berceuse lancinante :

— Il songeait : la lande Valantrium en sang,
Mille ennemis morts… Rien ne guérirait son cœur
Des abominations, des actions monstrueuses,
Et des hommes vils, mauvaise herbe qu'il fauchait.
Sa puissante hache, son Ilanna, fredonnait,
Lames jumelles d'acier, pas le moins honteuse

Pour ses interventions, pour ses assassinats,
Tous les êtres vivants méritaient le trépas.

Puis, le dandy s'esclaffa. Ses yeux brillaient comme des joyaux dans la pénombre de la forêt asservie par la neige.

— Mais qu'est-ce que tu peux raconter comme conneries, vieille merde. Tu devrais te plaindre, tiens. On a perverti ton image en te représentant en *légende*...

Kell se leva lentement. Ses bottes crissèrent sur les vieilles aiguilles de pin. Ses yeux luisaient de fureur. De rage meurtrière. Ses doigts étaient enroulés sur le manche d'acier d'Ilanna. Il la souleva, presque imperceptiblement.

— Tu ferais bien de faire gaffe à ce que tu dis, mon p'tit bonhomme, gronda-t-il. (Il avait quitté le monde des hommes, il chancelait le long d'une lame de rasoir et contemplait de haut une vallée de démence.) Tu pourrais y perdre la langue.

— Quoi ? Pour avoir dit la vérité ? Si tu ne nous aides pas Kell, si tu nous laisses seuls face aux Seigneurs de Guerre Vampires, nous mourrons. Et le problème, lui, restera posé.

— J'ai dit non ! tonna le vieux guerrier.

— Mais t'es devenu cinglé ou quoi ? hurla subitement Saark en avançant d'un pas.

Ilanna se redressa en un éclair et vint s'arrêter à un cheveu du menton de Saark. Celui-ci sourit.

— Ça y est, t'es vraiment furax, là ? fit-il d'une voix plus calme.

— Ouais, je suis fumasse, gronda Kell.

— Alors partons tuer ces Seigneurs de Guerre Vampires avant qu'ils ne fassent plus de dégâts.

Kell resta longtemps le regard rivé dans celui de Saark. Puis, il parut se voûter.

— Je ne mettrai pas Nienna en danger, dit-il.

— Quoi ? C'est moi, la raison de tout ça ? intervint sèchement Nienna. (Le moignon de son doigt avait été soigneusement pansé, et elle le massait d'un air songeur.) Tu veux me protéger. Si c'est le cas, tu ferais mieux de venir avec nous. Parce que moi, je pars avec Saark.

— Oh que non, gronda Kell.

— Oh que *si*, merde alors. Je suis une femme. J'ai mon propre jugement. Tu ne me contrôles pas. Ou alors c'est de ça qu'il s'agit ? Ça n'a rien à voir avec moi. Maintenant, je suis ta fille de substitution… mais tu n'as pas pu contrôler ta *vraie* fille, ah ça non, elle est partie dans tous les sens, et aujourd'hui tu cherches à me coller ton impuissance, ton manque de retenue et ton absence d'*esprit paternel* sur le dos. Eh bien, ça je n'en veux pas, grand-père. Je m'appartiens, et si tu veux m'arrêter, il faudra me tuer.

Kell s'assit près du feu et fixa les flammes, un poing calé sous le menton. Le feu se refléta dans ses yeux.

Enfin, Kell releva la tête et les scruta tour à tour. Lentement, un à un, il croisa leurs regards et ils ne cillèrent pas, rebelles, menton levé, fiers.

— Je veux seulement sauver Nienna, dit-il.

Nienna s'assit à ses côtés.

— Pour y parvenir, grand-père, il va falloir que tu nous aides. Ce qu'il se passe est mal, et tu le sais. Nous n'avons pas le choix. Nous devons éliminer ce mal. J'y étais, sur le Mont de l'Enfer. Je les ai vus être invoqués hors des Temples du Chaos, tout comme toi, et la terreur a failli me briser. Ces Seigneurs de Guerre ne sont pas venus au Falanor pour pouvoir dormir dans des lits douillets et faire de jolis rêves sucrés. Ils sont venus ici pour répandre le sang et la mort.

— Exactement comme les vachines, rétorqua vivement Kell.

— Oui, dit Saark. Exactement comme les vachines. Mais je crains que nous nous retrouvions au cœur d'une situation bien plus complexe que nous ne pourrons le comprendre un jour. Nous sommes au beau milieu d'une vieille querelle. Malheureusement, ce sont nous, les pauvres cons qu'on persécute, dont on se sert comme pions, et je ne peux pas rester planté là et regarder de bonnes âmes se faire massacrer.

— Le combat sera dur, dit Kell en les regardant.

— Existe-t-il des combats faciles ?

— On pourrait tous y rester, reprit Kell.

— Comme je l'ai déjà fait remarquer, tu es à la pointe de l'optimisme. Mais on est habitués à toi, maintenant. On peut supporter ta curieuse façon de vivre.

— Il faudra que tu fasses ce qu'on te dit, mon garçon, laissa sèchement échapper Kell en le pointant d'un doigt boudiné et rugueux. Tu m'entends bien ?

Saark écarta les mains, le visage empreint de chagrin.

— J'ai déjà fait autrement ?

— Hmph, fit Kell. (Il se gratta la barbe, se frotta les yeux et se massa la nuque.) Je vais le regretter. Je le sais. Mais si vous voulez renverser les Seigneurs de Guerre Vampires, si vous voulez disperser leurs cendres aux quatre vents, tous autant que vous êtes… (Il fixa de nouveau Saark, Myriam et enfin Nienna, leur adressa un petit signe de tête, et les fusilla du regard.) Vous devrez faire exactement ce que je vous dis.

Saark haussa les épaules.

— Tout ce que tu voudras, vieille rosse. Tu as quelque chose en tête ?

Kell lui jeta un regard noir et son visage s'illumina d'un sourire totalement dépourvu d'humour.

— Oui. J'ai un plan, répondit-il.

Ils chevauchèrent deux jours durant. Enfin, ils débouchèrent au nord-est de Jalder, très près de l'énorme zone boisée et sombre connue sous le nom de forêt de Fer. Cette étendue formait une barrière naturelle séparant le nord de Jalder des Aiguilles Noires. Les récits abondaient sur la présence de Lippes-Noires renégats, de brigands maléfiques et de fantômes. Kell balaya ces histoires d'un revers de la main quand Saark aborda le sujet un soir, juste avant le crépuscule.

— Peuh, fit Kell, le couteau à écorcher entre les dents, tandis qu'il arrachait la viande d'un lièvre que Myriam avait abattu d'une flèche soigneusement placée.

Désormais, en tant que vachine, la précision avec laquelle elle maniait cette arme était encore plus mortelle. Ce que le cancer avait emporté, la technologie vachine l'avait renforcé à l'aide de rouages.

— Il n'y a rien d'aussi dangereux que moi, dans la forêt de Fer, mon garçon. Alors cesse de trembler comme une fillette qui aurait mouillé sa culotte.

— Une fillette ? Mouiller ma culotte ? Moi ? (Saark posa une main sur sa poitrine et fit une petite grimace. La blessure qu'il avait reçue sur le Mont de l'Enfer, à présent presque entièrement guérie, l'élançait encore, parfois.) Je crois que tu vas comprendre que si les brigands t'évitent, ça n'a rien à voir avec ta notoriété, ni avec ta hache mythique. C'est surtout lié à l'intense puanteur de tes aisselles crasseuses qui te précède partout où tu te promènes.

— Arrêtez, les gars, dit Myriam en levant la main. S'il vous plaît. Stop. Assez.

Nienna s'esclaffa. Depuis que la douleur à sa main avait diminué, en partie grâce à ses facultés de récupération naturelle, en partie grâce aux herbes dont Myriam faisait un bouillon crémeux chaque soir, apaisant la douleur et lui faisant faire de doux et beaux rêves aux couleurs éclatantes, elle avait découvert qu'elle avait incroyablement mûri. Le danger immanent se trouvait loin devant eux, le voyage n'était pas si mouvementé que cela, et elle réalisa qu'elle était une fille bien différente de celle, un peu boulotte et naïve, qui avait été sur le point d'intégrer les sphères académiques de l'Université de Jalder. À présent, sa musculature s'était renforcée, aguerrie au terme des semaines de marche, d'escalade, parfois de combats. Elle avait les mains calleuses d'avoir coupé du bois et ramassé des branches, et son regard affichait une certaine dureté. Elle avait vu la mort et contemplé des horreurs incompréhensibles pour la plupart des nobles du Falanor. Ces expériences lui avaient donné de la force. Elles lui avaient forgé le caractère et assuré sa détermination. Elles en avaient fait une femme.

Kell renifla sans élégance.

— T'es un poseur, connard de dandy.

— Et toi, tu pues le vieux bouc au bord de la descente d'organes.

Saark rit, écho des éclats rauques et décadents qui retentissaient lors des Festins Palatiaux.

Myriam secoua de nouveau la tête, quelque peu déprimée.

— Saark ! Arrête-toi ! Écoute, on est passés devant des champignons sauvages tout à l'heure. S'il te plaît, s'il te plaît, s'il te plaît, arrête de te disputer, retournes-y et va les ramasser pour moi. Ça améliorerait de beaucoup l'ordinaire du repas.

Saark soupira.

— Eh bien, ça, ça dépend de ma récompense, fit-il en clignant de l'œil.

Myriam pencha la tête d'un côté. Elle avait les yeux brillants, mais, avant qu'elle ait pu répondre, Kell s'invita dans la conversation d'une voix rude.

— Si t'y vas pas, c'est une baffe dans le museau, gronda-t-il.

— Ahh, mais je sais que tu m'aimes d'un amour véritable, dit Saark en souriant, ce qui fit davantage se renfrogner

Kell. (Le dandy empoigna le fourreau de sa rapière et partit au petit trot sur le chemin. L'obscurité s'installait de plus en plus.) C'est loin ? hurla-t-il dans son dos.

— Dix minutes de marche, répondit Myriam.

Saark opina du chef et s'en fut tel un spectre derrière les troncs anguleux et difformes de la forêt de Fer.

— Ça va bien se passer ? demanda Nienna, le visage empreint d'inquiétude.

— Cet imbécile patenté sait très bien s'occuper de ses miches, renifla Kell en reprenant l'écorchage du lièvre.

Saark trottait, pleinement heureux, scrutant les ténèbres de ses yeux de vachine, comme en plein jour. Il réfléchit au don de la morsure de Shanna, une des Voleuses d'Âmes que l'on avait dépêchée, non pour le tuer comme il l'avait cru au départ, mais pour l'emmener à Skaringa Dak en vue de la résurrection (ou l'*invocation*) des Seigneurs de Guerre Vampires. Qu'avait dit Myriam ? Qu'on lui avait injecté de l'huile-de-sang, ce qui l'avait partiellement transformé en vampire. Il en retirait de nombreux avantages, mais sans les rouages pour faire de lui un vachine à part entière, il mourrait. Il grogna. Il se sentait loin d'être mort. En fait, il se sentait plus vivant que jamais ! Plus fort, plus rapide, plus coriace, doté d'une plus grande résistance à la douleur et d'une incroyable faculté de récupération. Il se demanda quel genre d'adversaire il ferait, face à quelqu'un comme… Kell.

Il sourit. Non. Kell l'enverrait quand même dans l'Ossuaire à coups de botte dans le train. Après, tout, Kell était quelqu'un de *spécial*.

Saark fit halte. Il s'était légèrement écarté du chemin. Il tourna sur lui-même, paupières plissées. Perdu dans les méandres de ses pensées, il avait réussi à se perdre dans la forêt de Fer.

— Merde.

La forêt de Fer s'étalait sur environ dix ou quinze lieues, une barrière hantée séparant Jalder des Aiguilles Noires. Cette étendue boisée prétendument habitée de spectres malfaisants était composée de vieux conifères imposants, de sapins et de pins rouges, de bouleaux et de saules bleus, et d'énormes bosquets dominés par des chênes encore plus vénérables, âgés de cinq à six cents ans, noircis et crochus comme si leurs troncs immémoriaux avaient subi les assauts de féroces feux de forêt. Mais ces arbres parvenaient à survivre, dans leurs écorces difformes de suie.

Cette étendue était la raison pour laquelle les murailles de Jalder n'avaient jamais progressé vers le nord. Et c'était aussi l'une des raisons pour lesquelles l'Armée de Fer, commandée par le général Graal, avait réussi à approcher les défenses septentrionales de la ville sans se faire voir.

Saark frémit et regarda subitement autour de lui. Cet endroit foutait vraiment les jetons.

En dépit de la lumière fantomatique qui baignait le ciel hivernal, la forêt était plongée dans les ténèbres. Les ombres longues des branches faisaient peu pour illuminer la route. Saark frissonna de nouveau et retrouva difficilement la piste. Il détestait les forêts. Et il détestait particulièrement les forêts, de nuit. Saark était une créature de cours palatiales, de festins et de banquets, de bouffons et de musique, de rires et de danses, de longs habits de soie et de perruques poudrées, de généreux maquillage blanc, de lèvres fardées, de parfums capiteux et de fentes humides et avides. Saark vivait dans un monde d'argent, d'alcools forts et d'interminables nuits de débauche avinée. Les forêts, c'était pour les forestiers. Les bois, c'était pour les paysans. En fait, plus il y pensait, plus il se disait que la campagne tout entière aurait dû être réservée aux bouseux. Comment pouvait-on apprécier de passer sa vie à gratter la terre en quête de patates ? À couper du bois ? À tuer des poulets ? Il frissonna. C'était sûrement pire que la mort, non ? Mais, ironiquement, il se retrouvait là, aussi puant qu'un démuni et avec l'air certainement aussi débraillé que celui des vagabonds qui écumaient les caniveaux des ruelles de Vor. Saark n'osa pas se regarder dans une flaque. Il craignait ce qu'il y verrait. Il craignait de voir l'ampleur de sa chute.

De retour sur le chemin, Saark fit halte. Il entendit un craquement sur sa gauche et s'immobilisa.

Bordel, songea-t-il. *Y a quelque chose par là !*

Un animal ? Un homme ? Un petit frisson lui parcourut l'épine dorsale. Il tira sa rapière, et l'acier lança des éclats froids dans le peu de lumière qui filtrait par la voûte des arbres.

Saark huma un parfum de fumée froide.

Ou bien… était-ce quelque chose de pire ?

Un soldat. Un soldat *albinos*. Ou peut-être même un vachine. *Peut-être* même un chancre.

— Bordel de bordel, marmonna-t-il, surpris par sa propre réaction.

À sa droite, un bloc de neige chuta des branches et s'écrasa dans les bois, produisant un bruit étouffé dont les échos retentirent dans les frondaisons. Il cingla l'air de sa rapière. Ce truc ferait bien de ne pas s'approcher de *lui* ! Il l'ouvrirait comme un poisson ! Il le découperait comme un caneton !

Saark regarda sur sa gauche, puis sur sa droite. Il décida que les champignons sauvages n'étaient pas si nécessaires que ça pour faire un bon repas, en fin de compte, et que ce qu'il fallait vraiment faire, *là tout de suite*, c'était de rallier au plus vite la sécurité et la *lumière* du feu de camp.

La neige commença de tomber.

Enfin, les ténèbres étendirent un suaire sur le monde.

— Espèce de vieux salaud, ronchonna-t-il.

Il entreprit de prendre le chemin du retour. Quelque chose se déplaça dans les fourrés, sur sa droite. C'était gros et imposant. Saark fit halte, et la *chose* l'imita.

Ce devait être un chancre, se dit-il. Il repensa à ces gigantesques créatures, robustes, grondantes et maléfiques, des énormes, énormes blessures sur leurs flancs qui laissaient voir les rouages tordus et corrompus par la déviance de leur création. Kell en avait abattu un certain nombre, et la puissante Ilanna avait taillé dans les amas de chairs, de muscles, d'engrenages et de cliquets. Mais Saark ? Avec sa jolie petite rapière ? Contre une telle créature, il était loin d'être efficace.

Il rampa. Dans le noir, quelque chose avança d'un pas pesant, changea de direction et se dirigea vers la piste. Horrifié, il sursauta et comprit qu'on allait lui barrer la route. Il courut comme un dératé, mais, devant lui, un être énorme sortit des ténèbres et avança de façon menaçante sur le sentier. La créature était d'une taille terrifiante, et ses yeux étaient comme deux orbes démoniaques dans l'obscurité, ses flancs équins recouverts d'une fourrure noire. Saark poussa un hurlement, se retourna, glissa brusquement sur des racines gelées et son coude, puis son crâne, heurtèrent violemment le sol. Étourdi quelques instants, il constata qu'il avait laissé tomber sa rapière. Sa main droite partit aveuglément à sa recherche tandis que le monstre progressait sur le chemin, dressé devant lui tel un gigantesque démon de fumée. Saark ouvrit la bouche pour crier alors que d'énormes crocs effrayants se jetaient sur sa gorge…

— Hi-han ! déclara le démon, et un long museau velu s'abaissa et vint se poser contre son menton, laissant une longue traînée visqueuse de salive chaude sur sa petite barbe bien peignée.

L'haleine de l'âne le submergea. L'animal recula, et l'on entendit le clic-clac reconnaissable et fort peu terrifiant de ses sabots.

— La… La vache ! Putain, j'y crois pas !

Saark se posa sur son cul, retrouva sa rapière et se remit debout sur des membres flageolants. Il se redressa et fixa l'ânesse dans le noir.

— Hi-han ! clama-t-elle.

Saark plissa les paupières et se gratta le menton. Puis, il plissa derechef les paupières. Il suivit le flanc de l'aimable bête et observa le panier qu'elle transportait sur son dos. Il se frotta une fois de plus le menton.

— *Putain non*, j'y crois pas ! Mary ! C'est toi, Mary ! Tu es passée par les montagnes ! C'est moi, Saark, ton fidèle maître, oh ! je suis si content de te voir, si content que tu aies échappé à ces chancres et aux Voleuses d'Âmes. Tu as dû passer par la forteresse de Caillich, prendre vers le sud par la forêt de Fer et suivre les pistes jusqu'à ce que, par pure coïncidence, on se retrouve réunis ! Quelle joie !

Saark se tut. Réalisa qu'il était au milieu des bois et qu'il parlait à une ânesse.

Il lui caressa le museau, et Mary se blottit contre lui.

— Cela dit, ça fait drôlement plaisir de te revoir, ma vieille amie.

Il sourit, s'empara de sa longe, et la conduisit sur le chemin, en direction du camp improvisé.

Un ragoût bouillonnait sur le feu quand Saark émergea triomphalement du tunnel formé par les arbres.

— Hé tout le monde ! Regardez ! s'écria-t-il. J'ai trouvé Mary dans les bois ! Ma fidèle vieille ânesse ! Elle est venue me retrouver en traversant les montagnes ! Quelle coïncidence ! C'est un miracle !

Il sourit de toutes ses dents à l'assemblée. Kell releva brièvement la tête et continua d'affûter Ilanna.

— Parfait, fit-il. Fais-la abattre, vider et écorcher. On pourra mettre des sabots d'âne dans le ragoût, comme ça.

— Ha ha, fit Saark en riant jaune.

Kell interrompit sa tâche et le regarda fixement.

— Je suis sérieux. Nous risquons de crever de faim, dans le coin. Comme je l'ai toujours dit et répété par le passé, y a de bons morceaux sur un âne.

Mary poussa un cri, narines dilatées.

— C'est sûrement une blague, non ? s'enquit Saark.

— Laisse-le tranquille, dit Myriam en se déplaçant pour examiner l'animal.

Il s'agissait effectivement de Mary, ânesse, bête de somme, l'honorable compagne équine de Saark. Elle frotta amicalement son museau sur la main de Myriam.

— Il reste des provisions dans le panier ?

Saark farfouilla et dénicha victorieusement du bœuf séché, du sel, du sucre, du café, des flèches et des couvertures.

— Tu vois, Kell, pas la peine d'abattre ma si particulière camarade. Elle nous a rapporté des vivres dont nous avions ma foi bien besoin. Quelle brave ânesse. Oui, parfaitement, tu es une brave ânesse.

Il lui caressa le museau.

Kell grogna.

Nienna se rapprocha et caressa le chanfrein de Mary.

— Je n'arrive pas à croire qu'elle ait retrouvé le chemin du retour. Toute cette distance !

— Ahh, eh bien... fit Saark en se grattant son impeccable moustache. C'est intelligent, un âne, à la base. On peut les trouver têtus et peu dociles, mais je vous garantis qu'ils ont plus de cervelle que la plupart des crétins qu'on peut trouver dans n'importe quel boui-boui.

Il lança un regard lourd de signification à Kell, qui les ignorait savamment, lui et l'ânesse.

— Bref. Ça reste un périple incroyable, pour une ânesse, dit Nienna. Admirable. Et qu'elle ait pu te retrouver dans les bois ? Quel coup de chance !

— Elle le suivait grâce à l'odeur de son affreux parfum, marmonna Kell.

— Tu vas te calmer, vieillard, dit sèchement Saark, lèvre inférieure légèrement tremblante. Tout ça parce que t'en as pas une à toi.

Kell se leva et s'étira le dos. Il regarda fixement Saark, un grand sourire peint sur ses traits rudes et recouverts de barbe.

— Allons, mon garçon, fit-il. (Il sourit, se gratta la barbe, fit courir une main dans ses cheveux hirsutes et veinés de gris et frotta ses yeux fatigués. Il fit un clin d'œil.) Comme ça tu auras au moins quelque chose pour te tenir chaud sous tes couvertures, pas vrai ?

Sur ce, il partit pisser dans les bois d'un pas nonchalant.

V

COMME UNE HORLOGE

L'AUBE ÉTAIT LUMINEUSE, et l'air froid et sec. La neige s'accrochait aux branches nues et anguleuses et, à la lueur magenta du matin nouveau, les arbres paraissaient effectivement être façonnés dans le fer. La plupart étaient gigantesques, décharnés et sévères contre le canevas fragile des cieux. Saark bâilla en s'étirant et ouvrit les yeux. Nienna était assise près du feu dans lequel elle avait jeté davantage de combustible avant de le ranimer.

Saark sortit de sous sa couverture et frissonna.

— Par les dieux. Il fait froid, ici.

— Tu as bien dormi, Saark? demanda Nienna sans relever la tête.

Elle continua d'attiser le feu. Sa voix était douce, chantante, comme l'offrande d'un chant d'oiseau magnifique et apaisant. Saark déglutit et inspira profondément.

— Oui, ma douce, répondit-il.

Alors, elle leva les yeux, leurs regards se croisèrent, et le ronflement de Kell interrompit cet instant telle une volée de carreaux d'arbalète. Saark jeta un œil sur le vieux guerrier. Kell s'était retourné sur sa couche, ses bottes dépassant de sous la couverture. C'était comme s'il se moquait de Saark, même dans son sommeil. *Je te surveille, mon garçon,* paraissait dire le guerrier endormi. *Touche à ma petite-fille, et je te fais un deuxième trou de balle.*

Saark passa de l'autre côté et s'assit en face de Nienna. Il l'observa quelques instants, regarda ses gestes délicats et, dans un sursaut, il comprit… Au cours de leur long périple, elle avait changé… D'enfant, elle était devenue adulte. Elle était plus dure, plus maigre, plus vigoureuse. Elle avait des ridules au coin des yeux, et son visage, même fatigué par les voyages incessants et la crainte de se faire pourchasser, *irradiait* également une force nouvelle et intérieure. Cette femme avait plongé le regard dans l'Abysse mais n'y avait pas sombré.

— Comment te sens-tu ? demanda Saark.

Nienna pencha la tête d'un côté et haussa légèrement les épaules.

— Fatiguée. Ce que je donnerais pour un bon bain chaud !

— Moi aussi. (Saark toussa.) Je veux dire, tout seul, pas, pas avec… toi.

Il bredouilla puis se tut. Les flammes crépitaient. Le bois crachotait. Dans la forêt de Fer, la neige tombait des branches. Les sabots de Mary faisaient crisser la neige.

— C'est si dur que ça, de me regarder ? demanda subitement Nienna, les larmes aux yeux. Je suis si laide que ça ?

— Non ! Non, bien sûr que non. (Saark contourna le feu et la prit par les épaules. Il la serra doucement.) Tu es belle.

Elle le regarda droit dans les yeux. Des larmes maculaient ses joues rosées.

— Tu le penses vraiment ?

— Bien sûr ! fit Saark. C'est juste que, bon, Kell, et puis cette hache, eh bien…

— Tu dis toujours ça, le rabroua Nienna. (Elle sécha furieusement ses larmes et se dégagea de son étreinte.) Je crois que pour toi, Saark, c'est une bonne excuse.

— Ce n'est pas vrai. (Il remit son bras sur ses épaules.) Viens contre moi, petite. Et, avant que tu m'arraches la tête avec cette langue bien pendue qui te caractérise, je précise que c'est un témoignage d'affection, pas de condescendance.

Saark la serra quelques instants contre lui et la berça. Elle vint poser sa tête sur son épaule… son épaule si récemment profanée, à présent guérie grâce aux techniques perfectionnées des vachines.

NIENNA ENTENDAIT BATTRE le cœur de Saark. Son pouls était puissant. Comme lui. Et elle sentait son odeur, elle lui faisait tourner la tête et lui asséchait la bouche. Elle voyait les étoiles. Elle contemplait les cieux et goûtait l'ambroisie d'une promesse lointaine et fugitive.

Kell toussota

— T'as bien dormi ?

Saark ôta son bras des épaules de Nienna.

— Ne va pas te faire des idées, vieillard.

Kell le lorgna dans l'aube sombre.

— Je ne m'en faisais aucune, *moi*, rétorqua-t-il, énigmatique, avant de partir pisser dans les bois.

Saark jeta un œil à Nienna, comme pour lui dire : « Tu vois ? C'est mon diable gardien », mais elle le regardait d'un air étrange qu'il n'apprécia nullement. Il savait pertinemment ce que ce regard voulait dire. C'était un regard que des milliers de femmes lui avaient jeté au cours des ans. Saark en connaissait un rayon, là-dessus, car il était beau. Pis encore. Il était beau et dépourvu de toute morale.

Il frémit, plein d'appréhension, comme un fantôme lui traversait l'âme...

Ils se restaurèrent hâtivement de bœuf séché et partirent dans la forêt de Fer. Saark menait Mary à l'aide d'une courte longe de corde effilochée. La marche fut rude. Il y avait parfois de petites pistes aisées à suivre, mais, le plus souvent, elles disparaissaient et ils furent contraints de progresser à travers champs. Kell était en tête et jurait, comme il luttait contre les serres crochues des arbres et que ses lourdes bottes s'enfonçaient sans ménagement dans la neige et dans les broussailles mortes et enchevêtrées.

Au bout de quelques heures de marche et d'invectives, ils firent une pause. Saark, lui, poussa un gémissement.

— J'ai les pieds gelés ! On devrait faire un feu.

— On n'a pas le temps, réfuta Kell, l'air acerbe.

— D'accord, mais si mes pieds se retrouvent congelés, je ne pourrai plus marcher. Pire encore, j'ai connu un type, il bossait près du lac Lune à l'époque des grosses chutes de neige d'il y a quelques années. Il était coincé sur les Plaines Iopiennes. Il y est resté des jours. Eh bien, ses orteils sont devenus tout noirs et ils sont tombés.

— Ils sont tombés ? demanda Nienna, épouvantée.

— Moi aussi, j'ai vu ce genre de trucs. À l'armée, dit Kell en ôtant ses bottes pour se frotter les orteils. (Il gratifia Saark d'un grand sourire.) Le truc, c'est de continuer à marcher. Faut que le sang circule. Si tu restes planté sur ton cul comme un gommeux bourré, tu vas te retrouver en galère.

Saark ignora l'insulte et regarda autour de lui.

— C'est joli ici, dis-moi, déclara-t-il. Ça me rappelle un poème...

— Commence pas, intima sèchement Kell. J'emmerde les poètes.

— Mais regarde moi ça, vieillard ! Regarde-moi cette beauté ! Contemple la majesté de la Nature !

— La majesté de la Nature ? postillonna Kell. (Son visage s'assombrit.) Là où on va, mon garçon, il y a peu de majesté et la mort est partout.

Saark réfléchit à ces propos, tandis que Mary frottait son museau contre sa main.

— Et c'est où qu'on va, exactement ? finit-il par demander quand Kell choisit d'ignorer son invitation à poursuivre son propos.

— Au lac Verre de Glace, répondit Kell.

— Tu es fou, intervint Myriam. Nous ne pouvons pas nous rendre là-bas. Ces terres sont impures !

— Du calme, fit Saark en levant la main. Impures ? Genre, ça rentre dans le corps et ça tue de l'intérieur, comme un poison ?

— Le Verre de Glace est un lac gelé, dit Myriam. Mais ce n'est pas de la glace. Ce sont des toxines. Même au plus fort de l'été, il reste solide. Parfois des voyageurs imprudents marchent sur sa surface apparemment ferme, et une crevasse s'ouvre et les avale. Je l'ai vu de mes yeux. Près du bord. Un homme est tombé dedans jusqu'aux genoux. Les quelques jours qui ont suivi, le… l'eau, le truc, je sais pas, ont dévoré ses chairs. On l'a sanglé et garrotté, on lui a mis une lanière de cuir entre les dents. Il a hurlé trois nuits durant, jusqu'à ce qu'on n'en puisse plus et qu'on mette fin à son supplice.

La voix de Myriam s'estompa, et elle se tut.

— Un vrai conte de fée, cracha Saark. Merci beaucoup de me remonter le moral !

— Il faut qu'on le traverse, déclara Kell. C'est la route la plus rapide.

— Pour aller où ? demanda Saark en fronçant furieusement les sourcils.

— Aux Mines des Aiguilles Noires.

***

ILS SE TROUVAIENT sur les rives du lac Verre de Glace, mais il n'y avait rien à voir, à l'exception d'un disque uniforme recouvert de neige. Le vent soupira à l'orée de la forêt de Fer et agita la barbe de Kell, tandis qu'il embrassait le plateau d'un regard sombre.

— Tu vois ? dit Myriam. (Elle indiquait des traces d'animaux derrière elle.) Aucune trace ne se dirige vers le lac gelé. Comme si les animaux *savaient* qu'il représentait un grand danger et qu'il allait les dévorer.

— Y a quoi d'autre qui gèle, à part l'eau ? demanda Saark en se grattant le menton.

Myriam haussa les épaules.

— Qui sait ? Ça a toujours été comme ça, ici. Styx disait que son père, et le père de son père, ne l'avaient jamais vu autrement. Et que seuls les imprudents tentaient de le traverser.

— C'est grand comment ? demanda Saark en scrutant la plaine désolée.

— C'est assez grand, s'esclaffa Kell en posant un pied sur la surface gelée. Regarde, c'est dur comme le roc.

Saark le dévisagea.

— C'est quand on dit des choses comme ça qu'en général le sol s'ouvre en deux et t'avale ! Tu ne devrais pas tenter le Destin, Kell. Il a un sens de l'humour encore plus tordu que la cervelle d'un chancre.

— Arrête tes conneries, réfuta Kell. Allez, les filles, on a une mission. Vous voulez sauver le Falanor ? Eh bien, ça n'arrivera pas tant que vous resterez là à vous curer le pif.

— J'arrive, mais j'exprime toutes mes réserves, dit Myriam. (Prudemment, elle tâta la surface du bout de sa botte.) D'avoir entendu hurler un homme dont les jambes avaient été réduites à de simples bouts d'os m'a ôté toute envie de risquer quoi que ce soit ici.

Quand bien même, elle avança sur le lac gelé et vint se placer à côté de Kell. Puis Nienna l'imita, leva fièrement le menton et se retourna. Son regard croisa celui de Saark.

Celui-ci trépignait.

— Vous êtes sûrs qu'il n'y a aucun moyen de faire le tour ? pleurnicha-t-il.

— Ramène-toi ! tonna Kell.

Le vieux guerrier se retourna et entreprit de progresser à pas raides sur le plateau glacé.

Saark les suivit avec prudence, mais Mary recula et voulut le retenir.

— Chut ! l'apaisa Saark.

Peu à peu, doucement, il parvint à convaincre l'ânesse de s'avancer sur la surface transie.

Myriam, vingt pas devant eux, se retourna.

— Tu vois. Les animaux le sentent. Ils sentent la mort.

— Vous allez la boucler, oui ou merde ?! s'écria Saark, ulcéré à présent, tandis qu'il luttait avec l'ânesse. Allons, ma fille, viens ma fille, ça va pas te manger, ma fille, viens, s'il te plaît, fais-moi confiance, il ne t'arrivera rien de mal.

— C'est comme ça que tu emballes les filles ? railla Myriam, un grand sourire aux lèvres.

Saark réfléchit et fronça les sourcils.

— T'as l'esprit vraiment mal placé, dit-il. (Il sourit.) Même si je dois admettre que parfois, ça marche.

Kell et Nienna étaient en tête. Kell progressait à grandes enjambées dans la poudreuse sans regarder derrière lui, la puissante Ilanna dans un poing, l'autre fermement serré. Nienna trottait à ses côtés. Elle jeta un œil par-dessus son épaule et vit que Saark et Myriam leur avaient emboîté le pas.

— Est-ce que ce lac avale vraiment les gens, grand-père ? demanda-t-elle en fixant ses bottes.

Elle en était venue à se sentir en sécurité sur la terre ferme, et l'idée de marcher sur une fine couche de glace l'emplissait d'une peur consommée.

— Ce sont des contes de bonnes femmes, répondit Kell sans la regarder.

Son regard était rivé sur la rangée d'arbres, bande lointaine de troncs noircis pas plus gros que l'ongle de son pouce. Une demi-lieue, estima-t-il. Cela représentait une longue distance quand on marchait sur une glace fragile et perfide.

Derrière, Saark et Myriam papotaient.

— Dis-m'en plus sur les rouages, dit Saark.

La longe de l'ânesse récalcitrante lui tailladait la main. Il grimaça.

— Qu'est-ce que tu veux savoir ?

— Tu crois que je vais mourir ? Sans les rouages, je veux dire.

— C'est ce que Tashmaniok et Shanna ont suggéré. Mais elles mentaient peut-être, cela dit. (Elle le regarda fixement.) Pourquoi ? Comment te sens-tu ?

— Je me sens en pleine forme ! Puissant, fort, au sommet de mes prouesses ! Il n'y a plus aucune douleur, mes blessures ont toutes guéri à l'exception d'un élancement bizarre. Je me dis que cette histoire de vampires d'airain n'est pas si mal, finalement. Je suis plus rapide, plus fort, j'ai la vue plus perçante. Je me retrouve rarement à bout de souffle, et j'endure plus facilement la chaleur et le froid.

— Et pourtant, tu te plains encore de tes orteils gelés, fit observer Myriam.

— C'est parce que cette lopette serait prête à se plaindre à chaque occase ! hurla Kell de loin.

— Par les dieux, il a l'ouïe fine pour un humain, dit Saark en fronçant les sourcils.

— Tu ferais bien de faire attention à lui, dans ce cas, quand tu te retrouves assis sous les couvertures avec Nienna dans tes bras.

Saark la fusilla longuement du regard.

— Je ne faisais que donner un peu de chaleur et d'amitié, dit-il.

— Oui, renifla peu élégamment Myriam. J'en ai vu, des amitiés comme ça, au long de ma courte et triste existence !

Saark écarquilla les yeux.

— Moi ? Vraiment ? Tu crois que je... (Il réfléchit.) En fait, oui, bien sûr que tu as raison. Je l'aurais fait. Mais la question n'est pas là. Avec cette énorme hache de merde suspendue comme un pendule au-dessus de ma nuque, eh ben, je sais pas, mais j'ai l'impression que ça me fait perdre tous mes *considérables* moyens. (Il sourit, mais vit l'expression de Myriam s'assombrir.) Tu vas bien ?

— Oui ! Non. C'est juste que, bon, j'ai pas envie d'en parler.

Saark se remémora la conversation. Quelque chose avait contrarié Myriam. Oui, mais quoi ? Avec sa grande gueule, il avait encore réussi à mettre les pieds dans le plat. Il fronça les sourcils et s'arrêta, les mains sur les hanches. Mary fit bruyamment halte derrière lui, et Myriam se retourna vers lui, une question dans le regard.

Saark s'approcha tout près d'elle, il sentit son odeur, une odeur de feu de bois, un arôme musqué et entêtant mêlé à celui de la sueur et de son parfum naturel. Un léger vertige s'empara de lui. Sa bouche s'assécha.

— Oui ? dit-elle.

— Non, rien.

Il sourit et s'approcha davantage d'elle. Ses lèvres effleurèrent les siennes et il observa une pause. Il la sentit se tendre peu à peu vers lui, elle ondulait, consentante, prête, subtilement excitée. Il avait la permission de continuer.

Ses lèvres frôlèrent les siennes, comme pour toucher les pétales d'une rose, et il la sentit *soupirer*. Il s'approcha encore, se colla contre elle et ils s'embrassèrent. Il la soutint tendrement. Elle était vigoureuse, musclée, plus forte que toutes les femmes qu'il avait déjà serrées dans ses bras. Il l'entendit gémir, son baiser se fit plus passionné, et, à cet instant, Saark comprit tout, aussi nettement que le sang tache la neige. Un parasite, un cancer, l'avait dévorée et était retourné dans sa coquille comme un escargot. Myriam avait refréné son désir, son envie, ses appétits, et cela faisait longtemps qu'elle n'avait connu d'homme, un vrai. Longtemps qu'elle n'avait eu *personne*. Saark sourit intérieurement : *Je vais te montrer à quoi ça ressemble, un homme, moi*. Il l'embrassa avec passion, avec délicatesse, parfaitement au fait de ce que les femmes veulent, de la façon de les faire se révéler, de ce qui leur fait prendre du bon temps avec *lui*.

Elle se dégagea.

— T'es un sale vaurien, s'esclaffa-t-elle.

— Embrasse-moi encore.

Elle s'exécuta, impatiente, mais Mary les interrompit subitement en fourrant son museau contre la joue de Saark, battant de la lippe dans un *hrrpphhhhh* sonore et humide de salive équine. Saark recula en hoquetant, et Myriam eut un rire semblable au tintement de petits carillons.

— Je crois qu'elle est jalouse, dit Myriam avec un sourire en coin.

— Je crois que tu as raison, acquiesça Saark. Allez ! Ouste ! Sale bête ! Dégage !

Myriam posa sa main sur la joue de Saark.

— Je t'attendrai. Ce soir.

Saark lui adressa un petit coup de menton.

— Je sais, ma douce.

La forêt de Fer réapparaissait lentement à la vue, mais Kell avait fait halte. Les voyageurs étaient à présent épuisés. Le vieux guerrier était en tête, suivi d'une Nienna apathique et solitaire, et Saark et Myriam fermaient la marche, leurs visages illuminés d'éclats de rire et de bonne humeur. Au bout de quelques minutes, ils le rattrapèrent. Ses prunelles noires scrutaient les profondeurs enténébrées et apparemment impénétrables de la forêt. L'obscurité y régnait, intimidante, peuplée d'énormes troncs anguleux et de branches semblables à des serres. Un silence maussade paraissait suinter de la forêt comme une vapeur invisible. Aucun oiseau ne chantait. Aucun bruit ne parvenait au groupe, sauf…

— C'était quoi, ce craquement ? demanda Saark, qui s'immobilisa brusquement.

— Chut ! fit Kell.

Ils prêtèrent l'oreille. Une autre série de tout petits craquements se fit entendre au-dessous d'eux, vraisemblablement *loin* sous eux. Ces bruits étaient reconnaissables entre tous et, cette fois-ci, une succession rapide de crépitements retentit, telle une volée de carreaux d'arbalète s'abattant sur des remparts.

— On devrait pas déguerpir ? demanda Saark.

— Ce serait une très mauvaise idée, répondit doucement Kell. Il faut qu'on marche, plutôt. Pressons-nous. Et je pense qu'on devrait se disperser. Pour distribuer le poids.

— Je savais que c'était une mauvaise idée, fit Myriam d'un ton glacial.

— Tiens ta langue, femme ! Ça nous a épargné trois jours de route, et avec ces enfoirés de vampires dans le coin, chaque heure compte. T'as oublié notre but, occupée que t'étais à fourrer ta langue dans le piège à mouche du dandy ?

— Très bien, on avance, et puis c'est tout, lâcha Saark en tendant les mains devant lui.

Ils se séparèrent, et des crépitements leur répondirent sur la surface glacée du lac Verre de Glace. Les bruits se rapprochaient. Désormais, ils n'étaient plus si lointains.

— J'ai peur, dit Nienna.

Kell garda le silence. Ils se dirigèrent en éventail vers les arbres gris fer et tendirent l'oreille aux craquements. Certains étaient faibles, distants, et provenaient des profondeurs. D'autres, en revanche, étaient intenses et produisaient un crescendo tel que Kell en eut mal aux oreilles. Il accéléra le pas.

Saark trottait, Kell à sa gauche, Myriam et Nienna à sa droite. Les sabots de Mary martelaient la glace derrière lui. Soudain, il fit brusquement halte. Il sentait la glace *frémir* sous ses bottes. L'impact des sabots de Mary allait-il empirer les choses ? Il y avait de la pression, là-dessous, après tout. Saark se retourna et fixa l'ânesse. Mary le toisa d'un œil méfiant et poussa un braiement, trépignant comme pour se réchauffer.

— Holà ! fit Saark. Ne fais pas ça, ma fille !

— Hi-han ! lui rétorqua Mary, comme si elle sentait quelque chose sous la surface de la neige, comme si un prédateur se rapprochait d'eux à toute allure. Saark releva la tête. Kell avait gagné la rive, suivi de près par Nienna. La berge, à hauteur de taille, était boueuse et envahie par les racines. Kell tendit la main et hissa Nienna en lieu sûr.

Saark se mit à courir et s'arrêta d'un coup, comme une fissure s'ouvrait devant lui.

— Ahh ! éructa-t-il, terrifié.

Il recula.

Une puanteur de soufre jaillit de la surface qui se lézardait sous ses yeux. Il y eut une secousse, le lac gelé et impur parut trembler, et la fissure s'élargit davantage. Saark courut vers la droite, là où la fissure s'arrêtait. Il la contourna, Mary au bout de sa longe. Ses lourds sabots continuaient de s'acharner sur la surface. Saark leva la tête, vit que Myriam avait rejoint la rive et que Kell la hissait sur une section plus basse en pente douce. Ses bottes ripèrent, et il glissa dans la boue gelée. Voilà ! Mary allait devoir rendre des comptes ! *Comment est-ce que j'ai fait pour me faire distancer à ce point ? Qu'est-ce qu'il s'est passé ? Est-ce que les dieux se moquent encore de moi ?*

Il détala, se rapprochant de Kell. La barbe de la Légende était pleine de glace, et ses traits étaient déformés par un rictus inquiet.

— Allez, *quoi*, Saark ! cracha Myriam.

D'autres craquements retentirent, tel le claquement des balistes pendant un siège. Saark banda les muscles de ses bras alors que Mary trottait sagement derrière lui… avant de s'arrêter brusquement en tirant sur sa longe, la croupe lâche. Elle poussa un terrible braiement. Saark fut brutalement tiré en arrière, manqua de perdre l'équilibre et tournoya sur lui-même, agacé.

— Mary, t'es une conne ! éructa-t-il. Allez ! Allez, sale bête, ou je te laisse à ton sort !

Mary secoua la tête, poussa derechef un braiement, et Saark fut pris sous un déluge de bave. Il se positionna derrière l'ânesse et lui claqua la croupe du plus fort qu'il le put. L'animal hoqueta, secoua encore une fois la tête et démarra en trombe sur la glace. Saark lui courut après, la vit trébucher sur la pente au moment même où la glace s'ouvrait devant lui. Il s'enfonça jusqu'aux genoux. Il hurla, bascula en avant, trébucha et s'agrippa du bout des doigts à la rive. Kell était là, penché vers lui. Leurs mains se touchèrent et leurs regards se croisèrent.

— Oh, non, murmura Saark.

Kell se tourna et jongla maladroitement avec Ilanna.

— Attrape la hache, mon garçon ! cria-t-il en tendant davantage la main.

Mais un énorme craquement déchira l'atmosphère et Saark disparut sous la surface du lac gelé.

— Non ! hurla Myriam, mais Kell la retint par le gilet.

— Holà, ma fille, tu veux y rester, toi aussi, ou quoi ?

Des blocs de glace dansaient à la surface, Mary poussait des cris désespérés. La neige se mit à tomber de la morne voûte pastel. Ils restèrent sur la rive à regarder les blocs de glace, à écouter les craquements, et à prier pour Saark. Kell fit la moue. Qu'avait dit Myriam ? Que les jambes du gars avaient été rongées une fois que les toxines du lac étaient entrées en contact avec la peau ? *Peut-être Saark aura-t-il de la chance*, se dit-il. *Peut-être se noiera-t-il avant.*

Myriam voulut de nouveau rejoindre Saark. Kell la souleva de terre pour l'éloigner du bord du lac Verre de Glace.

— *Lâche-moi !* cracha-t-elle en battant des jambes, l'œil furieux.

Kell la laissa tomber sur le sol gelé de la forêt.

— Je suis désolé, ma fille, dit Kell en secouant tristement la tête. Il est parti. Il est mort.

D'un coup, la surface du lac se souleva, et Saark réapparut, pantelant, crachotant, dans tous ses états.

— Non, je suis pas parti, bordel ! s'époumona-t-il. Aidez-moi à sortir de là ! Tout de suite ! Quelle merde ! Ce truc a le goût de merde !

Kell se précipita vers la pente, s'étendit de tout son long et tendit Ilanna. Saark s'empara des lames, prenant bien soin de ne pas se trancher un doigt. Kell le hissa sur la petite inclinaison, où le dandy roula, pris de quintes de toux, à bout de souffle. Il était recouvert d'une bourbe vert sombre, grasse et épaisse, recrachant d'énormes mottes trépidantes dans la gadoue gelée.

— Putain quelle horreur ! C'était à gerber ! (Il quitta à grand-peine ses vêtements trempés et finit par se relever, nu et grelottant sur la rive congelée. Il toisa tout le monde.)

Quoi ? *Qu'est ce qu'il y a ?* Allez, trouvez-moi des habits secs, vous voulez bien ? Y en a, dans le panier de Mary.

Myriam dénicha ce qu'il exigeait. Kell ramassa des poignées de neige pour frotter sa carcasse secouée de violents tremblements et la nettoyer de la fange du lac. Parvenu à son entrejambe, il lui tendit une boule de neige.

— À toi de jouer, mon garçon. Les couilles, c'est privé. (À Myriam :) Fais un feu. Je vais trouver de l'eau, il faut qu'on le nettoie. Nienna, tu peux aller ramasser du bois ? Merci, ma fille. (Il se retourna vers Saark, aux prises avec ses lourds lainages, les doigts presque bleus.)

— À quoi tu pensais, mon garçon, quand tu as fait passer cette foutue bestiole avant toi ?

— Je ne pouvais pas l'abandonner ! répondit sèchement Saark.

— Eh ben, j'espère qu'elle en vaut le coup, dit Kell avec un sourire en coin.

— T'occupe. T'inquiète pas pour ça.

— On verra si tu changes pas d'avis quand tes chairs partiront en lambeaux.

— J'avais oublié ce détail, frémit Saark, accablé, le regard désespérément rivé sur ses bottes qui répandaient leur jus de teinture noire sur la neige. Chierie ! Ces bottes coûtent un bras.

— Je crois que tu as des problèmes plus importants, le rabroua Kell.

Bientôt, un assez grand feu brûlait, en dépit des ronchonnements de Kell à propos de discrétion, de la fumée, du fait qu'elle révélait leur position à tous les troufions, les brigands, les Lippes-Noires et tous les criminels dans un rayon de deux lieues. Kell découvrit une mare gelée, en brisa la surface avec sa hache, pria Saark de se déshabiller une fois de plus et lui ordonna de sauter dans l'eau glacée.

— Mais pourquoi ? geignit-il en se débarrassant de son tartan.

— Débarrasse-toi de la merde que t'as sur toi. Et vire-la de tes tifs aussi. Ça t'intéresse pas d'être chauve, si ?

Saark lança un regard tout à fait horrifié à Kell et se hâta de se dévêtir. Toutefois, il brailla et se débattit, *fort* mécontent, et il fallut un petit coup de pouce d'Ilanna pour le jeter dans la mare gelée. Il but la tasse et remonta à la surface en crachant. Hors de lui, il hurla des jurons et des malédictions tout en claquant des dents. Il se frotta la tête en marmonnant des obscénités à Kell, à Mary, et au monde en général. Puis Kell le fit sortir de l'eau, l'enveloppa dans une couverture et le soutint, tout grelottant, jusqu'au feu, où il déposa ses vêtements près de lui.

— Ça me rappelle quand je m'occupais de mes nourrissons, grommela Kell.

— Dis donc, si tu nous avais pas traînés sur ce putain de lac, je serais pas assis là avec les couilles comme des grains de maïs.

— Rien n'a changé, alors, hein mon garçon ? dit Kell avec un grand sourire.

Saark tremblait trop pour répondre.

Myriam et Nienna mirent une grande casserole de bouillon sur le feu, et Kell disparut dans la forêt de Fer à la recherche d'abrutis à démembrer. Il revint au bout d'une heure en secouant la tête, constatant que Saark dégustait son troisième bol de soupe et qu'il était de bien meilleure humeur.

— Tu vois ? fit Saark, radieux. Je vais tout à fait bien ! Tout va bien ! Je crois que toutes ces histoires de lacs toxiques mangeurs d'hommes font partie des trucs de fantômes à la con que dégoisent ces cinglés de forestiers autour du feu.

Il jeta un regard lourd de signification à Myriam, puis s'installa confortablement, soulevant légèrement sa couverture pour y laisser pénétrer plus de chaleur.

— Par tous les dieux, mon garçon, ôte-moi ça de la vue ! tonna Kell. On n'a pas envie de voir ça pendant qu'on mange notre soupe !

— Qu'est ce qu'il se passe, t'as jamais vu un plus bel exemple de bon gros steak, avant ?

— J'ai jamais vu un truc aussi ridicule, plutôt ! rugit Kell, dont la bonne humeur était subitement revenue. Les saucisses des étals ont des airs majestueux à côté de ça ! Maintenant, tu remets tes fringues, on a déjà assez perdu de temps. Il faudrait qu'on reprenne notre route.

— Je me remets à peine de mon accident, gémit Saark, renfrogné, en resserrant les couvertures autour de lui. J'ai failli mourir. Tu pourrais au moins avoir un peu de compassion !

— J'aurai de la compassion quand tu seras mort. Enfile ton tartan, j'ai vu des soldats dans la forêt. Des *tas* de soldats. Assez de soldats, par exemple, pour nous faire passer une très sale journée.

Myriam étouffa le feu, et ils furent prêts à partir en quelques minutes. Saark se plaignit de ses bottes trempées et du froid glacial.

La neige se mit à tomber dru et s'entassa sur les branches anguleuses tel un parasite immaculé. Ils progressèrent péniblement par la forêt plongée dans le silence, laissant derrière eux une piste étroite, au gré des zigzags qu'ils effectuaient entre les arbres, au cas où les soldats aient vu leur feu et décidé de venir enquêter.

La glace zébrait le ciel.

Et, dans ce monde sylvestre et transi, ils poursuivirent leur route.

Ils parvinrent devant une ferme abandonnée. C'était un bâtiment délabré et bancal ; aucune piste n'y conduisait ni ne s'en éloignait. L'endroit devait avoir été déserté depuis des années, et la végétation avait lentement repris ses droits, la route et les étables. Le toit tenait encore bon, ce qui était miraculeux, compte tenu des volumes de neiges que déversaient les cieux. Kell ne fut pas mécontent de voir ça : comme il le fit remarquer, ce toit leur permettrait de couvrir leurs traces.

Kell les autorisa à allumer un feu, car sans feu, dit-il, ils pourraient y rester, et que les soldats aillent se faire mettre.

Avec un feu dans la vieille cheminée de la cuisine et l'obscurité qui régnait au dehors, la forêt qui les entourait ne laissait passer aucune lumière. Dehors, le sol fut peu à peu recouvert d'une épaisse couche de neige fraîche.

Myriam disparut dans les bois et en revint chargée de champignons et de baies, avec lesquelles elle prépara un ragoût. Saark, quant à lui, s'était affairé dans l'écurie où il s'assura que Mary l'ânesse avait bien une épaisse couverture sur le dos et qu'elle ne souffrait pas trop des courants d'air.

Il lui tapota le museau.

— Je t'aurais bien gardée avec nous dans la maison, mais tu sais comment est Kell. Vieux ronchon. Rien qu'à te regarder, il a déjà envie de te boulotter.

— Encore en train de parler à ton âne ? demanda Myriam, presque à son oreille.

Il sursauta.

— Par les Temples du Chaos, tu sais te faire discrète, Myriam.

— Ce n'est qu'un de mes nombreux talents.

Elle se planta devant lui et posa ses mains sur ses épaules. Elle se pencha, ils s'embrassèrent et, en dépit du froid et de la neige, en dépit de l'obscurité et de la crainte vague et lancinante que leur inspirait leur mission, en dépit des vampires, de l'état dans lequel se retrouvait le Falanor, cet instant les vit protégés d'un bouclier de chaleur et de désir.

— Tu viens dans mon lit, ce soir ? murmura-t-elle d'une voix rauque, tout en s'écartant de lui sans le lâcher.

C'était elle qui tenait les rênes, désormais, elle était le partenaire dominant. Sa confiance lui était revenue décuplée, et son regard était vif et impatient. Saark apprécia. Il apprécia l'inversion des rôles. C'était stimulant.

— Oui, répondit-il, sans ressentir le besoin de recourir à la coquetterie.

Il passa les mains dans son dos, puis sur ses fesses, avant de la tirer contre lui de façon que leurs hanches soient en contact. Il était dur contre elle, et il sourit, car il savait qu'elle savait. Et elle savait qu'il savait qu'elle savait. Ils se donnèrent un nouveau baiser.

— Je vais si bien te traiter, Myriam, dit-il.

— Je sais, acquiesça-t-elle en souriant.

— Il arrive, ce bois pour le feu ? hurla Kell d'un ton vulgaire.

— J'arrive, la Légende, répondit Myriam avec un grand sourire. (Elle se chargea des gros morceaux de bois qui se trouvaient non loin de l'écurie penchée et branlante.) Et après, on fera un peu de poésie ! On chantera une épopée héroïque !

— Certainement pas avec moi, gronda Kell.

Il claqua la porte.

Le feu mourait peu à peu. Ils avaient disposé des couvertures devant les flammes. Nienna dormait tout près de Kell. *Sûrement pour que ce vieux con puisse garder un œil sur elle et sur moi*, songea Saark. Mais, à l'instar des braises, les yeux de Myriam luisirent et elle se leva, emportant ses couvertures avec elle en direction de la chambre à coucher la plus proche. Saark lui emboîta le pas, entra dans la petite pièce et referma la porte.

Myriam alla ouvrir les volets. La neige avait cessé de tomber et un clair de lune irréel filtrait, soulignant les contours de son visage, ses pommettes hautes et sa douce peau pâle. Ses cheveux reflétèrent les rais de l'astre et brillèrent comme de l'argent liquide veiné d'ébène. Lentement, elle se dirigea vers le lit et y étendit ses couvertures. En silence, Saark l'imita et ils restèrent ainsi quelques instants, les yeux dans les yeux, comme des innocents à l'heure du premier rendez-vous, se contentant d'un regard, sans se hâter, comme hésitants. Saark fit le premier geste, enflammé par le désir. Il s'agenouilla sur les couvertures. Myriam traversa le lit pour venir à sa rencontre. Il lui toucha les épaules et fit courir ses mains sur ses bras. Puis, il se pencha près d'elle, lui embrassa le cou et huma son odeur musquée. Elle gémit, poussa un grognement animal qui monta de son bas-ventre à son estomac, et, dans ce gémissement, Saark perçut des années de frustration, d'envie et de besoin. Au clair de lune, il vit ses mains et fut stupéfait de voir qu'il tremblait. *Qu'est-ce que c'est que cette histoire ? Saark, le meilleur des amants, le plus incroyable séducteur de tout le Falanor, qui tremble comme un gosse flairant une fente gourmande pour la première fois ?* Il sourit et apprécia cette sensation. Il prit Myriam par la tête et promena ses doigts dans ses cheveux. C'était un délice, comme une fourrure. Ils s'embrassèrent et leurs langues se mêlèrent tandis qu'ils se déshabillaient mutuellement, vêtement par vêtement, leurs mains un peu trop pressées, un peu trop enthousiastes à la perspective de ce qui allait suivre. Saark toucha l'épaule nue de Myriam, comme sa main glissait entre ses jambes pour s'emparer de son sexe palpitant d'impatience.

— La prestation est plus réussie que ce matin, ronronna-t-elle en lui mordillant l'oreille.

Il eut un léger sursaut et sourit, les contours de son visage dessinés par la lune.

— Et c'est qu'un début, dit-il.

Sa langue laissa une trace humide sur sa mâchoire et descendit au creux de son cou. Il prit son sein gauche dans sa bouche et mordilla doucement son téton, tirant dessus tandis qu'il se sentait *palpiter* dans ses mains, et qu'il mettait la sienne entre ses jambes. Elle était chaude et humide, si humide. Saark huma son odeur, la titilla lentement, et la taquina de deux doigts. Elle cambra le dos et s'allongea sur le lit. Saark porta sa bouche à son sexe, il joua avec elle et elle gémit. Il la chatouilla de sa langue, mordit tout doucement, et, dans sa chatte, il sentit, *sentit* le *rythme* des rouages qui cliquetaient en elle. Myriam poussait des râles, se tortillait, n'en pouvait plus. Elle le tira à elle, ses doigts impatients se resserrèrent autour de lui et ses ongles laissèrent de longs sillons écarlates sur ses flancs et ses hanches. Il l'enfourcha. Baissa les yeux. L'astre de la nuit illuminait le visage de Myriam mais il y avait davantage : elle était perdue, perdue dans l'extase et l'instant. Elle était si belle qu'elle n'était plus qu'un territoire envoûté et frétillant, hors du temps et infini. Elle s'empara de sa verge à deux mains, l'attira impatiemment et le guida en elle. Il chuta, chuta dans un calice de miel et d'arômes tourbillonnants, et sombra dans un monde de couleurs démentes. Elles l'accueillirent, le désintégrèrent, et ils se possédèrent sur les couvertures sous l'œil pâle de la lune, langoureusement, avec grâce et sensualité. Myriam lui griffa le dos et Saark lui mordit le cou. Ses crocs de vachines firent perler un peu de son sang, mais cela l'excita davantage, et elle rua, se débattit, le fit irrémédiablement prisonnier de son corps. L'instant était magique, mais cet enchantement était plus profond que tout ce que les sorciers parés de noir de Vor pouvaient accomplir. Cette magie était l'œuvre de la Nature, c'était une magie animale, fondamentale, un besoin, un désir. Ils se laissèrent porter dans un vortex de plaisir, avant de tomber dans le puits noir et profond qui ouvrait les portes des royaumes illimités d'un sommeil satisfait.

C'ÉTAIT LE MATIN. Tôt. Un vent froid sifflait par les volets. Dehors, un oiseau chanta, et Saark ouvrit les yeux. Myriam était là, accoudée, la tête calée sur une main. Elle le regardait. Elle sourit, et il vit ses crocs de vampires. Maculés de sang. Son sang. Mais cela ne le dérangea pas. En fait, cela l'excitait plutôt, et elle en prit note en poussant un ronronnement de satiété.

— Encore, grogna-t-elle.

C'était un ordre simple, et Saark se contenta d'acquiescer. Quelques instants plus tard, ils se possédaient encore, et cette fois, *cette fois*, ce fut différent. Myriam était plus sauvage, plus féroce. Quelque chose avait changé, quelque chose avait *disparu*. Ils s'embrassèrent, et il s'enfonça en elle, si profondément qu'il crut se disloquer. Ils œuvrèrent de concert, parfaitement en rythme. La sueur coula de leurs visages tandis qu'un orgasme incontrôlable et incontrôlé, montait en lui. Les rouages cliquetèrent, les câbles d'or et d'airain surgirent hors de Myriam, comme *conscients* que Saark était infecté d'huile-de-sang, qu'ils étaient nécessaires. Les machines traversèrent Myriam, traversèrent sa matrice et entrèrent en Saark. Il s'entendit hurler à l'heure de la petite mort, et, tandis qu'il était le plus *vulnérable*, les rouages se frayèrent un chemin incandescent en lui et le pénétrèrent. Il se débattit et aurait crié, hurlé si Myriam ne lui avait pas plaqué la main sur la bouche, si son corps incroyablement puissant ne l'avait pas rivé sur place, rigide, cloué au lit, tandis que les mécanismes en elle se *divisaient, se multipliaient*. Le regard de Myriam s'illumina, et elle comprit.

Elle se leva et regarda Saark se tortiller sur le lit, les yeux révulsés, l'écume aux lèvres.

Kell fit brusquement son apparition, Ilanna dans son poing puissant, et contempla la scène.

— Que s'est-il passé ? Putain, Saark ? Saark ?

Il se précipita auprès du lit et Myriam recula. Saark s'agitait dans tous les sens, perdu dans les affres de la douleur, pris de convulsions. Un sourire se dessina sur les lèvres de Myriam. Lentement, elle se vêtit.

Kell se tourna vers elle.

— Qu'est-ce que tu lui as fait ?

— Je lui ai sauvé la vie, répondit-elle.

— J'ai pas vraiment l'impression qu'il aille bien !

— Écoute. Il s'est fait mordre. Par Shanna. Tu sais comment ça marche, Kell. Je sais que tu es au courant. S'il n'avait pas reçu les rouages, l'huile-de-sang aurait fini par l'intoxiquer. Comme les Lippes-Noires, mais en pire, car chez eux le poison ne coule pas dans leurs veines, seulement dans leur chair. Regarde, il n'aurait pas survécu une semaine, quoi qu'il ait prétendu sur la force qui l'habitait.

— Les rouages ? Mais, comment ? Comment as-tu…

La voix de Kell s'éteignit.

— Sers-toi de ton imagination, vieillard.

Elle voulut passer derrière lui mais il l'attrapa par l'avant-bras. Elle lutta un moment, mais en dépit de sa vigueur de *vachine*, Kell était plus fort qu'elle. Sa poigne était d'acier, et son expression laissait présager de lourds orages.

— Si tu lui as fait du mal…

— Oui, je sais, tu me planteras cette putain de grosse hache dans le crâne. Rappelle-toi simplement de ton manque total de confiance dans deux heures, quand il se réveillera, et qu'il se sentira mieux que jamais. Patiente, Kell ! J'attends avec hâte tes excuses. J'attends de voir la gueule que tu vas faire, gros porc !

Elle se libéra de sa main et sortit en trombe de la ferme, en quête d'un endroit où se laver. Sa colère était aussi tangible qu'un brouillard formé de gouttelettes de sang.

— Je ne comprends pas, dit Nienna, tandis que Kell tirait les couvertures sur le corps nu de Saark. Elle a dit qu'elle lui avait donné… des rouages ? Ça veut dire qu'il est vraiment vachine, maintenant ? Comment a-t-elle fait ?

— Je t'expliquerai plus tard, marmonna Kell en prenant le pouls du dandy.

Saark s'était calmé, immobile, mais il avait toujours les yeux révulsés. Sa respiration était régulière. Kell posa une main sur sa poitrine. Il sentit son pouls ainsi qu'un tic-tac semblable à celui d'une horloge.

— Il va bien ?

— Merde, grommela Kell.

Il quitta la pièce.

Nienna gagna le bord du lit et s'assit auprès de Saark. Elle contempla son visage, sa main suivit ses traits magnifiques et s'arrêta sur sa poitrine nue. Un frisson la parcourut, et elle comprit que lui et Myriam avaient occupé cette chambre. Nus. À présent, les pièces du puzzle se mettaient en place. À présent, tout prenait forme.

L'expression de Nienna changea du tout au tout, et ce qui se fit jour dans son esprit ternit ses jeunes et beaux traits d'une laideur passagère.

Elle se reprit et se mordit la lèvre. Puis, refoulant des idées de violence, elle se leva et quitta la chambre.

Myriam était assise près d'un cours d'eau turbulent. La glace en figeait les bords, mais il était vif en son milieu, pur, vivifiant et glacé. De petites fleurs bleues poussaient sur une de ses rives, là où la neige avait été éconduite par une rangée de pins vert jade. Son regard suivit la crête des arbres, à des hauteurs impressionnantes. Elle se dit qu'ils devaient être âgés de deux siècles. Magnifiques. Les rois de la forêt.

Elle soupira et trempa sa main dans le courant, ramenant à elle les souvenirs de la nuit, de leur union et du plaisir absolu qui l'avait accompagnée. Puis, son regard s'éclaira. Elle repensa aux rouages et à l'acceptation que Saark en avait faite, car elle savait que si cela n'avait pas fonctionné, sa mort aurait été instantanée. Il serait mort en elle. Mais rien de tout cela n'avait eu lieu, et Saark était à présent, pour la première fois, un véritable vachine.

— *Une créature faite d'huile-de-sang et de rouages*, cita-t-elle. *Un enfant né du Testament du Chêne.*

Elle n'avait partagé que trop peu d'un précieux temps avec Shanna et Tashmaniok, les Voleuses d'Âmes qui avaient fait d'*elle* une vachine… Et avaient ainsi dépossédé le cancer parasite qui la rongeait d'encore une autre victoire. Mais, au cours de cette courte période, elle avait appris des choses d'elles.

Pour le reste… Myriam sourit. Le reste était *instinct*.

Saark lui toucha l'épaule. Elle ne l'avait pas entendu approcher, et elle se retourna. Elle le gratifia d'un sourire, tandis que le soleil d'hiver auréolait sa chevelure et ses lèvres réjouies.

— Myriam, dit Saark en s'accroupissant.

Il était à présent au faîte de sa force physique. De sa forme. De la vie exaltée que lui avaient conférée les *rouages*.

— Tu te sens bien ?

— C'est hors du commun, répondit-il.

En Saark, quelque chose fit tout un tas de cliquetis. Un éclair passa dans ses yeux et il se pencha pour l'embrasser. Ils restèrent ainsi quelques instants, lèvres collées, mains entrelacées, le gargouillis du ruisseau bruissant à leurs oreilles.

— Il faudrait qu'on s'en aille bientôt, annonça Myriam. Au cas où d'autres soldats débarquent.

— Bien sûr. Kell va nous chier une pendule.

— J'ai bien fait ?

— Tu as bien fait.

Saark savait au plus profond de lui que les rouages lui avaient sauvé la vie. Et que sa mort ne se serait pas passée sans tourments. Myriam n'avait fait que le sauver. Elle lui avait abandonné une partie de ses propres mécanismes. Sa machinerie s'était fractionnée, s'était développée et était devenue une part de lui. Des câbles d'or et d'airain s'étaient insinués en lui, s'étaient agglomérés à ses chairs et avaient fait de lui un véritable vachine. Un vachine authentique.

— Je t'aime, dit Myriam.

— Je t'aime, dit Saark, sidéré de voir la facilité avec laquelle ces paroles lui venaient, même s'il les avait déjà adressées mille fois à mille femmes.

Les pensait-il vraiment, cette fois-ci ? Saark rangea ça dans un coin de sa tête pour y réfléchir plus tard.

— Maintenant, tu es immortel, dit Myriam. Et nous allons vivre ensemble, nous serons forts ensemble, pour toujours.

Saark fronça les sourcils, mais Myriam contemplait le ruisseau sans le regarder.

— Pense à tout ça, poursuivit-elle, le regard au loin. Nous sommes si forts, nous sommes nobles, Saark ! Nous pourrions avoir tout ce que nous désirons. De l'or, des joyaux, des terres, des titres, nous pourrions nous *emparer* de tout ce que nos cœurs désirent !

— Attends, fit Saark doucement, mais Myriam l'ignora et reprit son soliloque.

— Si nous renversions les Seigneurs de Guerre Vampires, pense seulement à ce que nous pourrions accomplir avec leur puissance, Saark. (Elle se retourna et le regarda, sans bien comprendre la confusion qui se lisait sur son visage.) On pourrait se servir de Kell, aller voir les Seigneurs de

Guerre et les massacrer. On pourrait pomper leur pouvoir, ou nous servir de leurs légions… Car c'est ça qu'ils sont en train de faire en ce moment même, tandis que nous sommes assis devant ce ruisseau. Ils sont en train de créer des vampires, de créer des armées ! Mais nous sommes supérieurs, Saark, nous sommes des *vachines*, et nous pourrions diriger le monde ensemble !

— Attends ! l'interrompit sèchement Saark en se dégageant d'elle. (Il se leva, et elle le suivit. À présent, c'était elle dont le visage reflétait la plus grande confusion.) De quoi tu causes ? Prendre tout ce qu'on veut ? Commander aux Seigneurs de Guerre Vampires ? C'est quoi, toutes ces conneries ?

— Nous sommes des *vachines* tout-puissants, ne le vois-tu pas ? Ensemble, nous pouvons tout accomplir ! dit Myriam. (Il vit luire ses crocs d'airain. Ils étaient légèrement sortis de leur fourreau de chair, et il savait que c'était le signe précurseur d'une attaque.)

— Je pense que tu mets la charrue avant les bœufs, Myriam.

— Tu as dit que tu m'aimais.

— Et c'est vrai. Mais je n'avais pas compris que ça voulait dire diriger ce putain de monde avec toi.

Le ton de Saark était empreint de sarcasmes, et Myriam s'empourpra de colère.

— Ne te retourne pas contre moi ! cracha-t-elle.

Saark leva les mains.

— Houla ! Un instant. On a passé une nuit géniale, tous les deux, et je t'aime bien, Myriam, vraiment, mais je ne pensais pas que cela revenait à signer un contrat ! Je ne pensais qu'on se mettrait ensemble pour détruire le Falanor !

— Qu'est-ce que tu racontes ? Nous pourrions sauver le Falanor !

— Quoi ? Et prendre la place du roi ?

— Le roi est mort ! rétorqua sèchement Myriam.

— Oui, et on n'est pas en position de prendre sa place. Qu'est-ce qu'il te prend ? C'est quoi, cette folie ?

— Ce n'est pas de la folie, cracha-t-elle à nouveau. (Un reflet menaçant passa dans ses yeux.) C'est de l'*ambition*. Toute ma vie on m'a regardée de haut, on m'a craché dessus, on m'a rabaissée et prise en pitié. Après, le cancer a voulu en finir avec moi dans un dernier salut moqueur. Mais les vachines m'ont sauvée. Grâce au don qu'elles m'ont conféré, j'ai compris qu'on m'avait secourue. Tout comme toi. Et nous pouvons nous servir de ce don pour avoir plus de pouvoir. Et régner.

— Je ne veux pas régner, dit doucement Saark.

— Je croyais qu'on était tous les deux dans le même bateau.

— Tu veux dire que tu me voyais comme une tactique ? s'insurgea Saark avec humeur. (Il s'énervait de plus en plus.) C'est ça qu'il s'est passé, la nuit dernière, Myriam ? J'étais juste un bon coup dans lequel tu pouvais fourrer tes rouages de façon à t'en attribuer le mérite, à te servir de moi à ta guise ? J'ai déjà rencontré des femmes comme toi quand j'étais courtisan, qui pensaient que tous les hommes n'avaient aucune volonté et qu'on pouvait facilement les contrôler avec ce qu'ils ont entre les cuisses. Vous pensez pouvoir nous contrôler et obtenir absolument tout ce que vous voulez. Et, oui, c'est souvent le cas. Nous sommes faibles et naïfs, et nous pensons avec nos queues plutôt qu'avec notre cervelle. Mais laisse-moi te dire une bonne chose, Myriam, et tu ouvres grand tes oreilles : j'ai de la volonté. Et des femmes moins négligeables que *toi* ont tenté de me faire me retourner contre le Falanor. Mais j'aime mon pays plus que ma vie, et je la donnerais pour le *sauver*, pas pour le condamner. Et certainement pas pour m'asseoir à côté d'une *reine* vachine de seconde zone sur un trône de merde !

Myriam gronda et bondit férocement sur Saark, toutes griffes dehors, l'œil sur sa gorge. Il fit un pas de côté, la gifla du revers de la main et la fit tomber sur le sol gelé.

Myriam s'essuya les lèvres, contempla un instant le sang qui maculait ses doigts et gronda derechef.

— Tu vas le regretter, cracha-t-elle.

— Fais-moi voir ça.

Elle se jeta sur lui. Saark lui envoya un coup de poing mais elle le fit rouler à terre, où il atterrit sans ménagement. Il grogna, et tous deux dévalèrent la rive jusque dans le ruisseau, broyant le parterre de petites fleurs bleues. Myriam voulut lui lacérer le visage. Il lui saisit les mains, sans pouvoir l'empêcher de tracer un sillon prononcé courant de sa tempe à sa mâchoire.

— Je vais t'ouvrir en prenant tout mon temps ! éructa-t-elle, déchaînée.

— L'amour se transforme bien vite en haine, railla Saark en lui écrasant son pied dans l'entrejambe.

Elle grogna. Saark lui enfonça son coude en plein visage mais il ne parvint pas à se libérer d'elle. Au contraire, d'un geste prompt, elle lui plongea la tête sous l'eau.

Elle bascula et porta tout son poids sur le crâne de son amant. Il se démena, battit des jambes, et les eaux transies bouillonnèrent. Elle sourit et exerça autant de pression qu'elle le put, puis le regarda gigoter, comme dans un miroir gelé et déformant, le visage gauchi par l'onde, la lutte qu'il menait et son intense colère. Il cracha et rendit, et Myriam se demanda comment faire pour noyer un *vachine*…

— Debout, ma fille.

C'était la voix de Kell, plus froide qu'une tombe en hiver. Myriam recula d'un bond, fit une pirouette et atterrit lestement sur la rive opposée. Elle fusilla Kell du regard et ses yeux se posèrent de suite sur la forme noire et mate d'Ilanna, que Kell tenait dans ses battoirs. Le vieux guerrier la gratifia d'un sourire pincé.

— Viens donc par ici, reprit-il. J'ai un cadeau pour toi.

— Va te faire foutre, grogna Myriam.

En un éclair, son regard passa de Nienna, livide et stupéfaite, les mains serrées devant elle, les yeux écarquillés, à Saark qui lui lançait un regard furibond depuis le ruisseau, alors qu'il vomissait des quantités d'eau. Puis, il revint sur Kell.

La Légende discerna la peur qui habitait ses yeux. La peur que lui inspirait sa hache.

Enfin, Myriam s'en fut à toute allure dans la forêt de Fer et disparut derrière les arbres.

Kell sauta dans le ruisseau, saisissant Saark par la main pour lui faire regagner la terre ferme. Il chassa le trop-plein d'eau de son gilet.

— J'aurais bien été plus rapide, mais j'ai pas eu le temps, dit-il en grimaçant de douleur.

— Le temps de quoi faire ? De la baiser ? (Kell le regarda méchamment.) Mon garçon, m'est avis que c'est toi qui t'es fait baiser jusqu'au trognon. (Il se gratta la barbe.) Au nom des Sept Dieux et du Vide Saigneux, c'était quoi, cette histoire ?

— La folie des grandeurs, je crois, répondit Saark.

Le dandy trébucha sur la rive, Nienna lui tendit la main pour l'aider à remonter. Il lui sourit, mais elle ne lui rendit pas son attention.

— Merci, petite.

Nienna fit la moue et s'en fut dans la forêt.

Saark leva les bras au ciel.

— Quoi ? *Quoi ?* Pourquoi est-ce que les femmes sont incompréhensibles, bordel ? Et qu'est-ce que j'ai fait pour mériter *tout ça* ?

Kell lui donna une grande tape dans le dos et rit amèrement.

— Tu sais *parfaitement* ce que tu as fait, mon garçon. Et il y a une centaine de femmes enceintes dans tout le Falanor pour en témoigner ! Cela dit, nous avons d'autres chats à fouetter.

— C'est plus important que d'échapper à la noyade ?

— Tu ferais mieux de venir préparer tes affaires, répondit Kell, l'air grave. Y a des soldats dans les bois. Des tas de soldats. À mon avis, ils cherchent quelque chose.

— Genre, nous ?

— Ouais, mon garçon. Genre, nous.

VI
LA PESTE VAMPIRE

Le sergent-chef Wood se trouvait sur le toit, caché derrière une cheminée. Il observait un groupe de vampires déambuler par les rues, où subsistaient encore quelques volutes de brume. Il était composé de huit soldats, hommes et femmes. Une jeune fille parmi eux lui rappela tant sa propre enfant disparue qu'il en eut les larmes aux yeux. Elle portait de longues boucles dorées, mais la pâleur de son visage et ses yeux écarlates le ramenèrent promptement au présent, au monde, et à la *réalité*. Ce n'était plus une enfant. Non, c'était une tueuse !

Observe. Réfléchis. Apprends ! *Agis !*

Putain, trente ans dans l'armée et j'ai jamais vu un truc pareil. Un homme armé d'une épée, ça me dérange pas ! Un sale Lippe-Noire avec une hache rouillée, une jeune recrue les yeux pleins de colère, l'écume aux lèvres et une dague dans la main qui se dit que je suis un salaud pendant les défilés, ça me dérange pas ! Mais alors ça ? Cette… abomination ?

Wood se voyait comme un croyant. Il avait toujours considéré les dieux comme des êtres supérieurs qui contrôlaient sa vie, et il avait toujours fait de son mieux pour les faire chier… eh bien, de toutes ses forces. Wood faisait également de son mieux pour être quelqu'un d'honorable. Parfois, pendant les batailles, il abattait son épée sur la nuque d'un ennemi, il frappait aussi parfois dans le bas du dos, mais, en général, il ne mentait pas, ne trichait pas, ne violait ni n'assassinait. Et tout ça, en dépit des cartes de misère que la vie lui avait distribuées. La peste grise avait emporté sa femme, et cette tragédie lui avait infligé un chagrin incoercible. Il avait tenu sa main flétrie en sanglotant, ne craignant guère de mourir à ses côtés ni d'arpenter le long chemin gris qui menait aux eaux noires des Temples du Chaos. Non. Il s'y était préparé. En quelque sorte. Il pouvait le supporter. À peine. Mais que sa fille de neuf ans ait suivi la même route deux semaines plus tard… Cela en avait été trop. Trois jours après la mort de Sazah, Wood avait tenté de se supprimer. Il avait essayé de se pendre à la rampe de chêne d'une maison désormais vide de vie et de chaleur, vide d'amour et de rires… souillée par la maladie, avec ces deux corps qui pourrissaient dans leurs lits.

Wood s'empara d'une corde usée et, avec un calme effrayant, y fit un nœud coulant, bien solide. Puis il tira une lourde chaise dans la pièce, vit le cadavre de sa fille du coin de l'œil, et attacha l'autre extrémité à la rampe. Il monta sur la chaise, puis sur la rampe, une main posée contre le mur pour garder l'équilibre. Il baissa les yeux sur les dalles polies de terre cuite, contempla longtemps le cœur du gouffre accueillant qui le mènerait à la mort.

Il ne ressentait aucune peur. Il sourit. *Aucune peur.*

Il rejoindrait Tahlan et Sazah, ils se retrouveraient, et on n'en parlerait plus. Wood sourit et opina du chef. Il sentit son poids se déplacer sur la chaise, et se passa la corde autour du cou. Elle lui écorcha la peau, ce qui l'irrita... Il s'irritait facilement... Les recrues qu'il avait eues sous sa férule ne le savaient que trop. Mais, cette fois-ci, il fit de son mieux pour ignorer la colère qui montait en lui. Après tout, il était sur le point de faire le dernier pas...

Puis, la porte de sa maison s'ouvrit, et un vieillard tout ratatiné passa l'entrée. Voûté, il était vêtu de robes marron et s'aidait d'une canne noueuse et polie pour se déplacer. Ce vieillard s'appelait Pettrus. Autrefois, tout comme Wood, il avait été sergent-chef, et tous deux s'étaient rencontrés lors d'une soirée de beuverie entre soldats, à *L'Écusson du soldat*, une taverne mal famée située sur les docks. La nuit avait été longue, et quand Wood était sorti pisser, s'enfilant dans une petite ruelle pour échapper aux regards indiscrets, il avait vu Pettrus, planté sur le dock, le regard plongé dans les eaux noires, froides et clapotantes, les détritus barattés et les immondices d'un port citadin prospère.

— Pettrus ? Qu'est-ce que tu es en train de faire ?

— Je veux mourir.

— Ne raconte pas de folies ! Tu es sergent-chef dans l'Armée du Roi ! Tu as tout ce qu'un homme peut désirer !

Pettrus se tourna alors. Son regard était habité par la douleur, et Wood comprit qu'il était sur le point de sauter. Les traits de cet homme exprimaient l'angoisse, une angoisse pure. Il était en plein désarroi. Il vivait un enfer.

— Je n'ai rien ! grogna-t-il.

Il voulut sauter... mais Wood était là, ses doigts puissants serrés sur le biceps de son aîné, arc-bouté pour le retenir. Ils luttèrent quelques instants, se bagarrèrent et retombèrent sur le dock comme deux ivrognes. Ils se mirent à rire, et Wood se releva en tirant Pettrus derrière lui.

— Je te paie une chope. Tu pourras me raconter.

Pettrus opina du bonnet. Ils se rendirent à *L'Écusson du Soldat*, se frayèrent un chemin à travers la fumée et la foule, et gagnèrent un coin tranquille. Wood apporta deux chopes d'ale bien moussante, brune, forte et amère.

— Mais qu'est-ce qui t'a pris ? demanda Wood en reposant violemment sa chope, un postiche de mousse accroché à sa moustache.

— C'est à cause de ma femme.

— C'est quoi, le problème avec ta femme ?

— Rien. C'est justement ça, le problème. Elle est parfaite. Elle est belle, bien foutue, avec de longues boucles noires, elle représente à merveille la gent féminine.

— Mais… ?

— Elle ouvre les cuisses à tous les passants. Je l'ai surprise, la nuit dernière, en compagnie d'un jeune soldat servant dans mon propre peloton. T'entends ça ? Mon *putain* de peloton. Je l'ai dérouillé, bien entendu, ce jeune con.

— Bien entendu.

— Il courait partout dans la piaule, le tartan sur les chevilles, et poussait des cris de poulet à chaque coup de poing. J'ai fini par lui faire dévaler l'escalier. Ça lui a fermé sa gueule. Après, je me suis tourné vers Darina…

— Tu n'as pas…

— Non, non. (Pettrus balaya cette allégation d'un revers de la main.) On s'est disputés. Elle m'a parlé des autres. De tous ses amants. Un nouveau chaque semaine. À chaque fois que j'étais de nuit, elle venait ici, dans les tavernes, pour boire tout son soûl et se trouver de la compagnie pour la nuit. Elle m'a dit que c'était parce qu'elle n'aimait pas la solitude, mais nous savons tous les deux que c'est des bobards.

— Certes.

Ils burent en silence quelque temps, puis Pettrus releva les yeux, l'air grave, et attrapa le bras de Wood.

— Merci. Merci de m'avoir sauvé.

— Arrête tes conneries, Pettrus. Ne sois pas ridicule. Je n'ai rien fait.

— Non. Non. Tu m'as sauvé la vie. Je te suis redevable.

Depuis ce jour, ils étaient devenus de bons amis. Ils parlaient souvent, et Wood tentait d'aider Pettrus à surmonter l'épreuve de son mariage dévasté. Jusqu'à ce que la peste frappe. Jusqu'à ce que Tahlan et Sazah trouvent la mort, perdant des kilos à vue d'œil, leur peau prenant une teinte grise, d'énormes lésions apparaissant sous leurs aisselles et à l'entrejambe, les gencives reculant sur leurs dents et leur donnant l'air d'un cadavre de cinq semaines…

Wood se tenait sur la rambarde, la corde au cou. Il plongea son regard dans celui, stupéfait, de Pettrus. Ce dernier était plus âgé, à présent, il avait pris sa retraite, robuste, mais un peu voûté. Il avait effectué trop de rondes, plaisantait-il souvent. Trop de travaux manuels.

— Descends donc de là ! gronda-t-il.

— Laisse-moi tranquille ! fit Wood, le visage ruisselant de larmes.

— Je ne te laisserai pas faire ! reprit sèchement Pettrus. Je te croyais plus fort que ça !

— Plus fort que quoi ? hurla Wood en oscillant dangereusement sur la rampe, qui grinça sous son poids. Plus fort qu'un homme qui a vu sa femme et sa fille tomber en poussière et mourir, qui a tenu leurs mains tremblantes pendant qu'elles suppliaient de rester en vie ? Qu'elles me suppliaient de les aider ? Pendant qu'elles crachaient du sang et une bile sombre en pleurant des larmes noires ? Plus fort qu'un homme que cette putain de Hache Maudite de Drennach a condamné aux fosses de cette saloperie de Chaos ? Seulement voilà, cet homme n'est pas mort, il est encore là, et il est obligé de vivre la même merde jour après jour ! Dis-moi, Pettrus, toi qui es si sage, soi-disant, que dois-je faire ?

— Ne saute pas. Voilà ce que tu dois faire. Te suicider n'est pas la solution, mon ami.

Wood plongea son regard dans les yeux sombres du vieillard. Il y vit une grande tristesse, mais ce ne fut pas assez. Pas assez pour l'arrêter… Il fit mine de basculer, mais Pettrus tendit la main.

— La raison pour laquelle il ne faut pas que tu meures, mon ami, c'est parce que Tahlan ne voudrait pas que cela se passe ainsi. Elle voudrait que tu poursuives ta route. Que tu vives. Que tu sois heureux. Et, si tu réfléchis bien, si tu mourais, voudrais-tu que ta femme et ta fille te suivent dans les Terres d'Huile ? Non. Tu le sais au fond de ton cœur, Wood. Fais-moi confiance. Écoute-moi.

Tout en parlant, Pettrus avait lentement gravi les marches craquantes. Chacune était conçue pour alerter Wood d'éventuels intrus nocturnes. À présent, ce bruit lui portait sur les nerfs. Il regarda Pettrus le rejoindre et l'aider à descendre de la rampe. Il fut noyé sous les larmes et la morve, sanglotant, mais Pettrus lui toucha la main, et la chaleur de ce contact était agréable. Si agréable.

Ils burent une bouteille de rhum et évoquèrent le bon vieux temps.

— Rappelle-t'en bien, mon ami.

Puis, la nuit suivante, une autre bouteille. Et la nuit suivante encore. Et encore. À la fin, Wood se concentra sur les souvenirs chaleureux, sur une longue amitié, et l'envie pernicieuse de s'ôter la vie se dissipa peu à peu.

— Rappelle-t'en toujours.

À PRÉSENT, WOOD était sur le toit, yeux plissés, et il observait les vampires. Les trois nuits précédentes, il avait progressé lentement, prudemment, par le port de Gollothrim, en direction de la demeure de Pettrus. Avec de la chance, le vieillard se serait enfermé dans le grenier et aurait gardé son sang-froid. Il fallait que Wood le rejoigne. Il fallait qu'il dresse un plan. Il en avait besoin vivant, de ce type, car Pettrus était un des meilleurs stratèges qu'il ait jamais rencontré. Mais Wood progressait lentement, non seulement à cause de l'ardoise verglacée, mais aussi en raison des *heures* passées à regarder l'ordure vampire se répandre telle une peste maléfique, tel un virus s'insinuant dans la ville comme une fumée grasse. Toutefois, ce n'était pas un conte, cela n'avait rien à voir avec les histoires que l'on murmurait au coin du feu pour effrayer les enfants la nuit. Ces créatures se déployaient même le jour. Un jour d'autant plus sombre qu'un épais brouillard s'était installé sur l'océan de Salarl et obscurcissait le soleil hivernal. Elles ne craignaient pas la lumière. Et *ça*, ça lui glaçait les entrailles.

Wood perçut une intense activité en provenance des docks. Des charpentiers sciaient et martelaient, taillaient et sculptaient, des ouvriers transportaient d'énormes planches de bois, et des centaines de constructeurs de navires étaient à l'œuvre. Il se releva légèrement et se tint à la cheminée, conscient que s'il glissait et qu'une tuile se délogeait, tous ces fumiers fondraient sur lui comme une nuée d'insectes. Il s'abrita les yeux de la main et tenta d'apercevoir les quais. Il eut un bref aperçu d'hommes travaillant dur. Et, bien entendu, leur clameur retentissait dans la brume épaisse qui avait paru s'attarder, un peu falote, ces trois derniers jours. Ou du moins, depuis que Bhu Vanesh et ses vampires démoniaques avaient envahi le port de Gollothrim.

Réfléchis. Réfléchis. Que faire ?

Entrer en contact avec Pettrus. Oui, mais après *?*

Il secoua la tête. Après tout, pourquoi s'étaient-ils mis en tête de construire des *bateaux* ? Wood se déplaça sur le toit gelé, descendit sur un linteau de pierre, puis un autre.

Il se faufila aisément sur les tuiles du bord, se pencha et tenta de ne pas faire une cible trop facile. Dans les rues, il aperçut fugacement les créatures, les *vampires*, les *choses*, qui déambulaient comme des fantômes, presque princiers en dépit de leur démarche traînante, paresseuse et décadente.

Au bout de quelques heures supplémentaires de subterfuges et de progression prudente, Wood s'accroupit près d'une gargouille et jeta un œil par-delà sa laideur grimaçante, ornée d'un duvet de mousse et d'un masque capillaire de guano. Là. Il distingua la demeure de Pettrus, petit bâtiment en terrasse installé sur une route pavée escarpée qui donnait sur les docks sud. La porte était ouverte. Wood fit la moue. *C'était un mauvais signe*. À cet instant, il vit deux vampires approcher de la porte, observer une pause et embrasser les environs du regard. Un craquement presque inaudible retentit dans le bâtiment, et les créatures disparurent à l'intérieur.

— Merde.

Wood sauta sur un toit en contrebas, s'empara d'une gouttière, laissa dangereusement baller ses jambes au-dessus du vide, ses doigts gelés tendus, ses ongles raclant la pierre, ses bottes battant inutilement. Il trouva enfin un appui. Il glissa le long de la tuyauterie et atterrit cul par-dessus tête sur les pavés. Il se releva, tira son épée longue et s'approcha de la porte…

À l'intérieur, les ténèbres l'invitaient tel un mauvais rêve. Il jeta un œil derrière lui, se passa la langue sur les lèvres, et se dit que crier le nom de Pettrus serait une mauvaise idée. Ça rameuterait une ville entière de vermines suceuses de sang devant la porte, pour sûr ! Cela étant, il n'eut pas besoin de hurler : il entendit la voix de Pettrus, aussi râleuse et éraillée qu'à l'accoutumée.

— Dehors, bande de sales fumiers ! grognait-il.

Wood entendit le cliquetis de l'acier.

Il courut en direction des pièces du rez-de-chaussée, où il avait passé de nombreuses soirées à déguster de l'eau-de-vie, du blanc sec et du vin cuit, et à ressasser d'interminables vieilles anecdotes de guerre, les récits des campagnes d'Anvaresh et Drennach, de Torragon et d'Ionie. Quand Pettrus rompait alors le pain noir et partageait le fromage, qu'ils faisaient passer avec des liqueurs de choix, avant de regarder le soleil se lever sur les toits embrumés et d'écouter l'appel des mouettes et la cacophonie lointaine des navires qui déchargeaient leurs cargaisons exotiques sur les docks.

Wood se précipita vers les escaliers. Un coup sourd retentit, suivi d'un gargouillis. Wood pila. Un vampire mort gisait au pied des marches, la poitrine trempée de carmin, un rictus aux lèvres, les crocs luisants, les yeux écarlates, écarquillés, morts. Son cœur. On lui avait poignardé le cœur.

Wood enjamba prudemment le corps et gravit lentement les marches. À nouveau, il entendit Pettrus.

— Ramenez-vous, sales pue-de-la-gueule ! Faites voir ce que vous avez dans la culotte !

— Nous ne te sous-estimerons plus, fit une douce voix de femme, suivie d'un craquement de bois, d'un grognement et d'un bris de verre.

Wood courut, gagna le palier et s'engouffra dans la modeste chambre à coucher. L'épée de Pettrus gisait au sol, maculée de sang. Le vieillard avait été projeté dans la pièce. Il avait heurté le mur et un de ses bras avait traversé la fenêtre. Du sang coulait sur son poignet, et il était hagard, stupéfait, complètement sonné. Devant lui, dos à Wood, se tenait une fille maigre. Elle ne devait pas avoir plus de dix-huit ans, avec de longs cheveux blonds et les mains comme des serres. Elle crachait comme un chat, un long feulement lancinant, ramassée sur elle-même comme prête à bondir. Sur la droite se tenait une autre créature, recroquevillée en position fœtale, les mains plaquées sur sa poitrine, hors d'haleine comme sous le coup d'une attaque cardiaque. Pettrus ne s'était pas laissé faire. Quand bien même, la fille maigrichonne s'apprêtait à bondir.

Wood s'avança.

— Ha ! fit-il tout en donnant un coup d'épée.

Mais la fille se déplaça vite, *trop vite*, et pirouetta tandis que la lame fusait vers son cœur, en vain. L'arme traça un sillon sous son bras, déchira sa robe à fleurs et lui infligea une énorme blessure. Elle ne cria pas, ne poussa nul gémissement ni cri de douleur, se contenta d'encaisser le coup, les pans de sa plaie battant comme les ouïes d'un poisson, exsangue, rien que des muscles palpitants laissant voir une grappe de côtes jaunâtres. Wood tira sa lame vers lui et la fille lui sauta dessus. Par réflexe, il brandit son épée, mais elle la dévia et lui écrasa son poing sur la poitrine. Le furieux impact le projeta contre le mur tête la première, et il vit danser des étoiles. Elle se rua de nouveau sur lui. Il décala vivement la tête sur le côté. Le poing de la vampire lui frôla la joue et pratiqua un trou de bonne taille dans la cloison de pierre. Un nuage de fumée les submergea, Wood étouffa, et la fille lutta quelques instants pour libérer son poing. Il fit un pas de côté et la fusilla du regard. Toute sa poitrine lui faisait atrocement mal, il comprit que si ce coup l'avait atteint, elle lui aurait fait exploser le crâne comme un fruit bien mûr. Il leva sa lame et lui porta un coup brutal sur la tête, laquelle s'ouvrit en deux jusqu'au nez, révélant la cervelle qu'elle protégeait. Elle ne mourut pas. Bouche bée, il regarda le grand « V » que formait la plaie, le crâne ouvert, la créature déchaînée qui aurait dû mourir sur le champ, mais qui continuait de proférer des obscénités tout en se débattant dans tous les sens. Elle tordit, broya et fit craquer ses doigts pour se dégager du mur gris, et, dans une pluie de débris, libéra son poing.

Elle se tourna vers lui, avec son abominable visage en V et ses yeux dissociés, mais qui le fixaient toujours avec intensité, avec *haine.*

— Tranche-lui la tête, coassa Pettrus, affalé contre le mur opposé.

Wood brandit haut sa lame et frappa la fille. Son crâne bifide chuta sur l'épais tapis dans un bruit mat. Le corps décapité resta debout quelques instants, et Wood l'observa, inquiet de le voir poursuivre ses attaques. Que ferait-il, alors ? Lui couper les bras et les jambes ? Et si toutes les parties de son corps se mettaient à lui courir après ? Il sentit un fou rire monter dans sa poitrine, qu'il refoula en grognant. *Concentre-toi ! Tu as déjà vu pire !* Oui, mais quand ? Quand, *vraiment* ?

Le corps s'effondra, immobile. Wood poussa un soupir et jeta un œil sur la droite, en direction du vampire pantelant. La créature le regardait, et une mare de sang grandissait sous elle.

— Je l'ai essoufflé, dit Pettrus en se relevant. (Il se débarrassa des tessons plantés dans la manche de sa robe de chambre.) Allez. Tue-moi ça, mon garçon.

Wood se dirigea prudemment vers la chose, son épée fermement empoignée dans une paume trempée de sueur. Il sentait des gouttelettes dans sa moustache et sur son scalp luisant. Saloperie de calvitie ! Comme allait-il faire pour courtiser les jeunes dames, maintenant ?

Il laissa lourdement tomber son épée et trancha la tête de la créature, qui partit rouler sur une petite distance, son regard rivé dans le sien, sa langue tirée, bouffie comme un gros ver.

Pettrus rejoignit Wood et lui donna une tape dans le dos.

— Merci, mon garçon. J'avais la situation en main, mais tu es arrivé juste à temps, je le concède.

Il toussa et se pencha pour récupérer son épée.

— Qu'est-ce que tu fabriques à te balader en robe de chambre ?

— Je dormais, pas vrai ?

— Quoi ? *Ici* ? T'as pas eu assez de jugeote pour te planquer ?

— Bien sûr que si, espèce de pitre ! gloussa Pettrus en massant son poignet blessé. J'étais dans le grenier ! Tu crois que je faisais quoi ? Que je me peignais le cul en bleu et que j'allais faire la belle sur les docks ? J'avais envie de pisser, c'est tout.

— Et pourquoi pas dans un pot de chambre ? rétorqua Wood avec humeur, toujours aussi agacé par l'obstination du vieillard.

— Pas question, mon garçon. Ça pue, les pots de chambre.

— Tu as risqué une mort certaine rien qu'à cause d'une odeur de pisse ?

— C'était pas une mort certaine. Tu es arrivé, hein ?

Il donna une autre tape dans le dos du sergent-chef et sourit de tous ses chicots.

— Arrête de m'appeler « mon garçon ». J'ai cinquante ans !

— Pour moi, t'es encore un minot, dit Pettrus. (Puis, il se rembrunit et regarda les cadavres.) Il faut qu'on fasse quelque chose à leur sujet. Il faut qu'on découvre ce que c'est que cette saloperie.

— Tout à fait d'accord. Ils ont pris le contrôle de toute cette foutue ville et, pire encore, leur maladie se répand plus vite que la Peste Rouge !

— Oui. (Pettrus se gratta les favoris.) Il faut qu'on se débarrasse d'eux, parce que si on le fait pas, tous les bons restaurants resteront fermés. Et comment je ferais, moi, après, pour mon steak et mon vin cuit, hein ?

Wood le regarda fixement. Il avait l'œil brillant.

— T'as toujours aimé les défis, pas vrai ?

— Quand les Tribus de la Boucle d'Or de Salakarr ont chargé à dos d'éléphants avec des pieux accrochés aux pattes, que les tigres tiraient sur des laisses tressées d'or, avec des flèches enflammées et des lances dotées de mécanismes capables de couper un homme en deux, eh ben on s'est pas dégonflés, les gars et moi ! On a tenu bon, boucliers levés, nos lances et nos épées bien en main, mâchoires serrées. Et, avec ce bon vieil acier du Falanor, grâce au caractère bien trempé du Falanor, saupoudré d'un soupçon du courage du Falanor, on a repoussé ces hordes hurlantes. Parfaitement.

— Et tu veux en venir où ?

Pettrus se leva, raide, comme au garde-à-vous sur un terrain de rassemblement. Il brandit son épée, ignorant le sang qui la maculait, et, ses fiers favoris tremblants, déclara :

— Je ne vais pas laisser des jeunes cons suceurs de sang saccager *ma ville*. Il faut qu'on se rende aux Casernes Noires. C'est là où vont tous les vieux soldats en temps de crise. Les Casernes Noires ! Et, quand on aura rassemblé quelques-uns des vieux camarades, eh bien, sergent-chef Wood…

— Oui ?

— On va leur faire danser une gigue dont ils se souviendront, ces fumiers, conclut-il avec un grand sourire.

GRAAL ÉTAIT ASSIS dans la haute tour de pierre, la tête entre les mains, l'esprit aux abois. Il n'avait jamais enduré pire migraine, un flot assourdissant de tambours tribaux qui paraissaient liés à ses rouages, à ses engrenages et cliquets intimes, un rythme accordé au tic-tac de son cœur d'airain corrompu.

Graal tendit la main, s'empara d'un verre d'eau-de-vie et but avec avidité. Il s'était mis à boire de plus en plus, le plus souvent juste avant qu'on le mande auprès de Bhu Vanesh pour aller faire son rapport sur la marche des opérations. Et il buvait *toujours* après chaque entrevue. Car, et il savait que cela était la vérité, le général n'était plus qu'un esclave, désormais. Il avait œuvré très dur pour invoquer les Seigneurs de Guerre, et il s'était trompé quand il avait cru pouvoir les contrôler… Alors qu'en réalité, ils étaient assez puissants pour se soustraire à toute forme de domination.

Graal avait tenté de tuer Bhu Vanesh. Juste une fois.

La deuxième nuit, il s'était faufilé dans les appartements que ce dernier occupait pour sommeiller. La pièce n'était que tons de noirs, de pourpres et de cramoisis, les chandelles empestaient la graisse humaine, et des cadavres étaient entassés au pied du lit… les restes du souper de Bhu Vanesh.

Normalement, Lorna et le général de division Dekull auraient dû être présents, mais Graal les avait vus quitter la salle et avait décidé que l'heure était venue de frapper.

Il tira sa fine épée noire, ses yeux dardèrent des reflets turquoise sur ses traits pâles, et il enjamba délicatement les corps vidés, leurs chairs flétries sur leurs squelettes démantibulés. Tout cela n'avait cessé de lui rappeler les *Moissonneurs* et la façon qu'ils avaient de drainer le sang pour leurs Raffineries… Il revint brutalement à l'instant présent. Bhu Vanesh était allongé sur des draps de satin noir, maculés de sombres taches de sang séché. Il dormait, la respiration régulière, et tout son corps était encore agité de volutes et de serpentins de fumée noire. Il avait fermé ses yeux écarlates et rêvait… De quoi pouvait bien rêver un Seigneur de Guerre Vampire ? De dominer le monde ? D'un génocide mondial ? De ne plus craindre l'emprisonnement ? Graal avait alors souri, l'air un peu dément. Tranche la tête et le corps meurt. Telle était la faiblesse des vampires.

Il s'insinua avec toute l'agilité et la discrétion dont il était capable. Il leva son épée, si doucement qu'un papillon aurait pu se poser sur le fil affûté sans être dérangé. Puis, il l'abattit d'un coup, avec force et selon l'angle idoine pour séparer la tête du corps, et il vit la scène comme au ralenti, comme à travers un mur luisant de mélasse. Soudain, tout devint brumeux, une décharge de magie claqua, et Graal comprit trop tard que la créature était entourée d'enchantements. La lame frappa Bhu Vanesh et s'arrêta net, à un cheveu de son cou. Lentement, le Seigneur de Guerre se leva avec raideur, ouvrit ses yeux pourpres et regarda Graal, comme l'épée retombait sur les draps avec un bruit sourd.

— Tu avais ta chance, dit Bhu Vanesh d'une voix qui porta jusqu'aux Temples du Chaos, de la fumée s'échappant de son effroyable gosier. Tu l'as ratée. Trahis-moi à nouveau, et je te suce les os. Pars, maintenant.

Graal se retourna, tremblant, passa devant Lorna et Dekull qui se tenaient chacun d'un côté de la porte, crocs luisants, un regard gourmand posé sur lui. Il regagna sa tour, un tic-tac affolé cliquetant à ses oreilles lui rappelant qu'il était un vachine, qu'il était faible, qu'il était un esclave, et qu'il ne savait pas quoi faire.

ON FRAPPA À la porte. Graal but l'eau-de-vie et reposa sèchement son verre.

— Entrez.

L'homme était petit, râblé, avec d'épais cheveux noirs, des sourcils en bataille et un regard apeuré. Autrefois, Graal se serait délecté de la terreur de ce gringalet, mais plus maintenant, pas aujourd'hui, pas dans cette vie. Parce qu'il était soumis aux mêmes règles, à la même servitude. Ses chaînes, c'était sa peur. Le pouvoir le tenait par la gorge. Bhu Vanesh était un Seigneur de Guerre. Graal était une larve.

— Qu'est-ce qu'il se passe ? demanda Graal avec humeur.

— On... On m'a envoyé ici, à cause de mes idées, je suis un concepteur, un ingénieur. Je... Je...

— Si tu bafouilles encore une fois, je t'arrache la gorge et je te bouffe la colonne vertébrale. Bon. Continue.

Graal fixa l'homme, le regarda déglutir, et sentit la traînée de pisse qui lui maculait le pantalon. Il entendit ses entrailles frémir et huma le parfum acide de sa peur. Cela le fit sourire. Mettre du piment dans une discussion lui avait toujours inspiré un plaisir presque sexuel. Faire allusion à la *mort* au cours d'un simple échange verbal le faisait se sentir fort à nouveau, puissant, dominateur. Ha ! Mais il savait que ce n'était qu'un leurre, l'imitation d'une imitation. Alors... toute allégresse se dissipa en lui.

— Vous construisez de nouveaux navires ? s'enquit l'homme.

— Non, j'ai embauché mille ouvriers qualifiés pour qu'ils fabriquent des pots de chambre... Bien sûr, que nous construisons des navires.

— J'ai un nouveau modèle.

— Des modèles, j'en ai des centaines, le railla Graal. Ils fonctionnent bien. Nous avons des corvettes, des frégates, des galions et d'énormes navires de commerce. Nous avons tout ce qu'il nous faut, le tout armé avec les plus grosses putains de balistes que j'ai jamais vues, capable de faire des trous gros comme moi dans la coque des bâtiments ennemis. Qu'est-ce que tu pourrais bien avoir à me proposer ?

Le général se servit un autre grand verre d'eau-de-vie. Au-dessous, les constructeurs de navires, les calfats et les charpentiers continuaient de travailler, leur clameur venant s'ajouter à sa migraine et à sa colère grandissante. Qui était ce minus ? Pourquoi le harcelait-il de la sorte ? Et qui était le crétin qui l'avait envoyé le voir ? Graal allait tuer cet enfoiré et ensuite, il s'arrangerait pour que le responsable passe une année à récurer les égouts.

— Je peux vous construire un navire en métal, déclara l'homme.

— Ridicule ! Il coulerait.

L'homme regarda attentivement Graal et secoua la tête.

— Non. J'ai des plans, et j'ai construit des maquettes. Un navire de métal ne brûlera pas, et il est par nature cuirassé. Il sera plus petit et plus maniable que tous les galions de guerre auxquels vous pourrez le confronter.

Graal réfléchit à ce qu'il venait d'entendre.

— Comment t'appelles-tu ?

— Erallier, monsieur. Pensez-y. Si vous acceptez mes services, si vous voulez bien vous occuper de moi et de ma famille, si nous ne nous faisons pas transformer en... (Il frémit, mais se reprit promptement.) Je serai prêt à satisfaire mon... (Il pesa soigneusement ses mots.) Mon *maître*, n'est-ce pas ? Vous disposerez d'un vaisseau de guerre incroyable, comme personne n'en a jamais vu.

Graal opina du chef.

— D'accord. Tu as un mois pour établir les plans et débuter les travaux. Va voir Grannash, à l'étage inférieur. Il te donnera ton argent et... un *laissez-passer*.

— Un laissez-passer ?

— Une protection. Pour que tu sois en sécurité, comme ceux-là (Graal agita vaguement une main en direction des milliers d'ouvriers affairés sur les docks.) On ne peut pas transformer tous nos *ouvriers*, pas vrai ? Qui construirait les navires, sinon ? Bon. Va-t'en. Réponds à mes attentes, et je garantirai personnellement la sécurité de ta famille.

— Oui, mon général. Merci, mon général.

Erallier s'en fut. Graal réfléchit à sa proposition. Un vaisseau en métal. Le plus formidable navire de guerre de tous les temps ! Suffirait-il à vaincre les Seigneurs de

Guerre Vampires ? Graal haussa les épaules, se leva, s'étira le dos et porta le regard sur le port de Gollothrim. Derrière les docks, la flotte du Falanor se rassemblait peu à peu. À présent, quatre cents navires étaient ancrés le long des quais, à perte de vue. Et, au nord des chantiers navals, deux cents autres bâtiments étaient en cours de construction. Graal avait un an pour boucler le chantier. Un an pour assembler la flotte. Ensuite, les Seigneurs de Guerre chercheraient à… étendre leur domination. Ils voyageraient. Et ils conquerraient. Ils répandraient leur abomination aux quatre coins du monde moderne. Ils bâtiraient un nouvel empire !

Graal sourit. Puis soupira. Réfléchit. Attendit qu'on lui apporte des nouvelles. Et complota contre Bhu Vanesh. *Un jour, je vais te bouffer le cœur et prendre ta place, enfoiré. Un jour. Un jour !*

Au nord du Falanor, là où le Sélénau coulait à travers la forêt de Fer et pénétrait le vaste domaine des Aiguilles Noires, se trouvait un mur de pierre d'une demi-lieue de large, noir et déchiqueté, immense et escarpé. Cette paroi était infranchissable, mais il existait une route au-delà, une route noire et large elle aussi, construite par les Guerriers Blancs, les soldats vachines, les soldats des Moissonneurs, une route secrète d'où l'Armée de Fer avait déferlé jusqu'aux frontières septentrionales du Falanor et, de là, avait fondu sur la ville de Jalder et les domaines environnants.

Ce mur de roche gargantuesque était une barrière, une sorte de bouclier, qui séparait le monde des hommes de l'enclave des soldats albinos, frontière entre les hommes et les Moissonneurs, les hommes et les vachines.

La neige tombait des cieux meurtris. À l'orée de la forêt de Fer, le vent poussait un gémissement plaintif, formant de petits tourbillons dansants et dessinant des motifs compliqués et fugaces dans la neige, bientôt effacés et absorbés par l'étendue ondulante et immaculée.

Le calme régnait, aquarelle paisible et sereine.

Puis, la muraille noire brasilla, et les fleuves glacés qui s'accrochaient à chaque cheminée, chaque corniche, scintillèrent un instant comme s'ils retenaient captifs un million de diamants… Ce mur n'en était plus un. C'était un voile, une sorte de rideau noir étincelant. Et, au-delà, une route de ténèbres s'étalait, bordée de glace et de neige, une route cabossée, une route dévastée. Tandis que la roche chatoyait comme une dentelle sans substance, un martèlement de bottes se fit entendre, accompagné d'un cliquetis d'armures. Derrière la paroi, comme noyés dans la brume, surgirent des colonnes de soldats à la peau blafarde, armés de lances, d'épées ou encore de masses pendues à leur ceinture. Ils étaient coiffés de grands heaumes de guerre, et leurs boucliers arboraient l'emblème d'argent. Le symbole des Guerriers Blancs. Le symbole des vers Leski, desquels ils étaient issus.

Le bataillon de tête se planta devant la muraille dans un grand fracas de bottes. Lentement, les soldats avancèrent et *s'insinuèrent* dans la roche, avant de se déployer sur les congères. Ils se succédèrent, jusqu'à ce que le bataillon soit libéré de sa geôle de magie d'huile-de-sang, et ils progressèrent sur la neige, en carré… immédiatement suivis d'un deuxième bataillon, un autre carré de quatre cents soldats, en route pour les étendues froides du Falanor. Davantage de bataillons leur emboîtèrent le pas et formèrent une brigade, laquelle doubla ses effectifs, division de quatre mille huit cents combattants. Enfin, dans la neige brassée et la boue, tous ces bataillons finirent par constituer l'armée albinos : l'Armée d'Argent, cet argent qui scintillait sur leurs boucliers, à la lueur chétive du soleil d'hiver.

L'Armée d'Argent, conduite par le général Zagreel, déboucha de l'entrée secrète creusée dans la roche et se dirigea vers l'ouest, cent Moissonneurs sur les talons. Leurs doigts osseux dessinaient encore la trame des enchantements d'*ouverture*, et leurs longues silhouettes vêtues de robes blanches déambulaient sur l'étendue recouverte de flocons, leurs grandes et grêles carcasses insensibles à la morsure de la bise du Falanor.

Le silence régna quelques instants, suivi une fois de plus d'un martèlement de bottes qui ponctua l'arrivée d'un bataillon dont les hommes portaient des boucliers noirs sans reflets, ornés d'un blason d'airain. Ils traversèrent la montagne tel un fleuve de ténèbres, le visage impassible, lances dressées, leurs épées dardant leurs reflets sous le soleil hivernal, indifférents aux assauts de la neige, tandis que des unités et des régiments toujours plus nombreux s'assemblaient en colonnes face à la muraille. Puis, dans un chuintement, la paroi perdit de son lustre et redevint solide. À présent, deux armées complètes d'albinos occupaient l'étendue neigeuse située entre les Aiguilles Noires et la forêt de Fer.

Le général Exkavar porta son attention sur les troncs couleur de fer noirci, difformes et menaçants. Un sourire cruel se dessina sur ses petites lèvres blafardes. Il promena son regard saigneux sur le paysage lactescent, ôta son heaume et passa une main dans sa chevelure drue et immaculée. Il jeta un œil derrière lui et observa son Armée d'Airain, arrangée en ordre impeccable, avant de se concentrer sur l'Armée d'Argent, qui n'avait rien à lui envier.

Il se tourna vers le clairon.

— Sonne la marche, ordonna-t-il, le regard dans le vague, comme s'il revivait un rêve. Destination : le sud.

VII

LES MINES DES AIGUILLES NOIRES

Kell, Saark et Nienna progressèrent le plus rapidement qu'ils le purent par les petites pistes qui sinuaient et s'entremêlaient telles des toiles d'araignée dans la forêt de Fer. Ils se dirigeaient vers l'ouest, toujours vers l'ouest, et, enfin, un matin blême où de petits flocons de neige épaississaient l'atmosphère, ils émergèrent des frondaisons et contemplèrent un paysage de collines rocheuses, d'arbres rabougris et de rudes dépressions. Tout était blanc, calme, tranquille. Ces terres sauvages se trouvaient entre la lande Corleth et la Passe de Caillich, à l'ouest de Jalder. Ils avaient dépassé Jalder, à présent, ainsi que la Grand-Route du Nord. La forêt de Fer les avait bien dissimulés, mais, comme Myriam l'avait fait remarquer avant de se battre contre Saark et de partir précipitamment, la forêt, hier encore peuplée de hors-la-loi, avait été curieusement vidée de toute activité criminelle. Les brigands étaient-ils morts, ou avaient-ils juste décrété une pause ? Avaient-ils fui pour des cieux plus cléments ?

Ils contemplèrent les vallons.

— On dirait bien que ça va pas être de la tarte, dit Saark en mâchonnant un bout de bœuf séché.

— Il va nous falloir des vivres, dit Kell en ignorant Saark.

— J'ai *dit* : on dirait bien que ça va pas être de la tarte, réitéra Saark avec humeur.

— Je t'ai entendu, mon garçon. Mais tu enfonces des portes ouvertes. C'est pas de la tarte depuis le jour où on a quitté Jalder et la tannerie, et où on a descendu le Sélénau. Tu t'attendais à quoi ? À un carrosse bourré de satin devant ta porte ?

— T'es un sale con de ronchon, Kell, tu sais ça ?

— Ouaip. T'arrêtes pas de le dire.

Saark se pencha et se massa les jambes. Depuis qu'il était tombé dans le lac pollué de la forêt de Fer, sa peau était devenue toute rouge et le cuisait comme autant de couteaux ardents. Mais Kell avait formulé une théorie pour expliquer pourquoi ses chairs n'avaient pas déserté ses os, comme certaines rumeurs l'avaient laissé entendre. En tant que vachine, Saark guérissait plus rapidement. À présent, il se faisait ronger par les toxines, mais il guérissait aussi vite qu'il se faisait détruire.

— Alors ça va me démanger tout le temps comme ça ? s'était insurgé Saark, les traits déformés par une grimace agacée.

— Je crois que ça te démange depuis pas mal de temps, déjà, avait raillé Kell.

À nouveau, Saark se gratta furieusement, se frotta les jambes et continua de mâchonner son bout de bœuf.

— Y aura rien à manger dans ces fameuses Mines des Aiguilles Noires ?

— Peut-être que si. On n'est pas sûrs de ce qu'on va trouver, cela dit. Peut-être n'y aura-t-il personne. Peut-être que l'Armée de Fer aura tout pillé sur son passage. On va peut-être tomber sur une ruine carbonisée, des poutres encore chaudes et de la roche calcinée.

— J'imagine que ça mettrait un point final à notre fabuleux plan secret, marmonna Saark, sans cesser de se gratter.

— Je confirme. (Kell inspira profondément, contempla les cieux et embrassa le paysage du regard.) Par les dieux, y a mille endroits, par ici, pour monter une embuscade.

— Oyez la voix guillerette du pessimisme ! fit Saark.

— Tu vas arrêter de te gratter, oui ou merde ? J'ai l'impression d'être assis à côté d'un cabot tout pourri !

— Hé dis donc ! Moi, j'ai l'impression d'avoir une fourmilière sous la peau. Arrêter de me gratter, t'oublies. C'est pas comme si j'avais le choix.

— Eh bien, si t'avais pas fait le con en laissant passer l'âne devant toi, jamais t'aurais bu la tasse.

— Et c'est reparti avec Mary. Écoute-moi bien, Kell : ce n'est pas la faute de Mary, et que tu sous-entendes sans cesse qu'elle te ralentit dans ta mission soi-disant géniale dont on ne sait rien me peine.

Kell se colla à lui.

— La raison pour laquelle je la garde pour moi, petit branleur, c'est pour éviter, dirons-nous, quand certains priapiques de ma connaissance fourreront leur machin dans des orifices naïfs, chauds et humides, qu'ils vendent la mèche au mauvais moment. Tu me suis ?

— Ainsi… (Il fronça les sourcils.) Tu t'imagines que je dévoilerai nos plans si je couche ? Comme un gugusse ?

— Évidemment. Tu es un homme ! Tu penses avec tes burnes, pas avec ta cervelle.

— Oh. Et je suppose que le grand Kell…

— Il y a une ferme.

Les deux hommes cessèrent de se quereller et suivirent le regard de Nienna. À travers les tourbillons de neige, à demi dissimulé par une dépression rocheuse et un relief torturé, se trouvait effectivement un corps de ferme.

— Y a de la fumée ? demanda Kell en plissant les yeux.

— J'en vois pas. (Nienna fit claquer sa langue et guida Mary. Elle s'arrêta au bout de dix pas et se retourna.) Vous venez ? Ou bien je m'occupe toute seule de trouver à manger ?

Kell et Saark la suivirent de loin.

— Elle grinche un peu, quand même, je trouve.

— Ouaip. Bref. Elle est triste que Myriam ne soit plus là, tu sais ? Elles étaient devenues amies. Elles ont traversé beaucoup, ensemble. Dommage que tu aies dû planter ton dard là où il fallait pas.

— Si tu as l'intention de me gonfler encore comme ça, Kell, je retourne marcher à côté de l'ânesse.

— On fait comme ça, mon garçon. Le silence vaut mieux que tous tes babillages.

— Je ferai gaffe à son cul, maugréa Saark en s'éloignant de Kell. Il est bien plus joli que ta sale gueule.

La ferme était abandonnée et ses occupants l'avaient quittée dans la précipitation, sans doute quand l'Armée de Fer était passée sur les lieux, des mois plus tôt. Les voyageurs explorèrent les différentes pièces et y récupérèrent ce qu'ils purent : des vêtements propres, des fourrures et des couvertures, des bottes pour Saark, du sel, du sucre, du café, quelques légumes préservés par l'hiver, ainsi que des bouts de bœuf et de chèvre séchés, dénichés dans un cabanon de salage au toit pentu d'ardoise noire. Ils trouvèrent des miches de pain dur qu'ils ramolliraient dans le potage, des oignons, et une grande meule de fromage scellée dans la cire qu'ils remisèrent avec cérémonie dans le panier de Mary. Ce délice serait la récompense d'un périple ingrat et difficile.

Saark voulut rester se reposer dans la ferme, mais Kell secoua la tête et leur intima de poursuivre la route. Ils quittèrent ce sanctuaire à grand regret, repartant dans la neige, à travers les terres vierges. Le bâtiment disparut bien vite, et ils n'eurent plus que la poudreuse, la bruyère et les rochers pour réconfort.

Kell força la marche. Ils voyagèrent longtemps dans la nuit, avant de sombrer dans le sommeil, à bout de forces. Il les réveilla à l'aube, et ils progressèrent davantage, transis et grommelant, les pieds douloureux, les articulations en feu. Mais du moins avaient-ils la panse pleine de viande et de fromage, plutôt que de s'être repus des mauvaises herbes et des champignons malsains qu'on trouvait dans la forêt.

Dans ces régions, le climat était plus chaud, car le relief accordait de nombreux flux venteux. Autrefois, Saark s'était retrouvé séparé de son unité, au cours de manœuvres militaires menées par le roi Léanoric, et avait dû marcher dix lieues sur la lande Valantrium. À elle seule, la bise glacée manqua de le tuer, et il fallut une semaine de bains chauds, d'alcools bouillants et de femmes sulfureuses pour lui rendre sa bonne humeur.

À présent, il n'était plus question d'y trouver bains chauds, alcools, ou jolies femmes. Ce n'était rien qu'une mine qui servait de bagne, et la perspective d'en rencontrer les hôtes et gardiens ne l'enchantait guère. Le comité d'accueil comporterait-il de jeunes femmes nubiles en son sein ? Y aurait-il de la chair fraîche occupée à se dandiner ? Des hanches impatientes ? Des ongles longs et vernis ? Saark en doutait.

Ils progressèrent ainsi une semaine, Kell toujours en tête. Son endurance était remarquable, surtout pour quelqu'un de son âge. Saark et Nienna avaient pris l'habitude de marcher côte à côte et, les premiers jours, Nienna le bouda, la moue aux lèvres, sans jamais le regarder, de toute évidence jalouse de son escapade enflammée avec Myriam. Mais Saark se mit à l'ouvrage sans relâche: il n'avait rien d'autre à faire que de s'entretenir avec son ânesse. Peu à peu, son charme finit par abattre la glace et le fer de sa détermination. Trois jours après être sortie de la forêt de Fer, elle sourit, mais se reprit bien vite, renfrognée. Le quatrième jour, elle s'esclaffa. Le cinquième, elle éclata franchement de rire. Le sixième, elle lui adressait de nouveau la parole. Intérieurement, il sauta de joie. Au regard de sa longue vie de débauche et de conquêtes, il comprit que Nienna était devenue le plus grand défi à relever. Il était ironique qu'elle ait fait des pieds et des mains, quelques jours plus tôt, pour lui plaire. Pour l'aider. Pour s'accoupler avec lui.

— On n'est pas près d'arriver, dit-elle.

Ils avaient fait halte au sommet d'une petite éminence qui se prolongeait en pente escarpée. Kell était parti en éclaireur, trouver un passage sûr pour descendre. L'endroit, bien qu'inconfortable, leur permettait de discerner les environs immédiats, mais les sites les plus lointains étaient dissimulés par des bandes de brumes ou des tourbillons de neige.

— J'ai les pieds qui se figent, dit Saark en ôtant ses bottes.

Il se gratta les jambes et se frotta les orteils.

— Ça pue, fit Nienna en souriant pour diluer le venin qui perçait dans son ton.

— Je pense que cette odeur me vaudrait un ruban à la Cour du Roi, s'amusa Saark qui se curait les pieds en faisant la moue. Par les Temples du Chaos, l'autre carne ne ménage pas ses efforts.

— C'est un grand homme, acquiesça Nienna, radieuse.

— Oui, avec un caractère de chien et un verbe plus cuisant que le fouet d'un satrape, se renfrogna Saark.

— Tu le cherches, faut dire.

— Simplement pour qu'il reste aux aguets, ce vieux con. Imagine : sans moi pour lui changer les idées, il sombrerait dans la dépression ! Mes histoires de picole et de gonzesses lui donnent un point d'ancrage assez simple pour ses crises passagères.

Nienna réfléchit à ces propos.

— Tu as, euh… beaucoup abusé de la boisson, alors ? demanda-t-elle prudemment.

— Et des filles, aussi, c'est ça que tu veux dire, en fait ? poursuivit Saark en souriant. (Il remit sa botte et ôta l'autre.) Par tous les dieux, celle-là pue encore plus ! Comment les pieds d'un homme peuvent-ils empester autant ? Franchement, je me dis qu'il vaudrait mieux les couper et les foutre au feu !

— J'en conviens.

— Dis-moi, alors.

— Te dire quoi ?

— Ce qui te tracasse, damoiselle. Y a encore un truc qui te tracasse, petite… Non, non, je retire ce que je viens de dire. Tu n'es plus une enfant, pas vrai ? Alors je la refais. Il y a encore un truc qui te tracasse, *Nienna*.

Il la gratifia d'un tendre sourire.

— Es-tu amoureux de Myriam ? bredouilla-t-elle, avant de se mordre la lèvre, consciente qu'elle était sûrement allée trop loin.

Le sourire de Saark se figea, tel un rictus de fumée de glace. Il ne s'était pas attendu à cette question, et il fixa les rochers transis en se grattant pensivement le menton. Son esprit partit dans tous les sens. Était-il amoureux de Myriam ? Malgré les affrontements, malgré les trahisons, était-il amoureux d'elle ? *Vraiment* ? Malgré le fait qu'elle avait tenté de le tuer ? De le noyer comme un chaton ?

Étrangement, Saark se rendit compte que oui, il l'aimait. Mais il comprit également que ce n'était pas le bon moment pour en parler, et surtout pas à Nienna, ici, maintenant. Pourquoi la blesser ? Et quel mal y avait-il à la protéger d'elle-même ?

— Non, répondit-il enfin. J'ai beaucoup d'affection pour elle, après tout. Depuis qu'elle m'a planté un poignard dans les tripes, on a vécu plein de choses. (Il eut un éclair de génie.) Ce que tu as vu n'avait rien à voir avec ce que tu as pu en penser. Nous nous sommes accouplés, mais cela n'avait rien à voir avec l'amour, ni même le désir… les rouages étaient au centre de tout ça. Les vachines.

Nienna fronça les sourcils.

— Et ça marche comment ?

— Une Voleuse d'Âmes m'a mordu. Son huile-de-sang m'a infecté. Mais les vachines sont différents des vampires d'antan, et l'huile qu'ils ont en eux à la place du sang de vampire est comme une drogue, un cancer virulent, et, sans les mécanismes destinés à la contrôler, ça finit par te tuer. Ce que nous avons fait, Myriam et moi, c'était me sauver la vie. Rien de plus.

Nienna le regarda dans les yeux. Et elle entendit. Le tic-tac des rouages. Saark inclina la tête d'un côté et lui adressa un bref coup de menton.

— Oui. Ça fait… bizarre. Comme un poids dans la poitrine. Mais c'est tout. Sinon, je pense, je respire, je me bats, je donne mon amour, comme avant.

— Donne-moi ton amour.

— Je ne peux pas faire ça, réfuta-t-il, raide. Kell me couperait les couilles, et tu le sais aussi bien que moi !

— Il faut que tu vives ta vie. N'aie pas peur de mon grand-père. Je suis une femme, maintenant, tu l'as dit toi-même.

Elle s'était rapprochée, tout près, et, en dépit de ses talents supérieurs de vachine, il ne comprit qu'alors et déglutit. Il huma le parfum qu'elle dégageait, quelque chose le posséda, posséda son poing, et il serra tendrement, abandonné. Cela se passait toujours ainsi. Avec les femmes. Avec l'alcool. La tentation venait cogner à sa porte, et Saark ne savait jamais, jamais dire non. Comme si son cerveau, mal câblé, ne fonctionnait pas comme celui des gens normaux. Il était incapable de se priver de *tout* plaisir terrestre. Saark était esclave de l'hédonisme, et son libre arbitre était plutôt limité. C'était une malédiction profonde qu'il traînait partout avec lui.

Nienna était toute proche. Il contempla ses lèvres, humides et luisantes. Elle sortit nerveusement la langue, et il chuta dans un gouffre de démence incontrôlable. Chaque engrenage trouva sa place, clic-clac, telles les pièces d'un puzzle que manipuleraient les mains véloces d'un expert. Elle avait bon goût, elle était sucrée, il se fondait en elle, et ils s'embrassèrent, s'embrassèrent encore.

Saark se dégagea.

— Oh ! fit Nienna en souriant.

— Oh *non* ! fit Saark, en souriant lui aussi. Mais merde, Kell va me trancher les burnes ! Il va me trancher la tête !

— N'importe quoi ! Ce n'était qu'un baiser.

Elle s'esclaffa, mais il vit dans ses yeux qu'elle voulait davantage, qu'elle voulait tout. Il déglutit, tandis qu'une main se posait sur son épaule.

— Nous sommes bientôt arrivés, mon garçon.

— Kell, coassa Saark, heureux de pouvoir articuler un mot.

— Tu nous as espionnés ? demanda Nienna en tournant la tête et plongeant sans ciller son regard dans celui de son grand-père.

— Hé, je vérifiais juste que notre ami Saark était un gentleman. Mais ce n'est pas le propos. Il y a un cottage, là-bas. Il a été occupé récemment, mais il n'y a plus personne. Certainement la demeure d'un fermier. On pourra s'y reposer convenablement, je pense qu'on l'a bien mérité, et on gagnera la prison des Mines des Aiguilles Noires tôt demain ? Vous en dites quoi ?

Saark se leva et s'empara de la longe de Mary.

Puis, tandis que Kell prenait la tête, il jeta un œil à Nienna, mais elle ne le vit pas. Elle avait le regard dans le vide, l'air hébétée. *Merde. Merde de merde de putain de bordel.*

Il leur fallut moins d'une heure pour parvenir au cottage en question. L'endroit était confortable, même s'il ne s'agissait que d'un séjour et d'un petit garde-manger où ne subsistaient que quelques pichets, un peu de pain moisi et trois petits sacs de céréales. Saark confectionna une musette mangeoire pour Mary, la remplit de céréales, et installa l'ânesse au sud, là où le vent pénétrait moins, sous un appentis branlant, avant de la protéger d'une couverture.

Nienna prépara un épais ragoût, et Kell coupa du bois pour le feu. Il nourrit bien les flammes, et ils prirent place, réchauffés pour la première fois depuis ce qui semblait des années, le ventre repu de bouillon chaud, des tasses de café dans leurs mains salies.

— J'avais oublié à quoi ressemblait la civilisation, déclara doucement Saark en sirotant son café, perdu dans la chaleur et l'agréable mélange d'amertume et de douceur.

Kell étouffa un rire.

— Y a quoi de drôle ?

— Y a pas si longtemps, mon garçon, ce moment aurait été aux antipodes de l'idée que tu te fais de la civilisation. Il est passé où, le poisson cru sur tes plateaux d'argent ? Elles sont où, tes drôlesses rebondies aux lèvres peintes et aux perruques poudrées ? Je vais te dire un truc : la peste soit des nobles.

— Tu parles comme le bouseux des bouseux, dit Saark en souriant.

Kell se leva, s'étira, et Saark l'observa pensivement. Le vieux guerrier était bien plus maigre qu'au moment où il l'avait rencontré pour la première fois, à Jalder, tapi dans la tannerie, un Moissonneur aux trousses. Les lieues parcourues, les combats, la conquête des montagnes, avaient fait beaucoup pour rendre à Kell une silhouette mince, anguleuse et musculeuse, en dépit de son âge avancé. Puis, le bretteur jeta un œil sur le côté, en direction de Nienna. Chez elle aussi, un énorme changement s'était produit. Autrefois un peu replète et mollassonne, les traits moulés dans la rondeur de l'enfance, elle était désormais plus leste, plus forte, plus athlétique. Elle se tenait droite et fière, martiale. Elle était sèche comme un coup de trique, des ridules lui parcouraient le visage et des cernes noirs lui mangeaient les yeux. Il s'agissait là d'une jeune femme qui avait vécu trop de malheurs. Et pourtant elle tenait le coup, mentalement et physiquement. Saark ne savait pas combien de temps les autres courtisanes du roi Léanoric, avec leurs fards d'albâtre et leurs ongles manucurés à outrance, auraient tenu dans les montagnes, ou au cours de la traque qu'avaient menée les Voleuses d'Âmes, les chancres et les rudes soldats de l'Armée de Fer. Pas longtemps, non. Il l'aurait parié.

Nienna vit son expression et le gratifia d'un sourire radieux. Il se passa la langue sur les lèvres. Il avait encore le souvenir de ses saveurs. C'était une sensation sans égale. Ce qu'il avait prétendu au sujet de Myriam avait fonctionné. Nienna le croyait.

Kell entra dans la petite réserve et en ressortit une grosse bouteille à la main. Il en renifla prudemment le contenu, et son visage s'éclaira.

— C'est du whisky, dit-il innocemment.

— Oh non, fit Saark. Tu sais bien que tu devrais pas boire ce truc. Tu *sais* ce que ça te fait !

— Rien qu'un petit verre, promit Kell en souriant de bon cœur. (Sans ménagement, il tira une chaise.) Saark, mon garçon, après toutes les embrouilles qu'on a vécues, après avoir failli y rester sur Skaringa Dak et en être revenu, le moins que je puisse faire, c'est boire un coup.

— Ça ne te fait pas du bien, reprit Saark.

— Certes. C'est quand j'en prends *trop* que ça va pas. Mais je sais quand reposer le coude. Je m'arrête toujours à temps. Simplement, parfois, je choisis de *pas* m'arrêter. (Il porta la bouteille à ses lèvres, but une bonne goulée, la reposa et s'essuya les lèvres du revers de la main. Puis, il se gratta la barbe.) Par tous les dieux, c'est dur à avaler, mais ça réchauffe son homme. Surtout après des heures dans la neige.

— Fais voir ça.

Saark s'empara de la bouteille et s'offrit lui aussi une belle rasade. Le tord-boyaux lui incendia la gorge et manqua de l'étouffer, mais Kell avait eu raison : une vague de chaleur le submergea.

— Ça fait du bien, pas vrai, mon garçon ?

— On dirait de la pisse d'âne, Kell.

— Et tu t'y connais, mon pote ! Toi et Mary, je vous trouve un peu trop intimes, quand même.

Il rit, fit un clin d'œil et tendit la bouteille à Nienna, qui la repoussa. Il but une autre grande rasade et, cette fois-ci, présenta la bouteille de façon plus insistante. Il finit par baisser le bras, et Nienna parut inquiète.

— Arrête-toi là, grand-père. Saark avait raison. Ça te fait du mal.

— Allons donc. Je suis un grand garçon, je pourrais m'enfiler la bouteille que j'aurais encore toute ma tête.

— C'est sûr, avec l'ego que tu trimballes, fit Saark.

— Ha !

Kell se noya derechef la bouche et passa la bouteille à Saark, qui la mit soigneusement hors de portée.

— Ça suffit, Kell.

— Fillette !

— Peut-être bien, mais j'ai comme l'impression que quel que soit l'endroit où on va demain, la dernière chose à t'offrir, c'est un verre. Et la gueule de bois, j'en parle même pas !

Kell haussa joyeusement les épaules et s'assit. Ils gardèrent quelque temps le silence, sereins, le regard plongé dans les flammes. Puis, Kell se leva.

— Je vais aller couper du bois. Vous me connaissez, maintenant. Vous savez que j'aime bien rester actif.

Saark opina du chef. Kell sortit. Le monde paraissait briller, plus blanc que blanc. Il sourit et lécha les flocons prisonniers dans sa barbe. Ils avaient un goût fabuleux. La neige tombait dru à présent, obscurcissant le ciel, couvrant le monde de ténèbres. Un silence feutré régnait. De la petite clairière qu'occupait le cottage émanait une sensation de calme et de sécurité.

Kell se rendit à la remise, jeta un œil par-dessus son épaule en quête de curieux, et sortit la bouteille qu'il avait cachée sous un stère de bois. Il la déboucha, prit une grande inspiration et s'abreuva avec gourmandise.

— Ça, ça va rien donner de bon, maugréa-t-il.

Mais bon. Il était déjà trop tard. Bien trop tard. Comme toujours.

La nuit tomba. Le feu brûlait faiblement. Kell ronflait bruyamment dans un coin de la pièce. Saark était allongé le dos aux flammes, les yeux clos, incapable de trouver le sommeil. Il sentit en lui des choses se *mouvoir*, et cela lui soulevait le cœur, comme s'il était sur le point de rendre. Tic-tac, tic-tac, faisait régulièrement son cœur d'airain. Par tous les dieux, songea-t-il. C'est *trop bizarre*.

Saark entendit Nienna changer de position et s'agenouiller auprès du feu. Il se retourna et contempla les reflets que lançait sa longue chevelure. Elle le rejoignit, s'étendit à ses côtés, et il jeta un regard furtif à Kell. La Légende avait continué de s'enivrer, ce soir-là, et il dormait comme un bébé. Un bébé plutôt ivre.

— On ne devrait pas, dit-il, tandis que Nienna l'embrassait.

Elle ne l'embrassa pas de la même façon, ses lèvres étaient impatientes, elle se collait contre lui, avec fougue, submergée de désir.

— Si.

Elle avait longtemps attendu avant de mettre la main sur Saark. Elle n'allait pas le laisser s'échapper maintenant.

Ils s'étreignirent, elle l'enfourcha, et Saark se sentit revenir dans ce lieu où l'on perd tout contrôle. Comme à chaque fois, il céda, capitula sans conditions, et lui rendit son baiser, violemment, passionnément. Il fit courir ses mains sur ses côtes et ses seins, et elle ondula en gémissant. Mais, tendu de désir, plaqué contre elle, quelque chose le déconcentra, et un cliquetis retentit. Alors, il comprit son erreur : Kell ne ronflait plus…

— Debout, ma fille.

Kell attrapa Nienna par la peau du cou et l'écarta de son chemin. Ses yeux lançaient des reflets ignés dans l'obscurité, et il serrait les poings, la barbe scintillante de whisky. À la lueur des flammes, il avait l'air d'un démon.

C'en est peut-être bien un, se dit Saark.

— Toi aussi. Debout.

— On a déjà parlé de tout, ça, s'esclaffa le dandy.

— Non. Ce coup-ci, je vais te casser en deux, enfoiré.

Saark plongea son regard dans celui, sans pitié, de Kell, et déglutit à grand-peine. Le vieillard n'était pas homme à se laisser faire.

— Je t'en supplie, Kell, il y a des choses plus importantes en ce moment que l'honneur de Nienna ! Pense au Falanor ! Pense aux Seigneurs de Guerre Vampires ! En plus, soyons honnêtes, regarde, elle a tous ses vêtements, je la tripotais un peu, c'est tout. J'lui ai peloté les seins. J'l'ai chauffée un coup. J'ai rien fait de mal, vraiment, Kell, je t'en conjure !

Kell se dressa devant lui.

— Le truc avec toi, fumier, c'est que tu t'arrêtes jamais. Et, à moins que je te donne une bonne leçon, tu recommenceras, encore et encore. Et ça, c'est pas possible. Alors maintenant tu te lèves, ou je te tabasse comme l'ordure que tu es.

Kell donna un grand coup de pied, et Saark s'empressa de s'éloigner pour éviter sa botte. Il bondit, seulement vêtu de son tartan, et leva lentement les poings, comme les pugilistes qu'il avait vu combattre dans les Fosses à Merde.

— Je préfère te prévenir, Kell. Je suis un vachine, maintenant. Je suis plus fort. Plus rapide. Plus coriace.

Un éclair dansa dans ses yeux.

— Fais-moi voir ça.

— Arrêtez ! hurla Nienna, les deux mains plaquées sur les tempes. Arrêtez, tous les deux !

Ils l'ignorèrent.

Kell chargea en poussant un cri digne d'un sanglier, et cinq coups de poing vinrent s'abattre sur Saark. Le bretteur esquiva, à gauche, à droite, se baissa, fit un bond en arrière, et s'adossa au mur du cottage. Mais Kell le suivit, et un direct du droit vint fracasser le plâtre, à un cheveu du menton du dandy. Celui-ci se dégagea d'un saut et Kell lui emboîta aussitôt le pas, dans une débauche de rapides manchettes qui démentirent son état d'ébriété avancée. Saark se déroba, changea d'appui et lança un crochet du droit qui cueillit le vieux guerrier à la mâchoire. La Légende vacilla.

Kell fusilla Saark du regard.

— Ça y est, tu redescends sur terre ? fit sèchement le dandy.

— Ben non, justement. Bien joué, mon garçon. (Il se massa la mâchoire.) Chouette crochet. Fais-moi voir ce que tu as d'autre en magasin.

Il se jeta sur Saark, leurs bras s'emmêlèrent, et ce dernier se retrouva coincé sous la puissante étreinte de Kell. Ils réduisirent la porte du cottage en petit bois et roulèrent dans la neige à grand fracas. Saark se tortilla, coincé sous l'imposante charpente de Kell, et un énorme poing s'abattit sur sa tempe. Momentanément aveuglé, un deuxième coup lui brisa le nez et une fureur joyeuse monta en lui. Il sentit ses crocs et ses serres se libérer, repoussa brutalement Kell sur le côté et se remit debout d'un bond. Ses griffes fusèrent sur la gorge du vieux guerrier, qui recula, chancelant, avant de se mettre en garde.

— Oui, mon garçon ! Allez ! Montre-moi ce que tu as dans le bide, tafiole !

Ils décrivirent des cercles dans la neige. Nienna s'accrochait au linteau de l'entrée, pantelante. Les deux adversaires étaient concentrés, à présent, les yeux brillants. La neige tombait abondamment et la scène lui paraissait irréelle, étouffée, silencieuse, comme dans un rêve ou vue du fond d'un lac gelé…

— *Arrêtez*, supplia-t-elle sans force.

Encore une fois, ils l'ignorèrent. Saark se jeta sur Kell et le frappa de ses poings, mais la Légende sut l'esquiver. Le dandy encaissa un coup de pied dans le ventre, mais parvint à le faire dévier et à se relever d'une ruade, poings brandis.

— Pas mal, mon minet. Ton parfum sent la pisse de fillette, cela dit.

— C'est bizarre, parce que malgré ça, tu sens le whisky et la sueur rance d'ici.

Kell poussa un grognement et chargea. Saark l'accompagna et tous deux se retournèrent dans la neige.

— Putain, tu vas te laisser démolir, oui ?

— Non, Kell, je ne veux pas me battre contre toi ! Tu comprends pas, ça ? Y'a assez d'ordures dans le coin pour nous occuper jusqu'à la fin des temps ! Et tu veux continuer à jouer dans la neige comme un môme ?

— Comme un môme, hein ? gronda Kell en chargeant de plus belle.

Saark bondit haut, mais Kell était aux aguets. Il l'imita, le prit par les jambes et le retourna comme une crêpe. Le dandy se reçut brutalement sur la neige durcie, tête première contre la glace, hors d'haleine. Kell posa un genou sur sa poitrine et un battoir autour de sa gorge. De sa main libre, il le frappa au visage, les os du bretteur gémirent, et il resta là à le regarder, le regard dans le vide, lippe pendante, dans les bras de la colère.

Nienna courut se réfugier dans le cottage et s'empara d'Ilanna. L'arme était froide et aussi lustrée que de la glace. Nienna souleva la hache, cette énorme hache, avec facilité. Elle était étonnamment légère.

Tu m'as manqué, entendit-elle dans sa tête. Elle sursauta, et aurait laissé retomber l'arme si Saark ne s'était pas débattu sous Kell, rendant coup sur coup.

Saark prit Kell par les couilles et serra furieusement. La Légende hurla, roula sur le côté, et Saark se libéra en rampant sur la neige, mais le vieux guerrier bondit et le prit par la cheville…

Des griffes sifflèrent dans le vide.

Nienna cilla. *Je rêve ?* se demanda-t-elle, contrariée, effrayée et, désormais, émerveillée.

Tu ne rêves pas. Je suis Ilanna. La hache de Kell. Tu te rappelles, dans le bois du Lion de Pierre ? Je t'ai sauvé la vie, mais à l'époque, je te pensais trop jeune pour te heurter à mes…

pensées. Mais maintenant, tu vois, tu es une jeune femme bien plus aguerrie. Je te félicite.

Si tout le monde pouvait penser la même chose… songea Nienna. Elle fit un pas en direction de la porte. Kell et Saark s'échangeaient toujours des coups. Le dandy, récemment transformé en vachine, se révélait même à la hauteur de Kell, et les deux combattants avaient le visage comme des choux-fleurs.

Tu m'as manqué, répéta Ilanna d'une voix douce.

Comment ça ?

On a travaillé ensemble, toutes les deux. Dans le passé. On s'entendait bien. Un jour, bientôt, on se reparlera.

Troublée, Nienna avança sur la neige.

— Arrêtez ! s'époumona-t-elle en brandissant la formidable hache au-dessus de sa tête. (Impressionnante, Ilanna darda des reflets sombres.) Arrêtez vos conneries ! Je vous l'ordonne !

Kell et Saark marquèrent une pause. Les commissures des lèvres de Saark laissaient perler du sang : l'un de ses crocs de vachine s'était rompu. Kell, lui, avait un œil au beurre noir et pissait du nez.

La Légende hurla de rire et baissa les poings.

— Tout ce que tu voudras, petite-fille. Je crois bien que je lui ai botté les miches à ce gommeux.

— Tiens donc, vieillard ? railla Saark. Je me suis fait entreprendre par des grands-mères plus balèzes que toi.

Kell se remit en garde.

— STOP ! hurla Nienna. C'est quoi, votre problème ? Saark, espèce de con, arrête de le provoquer ! Et toi, Kell, qu'est-ce qu'il t'arrive ? Une goutte de whisky et tu deviens le dernier des blaireaux.

Sur ce, Kell pila, se gratta la barbe et baissa la tête, l'air un peu honteux, un peu coupable.

— Oui, grommela-t-il avant de relever le menton. Donne-moi la hache.

— Pourquoi ?

— Parce que c'est la mienne.

Nienna se mordit la lèvre. Faillit prendre la parole. Faillit dire… qu'Ilanna *lui avait parlé*. Mais quelque chose en elle lui soufflait qu'il ne s'agissait que d'une hallucination due au stress ou au manque de sommeil. Quelque chose en elle lui disait qu'elle était peut-être un peu folle.

Elle fit un pas et Kell s'empara de la formidable hache. Il regarda son arme d'un air pensif, et reporta son regard sur Saark. Le bretteur baissa lentement les poings, livide. On n'appelait pas Kell le *chasseur de vachines* pour rien.

— Du calme, attends un instant, sale brute.

— Hou là là, calme-toi, tête de con. Si j'avais voulu te voir mort, tu le serais. (Il agita Ilanna et en pointa les lames sur la poitrine du dandy. Sa voix s'était muée en grondement.) Mais je vais te promettre une chose, mon garçon. Si tu poses encore un doigt sur Nienna, je te tranche ta saloperie de trogne de vachine. C'est compris ?

— C'est compris.

— Et cette fois-ci, la promesse vaut.

— La promesse vaut.

Kell abaissa son arme, rejoignit Saark d'un pas vif et le prit par les épaules.

— Mais par tous les dieux, t'as fait des progrès avec tes petits poings d'airain, parfaitement ! Ça fait trente ans qu'on m'a pas mis un coquard !

— Merveilleux, fit Saark, la bouche sèche.

— Ça s'arrose ! Nienna, apporte les bouteilles !

— Plutôt mourir, rétorqua-t-elle avec humeur.

Kell haussa les épaules.

— Ce n'était qu'une suggestion, rien de plus. Allons prendre un bon potage, dans ce cas… et on parlera du bon temps passé !

— Je me souviens de mon père. Il s'est pendu, dit Saark d'une voix blanche en se tâtant son croc d'airain douloureux.

— T'as toujours su faire le rabat-joie, pas vrai, mon garçon ? Allez, viens. Je vais te raconter le jour où j'ai perdu mon premier combat.

— T'as déjà perdu un combat ? s'étonna Saark en haussant les sourcils.

— Non, mon garçon. Bien sûr que non. J'essayais juste de te remonter le moral.

— C'EST GRAND, DIT Saark, allongé sur le ventre, le regard posé sur la vallée. Non, je retire ce que j'ai dit : c'est *monstrueux*.

Les Mines des Aiguilles Noires.

Aménagées à l'origine par le roi Sierlan pour accueillir les pires criminels du Falanor, les mines en étaient également venues à servir de dépôt pour les contrebandiers lippes-noires, qui avaient sans doute déjà tué pour s'approvisionner en Rouge de Karakan.

Une trouée perçait les montagnes, dans laquelle on avait creusé les Mines des Aiguilles Noires. La paroi antérieure venait rejoindre les à-pics rocheux. Toutefois, désigner cet endroit sous le nom de mine était abusif : c'était une *forteresse*. Les murailles formaient une sorte de donjon, et le « V » des bâtiments carcéraux faisait incursion dans la vallée, inaccessible et imprenable. Il n'y avait nulle issue dérobée. Les visiteurs se heurtaient à un pan de granit lisse et noir, inexpugnable. Il aurait fallu une armée pour y pénétrer, et c'était bien l'idée. Quand le roi Sierlan construisait un bagne, il entendait bien que les captifs n'en sortent pas.

Derrière les enceintes facilement défendables, des rangées de cellules avaient été creusées dans la montagne elle-même, pourvues de barreaux de fer noir. Plus loin se trouvait le Trou, hors du champ de vision de Saark et Nienna. Kell leur révéla que ce Trou, la mine en elle-même, était l'endroit où des milliers de criminels avaient travaillé jusqu'à la mort au nom de leur réhabilitation.

— On dirait une prison, dit Saark.

— C'en est une.

— Je sais. Je disais ça pour la conversation.

— Sierlan ne voulait pas que ses charognes se fassent la malle. C'est comme ça qu'ils se faisaient appeler, autrefois. Les Charognes de Sierlan.

— J'imagine que t'as abattu ta part de braves ici aussi, pas vrai ?

— Non.

— Non ?

— Y avait pas de braves, dans le lot. Y avait que des ordures.

— Combien ?

— Quelle importance ?

Kell avait le regard brillant. La neige tombait plus épaisse, et l'obscurité lui donnait des airs irréels, un géant parmi les hommes, un ours avec sa silhouette massive, son gilet de fourrure et ses grosses pattes. On oubliait facilement qu'il avait passé les soixante ans.

— Je réfléchis juste, d'accord ? Qu'est-ce qui va se passer si on rentre là-dedans et que des prisonniers te reconnaissent ? Tu comprends ? Des vieux cons qui nourrissent leur vengeance depuis vingt ans. Après tout, je ne te connais que depuis quelques mois, et déjà je voudrais te voir mort.

— Merci infiniment.

— Je suis honnête, rien de plus.

— Écoute bien, Saark. J'ai dû buter plus de cent types, ici. Et, si d'autres me cherchent à nouveau, je leur organise une brève entrevue avec Ilanna. Tu comprends, toi aussi ?

— T'as pas pu *tuer* plus de cent hommes, Kell. Sois sérieux.

— Regarde-moi bien, gronda la Légende. Allez. Prends ton bazar. Je connais le gouverneur, il s'appelle Myrtax.

C'est un homme bon, un type bien. Tant qu'il gardait ces portes fermées, même l'Armée de Fer aurait dû lutter pour passer les défenses. Et je doute franchement que ce trou à rats planté dans le cul de l'Enfer intéressait Graal plus que ça.

Ils suivirent une piste étroite qui déboucha sur un vaste charnier. Puis, ils progressèrent sur la roche et la neige, et Kell désigna quatre grandes tours du doigt.

— Chaque tour peut abriter cinquante archers. Ça fait deux cents gusses prêts à nous faire pleuvoir la mort sur le museau. (Il ouvrit grand les bras.) Et là-bas, il n'y a nul endroit où se cacher.

— Tu me rassures comme jamais, fit Saark, subitement enroué.

— J'essaie, mon garçon. J'essaie.

Ils progressèrent prudemment à travers le charnier, menton haut, les yeux rivés sur les tours, en quête d'une quelconque activité militaire, mais les lieux étaient désertés. Silencieux… L'endroit puait la déroute à pleines narines.

Ils se rapprochèrent. La bise souffla, soulevant la neige et la leur projetant au visage. Nienna hoqueta à plusieurs reprises, à bout de souffle, et un frisson lui parcourut l'échine.

Enfin, ils se retrouvèrent à portée de cris, et Kell fit halte. Il laissa retomber brutalement Ilanna sur la neige et se frotta la barbe, comme il embrassait la formidable muraille et les portes massives du regard.

— Y A QUELQU'UN ? héla-t-il d'une voix de basse qui retentit par la forteresse.

Les parois, les flancs escarpés et les pierres transies de verglas lui rendirent son écho. Le vent hurla, un ululement sinistre et suraigu.

Un silence s'ensuivit. Un long et lancinant silence.

— Y a personne ici, Kell.

— Je ne comprends pas. Pourquoi Myrtax abandonnerait-il son château ? C'était un brave. Le roi pouvait compter sur lui.

— Le roi est mort, dit Saark en poussant un soupir épuisé.

— Hmm.

Un craquement retentit, et une tête apparut au-dessus des créneaux.

— Par tous les dieux ! C'est toi, Kell ?

— Gouverneur Myrtax ?

— Y avait longtemps. Attends deux secondes, je vais descendre ouvrir la porte.

— Où sont les prisonniers ? demanda la Légende en fronçant les sourcils, la main sur sa hache.

— Ils sont partis, Kell. Tous. Bouge pas. J'en ai pour vraiment pas longtemps. J'ai du ragoût fumant, un feu et de chaudes couvertures à l'intérieur. Tu as dû voyager longtemps.

Kell opina du chef et se passa une fois de plus la main dans sa barbe verglacée.

— Merveilleux ! s'exclama Saark, rayonnant. Enfin un peu de civilisation ! Je suis sûr qu'on doit aussi pouvoir trouver de la bonne bière, là-dedans. Tout ce qu'il nous reste à faire, c'est mettre la main sur de plantureuses jeunes filles, et…

— Saark ! l'interrompit sèchement Nienna.

— Quoi ?

— Saark ! réitéra-t-elle en fronçant davantage les sourcils.

— Je faisais juste remarquer que, dans le coin, une drôlesse rebondie pourrait passer pour du luxe. (Il haussa les épaules.) Tu sais comment je suis, avec ces filles-là.

— Pas la peine de me le rappeler, dit-elle, sur un ton plus que glacial.

Le gouverneur Myrtax ouvrit la formidable porte, dont le battant était enchâssé dans le portique de quinze mètres de haut qui protégeait le mur de la prison. Il avait un sourire radieux aux lèvres. Il était robuste, mais le gras gagnait peu à peu, et ses cheveux poivre et sel étaient coupés ras. Il avait la barbe luxuriante, veinée de noir et de gris cendre, et ses prunelles se posèrent sur Kell, sombres, amicales et empreintes d'intelligence.

Le gouverneur ouvrit grand les bras.

— Kell ! Ça faisait trop longtemps ! T'as pas de prisonniers modèles pour moi, aujourd'hui ?

— Non, répondit Kell avec humeur. (Il s'approcha de lui et l'étreignit.) Désolé, pas cette fois. Mais si tu me donnes quelques mois, je t'amène dix mille têtes au bout d'une pique !

— Ça se passe si mal que ça, au sud ?

— Le roi Sierlan est mort.

— Non ! (Myrtax inspira nerveusement et prit un air grave.) Ce sont de bien inquiétantes nouvelles. (Il jeta un œil autour de lui, là où le vent balayait régulièrement l'étendue neigeuse en soulevant des rideaux de blancheur.) Vous feriez mieux de rentrer. Des Lippes-Noires sont venus renifler par ici, récemment. Ce sont vraiment des merdes.

Kell acquiesça et fit passer Saark et Nienna devant lui. Ils s'enfoncèrent maladroitement par un long et noir tunnel, haut de plafond et pourvu de balcons à l'usage des archers et des artilleurs, en temps de siège. La route fut courte, et Saark jeta des regards nerveux autour de lui.

— Ne t'inquiète pas, mon garçon. On peut faire confiance à Myrtax.

Le gouverneur avait fait halte juste devant le second portail. Derrière, ils distinguèrent des pavés noirs et des plaques de verglas. Myrtax se retourna et leva les mains. Il fixa Kell, le regard hanté, empreint de culpabilité, peiné.

— Je suis désolé, Kell.

Une grande agitation se fit entendre, et, surplombant les trois voyageurs, postés sur les hauts balcons, cinquante hommes se levèrent. C'étaient des condamnés, des meurtriers, vêtus de fourrures dépenaillées et d'armures cabossées. Tous étaient armés d'une puissante arbalète.

— Vraiment. Je suis désolé.

Une larme roula sur la joue du gouverneur.

— Ils retiennent ma femme prisonnière. Et mes enfants. Que pouvais-je faire, mon ami ? Que pouvais-je faire ?

— Lâche tes armes, intima une voix bourrue.

— Vous n'êtes que cinquante, railla Kell en scrutant les rangs d'un regard funeste. (Saark lui toucha l'épaule, et la Légende comprit là où le bretteur voulait en venir : Nienna. Nienna était toujours là. Comme une lance dans le flanc, qui le sapait de ses forces, le castrait de toute colère.) Merde.

Saark jeta sa rapière, et Nienna se délesta de son épée courte et de ses couteaux.

À regret, Kell posa sa formidable hache noire contre la paroi, et ses épaules s'affaissèrent : ils l'avaient eu.

Trois hommes firent irruption dans la galerie et poussèrent Myrtax, qui heurta le mur et finit sur un genou. Ils se déployèrent face aux compagnons, un rictus aussi encourageant que leurs trognes aux lèvres.

— Moi, c'est Dandall, déclara le premier, un grand maigrichon bridé d'une cinquantaine d'années, avec une face de fouine, le regard émeraude.

Ils distinguèrent les balafres qui ornaient ses joues, ainsi que ses longs doigts osseux.

— Moi, c'est Queue Grise, dit le plus petit des trois.

Il faisait une tête de moins que Dandall, fin et grêle, le visage rond et presque digne de confiance, si ce n'étaient les lèvres maculées d'huile-de-sang qui trahissaient la malédiction dont il était l'objet. Kell vit ses mains trembler, signe évident du manque. Les veines saillaient sur le dos de ses mains, sur son cou, fuligineuses, comme tatouées, une carte en relief pour l'Enfer et la damnation à venir… Ce qui était sûrement sa destination. Quand un Lippe-Noire affichait tant de symptômes, il lui restait peu de temps à passer dans ce monde. Il était armé d'une petite arbalète noire qui dansait au rythme de ses tremblements.

— Et moi, c'est Jagor le Fou. Parce que je suis *dingue* ! tonna le dernier, un colosse qui dépassait Kell d'une bonne tête et dont les muscles abondants lui donnaient des airs de sac trop rempli. Il avait le visage dans tous les sens, recouvert de bosses et de cicatrices. Il avait le nez d'un lutteur, et un chaume poussait de façon irrégulière autour de ses tissus cicatriciels. Il serrait les poings et, à la différence des deux autres, n'était pas armé. Un éclair passa dans son regard, et il ne quitta plus Kell des yeux.

— Je me souviens de toi, Jagor le Fou, dit Kell d'un air presque amical, même si de funestes reflets brasillaient sous ses sourcils. Je suis l'auteur d'une des bosses qui te décorent la cafetière, si je me rappelle bien. Je m'étais dit que ça t'aurait mis du plomb dans la tête, mais on dirait bien que je me suis gouré.

Jagor le Fou poussa un grognement et fit un pas en avant, mais Dandall écarta ses doigts squelettiques, et son bras vint immobiliser le colosse.

— Laisse-moi le tuer, Dandall, laisse-moi lui ouvrir la gorge avec les dents !

— Pas encore, dit doucement Dandall. (Il fixa Kell.) C'est toi qui nous as mis dans cette galère, mon gros. (Il rit et produisit un bruit digne de clapets vachines en bout de course.) Mais *maintenant*, les Gouverneurs des Mines des Aiguilles Noires, c'est nous. Derrière ces portes, nous disposons de trois mille soldats *tout neufs*, une armée exemplaire ! Autrefois, c'étaient des condamnés, des Lippes-Noires, de la *racaille*, c'étaient des tordus, des assassins, les proscrits du soi-disant joli Falanor, mais aujourd'hui, ils sont à *nos* ordres et nous dominons ces putains de montagnes, cette mine, et cette foutue forteresse !

Dandall fit un geste, et Queue Grise s'avança. Le nez de l'arbalète se souleva, *siffla* sans prévenir et cueillit Kell à l'épaule. La Légende fut propulsée en arrière. Il chancela, mais parvint à garder l'équilibre. Il s'empara du carreau qui le transperçait, et un torrent de sang jaillit entre ses doigts. Un éclair passa dans ses yeux.

— C'est bien là la marque d'un lâche, gronda-t-il, d'une voix ruisselante de haine, tandis que Jagor le Fou le rejoignait et lui assénait un crochet du droit ravageur.

Kell roula au sol. Jagor mit un pied sur sa poitrine et saisit le carreau. Il y appliqua tout son poids, et Kell hurla comme un loup à l'agonie. Saark bondit, mais une pluie de flèches s'abattit des balcons autour de lui sur les pavés, et il dansa une gigue insensée, les mains sur la tête, déterminé à ne pas se faire transformer en passoire.

— On a réussi à te mettre la patte dessus, mon vieux Kell, cracha Jagor le Fou. (Planté devant la Légende, il le toisa d'un œil sombre, et le vieux guerrier crut revivre un rêve d'ivrogne.) Et tu sais quoi ?

Kell tanguait, non à cause de la douleur ou du carreau (ce n'était pas sa première blessure), mais parce que les drogues qui enrobaient la pointe de la flèche pénétraient en lui et lui faisaient entrevoir un royaume ou l'inconscience et la désinvolture étaient de mise. Il sombra davantage, plus profond, de plus en plus en plus *profond*, perdit le contrôle de ses actes, ne se rendit plus compte de rien et s'enfuit dans le vide insondable des songes perdus et des déceptions ultimes. Les dernières paroles de Jagor le Fou résonnèrent dans son crâne tourmenté…

— Allez chercher la fille. On va la torturer, d'abord.

VIII
LA PRISON D'ACIER

Quand Kell reprit connaissance, il était allongé dans une grotte sombre, sous la lueur du soleil d'hiver dont les maigres rais baignaient son crâne meurtri. Quelques instants, il crut encore être sous l'emprise du whisky, toujours au fond du trou, enfermé dans cette geôle, et une terrible appréhension s'empara de lui. Il compulsa frénétiquement les pages de ses souvenirs. Puis, telle l'aube, des images filtrèrent peu à peu et gagnèrent les niveaux supérieurs de sa conscience. Les Mines des Aiguilles Noires. Dandall, Queue Grise et Jagor le Fou. Un carreau d'arbalète. Un crochet du droit… Kell voulut saisir le carreau, mais quelqu'un l'avait enlevé. On avait pansé son épaule à l'aide d'un haillon de chemise. Il reconnut les dentelles frivoles de Saark. *Génial*, pensa-t-il. *C'était tout ce qu'il manquait. Qu'un crétin de dandy me sauve la mise.*

— Ne t'en fais pas. Il n'y a rien de maléfique, ici. Et si c'était le cas, qu'on me pende si la faim me pousse à sucer la moelle pourrie de tes os.

Kell gémit, se prit la tête entre les mains et s'assit, tel un ours sorti trop tôt de l'hiver. Sa chemise noire était déchirée et maculée de sang. Le monde chavirait. Puis, il pensa à Nienna.

Il se leva tel un colosse et se dirigea *sur* Saark.

— Où est ma petite-fille ? gronda-t-il.

— Tout va bien, Kell, pas de panique. (Saark leva les mains devant lui.) L'autre Fou, là, Jagor. Il te titillait les fronces, c'est tout. Il te donnait de quoi réfléchir un bon coup. Je la vois d'ici. Elle est ligotée dans une cellule, par là-bas.

Il tendit l'index, et Kell plissa les yeux.

Il prit quelques instants pour observer les environs. À sa droite, se dressait la grande muraille de la forteresse des Mines des Aiguilles Noires, pourvue de robustes barricades de pierre, d'escaliers et de tours depuis lesquels les soldats pouvaient repousser tout agresseur. Le fond de la vallée était quant à lui plutôt régulier, flanqué de centaines, non… de *milliers* de cellules, toutes creusées dans la roche et fermées de robustes barreaux de fer. On avait emprisonné Kell et Saark dans une de ces cellules. Nienna, elle, en occupait une autre.

— Pourquoi est-ce qu'ils ne nous ont pas séparés, tous les deux ? grogna-t-il.

— Ils ne voulaient pas que tu meures. Ils m'ont donné une aiguille et du fil, pour que je te rafistole.

— Pourquoi diable ? Y a trois mille mecs, là dehors, qui veulent ma peau.

— T'avais pas dit une centaine ? (Saark secoua la tête.) Bon, quoi qu'il en soit, ils, euh… ils ont causé de *sport*, de *divertissement*, des trucs dans le genre, et ils ont aussi parlé d'un procès. Ils ne veulent pas que tu meures. *Pas encore*. En tout cas, et si j'ai raison, pas avant que tu souffres comme ils pensent avoir souffert de ta justice plutôt expéditive.

(Saark avait les yeux brillants, et il gratifia Kell d'un sourire dépourvu d'humour.) Ils veulent s'amuser, Kell.

Le vieux guerrier digéra cette information. Il distingua enfin Nienna, au fond de la vallée, et lui fit un signe, mais elle paraissait à moitié endormie et fixait le plafond de sa cellule. Kell fit courir sa langue dans sa bouche desséchée, et il maudit tous ces gens, maudit les drogues dont ils avaient usé pour le mettre hors d'état de nuire. Par les Ossuaires Sacrés ! se dit-il. Ils feraient bien d'en finir avec lui dès la prochaine fois, ou bien y'aurait du crâne fendu au menu !

Kell regarda autour de lui. Il y avait environ trois mille hommes. C'étaient des moins que rien, et la plupart étaient bien bâtis, après des années de labeur dans les mines des Aiguilles Noires. C'étaient les pires criminels du Falanor, les plus vicieux, les plus dangereux. Les meurtriers, les violeurs, les contrebandiers, les tueurs d'enfants. Kell les regarda sans dissimuler son dégoût, une aversion encore plus grande dans le cœur quand il se rappela ce qu'il était sur le point de faire. Il soupira. C'était son seul choix.

— Allez, raconte, fit Saark en le regardant de travers. C'est quoi le plan, maintenant ? T'as réussi à nous foutre dans une belle merde, avec tes soi-disant *Oh ! le gouverneur Myrtax est tout à fait digne de confiance, on va pouvoir rentrer et manger un morceau, blablabla.* Et en plus, ces cons-là ont capturé Mary. Je vais te dire un truc : si jamais ils se la font avec une bonne sauce, ça va chier.

— Arrête de geindre.

— Donne-moi des réponses, dans ce cas, merde alors !

— Écoutez-moi donc les exigences du sieur Saark, le merveilleux vachine, le pleutre d'airain ultime ! Je t'ai pas trop vu mettre la main à la pâte quand ils m'ont truffé de carreaux d'arbalète !

— Y avait qu'un seul carreau, Kell. Quelle imagination !

— Écoutez qui parle. Si on devait croire tout ce que tu racontes, je pourrais être ton fils !

— C'est pas impossible, figure-toi ! Il se raconte que j'ai une espèce de fluide, avec les femmes.

— Sans blague. Et ça m'étonnerait pas que tu trimballes assez de saloperies dans ton falzar pour abattre tout un bataillon. Alors maintenant tu la boucles, Saark, et tu me dis ce qu'ils ont fait de ma hache.

Saark fronça les sourcils et se passa une main sur ses joues malmenées. Lui aussi avait subi les assauts de Jagor le Fou. Ce gros imbécile n'avait pas menti : il était *vraiment* fou. En partie, du moins. Mais bon, Saark avait pris l'habitude de se faire rosser, dans le sillage de la légende de Kell. Après tout, c'était bien à ça que servaient les amis, non ?

— Ils l'ont jetée dans une cellule, je crois. Avec Nienna et nos autres armes. Il faut que je te le dise, Kell : parfois, je me demande qui tu aimes le plus. Nienna ou bien cette putain de hache ?

— Ma hache ne me laissera jamais tomber, gronda la Légende, le visage tordu par un rictus de colère. Mais maintenant, tu vas ouvrir tes oreilles, Saark. Je vais te dire le plan.

— Merveilleux !

— Tu me vires ce sourire de ta face d'œuf avant que je t'éclate. Les choses vont pas tarder à se gâter, et il faudra que tu saches quoi faire.

— Je t'écoute, alors. Éclaire-moi de tes lumières, ô grand stratège.

— Je vais rallier tous ces criminels à ma cause, on va en faire une unité opérationnelle, on va en faire une armée, et on va marcher sur les Seigneurs de Guerre Vampires ! On va porter le combat chez l'ennemi. On commence par Jalder, on enchaîne par Gollothrim et on termine par Vor. Nous allons les abattre. Nous allons mettre fin à l'épidémie.

Un long silence accueillit ces paroles. Dehors, dans les sommets, le fracas d'une avalanche retentit. De terribles échos voyagèrent dans l'éther, effroyables, et moururent tels de fugitifs volutes de neige.

— Kell. Même venant de toi, c'est pas mal gonflé comme plan.

— Ce qui veut dire ?

— Alors… Je commence par où ? Déjà, tous ces fumiers te détestent, ils veulent ta peau, ils veulent que tu crèves. Les Seigneurs de Guerre Vampires sont, euh… indestructibles. Comment comptes-tu faire une armée de ces peigne-culs ? Et tu vas trouver qui, comme blaireau, pour les entraîner ? Et, plus important : même, et c'est un gros *si*, même si tu persuadais trois mille baroudeurs de se rallier à ta cause, qu'est-ce qui les empêcherait de redevenir des criminels à la seconde où on reposera les pieds dans le vrai monde ? Je leur donne pas plus de deux minutes pour retourner piller, tuer et violer.

— C'est pas faux. Mais c'est nous qui avons la main.

— C'est-à-dire ?

— Ils n'ont aucune idée de ce qu'il se passe ici, au Falanor. Ils ont vu passer l'Armée de Fer, ils se sont rebellés contre le gouverneur Myrtax et se sont emparés de la forteresse. Ils ignorent que Jalder et Vor sont tombées, tout comme ils ne savent pas ce qu'il est advenu de je ne sais combien de villes encore. Ils ne savent pas non plus que le roi Léanoric est mort au combat, et ils n'ont jamais entendu parler des chancres ni de la destruction du Val Silva.

Saark renifla.

— Et ils s'en *cognent*, Kell ! Tu comprends pas ? On parle d'ordures, là, des rebuts du coin ! Ce sont des fumiers et des fils de fumiers ! Ils ne méritent pas de vivre, et jamais ils ne t'aideront, putain ! Écoute-moi !

— Ce que tu peux raconter comme conneries, rétorqua sèchement Kell. Toi, avec tes airs de gommeux du sud, t'imagines même pas à quoi peuvent ressembler ces gars. (Kell se rapprocha de lui et baissa légèrement la voix.) T'arrives pas à voir comment ça marche, la vie, pas vrai, Saark ? T'as toujours vécu avec des plateaux d'argent bourrés d'œufs à la coque. T'as fourré ta tête entre tant de nibards, t'as léché les fentes et le cul de tant de pétasses parfumées, que tu as perdu tout sens des *réalités*. La majorité de ces hommes ne sont pas mauvais, ils n'ont rien de maléfique. Tout n'est pas blanc et tout n'est pas noir, Saark, et nous faisons tous des erreurs. Je suis ravi de voir que tu es si parfait, enfoiré ! Dans un autre monde, ça ferait longtemps qu'on t'aurait tranché la tête !

Saark renifla à nouveau.

— Qu'entends-je ? Tu as collé une centaine de ces types dans ce trou ! Mais écoutez-moi le dernier des hypocrites ! Tu les as pourchassés, Kell, tu en as tué des tas, et tu en as ramené un certain nombre à Vor pour être jugés. Et maintenant, tu veux qu'ils se battent pour toi ? Maintenant, tu veux qu'ils *meurent* pour toi ? J'en ai fait des plans foireux, je me suis plusieurs fois mis dans la mouise, mais là, ça dépasse tout. Ils ne te suivront jamais, Kell. *Légende* ou pas. Ils préféreraient chier sur ta tombe.

— Tu verras, gronda Kell.

— Et tu vas faire quoi ? Tuer les nouveaux gouverneurs ? Ha ! Ha ! Ha !

— C'est un peu l'idée.

— Avec quoi ? Ton petit doigt gauche ?

— S'il le faut. Arrête de jacasser, maintenant. J'essaie de réfléchir, et tu bavasses comme une crémière en manque de faisselle.

— Quoi ? *Quoi ?* C'est comme ça que tu comptes t'attirer les faveurs des foules ? Laisse-moi rire, Kell. C'est toi, qui as beaucoup de choses à apprendre sur la vie. Tu es sur le point de t'offrir à la meute.

— Nous verrons, dit Kell, les yeux luisants. Nous verrons.

Au cours de la journée, Kell et Saark virent une centaine d'hommes occupés à scier du bois. Ils bâtissaient une structure. Kell rumina en silence, grimaçant quand son épaule le faisait souffrir, et s'installa, les genoux sous le menton, les bras autour des genoux. Il réfléchissait à la façon de se sortir de ce merdier. Personne ne vint les voir, et il ne leur fut distribué, ni eau, ni nourriture. Ils virent parfois les nouveaux Gouverneurs des Mines des Aiguilles Noires rôder autour de la structure et, tandis que des pierres venaient en assurer la charpente, Saark pencha la tête d'un côté.

— On dirait une scène, dit-il enfin. Pourquoi est-ce qu'ils construisent une scène ? Ils vont nous refaire *La trahison du chien*, tu crois ? Ou bien nous réciter un bout des sonnets de *Cassiandra*, tu sais, le grand séducteur ? Je sais ! Ça y est ! Ils vont reprendre toute la *Saga de Kell la Légende*, rien que pour toi !

— C'est un gibet, espèce de crétin. C'est pour ça qu'il y a des montants supplémentaires au centre. Ils vont laisser un trou pour laisser tomber leur victime.

— Leur victime ?

— Il en faut beaucoup pour me tuer, poursuivit Kell d'une voix grave, les yeux plissés. Regarde, voilà Jagor le Fou. C'est vraiment un gros con. Je pensais qu'il aurait retenu la leçon, la dernière fois que je l'ai ramené en taule. Eh ben non.

— Qu'est-ce qu'il a fait ?

— Ahh. (Kell secoua la tête, baissa les yeux sur le sol pierreux de la caverne et donna un coup de pied dans un barreau.) Jagor vient d'une ville appelée Gilrak, à l'ouest de Vor. Tous ceux qui voulaient élire domicile à Vor, mais qui ne pouvaient pas se permettre de vivre dans la capitale, eh bien ils vivaient à Gilrak. C'était un véritable bidonville. Comme si la merde débordait. Une bouche d'égout. Mais bon. Le truc, c'était que Gilrak était une ville nouvelle. La Vieille Gilrak, elle, se trouvait à une demi-lieue au sud-ouest. Mais ce que peu de gens savent, c'est qu'un réseau de tunnels les reliait, toutes les deux. Alors, Jagor et ses potes ont débarqué avec un plan pour faire un maximum d'oseille : le plan consistait à enlever les enfants, à les emporter dans les tunnels (pour s'assurer qu'aucune expédition ne puisse les retrouver), et à les mettre sous bonne garde dans la Vieille Gilrak abandonnée. De là, de bons chevaux leur permettaient de rallier la côte, où de sales types les attendaient sur la plage de Crake avec leurs navires.

— Il a enlevé les enfants et il les a vendus, c'est ça ?

— Oui. Il les a vendus à des sales types en se remplissant copieusement les poches, à des types qui allaient s'en servir pour, dirons-nous, les tâches les moins avouables. Des choses qu'un enfant ne devrait jamais avoir à subir.

Kell avait le regard luisant.

— C'était pas une fin heureuse pour un enfant, tu veux dire ?

— C'est ça. Le roi Léanoric avait trois espions de génie à son service. Ils finirent par découvrir le fin mot de l'histoire, avant de tout me dire. Ensuite, le roi m'a chargé de faire cesser le trafic. Il m'a autorisé à piocher dans les coffres comme je l'entendais, et j'ai pu choisir parmi ses hommes. Bon. Je travaille vite. Je travaille seul. Mais Jagor disposait de quarante hommes comme lui, et j'ai sélectionné cinq des meilleurs assassins de Léanoric. Pas des hommes d'épée, figure-toi bien, pas des *soldats*. Des *tueurs*. Des hommes que j'avais vus se battre, des hommes avec les tripes qu'il fallait pour faire ce boulot.

— Et c'était quoi, ce boulot ?

— L'extermination, répondit Kell en plongeant son regard dans celui de Saark. J'ai vu comment fonctionnaient les cours de justice, à Vor. (Il cracha.) J'ai vu des innocents se faire pendre, et j'ai vu des salauds partir libres. Je n'allais pas laisser ce menu fretin se balader dans la nature.

— Et il s'est passé quoi ?

— Tout d'abord, on a mis la main sur un des éclaireurs de Jagor. On l'a torturé, on lui a brisé les doigts et les orteils, on lui a coupé les couilles, et on l'a laissé longtemps hurler dans une cave avant de lui trancher la gorge. Cette vermine ! Eh bien, il nous a dévoilé le nom des prochaines victimes, il nous a dit qui étaient les prochains enfants sur la liste. Les associés de Jagor devenaient gourmands. Ils allaient enlever dix mômes, ce soir-là, tous âgés de moins de dix ans. Un de mes tueurs a pris la place de l'éclaireur, et on a attendu. On les a laissés s'infiltrer et sortir la gamine de sa petite maison du quartier pauvre. Après, on a suivi ces enfoirés dans les bois jusqu'à leur camp, le trou qu'ils s'étaient fait, et on a déferlé dans le vieux réseau de galeries qui donnait sur la Vieille Gilrak.

— Et ensuite ?

Kell haussa les épaules.

— On leur est tombé dessus de nuit. On les a bousillés. Tous les six, on avait la rage dans les yeux et du sang sur nos armes. On les a massacrés, hommes et femmes, sans pitié. Cinq d'entre eux ont pris la fuite par les tunnels. Jagor en faisait partie. J'étais parti pour la curée, on s'est battus, et je l'ai frappé si fort que je lui ai fêlé le crâne. Je me suis aussi brisé deux trois os de la main, mais ça en valait la peine. Alors, quelqu'un m'a sauté sur le dos, j'ai rejeté la tête en arrière, j'ai fini avec la moitié de son râtelier planté dans le cuir chevelu, mais ça a laissé à Jagor le temps de filer dans les galeries.

— Tu te fais pas facilement des amis, Kell…

— Ta gueule, et je reprends : mes hommes ont ramené les mômes à Gilrak, et j'ai pris les tunnels pour rattraper ces ordures. Je les ai traqués toute la nuit. J'en ai rattrapé deux qui étaient blessés, je les ai abattus sans trop de soucis, et deux autres ont tenté de me tendre un piège dans le noir. Laisse-moi te dire qu'il en faut plus pour abattre Kell. Je leur ai donné deux, trois idées à considérer, avec l'aide des lames papillon d'Ilanna. Après, j'ai pourchassé cet enfoiré de Jagor le Fou toute la nuit, mais il s'était carapaté, le salaud. Il a peut-être l'air d'un balourd, mais il cavale plus vite que n'importe quelle fille en fleur, tu peux me croire.

— Comment il a fait, pour finir ici ?

— Des soldats de Léanoric l'ont attrapé une semaine plus tard, au nord. À Faukrin. Il se dirigeait là-bas avec tout ce qu'il avait volé. J'imagine qu'il allait s'établir comme bandit dans la forêt de Vorgeth et vivre comme un seigneur. Quoi qu'il en soit, une fois dans les pattes des soldats, il a été présenté au Haut Magistrat de Vor. Ça veut dire qu'il est passé en procès. Quelle blague ! Il a fallu que je reste là sans bouger, à écouter tous ces connards à perruque pérorer sur mon compte, raconter que j'étais une brute assoiffée de sang, ce genre de bobards…

— Ils se trompaient pas forcément…

— Je leur ai fait remarquer que ce n'était pas moi qui vendais des enfants à des pervers venus d'ailleurs, et que quand on était entrés dans les bois on était six, et eux quarante. Rien à faire.

Kell se gratta le menton.

— Ils durent le mettre en prison, poursuivit-il. Trop de familles venaient chialer au tribunal. Ça lui aurait ruiné son image, au Haut Magistrat. Même lui n'aurait pas pu encaisser le mécontentement des foules face à sa parodie de système judiciaire. (Il s'esclaffa.) Je n'oublierai jamais tous ces juges qui me faisaient les gros yeux, sous leurs postiches parfumés. Par les dieux ! C'était à gerber, je t'assure.

— Alors comme ça… Jagor s'est pointé ici ?

— Ouaip. Il s'est foutu de moi jusque dans le tribunal, il m'a menacé. Mais lui, il a eu de la veine. Ce sont les autres qui ont tâté de ma hache. Et ils le méritaient, putain !

Saark jeta un œil derrière les barreaux. Il les éprouva et tira dessus doucement, comme il l'avait fait des centaines de fois depuis le matin.

— Et maintenant, ils vont organiser ton procès à *toi*, rien que pour calmer ce cinglé.

— On dirait bien.

— Et les autres ? Dandall et Queue Grise ? Tu les as envoyés ici, eux aussi ?

— Ouaip, mon garçon.

— Et ils ont fait quoi, eux ?

— Dandall a tué des gens. Des tas de gens. Sur le port de Gollothrim, il guettait les ivrognes, hommes ou femmes, peu lui importait. Avec son grand stylet, il les emmenait dans une ruelle et les plantait. À mon avis, il devait se dire qu'il rendait service au monde, même s'il s'en croyait le seul habitant. Il a eu du bol que des sergents de ville m'aient accompagné quand je l'ai ramené ici. Il venait de se faire une pute pleine d'alcool. Il l'avait tuée, et il lui avait sorti les yeux des orbites. Si j'avais été tout seul, mon pote, il se serait retrouvé avec deux lames papillon dans le dos.

Saark réfléchit.

— Ça existe, les gens que t'as *pas* envie de tuer ?

— Ouaip. C'est ceux qui s'occupent de leurs oignons.

— Donc… Jagor le Fou a enlevé des enfants pour les faire tapiner, et Dandall était un tueur patenté. Alors dis-moi : de quel crime délicieux Queue Grise s'est-il rendu coupable ? Attends, ne me dis rien. Il s'est fait attraper en train de voler du sucre, c'est ça ?

— Non. Lui, il mangeait des gens. Avant de virer Lippe-Noire. Il a dû prendre cette foutue habitude vachine, sauf ton respect, quand il a atterri dans ce trou à rats. Queue Grise vivait à Vor, notre illustre capitale, et avait un train de vie fastueux sous tous rapports. Il officiait en tant que médecin, et il s'occupait des culs meurtris de ceux qui étaient trop riches pour ne jamais quitter leur siège. Les autorités ont mis des années avant de réaliser que certains de ses clients fortunés disparaissaient. Il était propriétaire d'une grande demeure, dans une rue huppée du Quartier des Commerçants. Bâtie de belle pierre, la maison comportait quatre étages, et une grande cave courait loin sous la chaussée. Il avait pris l'habitude d'emporter certains patients, ceux qui ne manqueraient à personne, et de les emmener là-dedans, de les ligoter sur une chaise, et puis… de commencer à faire son affaire.

— Tiens, le voilà, dit Saark.

Ils observèrent le petit joufflu. Il donnait des ordres à un groupe de charpentiers qui assemblaient des lattes pour en faire un plancher de fortune. Au-delà de l'évidence, au-delà du fait que c'était un Lippe-Noire, il était d'allure modeste, et on aurait aisément pu penser qu'il s'agissait d'un respectable chirurgien.

— Il faisait quoi à ses patients, *exactement* ? s'inquiéta le dandy.

— Il les coupait en morceaux et il les faisait frire dans une petite poêle. Il bouffait d'abord les muscles, un vrai glouton. Il s'en découpait une tranche, il la faisait cuire, et il la boulottait. Ce sont les voisins qui se sont plaints. J'imagine qu'ils en ont eu marre de sentir comme une odeur de porc grillé à longueur de journée.

— Nous vivons dans la décadence, dit Saark.

— Ouaip. Parfois, mon garçon, je me demande si les vachines n'ont pas eu la bonne idée.

— Hé, je te mords quand tu veux. (Il sourit de toutes ses dents.) Tu deviendrais l'*un* d'entre *nous*.

Kell le regarda fixement.

— Le jour où tu me mordras, Saark, je t'arrache le crâne de tes épaules.

— Comme je disais : t'as déjà rencontré quelqu'un que t'as pas eu envie de buter ?

— Non. J'ai pas ça en moi.

— C'est bien ce que je pensais. Oh ! regarde, Kell ! Ils sont en train de monter le gibet ! Hourra !

Dix hommes travaillèrent d'arrache-pied pour dresser un énorme poteau, qu'ils fixèrent solidement avant de le caler à l'aide de poutres croisées. Les coups de marteaux retentirent dans la vallée. Kell avait la mine sombre.

— C'est pas la peine de se réjouir comme ça.

— Dis donc, j'ai dans l'idée qu'il est aussi prévu pour moi. Tu n'es pas seul à avoir l'honneur d'être l'ennemi des nouveaux gouverneurs des Mines des Aiguilles Noires.

— Ouaip. Bref. On devrait se reposer. On va avoir besoin de toutes nos forces, tout à l'heure, pas vrai ?

— Tu crois vraiment que tu vas arriver à les convaincre ?

— Je l'espère, en tout cas, répondit Kell. Nos vies en dépendent.

— DEBOUT, BANDE DE merdes, grogna Jagor le Fou à travers les barreaux.

C'était le soir. Il faisait sombre. La neige tombait. Kell et Saark se réveillèrent, fatigués, sonnés, comme drogués.

— Allez, vite, avant que je fasse signe à un arbalétrier.

Kell se leva et s'étira langoureusement, ignorant la douleur à son épaule.

— Ouais, d'accord. Dis-moi, mon garçon, ça te ressemblerait bien, pas vrai ? De nous tirer comme des lapins derrière les barreaux, comme le sale pleutre que tu es. Mais jette un œil par là-bas. Tous tes lèche-culs t'attendent, ils t'observent. Et tu sais que tu dois jouer le jeu, pour éviter qu'un de ces fumiers te plante dans ton sommeil. Remarque, c'est bien ce qui pourrait t'arriver de plus excitant, hein, Saark ?

Kell poussa Saark du coude. Le dandy rit nerveusement, les yeux rivés sur un Jagor le Fou fulminant et secoué de spasmes.

— Je te ferai ravaler ces paroles, la Hache, cracha Jagor.

— Fais-moi voir ça !

— Ton heure viendra bien assez tôt ! Au bout d'une putain de corde !

— Comme si ça allait m'arrêter, gronda Kell en se rapprochant.

Sans prévenir, il saisit le gros Jagor à travers les barreaux et le tira à lui. Le Fou se débattit mais, en dépit de sa force prodigieuse, Kell colla son nez contre le sien tandis qu'il battait des mains dans tous les sens, et s'empara de son épée. Quand Kell prit la parole, ce fut d'une voix grondante, que seuls Jagor, Saark et lui purent discerner.

— Je pourrais te tuer, mon gros, ici, maintenant, t'arracher le nez et te vider les orbites. Tu crierais comme un porc avant de crever, et tu le sais parfaitement, espèce de larve.

Il repoussa brutalement Jagor, au moment où l'épée quittait son fourreau. La lame claqua contre les barreaux, le colosse en proie à une incoercible colère.

— C'était sage de faire ça ? s'enquit Saark en reculant, tandis que Jagor le Fou tripotait les serrures.

— Y a de la sagesse, ici-bas ? répondit Kell avec humeur. Tu préfères peut-être danser au bout d'une corde ?

— Du calme, fit Dandall.

Une main apparut sur l'épaule de Jagor le Fou. Dandall et lui marmonnèrent quelques paroles, et l'imposant gouverneur recula, fâché tout rouge. Dandall ouvrit les serrures, suivi de dix arbalétriers aux sourires radieux.

— Arrête tes combines tout de suite, Kell. On va te juger pour tes crimes. C'est soit ça, soit dix carreaux dans le bide. C'est toi qui vois.

— Je vais me tenir tranquille, dit Kell. Même si c'est pas dans mes habitudes.

— Ah oui. La Légende. (Dandall se renfrogna.) Eh bien, ça va pas te mener loin, par ici. Pas avec ces hommes. Ils aiment bien les pendaisons, tu comprends ? Ils aiment bien s'amuser, en attendant que passent les longues soirées d'hiver.

Kell et Saark sortirent de leur cage, et le vent s'abattit sur eux. Ils frissonnèrent, transis de froid. Les cheveux et la barbe de Kell s'envolèrent et il fit jouer ses doigts puissants en scrutant les lieux, telle une bête sauvage que l'on viendrait tout juste de libérer. Puis, il baissa les yeux et contempla les trois mille détenus rassemblés devant le gibet. L'échafaud était à présent presque achevé. Un sourire sinistre déforma les lèvres de Kell. Tout le monde savait qu'il s'agissait d'une comédie, d'une mise en scène. Il n'y aurait pas de véritable procès, rien qu'une représentation suivie d'un assassinat. Kell prit une grande inspiration. Ainsi soit-il, pensa-t-il.

L'on guida Kell et Saark sur le chemin pierreux, et la Légende jeta un coup d'œil sur sa gauche. Il vit Nienna. Agrippée aux barreaux de sa cellule, elle les regardait, les traits tirés, livide, submergée par la peur. Kell tenta de la rassurer d'un sourire, mais le manche d'une lance s'abattit sur sa nuque et il trébucha. Il fit halte et se retourna. Un garde le toisait.

— Tu recommences une seule fois et je te la fais bouffer par la pointe, gronda le vieux guerrier.

L'homme déglutit et recula d'un pas.

Dandall rit.

— Ne laisse pas ce vieux con t'effrayer. Il sait qu'il ne pourra pas distancer une volée de carreaux. Sans compter qu'on tient sa petite-fille. Nienna. Il sait bien à quel genre de jeu on pourrait jouer avec de la chair fraîche comme ça. (Dandall se passa la langue sur les lèvres.) Après tout, Kell est au courant que je suis assez compétent avec tout un tas de types de lames. Et si on devait confier Nienna à Queue Grise… (Il glousa et huma l'air, comme pour apprécier l'arôme d'un délicieux ragoût.) Hmmmm, je serais prêt à parier qu'on y découvrirait des morceaux de choix inattendus !

Kell gronda, guttural, mais n'en dit pas plus. Il poursuivit son chemin et se fit engloutir par la foule, sous les huées. De nombreux spectateurs leur décochèrent des coups de poing et des coups de pied, mais Kell les ignora et progressa tête haute. Il atteignit l'estrade et observa une pause d'une seconde devant les marches. Il contempla l'énorme poutre qui soutenait l'échafaud et le nœud coulant qui dansait lentement dans le vent. Il sourit sans joie, narquois. Il avait vu sa part de pendus, quand Léanoric régnait encore. Quelle ironie, d'en être arrivé là !

Il gravit les marches, et on poussa rudement Saark derrière lui. Leurs bottes claquèrent sur les planches tandis qu'on les faisait avancer et s'agenouiller. Sur un côté, dix sièges de grande taille, sculptés à la main, avaient été installés en demi-cercle. Sept hommes approchèrent et gravirent un deuxième escalier. Ils prirent place sur les sièges, s'efforçant d'adopter une allure princière. Pour la plupart, il s'agissait de vieillards, et ils étaient parés de riches atours et de gros bijoux en or. Ils avaient l'œil froid et sinistre, à l'exception d'un d'entre eux, assis tout au bout : le gouverneur Myrtax tremblait de tous ses membres et gardait la tête baissée, appliqué à ne pas croiser le regard de Kell. Il était évident que l'on exerçait des pressions sur lui, mais Kell fut un peu déçu de constater son manque de cran. Il lui adressa un sourire méprisant et contempla la foule.

Des milliers de visages. Des visages haineux. Des cris, des huées, des hurlements, des beuglements. Les poings s'agitaient dans le vide. Leur haine déferla et submergea Kell. Il l'encaissa et s'en servit. S'y vautra. Il en usa pour se *concentrer.* Cela lui rappela l'époque où il combattait dans la *Fosse.*

Puis, Queue Grise et Jagor le Fou approchèrent et prirent place. Il restait un siège libre, celui de Dandall, qui se dressa et leva les mains. La clique tapageuse se tut peu à peu.

— Hommes et femmes des Mines des Aiguilles Noires ! hurla-t-il.

Une clameur monta, et Kell serra les poings. Il jeta un œil à Saark. Le dandy était livide et tremblait comme une feuille. Il se passa la langue sur les lèvres et adressa un sourire inquiet à Kell. Vachine ou pas vachine, Saark allait mourir ici. Sa force et sa vitesse accrue ne lui seraient d'aucune aide face à d'aussi nombreux ennemis. Cette foule était une véritable meute, une bande de lyncheurs. Ils voulaient du sang, et ne seraient pas satisfaits avant d'en avoir vu… même s'il s'agissait du leur.

— Qu'on les pende ! cria un homme à la barbe épaisse depuis les premiers rangs, ses petits yeux noirs rivés sur les prisonniers.

— Ouais, on veut les voir danser ! enchaîna un autre.

Kell se dressa devant la foule et s'autorisa un rictus.

— Pourquoi tu grimpes pas ici pour le faire toi-même, enfoiré ? grogna-t-il. Ou alors c'est p'têt' que t'as égaré tes couilles dans cette grosse barbe.

La foule hurla de rire et Kell sourit de toutes ses dents.

— Vous êtes tous des crétins, fit-il. (Tout le monde cessa de rire sur-le-champ.) Vous prenez racine là où on vous a emprisonnés, vous avez peur de bouger, vous avez peur de partir, vous osez même pas *péter,* et vous n'avez aucune idée de ce qui se passe dans le vrai monde !

— Ta gueule ! intima sèchement Dandall. Tu es ici pour être jugé. Jugé et condamné à mort, alors je te conseille de la boucler quand je te l'ordonne.

— Un procès ? rugit Kell. (Il vit Jagor le Fou se lever brutalement, pourpre de colère, les poings serrés, mais Queue Grise le retint.) Quelle farce. Et pour être honnête, Dandall, je me fous pas mal de ton histoire de procès. À mon avis, vous serez tous morts bien assez tôt.

— Où veux-tu en venir ? gronda le barbu des premiers rangs.

— ARRÊTEZ ! vociféra Jagor le Fou. Ce jour nous APPARTIENT, c'est le jour où Kell la Légende, *le défenseur des riches, le lèche-bottes des nobles, le fourreur de reines, va trouver la mort !*

Kell éclata de rire. Il avait la voix grave, mais toute l'assistance put l'entendre.

— Si tu veux tellement ma mort, Jagor le Fou, pourquoi ne pas venir t'en charger toi-même ? Ici. Tout de suite.

— Je vais pas me gêner ! tonna le colosse. À ton avis, c'est qui, qui va te faire danser au bout de cette corde ?

Kell explosa une fois de plus de rire.

— Tu es tout à fait fidèle à ce que je pensais de toi, Jagor. T'es un lâche et un laquais, t'as pas de couilles, t'es un foie jaune, tu te planques derrière les décisions des autres, et tu prends prétexte d'une pendaison bidon, alors qu'à Jalder, Vor et Gollothrim, les Seigneurs de Guerre Vampires sont de retour, qu'ils assassinent ton peuple, tes amis, ta famille, et qu'ils leur inoculent leur poison pour en faire leurs esclaves !

Un murmure parcourut l'assistance, et Jagor s'approcha de Kell d'un air décidé. Il lui balança un formidable crochet du droit. Kell ne tomba pas et se contenta de le fusiller du regard. Du sang perlait aux commissures de ses lèvres.

— Allez ! mugit-il. Montre-leur ce que tu peux faire face à un homme entravé ! Quel héros ! Quel guerrier ! Tu es redoutable… chez les poules mouillées !

Une fois encore, la foule éclata de rire, et le visage de Jagor s'empourpra de rage et de honte.

— Tu veux te battre contre moi, vieillard ? Tu veux te battre, là, tout de suite, et le perdant finit au bout d'une corde ? Tu l'auras voulu.

Le silence régna. La neige tombait en bruissant doucement.

— Ce ne serait pas sport, dit lentement Kell d'une voix grondante et mesurée.

Saark dut reconnaître que Kell jouait très bien son rôle. La Légende se tourna vers la foule. Il leur signifiait qu'il savait que c'était *elle* qui avait le pouvoir, dans ce tribunal de carnaval. Ces gens feraient tout pour obtenir ce qu'ils voulaient, et ils l'obtiendraient par la force du nombre. Il contempla ces trois mille visages, des visages rudes, criminels, les visages d'hommes qui avaient survécu de nombreuses années dans les Mines. Leur dur labeur les avait rendus plus forts, plus brutaux dans le combat pour la vie. Il sourit et jeta un œil sur Jagor le Fou.

— Toi tout seul, ha ! ce serait bien trop facile. Ce que je veux, c'est vous combattre tous les trois, toi, Dandall et Queue Grise ! En même temps. Et si je gagne, tu me laisses parler à la foule. Je lui parlerai des Seigneurs de Guerre Vampires, et du carnage qui est en train de s'abattre sur le monde.

— Ils n'ont aucune envie d'entendre tes histoires de bonnes femmes, espèce de vieux con, grogna Jagor le Fou. Ils veulent du sang !

— On va leur en donner, rétorqua Kell, levant ses mains entravées. Détache-moi !

— Non ! intervint brutalement Dandall en les rejoignant prestement, Queue Grise sur les talons. (Les trois gouverneurs des Mines des Aiguilles Noires fusillèrent Kell du regard. D'un coup, il avait modifié la dynamique du procès. Les trois hommes avaient subitement l'impression de se retrouver du *mauvais côté* de la potence.) Kell sera pendu. Point final.

— Il te fait peur, Dandall ? demanda le barbu des premiers rangs.

— Bien sûr que non !

— Laisse-le vous combattre, alors. Vous voulez me faire croire qu'à vous trois, vous pouvez pas vous occuper d'un vieillard ?

La foule se mit à rire, et les trois gouverneurs s'échangèrent de brefs regards. Inexplicablement, le vent avait tourné. Les yeux de Kell irradiaient la haine, certes, mais elle ne l'emportait pas sur l'envie d'un bon combat. Saark avait appelé ça un divertissement. Et il avait eu raison.

À cet instant, Saark entreprit d'imiter des cris de poulet. La meute s'enflamma, et Jagor le Fou sortit un couteau à lame courbe, qu'il pointa sur l'épéiste.

— Je m'occuperai de toi plus tard, le dandy.

Il trancha les liens qui retenaient Kell.

Kell recula et arpenta la scène en roulant des épaules pour se détendre les muscles. Sa blessure le fit un peu grimacer, mais il serra les dents, conscient qu'il ne devait trahir aucune douleur.

La Légende gagna l'autre extrémité de l'estrade et se retourna. Il leva les poings, à la façon des combattants des Fosses à Merde. La foule rugit. Dandall posa une main sur le bras de Jagor le Fou. Les trois gouverneurs se regardèrent, donnèrent un coup de menton et se déployèrent, les yeux plissés, aux aguets. Ils savaient qui était Kell, ils ne le connaissaient que trop, les souvenirs étaient par trop douloureux, et, malgré les apparences, ils étaient conscients de ce qu'il pouvait faire. Kell était un tueur, c'était aussi simple que ça. Mais ils avaient de l'expérience. Ils avaient déjà fait ce genre de choses.

— Allez, les gars. Voyons voir ce que vous avez dans la culotte.

Jagor le Fou se rua sur Kell, poings brandis, sa face écarlate déformée par la haine et la colère. Ses lèvres battaient follement dans un déluge de salive. Il lança un puissant crochet du droit à Kell, qui se déhancha pour éviter le coup. Les phalanges du Fou passèrent à un cheveu de son nez, et la Légende lui enfonça sa botte entre les jambes. Jagor grogna et tituba. Kell abattit un poing puissant sur le museau du colosse, et un terrible craquement retentit. Jagor atterrit la tête la première sur les planches et Kell fondit sur lui, tout en gardant l'œil sur Dandall et Queue Grise, qui s'écartaient davantage l'un de l'autre. Ils se jetèrent de concert sur lui, et il évita le poing de Dandall en posant un genou à terre. Il lui projeta son poing dans l'estomac et le plia en deux. Le Gouverneur exhala un air rance. Du même geste, le vieux guerrier ramena son bras contre lui et se retourna. Queue Grise avait sauté, pieds en avant, et cueillit Kell en plein visage. La Légenda attrapa le maigrichon par les jambes, puis ils roulèrent sur la carcasse voûtée de Dandall et atterrirent brutalement sur l'estrade. Queue Grise sinua comme un serpent, grimpa sur Kell et lui délivra quatre formidables coups de poing au visage, avant que le vieillard ne s'empare de son service trois pièces à pleine main – en serrant très fort. Queue Grise poussa un cri perçant, tandis que Kell resserrait davantage le poing, se mettait sur un genou, puis debout. Queue Grise sautillait sur la pointe des pieds en couinant.

— Lâche-moi, lâche-moi, lâche-moi.

Kell s'exécuta et lui donna un grand coup de boule. Le malingre s'effondra, et la Légende se retourna… droit sur un poing qui le cueillit à la pommette, puis cinq autres, qui lui martelèrent la tempe. Jagor le Fou se dressa devant lui, menaçant, les yeux luisant d'une rage folle.

Kell esquiva un nouveau coup et rua. Sa botte s'abattit sur la rotule de Jagor et le colosse chuta. Kell se releva et se mit en garde.

— J'ai l'impression de me battre contre trois fillettes, fit-il en recrachant une salive rougeâtre.

Les rires fusèrent.

Dandall lui sauta dessus, mais Kell fit un pas de côté, lui planta son coude dans le visage et le propulsa violemment sur les lattes. Puis, la Légende poussa un hurlement, chargea Jagor et lui lança six coups de poing, que le Fou parvint à bloquer. Jagor recula encore et encore, jusqu'à gagner le bord de l'estrade. Il trébucha, son pied ne trouva plus que le vide, et il chuta, face contre le rebord, avant de dégringoler dans la foule. De bruyants hourras retentirent. Kell se retourna vivement et prit une planche de plein fouet. Queue Grise était revenu à l'attaque. Le crâne meurtri, Kell s'affaissa, hoquetant, sonné, comme Queue Grise entreprenait de le rouer de coups de pied. Kell fit dévier les coups, essuya le sang qui lui troublait la vue, et se jeta sur Queue Grise. Il l'attrapa au cou et par les bourses, avant de le soulever de terre et de le lancer dans l'assistance. Tout le monde s'écarta, et le troisième gouverneur chuta lourdement. Un craquement sonore retentit, et ses jambes disparurent sous lui selon un angle anormal. Les os déchirèrent son pantalon. Une mare de sang se forma. Il hurla quelques instants, avant de sombrer dans de réconfortantes ténèbres.

Dandall se leva, étourdi, tandis que Jagor gémissait et remontait péniblement sur la scène. Le Fou avait le visage dévasté, et une diagonale de sang courait de son œil à sa mâchoire. Il avait le regard homicide.

— C'est fini, les conneries, dit-il en tirant un petit couteau.

Kell plissa les yeux.

— Tu veux mettre un peu de piment, c'est ça, mon garçon ?

— J'emmerde les règles. Je vais te vider comme un poisson, ordure.

— Pense un peu à ton public. Ce qu'ils veulent, c'est un combat.

— Ce qu'ils veulent, c'est voir l'un d'entre nous se faire suriner.

— Faut jamais décevoir son public, Jagor.

— J'encule le public.

L'imposant gouverneur avança, et Dandall se recula, blême. Il avait compris que la lutte venait de prendre une tout autre dimension. Il ne voulait pas y participer. Jagor se jeta sur Kell, qui se déroba, encore et encore. Ils se tournèrent autour avec prudence.

— Tu fais moins le malin, sans ta hache, pas vrai, Kell ?

Le Fou se rua sur Kell, dont une main fit dévier la lame sur le côté, l'autre s'abattant sur le crâne de son adversaire. Puis, il s'esquiva pour éviter le couteau qui fusait vers son ventre. À présent, la Légende était acculée à la grosse colonne de bois, dominé par la corde qui frétillait sous leurs assauts. Il sentit le vide béant derrière lui et tourna la tête. Jagor saisit l'occasion et le chargea. Kell fit un pas de côté, lui envoya trois directs au visage, le dépossédа sans ménagement de son couteau et saisit le col de sa chemise dévastée et maculée de sang.

— C'est ça, que tu voulais ? gronda Kell en hissant Jagor au niveau de la corde, avant de s'en emparer et de la lui passer autour du cou.

Sonné, Jagor reprit ses esprits un peu trop tardivement. Il prit Kell par le gilet, et ses bottes raclèrent contre le rebord.

— Mais qu'est-ce que tu fais ? glapit-il.

— Tu as dit qu'ils étaient venus ici pour voir des types se faire pendre !

— Mais je parlais pas de moi, Kell. Je parlais de toi ! (Sa voix trahissait une formidable peur, et ses poings étaient exsangues.) Non, non, laisse-moi, avec cette corde !

— Dis donc. Tu essaies de me tuer, et tu décrètes un combat à *mort*. Alors après, viens pas te plaindre quand je te rends la monnaie de ta pièce !

— Non, Kell, je t'en conjure, ne fais pas ça ! Je ne veux pas mourir !

— Personne ne veut mourir, mon garçon, dit Kell en lui écrasant son poing entre les deux yeux.

Le gouverneur lâcha le gilet de Kell et recula. Un claquement retentit quand la corde se tendit, et Jagor pendouilla, les jambes secouées de spasmes, écarlate, les mains crispées sur la corde. Mais, meurtri et malmené après le combat, il fut incapable de soutenir sa lourde carcasse. Il battit des pieds quelque temps, et des vivats retentirent parmi les innombrables détenus réunis autour de l'échafaud.

Kell jeta un œil à Dandall que la peur avait rendu livide. La Légende se baissa, récupéra le couteau de Jagor, les yeux brillants, et Dandall leva les mains devant lui.

— Non, pas moi, épargne-moi, Kell, je t'en prie.

— Tu te mets à genoux et tu me supplies.

Dandall s'exécuta et, le front collé aux planches,

il supplia.

— C'est ça, vos chefs ? rugit Kell en se retournant vers la foule, tandis que, derrière lui, l'on pouvait encore voir la tête et les épaules de Jagor gesticuler et ses jambes, ruer sous l'estrade, danseur obtus qui refusait d'abandonner ce bien précieux qu'était la *vie*.

— Vous seriez prêts à vous battre pour ces larves ? Vous seriez prêts à tuer pour ces guignols ?

— NON ! clamèrent les hommes rassemblés devant Kell.

Il leur sourit, se retourna et trancha la corde. Jagor le Fou disparut dans le trou et atterrit dans un bruit mat.

Il gisait, ahanant et gigotant dans la boue et la neige bouillasse, et Kell baissa les yeux sur lui.

La Légende leva les bras et les écarta grand pour s'adresser aux prisonniers.

— L'Armée de Fer est arrivée par le nord, d'au-delà les Aiguilles Noires. Ils ont massacré des milliers de personnes à Jalder. Des hommes, des femmes et des enfants. Je l'ai vu de mes yeux. L'armée du roi Léanoric a été vaincue, et les corps de ses soldats ont été jetés en pâture à d'énormes machines, les raffineries de sang, en vue de nourrir leurs maîtres vampires restés au nord. Mais ce n'était pas le pire, messieurs. Les vachines ont invoqué les vieux Seigneurs de Guerre Vampires, et ce sont vraiment de terribles adversaires. Ils écument notre terre, tout le Falanor, et personne ne peut se dresser contre eux. Ils emportent nos amis et nos familles, nos frères et nos compagnons. Ils les mordent de leurs crocs et les transforment en vampires. Le monde ne sera plus *jamais* le même, à moins que vous ne vous souleviez contre eux, avec moi !

— Et pourquoi on te ferait confiance ? hurla quelqu'un.

— Parce que je suis Kell la Légende ! tonna-t-il. Et quand je me bats, le monde tremble ! Je ne fais pas ça pour l'argent, ni pour le plaisir, et encore moins par envie. Je fais ça parce qu'il faut le faire ! C'est ça, qu'il faut faire ! Je sais que vous êtes nombreux à me détester, ici, mais c'est *bien,* mes garçons. La *haine* est une bonne chose. Je ne vous demande pas de me lécher le cul (certains s'esclaffèrent), je vous demande juste de remettre le monde à l'endroit. Ces fils de pute de vampires ont tout foutu en l'air, et ils méritent une bonne branlée.

— Nous sommes beaucoup ici à te devoir notre présence dans les Mines. Pour toi, on est des criminels, espèce d'enfoiré. Alors pourquoi tu te soucierais de nous ?

— Pas d'accord. Tu as tort. Vous avez commis des erreurs et, j'en conviens, vous êtes beaucoup à avoir fait des sales trucs, mais vous avez l'occasion de vous rattraper. Le Falanor a besoin de vous. Il a besoin de votre force. Il a besoin de votre confiance. Il a besoin de votre acier. Vous battrez-vous à mes côtés ?

Un effroyable silence tomba sur l'assemblée. Derrière lui, Kell entendit Saark respirer à grand-peine. Leur avenir, leurs vies, les vies de milliers de gens, l'avenir du Falanor, tout cela pesait dans la balance. Désormais, un brin de soie aurait pu menacer ce précaire équilibre.

Kell croisa les bras, comme pour défier les trois mille hommes réunis devant lui.

— Hé les mecs, fit une voix dans les premiers rangs. (C'était le malabar barbu que l'on avait déjà entendu.) J'en sais pas plus long que vous, mais moi, je vais pas laisser des connards de vampires mettre *mon* pays à feu et à sang ! (Il tira une épée courte et en agita la lame sans reflet au-dessus de sa tête.) Je suis avec toi, Kell, même si c'est ta faute si je me suis retrouvé dans ce trou ! Je vais me battre avec toi, mon pote. On va renvoyer ces peigne-culs chez eux et leur faire bouffer leur merde !

— Bien envoyé ! aboya Kell. Comment t'appelles-tu ?

— On m'appelle Grak le Fumier.

— Et t'en es un, de fumier ? rugit Kell.

Le malabar sourit.

— C'est rien de le dire, vieille rosse !

— Heureux de t'avoir à mes côtés, Grak. Alors maintenant, les gars, vous allez laisser Grak partir tout seul dans le Falanor ? Ou bien vous allez faire preuve d'esprit de corps, vous battre pour votre foyer, vous battre pour l'avenir de vos enfants ? Après tout, c'est pas très sympa de nous laisser tuer tout seuls ces enfoirés de vampires ! Il serait honteux que l'on ne parle que de nous, dans les gestes héroïques !

— Je viens ! beugla un petit costaud dont les biceps étaient aussi épais que ceux de Kell.

— Moi aussi ! On va montrer à ces vampires ce que la racaille du Falanor peut faire !

— Ouais, on s'en tirera mieux que ces connards de soldats !

Kell observa quelque temps les hommes discuter avec véhémence, et Saark vint le rejoindre. À l'aide du couteau de Jagor, Kell le libéra de ses liens, et le dandy lui sourit.

— J'arrive pas à y croire.

— Les hommes sont toujours à la recherche d'une cause à défendre, dit Kell en faisant la grimace.

— Mais tu es pareil, toi aussi !

Kell le regarda fixement.

— Bien sûr, que je suis pareil. (Ce n'était pas une critique, rien qu'un constat.) Écoute… Va me chercher Ilanna. Ma hache me manque terriblement.

Saark dévisagea son imposant compagnon. Kell avait le visage meurtri et les phalanges maculées de sang.

— Et Nienna ? Je la libère, Nienna ?

— Ça va sans dire, fit joyeusement Kell en souriant.

Il se retourna, comme Grak le Fumier gravissait les marches et approchait.

— De loin, tu faisais plus grand, déclara Grak.

Kell ne se dépara pas de son sourire.

— Bonjour à toi, Fumier.

Ils se serrèrent la main à la façon des guerriers.

— Y a que ma mère, qui m'appelle comme ça.

— J'ai un boulot pour toi, Grak. Je pense que tu es l'homme de la situation.

Grak redressa les épaules et serra les poings.

— Tout ce que tu voudras, Kell. Je suis à tes ordres.

— Moi, je vais prendre les fonctions de général auprès de cette armée. Si tu veux, tu peux me servir de sergent-major.

Grak haussa les sourcils.

— On prend vite du galon, avec toi. Je vais sûrement rester un peu. Qui sait où je serai, dans une semaine ? Dans un an, je ressemblerai sûrement au dieu des gros culs !

Il hurla de rire en se tapant les cuisses, et beaucoup d'hommes l'imitèrent.

— Je veux que tu rassembles Queue Grise, Jagor et Dandall. Tu les ligotes, et tu me les amènes.

— Tu vas les tuer ?

— Non. Ils sont juste aveuglés par la haine. Et, pour être franc, Grak, j'ai besoin de tous les bons combattants que je pourrai trouver. Ces Seigneurs de Guerre Vampires ne ressemblent à rien de ce que j'ai rencontré.

— J'y vais, Kell.

— Au fait, Grak ?

— Oui, mon général ?

— Qu'est-ce que tu as fait, dans la vraie vie, pour que je te traîne dans ce trou à rats par la peau du cul ?

Grak le fumier sourit de tous ses chicots, témoins muets de soirées finies trop de fois dans les bouges.

— Mon dernier général, c'est moi qui l'ai tué, avoua-t-il.

Il tourna le dos et traversa l'estrade d'un pas décidé.

KELL ÉTAIT POSTÉ sur les remparts. La nuit tombait. La neige s'abattait sur les plaines et un vent âpre soufflait par la campagne. Kell frissonna et considéra l'énormité de son entreprise. Il savait bien qu'il n'avait pas l'étoffe d'un général, mais il était sur le point de faire traverser le Falanor à une armée de prisonniers pour la confronter aux vampires et à l'Armée de Fer. À elle seule, l'Armée de Fer avait supprimé l'élite des Bataillons Aquilins du roi Léanoric. Plus de dix mille hommes. Lui, la Légende, n'en avait que trois mille à sa disposition.

— On n'y arrivera pas, maugréa-t-il.

Mais il savait, tout au fond de lui, qu'il ne pourrait pas se dérober. Personne d'autre ne voulait, ni ne pouvait, le faire à sa place.

Il soupira, et Ilanna se releva d'un coup en chantant, comme une ombre se glissait derrière lui.

— Putain, j'ai failli te trancher la tête !

— Pardon, Kell, pardon ! (C'était Myrtax. Il portait une robe propre et se frottait les mains, détournant le regard de celui, glacial, du vieux guerrier.) Écoute, Kell. Je suis venu te présenter mes excuses.

— Allons donc, c'est oublié, mon ami.

— Non, non. J'ai été lâche.

— N'importe quoi. Tu protégeais ta famille. J'aurais fait la même chose.

— C'est très noble à toi de le dire, Kell, mais je sais que ce n'est pas vrai. Toi, tu ne te serais pas couché, tu te serais battu et tu aurais vaincu tes ennemis. C'est un homme brisé et humilié qui se présente devant toi.

— Bon. Alors. (Kell était gêné.) On peut pas tous être une… (Un sourire sardonique se peignit sur son visage.) Une *Légende*.

Myrtax s'approcha des remparts et regarda l'horizon. Des flocons de neige se posèrent doucement dans ses cheveux, et il parut plus vieux. Puis, il fixa Kell.

— On rajeunit pas.

— Parle pour toi.

— C'est quoi ton plan, Kell ? Tu comptes vraiment t'occuper des hordes vampires ?

— Ouaip. C'est la seule solution que j'entrevois.

— J'ai parlé à Nienna.

— Tiens donc ? (Kell le fusilla du regard.) Et… ?

— Elle a dit que tu étais fatigué. Que tu n'avais pas voulu venir ici. Que tu ne voulais pas faire ça. Que tu avais dit que le Falanor saurait s'en sortir tout seul.

— Ouaip, j'ai dit ça. Et non seulement je l'ai dit, mais je ne me trompais pas. (Il soupira.) Tu as raison. On se fait *vraiment* vieux. Cette guerre est une affaire de jeunes.

— Tu te trompes, Kell. En cette heure, le monde a besoin de héros. De héros qui n'ont pas peur du noir. (Il sourit et se retourna vers l'étendue neigeuse.) De héros prêts à investir une prison occupée par trois mille ennemis et à les convaincre d'agir pour le bien.

— Ils ne pourront faire que ce que leur dicte leur cœur.

— Ils se battront pour toi, Kell. Je le sens. C'est dans l'air qu'on respire, ça imprègne la neige dans laquelle on marche. Ils sont enthousiastes. Horrifiés, terrifiés, mais enthousiastes. Tu les as inspirés.

— Peut-être bien. Mais mon exemple ne leur servira à rien quand les vampires auront tranché quelques gorges et que les corbeaux se régaleront sur le champ de bataille gorgé de sang.

Myrtax plissa les yeux et scruta le rideau de neige.

— Quelqu'un vient.

Kell s'abrita les yeux et distingua vaguement un chariot tiré par deux chevaux et recouvert d'une lourde bâche. Des hommes l'accompagnaient.

— Allons voir ce qu'ils veulent. Il est tard, et personne ne vient s'aventurer près d'une prison au beau milieu de la nuit sans raison valable.

Kell et Myrtax descendirent les marches, vite rejoints par Saark et Grak le Fumier. Ils gagnèrent les portes et sortirent. Les formidables murailles se dressaient derrière eux et paraissaient plonger le monde dans un grand silence, tenace et oppressant.

— Ils ont l'air mal en point, dit Saark d'un ton sinistre. Comme s'ils revenaient de la guerre.

Les nouveaux venus ralentirent et s'approchèrent. Les six hommes avaient dégainé leurs épées.

— Si vous êtes venus vous battre, les garçons, vous feriez mieux de prendre la tangente, fit Kell en soulevant Ilanna.

Il avança d'un pas.

— On ne veut pas d'ennuis, déclara l'un d'entre eux.

— Nous sommes venus chercher de l'aide, enchaîna un de ses compagnons.

— C'est quoi, votre histoire, mon gars ? s'enquit le gouverneur Myrtax, non sans gentillesse.

— Nous sommes de Jalder. La ville a été renversée voilà quelques semaines, mais nous sommes une cinquantaine à nous être échappés par les égouts. Avec des femmes et des enfants. Aucun soldat ne nous a suivis et, après quelques jours de voyage précipité, nous avons campé dans une vieille ferme.

— Je pense qu'on devrait les faire rentrer et les écouter autour d'une bière et d'une bonne soupe chaude, dit Myrtax.

— Attendez, fit Saark en levant une main. (Il secoua la tête.) Y a quoi, sous la bâche, messieurs ?

— Deux des *leurs*, répondit sèchement quelqu'un. Deux des fumiers qui s'étaient mis à nos trousses.

Subitement, il prit un air apeuré qui n'avait rien à faire sur le visage d'un gros gaillard comme lui.

— Laisse-moi deviner… Ils vous sont tombés dessus la nuit, ont massacré votre groupe, mais vous six avez réussi à filer. C'est ça ?

L'homme opina du bonnet et Kell avança d'un pas décidé. Il souleva la bâche avec la pointe de sa hache.

— Vous leur avez coupé la tête ?

— Non. Ils sont encore vivants.

— Vous avez eu raison de les faire prisonniers. En général, ils se battent jusqu'à la mort.

— Eh bien, quarante d'entre nous y sont passés à cause de ça. On s'est dit qu'on les amènerait ici, pour voir le gouverneur Myrtax. Mon père a toujours dit que c'était quelqu'un de bien. On s'est dit qu'il les… jugerait, ou quelque chose du genre. Moi, j'arrive pas à tuer des femmes, même les pires.

Nienna avait fait son apparition près des portes. Elle se frotta les yeux en baillant, tapota le flanc de Saark et lui effleura le bras. Il lui sourit.

— Tu dors pas ? lui demanda-t-il.

— Tu veux rire ? Avec tout le bazar que vous faites ? Que se passe-t-il ?

— Ils ont attrapé des vampires.

— Oh.

Kell releva la tête et fixa Nienna.

— Recule-toi. C'est dangereux, ces trucs-là, surtout quand ils ont passé quelque temps les mains liées. On sait jamais ce qu'ils préparent.

— Tu es sûr de savoir ce que tu fais, Kell ?

Myrtax était livide. Saark avait tiré sa rapière, et Grak tenait une épée courte dans son gros poing.

Kell haussa les épaules et souleva la bâche. Deux belles femmes entre deux âges occupaient le chariot. Elles avaient la chevelure épaisse et brillante, et la peau pâle et aussi délicatement ouvrée que de la porcelaine. Des liens de corde et de barbelés les entravaient. Leurs gestes étaient lents, mais elles avaient le menton relevé et luttaient pour bouger. Kell repéra le clou qui retenait leur longe au chariot. Elles posèrent leurs prunelles ocre et animales sur Kell, et l'une d'entre elle cracha. L'autre, la plus élégante des deux, le fusilla du regard et tomba à genoux, l'air distingué malgré ses entraves. Elle se passa la langue sur les lèvres, et Kell déglutit, la bouche subitement sèche, ses mains moites rivées sur Ilanna. La peur s'insinua en lui, lui sapa le courage et faillit lui faire perdre l'esprit.

— Non ! souffla-t-il.

— Toi ! Espèce d'ordure ! cracha la vampire.

— Qu'est-ce qu'il y a ? éructa Saark en se précipitant pour retenir le formidable biceps de fer de son ami.

Trop tard. Nienna était avec lui, et la Légende leva le poing pour lui enjoindre de faire halte.

La vampire rit, l'œil brillant. La neige tombait doucement sur ses longs cheveux noirs et son impeccable robe sombre. Elle se leva et les toisa, avant de tirer tranquillement sur ses liens. Nienna tomba à genoux dans la neige, secouée de sanglots, et releva la tête.

— Mais *que se passe-t-il ?* gronda Saark, sensible à la tension croissante.

— Saark, je te présente Sara, grogna Kell, funeste, sans jamais quitter les pupilles ocre de la grande vampire. Je te présente ma fille. La mère de Nienna.

IX

LE CHANT DE L'ANKAROK

Pour recouvrer ses forces, Kuradek l'Impie passa quelques jours à lézarder sur un rocher. Le voyage qui les avait ramenés des Temples du Chaos avait été long et pénible, truffé de dangers et, en vérité, émaillé de violents combats dictés par l'instinct de survie... Même le féroce Kuradek n'y avait pas échappé.

Il transforma plusieurs humains en *esclaves*, et ils lui apportèrent de la viande, du sang frais, et les petits corps moribonds d'enfants et de nourrissons. Il s'en repaîtrait à satiété, à en avoir la nausée. Il s'allongerait dans le Palais Bleu, sur une couche de soie, de sa peau monteraient des volutes tourbillonnantes de fumée, et il exsuderait des relents de religion maléfique. Sa haine était palpable, comme le brouillard épais qui recouvrait parfois l'océan, et il scruta les *convertis*. Il sourit, découvrant ses crocs incurvés, noyés dans les spires de vapeur.

Il se restaura sans hâte, recouvra ses forces, et réfléchit longuement, intensément. Il broya du noir au souvenir de l'époque des *vachines*, et cracha rageusement de noirs glaires écumantes. Il tendit la main et arracha le bras d'un bébé, sans prêter attention aux yeux bleus et sans vie qui le fixaient sur la pile sanglante des nourrissons abattus. Il suçota les doigts quelque temps et, arrivé à l'os, entama le poignet, en aspira la moelle et arracha de ses crocs de longues langues de chair.

Les vachines !

Les salauds !

Il avait un souvenir clair et vivace de leurs enchantements. Ces intrigants avaient usurpé le pouvoir des Seigneurs de Guerre Vampires. Eux, les esclaves à qui il avait permis de vivre ! Même le sacrifice du Val Silva ne suffisait pas à lui remonter le moral, même la mort d'un aussi grand nombre de vachines ne suffisait pas à étancher sa soif de vengeance. Car Kuradek savait, il *savait* qu'ils s'étaient déployés au nord, au-delà des Aiguilles Noires, et qu'il en restait des centaines de milliers. Ils respiraient encore, ils élevaient encore leur bétail humain et imprégnaient leurs fluides vitaux de magie d'huile-de-sang. Les vachines étaient impurs. Ils étaient un travestissement des vampires. C'étaient des proscrits. C'était une race liée aux *rouages*, et Kuradek ne pouvait pas l'accepter ! Ses yeux luisirent, il étira ses longs bras, et ses griffes crissèrent contre la pierre en projetant des étincelles. *Non.*

Kuradek allait faire payer les vachines.

Un jour.

Tous autant qu'ils étaient…

Lentement, il s'éveilla de sa léthargie de bête repue, et battit paresseusement des paupières. Il gravit les marches qui donnaient sur la grande baie de la tour ouest du Palais Bleu, et contempla Jalder, noyée dans les ténèbres. Aucun feu ne brûlait, désormais, et une bise glacée soufflait sur ce qui avait toutes les apparences d'une ville fantôme.

Et pourtant… Pourtant, il sentait l'odeur des rescapés, humait le sang qui courait dans leurs veines, entendait les battements de leur cœur, tel un air discordant, faux, qu'exécuterait un orchestre aux portes de la mort. Kuradek prit une grande inspiration et sauta par la baie de la grande tour. Il atterrit à grand fracas sur les antiques pavés de la cour. Un groupe de *convertis* se retourna, stupéfaits, posèrent les yeux sur leur maître et reprirent leur chemin, leurs sourires soulignés par la lune pâle.

Kuradek cracha, fit signe aux esclaves de reculer et s'en fut par les rues sombres au pas de course. Il progressa à une vitesse ahurissante sur la glace et la neige. Ses griffes se plantaient avec confiance dans le sol, et son crâne, des volutes de fumée derrière lui, balla de droite à gauche, comme il reniflait… comme il *chassait*… Il parvint à un cottage, glissa sur une plaque de verglas et, d'un coup de pied, réduisit la porte en échardes et se plaça au centre de la pièce. Il abattit une serre sur les lattes, et l'endroit parut exploser. Des cris retentirent, et Kuradek se laissa tomber dans la cachette souterraine. Il s'y trouvait huit personnes. Il fut pris sous une pluie de coups d'épées, dont les lames parurent freinées par son enveloppe fumeuse et recouverte de symboles, avant d'en ressortir sans lui avoir occasionné le moindre dommage. Il donna de la griffe, et des torses s'ouvrirent. Puis, il s'empara d'une femme et ouvrit grand les bras. Les épaules de la victime finirent orphelines dans un geyser carmin. La femme hurla, et des fontaines de sang dessinèrent des motifs complexes sur les parois. Il se dressa face à une petite fille de quatre ans, brune et bouclée. Elle posa un œil apeuré sur lui et, d'une prompte morsure, il lui arracha la tête et la goba tout entière. Il releva son museau écumant et… hurla, il hurla à la ville, à la lune, aux étoiles, à son passé torturé, à sa fuite des Temples du Chaos, à ces fumiers de vachines, à leur malédiction, mais, par-dessus tout, il hurla de plaisir, de haine, de colère non contenue, et de *joie*. La *joie* pure et âpre de la chasse.

DANS TOUT JALDER, les vociférations de Kuradek parurent pousser les convertis à l'action. Ils écumèrent les rues, pénétrèrent dans les maisons, fouillèrent les caves et les greniers, y trouvèrent nombre de fugitifs qui finirent exsangues ou, selon les instructions, *convertis* comme tant d'autres. Les Convertis de la Légion de Kuradek.

Car Kuradek savait.

Le Falanor regorgeait de vermine humaine. Et ils allaient porter le champ de bataille devant sa porte. C'était ce qu'ils faisaient toujours. Mais il allait les écraser. Ce qui était arrivé un millénaire auparavant, quand les vachines s'étaient soulevés contre leurs maîtres, n'allait pas se reproduire. Cette fois-ci, Kuradek et les Seigneurs de Guerre Vampire seraient prêts…

LES HEURES S'ÉGRENÈRENT, les jours succédèrent aux nuits, et le Falanor tomba aux mains des *vampires*. Et, à la différence des vachines avant eux, qui s'étaient contentés d'une simple extermination et de sacrifices en échange de magie d'huile-de-sang, les Seigneurs de Guerre Vampires voulaient des esclaves, voulaient rassembler une armée de corrompus. C'était de cette façon qu'ils pourraient s'étendre. C'était de cette façon qu'ils pourraient fonder le Dominion.

À VOR, CAPITALE du Falanor, Meshwar le Violent se déroula comme un serpent et se dressa de toute sa hauteur. Il s'étira, et des volutes s'échappèrent des commissures de ses lèvres. Il promena son regard saigneux sur les esclaves rassemblés devant lui, et descendit les marches autrefois régaliennes du superbe Palais des Roses du roi Léanoric.

Il vit les énormes portes de fer et apprécia la destruction totale de la ville.

Il était minuit. Les rues étaient envahies par la fumée, dont les circonvolutions rôdaient aux pieds de nombreux esclaves vampires, *porteurs* de la marque de Meshwar. Il sourit, un rictus tanné de démence soigneusement contenue, et contempla son œuvre. On ne l'appelait pas *Le Violent* pour rien…

Sur la Grande Place, un monumental tas de cadavres brûlait. Les dépouilles exsangues et anguleuses avaient des airs d'épouvantails jetés aux flammes. Impassible, Meshwar regarda tous ces malheureux, tandis que leurs vêtements, leur peau et leurs os étaient réduits en cendre. Le feu rugissait et crépitait comme un démon à l'heure du repas, et baignait le palais d'un brasillement orangé.

Ce que Graal avait entrepris tant de semaines auparavant, avec sa fumée de glace et sa magie d'huile-de-sang, avec l'invasion de Vor par l'Armée de Fer… Eh bien maintenant, Meshwar finissait le travail.

Le camp de l'Armée de Fer se trouvait juste à l'extérieur de la ville. Tous les vachines installés aux environs avaient été emportés dans la forêt pour y être exécutés. Quelques-uns avaient résisté, et des bandes étaient même parvenues à s'enfuir dans les bois. Mais Meshwar avait lancé des escouades de vampires à leurs trousses, et ils furent traqués sans relâche. Ils finirent la gorge tranchée et le cœur vidé de ses rouages. Leurs engrenages et leurs clapets vinrent nourrir l'humus de la forêt.

Mais maintenant, tout *lui* appartenait. Et cette larve de Graal était le problème de Bhu Vanesh. Pas le sien. Lentement, une toile de pensées prit forme dans les méandres de son esprit torturé, car il ne pensait pas comme le commun des mortels. Des envies funestes et destructrices dirigées contre Graal, mais aussi de l'amusement. Celui de savoir que ces idées contrarieraient Bhu Vanesh. Malgré la loyauté déplacée que Graal avait affichée lors de l'Invocation, il mourrait bientôt dans d'atroces souffrances, se dit Meshwar. Pour lui, le général était un imposteur. Un déviant. Un impur. Un concentré de ce qu'ils cherchaient à éliminer...

Meshwar embrassa une fois de plus Vor du regard, encore et encore, se nourrit de la destruction, des maraudes, de la *violence*. Là-bas, les Cinq Piliers d'Agrioth avaient été habillés de chaînes et jetés à terre par des équipages de bœufs et de chevaux. Cinq mille ans d'histoire partirent en fumée ce jour-là, car c'était l'histoire des Anciens, l'histoire des *Ankaroks*. Ils étaient la pestilence séculaire, et leur place, c'était dans la fange, dans la poussière. Ils valaient moins que les vachines.

La Grande Bibliothèque avait été saccagée. On avait brûlé les livres puis incendié le bâtiment lui-même. Le travail de cette nuit avait été particulièrement plaisant, se dit Meshwar en opinant du chef, sa gueule enfumée déformée d'un sourire. Changeant de couleur tel un caméléon, des images violentes parcoururent son épiderme, tatouages vivants et éthérés. Sur sa peau, les esclaves purent lire la promulgation de la Grande Destruction – tel était le nom qu'on lui donnerait. Dans la Grande Bibliothèque, immédiatement après l'extinction des feux qui en avaient maculé les murs vacillants de suie et les avaient laissés odorants et instables, Meshwar avait lui-même pris la tête d'un groupe de vampires, avec pour mission de tout réduire en bouillie.

— Personne ne devrait savoir lire, gronda-t-il d'une voix gutturale, tandis que ses vampires s'inclinaient devant lui en hochant la tête, inquiets pour leur prochain repas. L'homme est incapable d'utiliser le savoir avec sagesse et perspicacité. L'homme n'a qu'une valeur, et c'est celle d'esclave.

Meshwar regarda les Temples de Salamna-shar brûler. Sur les trois sites, de formidables langues de feu rugissaient à la face du ciel nocturne, et décoraient de reflets jaunes et orangés les décombres recouverts de neige. Des lucioles dansèrent au-dessus des dômes autrefois magnifiques, parant de leur ballet les tours et les spires de cristal. Un nouveau sourire se peignit sur les traits du Seigneur de Guerre. Kuradek l'Impie aurait apprécié cet instant. La destruction complète de la religion du Falanor. La suppression des dieux chétifs que s'étaient vaniteusement créés les hommes. Après tout, les Seigneurs de Guerre Vampires allaient forger la religion unique. Le monde entier allait se prosterner devant eux.

Meshwar gagna les imposantes portes de fer du Palais des Roses. Il tendit la main, effleura le métal antique et piqueté, et admira l'incroyable talent de constructeurs morts il y a plus de deux mille ans. Puis, il reporta le regard sur le Palais des Roses, dans toute sa gloire, et il sentit un flot de violence monter en lui. Il se concentra et se calma, le souffle court.

— Non. Pas maintenant.

Il allait détruire le Palais des Roses, mais cet endroit était le symbole tutélaire du Falanor. Il était le siège de la Royauté. Il fallait le détruire *en dernier*. Mais il n'en resterait que des ruines.

Meshwar pointa une jeune vampire du doigt, et elle vint le rejoindre à pas feutrés. Il passa ses serres tendues sur son visage, la souleva de terre et lui planta ses crocs dans le cou. Il se nourrit, et elle fut prise de spasmes alors qu'il la réduisait à l'état de coquille vide. Ce ne fut plus qu'une enveloppe, il la laissa tomber au sol dans un fracas d'os brisés. Puis, il descendit les escaliers, comme ivre.

Il se retourna promptement. Un Moissonneur le dévisageait, un sourire peint sur son étrange visage inquisiteur.

Ses petits yeux noirs étaient rivés sur lui. Il plissa les yeux, un éclair écarlate dans le regard.

— Tu as besoin de quelque chose, Vishniriak ?

— Le chef de mon clan désirerait s'entretenir avec vous, ô Meshwar, grand Seigneur de Guerre. Le temps presse.

— Je lui parlerai quand je serai prêt à le faire. Mais pas maintenant. Pas ce soir. J'ai… du pain sur la planche.

Vishniriak opina du chef, mais ne rompit pas le lien. En dépit de son allure étrange, de sa grande silhouette anguleuse, de son visage blafard et ovale, de ses petits yeux noirs et de ses robes impeccablement brodées de délicat fil d'or (en dépit de la souillure, de la fumée et des incendies qui ravageaient la ville de Vor), Vishniriak arborait toujours un air impérieux, irradiait encore l'autorité. Les Seigneurs de Guerre Vampires se considéraient supérieurs aux Moissonneurs. Mais ces derniers ne partageaient pas cet avis.

— C'est au sujet des chancres. Ils sont partis.

— Je croyais qu'on les avait détruits, comme toutes les autres raclures vachines ?…

— Non. Il y avait un chef, parmi eux. Et, aussi improbable que cela puisse paraître, il s'est rallié aux chancres et ils ont fui ensemble, vers le nord, d'après ce qu'on raconte.

Meshwar réfléchit.

— Je ne pensais vraiment pas qu'ils avaient ça en eux, tant leur bestialité s'éloigne de toute pensée rationnelle. C'est qui, ce chef ?

Vishniriak sourit, la tête penchée d'un côté.

— C'est une des créations à rouages improvisées du général Graal. Un chancre difforme et de seconde zone, en qui subsistent trop de relents humains. Il s'appelle Elias, et il était autrefois le Champion du roi Léanoric. Mais maintenant, ahh… il a beaucoup changé.

— Lâche cent esclaves. Pourchasse-les. Tue-les tous.

— Oui, maître.

Vishniriak baissa la tête, juste assez pour ne pas montrer de respect, et il se retourna. Ses robes blanches tourbillonnèrent, et il disparut, en partance pour le Palais des Roses.

Meshwar se renfrogna, et des scènes de viol, de torture et de meurtre prirent forme dans les volutes de son visage. Puis, il se détendit et sut quelle violence il allait infliger à Vor, ce soir.

Il était minuit passé. Le général Graal était assis à une table et contemplait la flamme solitaire d'une chandelle. Il pensait à Bhu Vanesh, au Mont de l'Enfer et à l'Invocation des Seigneurs de Guerre Vampires. Tant d'efforts. Tant de magie d'huile-de-sang. Tant de morts. Et tout ça pour quoi ?

Un rictus lui déforma les lèvres, et ses actes lui parurent pathétiques. Il avait tant fomenté ! Avec Kradek-ka, ils avaient cru pouvoir contrôler les Seigneurs de Guerre Vampires, en faire des marionnettes et s'emparer du monde ! Mais les choses avaient pris une tout autre tournure. Quelque chose avait *vicié* le cours de l'histoire. Et, désormais, rien ne les différenciait des esclaves, de ces pauvres âmes perdues que l'on *transformait* à chaque coin de rue.

La porte s'ouvrit et un courant d'air s'engouffra dans la pièce telle la peste. Le bois claqua, Kradek-ka prit place en face de Graal et le fusilla du regard. Cet albinos, ce *vachine*.

— J'arrive pas à croire qu'on en soit venus là, bordel ! grogna-t-il. (Il mordit le goulot de la bouteille, et des tessons crissèrent sous ses dents.) Je sacrifie ma *putain de fille*, je sacrifie la *civilisation vachine* du Val Silva, et on se retrouve le cul posé là, enfermés dans une tour comme deux vieillards sur leur lit de mort.

Kradek-ka servit deux généreuses rasades d'eau-de-vie récupérée lors du sac de la ville. Même à cette heure tardive, ils percevaient l'activité incessante des chantiers navals. Tout le monde travaillait de façon frénétique pour construire la nouvelle armada. La charpente des navires prenait forme. Lentement, imperceptiblement, mais elle prenait forme.

— On devrait supprimer Bhu Vanesh, dit Graal en mouillant ses lèvres. (L'alcool luisit sur ses lèvres pâles et projeta des reflets sur ses crocs d'airain.) On devrait le tuer. Tout de suite. Ce soir. (Il releva la tête. Kradek-ka le regardait fixement.) On devrait renvoyer cet enfoiré dans les Temples du Chaos.

— On a essayé. En vain.

— Il faudrait qu'on réessaie !

— On n'aura qu'une seule chance. (Kradek-ka sourit faiblement.) Tu sais comment y arriver sans y laisser la vie ?

— J'ai mon idée.

— La magie d'huile-de-sang ?

Le général Graal acquiesça et se rinça derechef la glotte.

— Quand on a ouvert la porte des Temples du Chaos, ils ont suivi le chemin qui se présentait à eux jusqu'ici, reprit-il. Chaque chemin possède un écho qui lui est propre. Un lien, si tu veux. Les Seigneurs de Guerre Vampires étaient confinés dans les Temples du Chaos. Leur présence ici déséquilibre la réalité. Tout ce qu'on a à faire, c'est leur donner un petit *coup de pouce*, et ils seront renvoyés là-bas, hurlant et tapant du pied de rage. Je crois. Je pense qu'un coup mortel pourrait avoir cet effet.

— Bhu Vanesh est vraiment puissant, dit Kradek-ka, les traits déformés par la peur.

— Nous devons frapper quand il est le plus faible.

— C'est-à-dire ?

— Quand il se nourrit, révéla Graal, l'œil brillant.

BHU VANESH SE leva, s'étira et descendit du dais. Il toisa les trois filles enchaînées. Elles tremblaient de terreur, les yeux rivés au sol, et se blottissaient les unes contre les autres telles des brebis affolées. Bhu Vanesh sourit. Car, comme des brebis, elles étaient sur le point de devenir *nourriture.* D'un geste vif, il prit la première par la gorge et la tira tout près de lui, comme pour l'embrasser. Puis, il ouvrit grand la gueule, et elle poussa un long ululement. Bhu Vanesh enfonça ses crocs dans son cou et commença à la drainer. Ses deux compagnes vomirent, secouées de spasmes, et gémirent, épouvantées.

Kradek-ka quitta les ténèbres d'un pas vif, et ficha sa lance dans le dos du Seigneur de Guerre, du plus fort que ses bras de vieux vachine le lui permirent. Toute la peur, toute la haine, appuyaient son geste. La lance transperça le Vampire d'Airain, lui creva le cœur et pénétra la fille dont il se repaissait. Elle se raidit et vomit du sang, le corps pris de convulsions. Au même moment, Graal, posté sur les hautes poutres du toit, bondit sur la gorge de Bhu Vanesh. Le Seigneur de Guerre chuta, cloué à sa victime, gargouillant. Le général se releva, sa lame incurvée dégoulinante de sang. Il baissa les yeux sur Bhu Vanesh et lui crachat à la face. Mais il comprit que ce n'étaient pas les portes de la mort qui faisaient gargouiller le presque-dieu : il riait. Ce dernier se remit debout d'un coup et des flammes réduisirent en cendre la pauvre fille à laquelle il était lié. Bhu Vanesh s'empara des restes de la lance et les arracha de son corps éthéré. Un maelström de fumée s'aggloméra sur sa gorge. Graal hurla et se jeta sur lui, dans un déluge fulgurant de bottes exceptionnelles. Le poing du Seigneur de Guerre le cueillit en pleine poitrine. Le sternum plié, trop de côtes fêlées, le général fut projeté parmi les tables et les chaises et finit contre le mur. Ses rouages battaient fort et, par sa blessure, de nombreux engrenages s'agitaient dans le vide. Kradek-ka attaqua par-derrière. Bhu Vanesh se retourna. Il prit le crâne du vieux vachine entre ses deux serres et lui dévissa bruyamment la tête. Kradek-ka eut l'air surpris. Il battait de la mâchoire en silence, comme le sang se déversait de son cou tranché. Il n'était plus qu'une fontaine écarlate mêlée d'airain, et il mit un genou à terre. Puis, il s'affaissa au sol, inerte, telle une baudruche dégonflée.

Bhu Vanesh soupira et jeta la tête au loin. Il pointa son doigt sur Graal et grimaça.

— Je ne supporte pas les traîtres, déclara-t-il sans humour.

Lorna, petite blonde souriante, sortit subitement des ténèbres, accompagnée du gros de la Division du général Dekull. Ils s'emparèrent aisément de Graal, qui ne put opposer aucune résistance. Sa mort ne tarderait pas, avec ce trou dans la poitrine.

— Emmenez-le dans la Tour Noire, ordonna sèchement Bhu Vanesh, les yeux brillants. (Il les congédia et reporta son attention sur les deux jeunes femmes aux abois.) J'ai pas fini de prendre le petit-déjeuner. Je m'occuperai de lui plus tard.

Graal et ses rouages à l'agonie furent emportés hors de la pièce, dans la cage d'escalier glacée.

Le général Graal était étendu à terre, pantelant. Il n'avait jamais connu pareille douleur au cours de sa longue, longue existence. Il respirait difficilement, on lui avait enfoncé la cage thoracique, et il savait que, même avec ses facultés de vachine, il ne récupérerait pas de la *correction* que lui avait infligée Bhu Vanesh avec ses serres avant des mois. *Si jamais* il récupérait. Cela étant, il serait mort dans quelques heures. Bhu Vanesh jouait avec lui.

Tout cela avait-il été en vain ? Au cours des âges, combien d'hommes avaient pris des risques pour finir condamnés et mourants, dans des geôles ? Il sourit, grimaça et cracha du sang.

Combien. *Combien… ?*

Il en avait *exterminé* la plupart.

Il ne fut plus que douleur, une douleur telle qu'il la dépassa et en fit une fiction. Il rit. Il rit, car il souffrait tant, putain ! Il releva la tête et contempla la cavité qui s'ouvrait dans sa poitrine. Il vit son cœur battre, habité de ses rouages d'airain. Les engrenages transmettaient, les clapets accomplissaient leur œuvre, mais la machinerie était dans l'ensemble abîmée et déréglée. Graal n'avait vu ça que chez les chancres. Il frissonna, et revint immédiatement sur terre.

La mort valait mieux que de se transformer en chancre.

Il avait vu ce que cette transformation faisait à un homme. C'était arrivé à son frère, après tout. Ce frère, que Kell avait tué. Kell ! Ce vieux fumier. Graal grimaça. *La tête de cet enfoiré mérite vraiment de finir au bout d'une pique ! Il mérite vraiment qu'on lui coupe les couilles ! Qu'on lui fasse un deuxième sourire ! Il y a trop de testostérone, en lui. Il a trop l'étoffe d'un putain de héros, cette espèce de merde ! Mais il a sa saloperie de hache… cette hache…*

— Pardon de te déranger, dit le gamin. Mais on dirait que quelqu'un a laissé la porte ouverte.

Graal gémit et regarda le môme. Il devait avoir cinq ou six ans, maigrelet et débraillé au point qu'on aurait pu le prendre pour un vagabond sorti de n'importe quelle grande ville du Falanor. Il n'en restait plus beaucoup, de ces grandes *villes*, comme on les appelait autrefois. Il était vêtu de haillons, marchait pieds nus, et il souriait. Ses chicots avaient des airs de chitine.

— Toi ! s'étrangla Graal.

Le général voulut se relever, mais grogna comme la douleur s'emparait de lui. Il sombra dans le puits sucré d'une inconscience glorieuse et bienvenue.

Quand il se réveilla, Graal, étendu sur les dalles de pierre, battit des paupières et vit Skanda, assis au pied de son lit. Il l'observait, son habituel sourire désarmant sur les lèvres.

— Tu m'as pas l'air d'aller trop bien, dit Skanda. Besoin de remèdes ?

— Je ne veux rien accepter de toi ! cracha Graal.

Il voulut crier et se jeter sur l'enfant, mais il n'en avait ni l'énergie ni la force. Il plongea son regard turquoise dans celui du garçon.

— Ça m'étonnerait, rétorqua Skanda.

Il descendit du lit, et Graal plissa les paupières, comme s'il craignait l'impact d'une arme redoutable. Mais Skanda s'agenouilla à ses côtés et posa ses mains sur son ventre. Graal sentit ses rouages s'apaiser et revenir à la normale, sans discorde, sans déviation. Une vague de plaisir monta en lui, des fourmis coururent au bout de ses doigts, et la douleur reflua tels des rats devant la vague.

Le général soupira. Puis il cilla lentement et poussa un long soupir.

— Merci, parvint-il à articuler. (Il fusilla Skanda du regard.) Mais je n'ai pas oublié le Mont de l'Enfer. Je n'ai pas oublié le rôle que tu as joué dans la mort de mes deux filles !

— Ahh. Les délicieuses Shanna et Tashmaniok. Oui. Je suis désolé pour cette histoire. Mais il nous faut Kell vivant. Nous avons besoin que la Légende perdure. Ou bien tous nos plans ne se réaliseront jamais.

— Nos plans ? s'étonna Graal.

— Ceux des Ankaroks, dit doucement Skanda, ses petits yeux d'insecte rivés sur le général. Ces plans sont la raison de ma présence ici. C'est pour cela que j'ai besoin de ton aide.

— Je ne peux rien faire pour toi, mon garçon, fit Graal avec humeur. Je ne peux même rien faire pour moi…

— Nous sommes en vie… cracha Skanda. Et, si tu m'aides, Graal, général Graal, Graal l'Exproprié, Graal le

Mourant, Graal le Déchu, Graal l'Esclave, Graal la Lopette de ces *ordures* de Seigneurs de Guerre Vampires… Je t'aiderai en retour. *Nous* t'aiderons.

Graal déglutit, le regard posé sur ce garçon de six ans au regard vieux, plus âgé que le Temps lui-même. Ses prunelles étaient d'abominables portails donnant droit sur les Temples du Chaos.

— Que te faut-il ? demanda Graal d'une voix légèrement étranglée.

— Nous voulons récupérer notre empire, répondit l'Ankarok.

— Qu'est-ce que tu veux que je fasse pour t'aider ?

— Nous avons besoin de ta magie d'huile-de-sang. La nôtre est retenue captive. Prisonnière de la malédiction de la Vieille Skulkra. Moi, je m'en suis libéré. Je m'en suis libéré, assisté de Kell et de Saark. Mais maintenant… Maintenant, nous sommes prêts à revenir. Général Graal… Nous allons balayer ces vampires. Nous allons renvoyer les Seigneurs de Guerre Vampires dans les Temples du Chaos.

— Mais c'est *vous* qui allez les remplacer, alors, dit Graal.

— Tu ne seras pas un esclave. Je te le garantis. Tu régneras à mes côtés. Tu seras un vassal des Ankaroks. Tu seras un *prince* chez les Ankaroks !

— Comment savoir si je peux te faire confiance ?

— Tu n'as pas trop le choix. Et je pourrais aussi te laisser mourir ici. Il y en a d'autres, Graal. Mais toi, je *t'aime bien*. (L'enfant sourit.) J'aime ta ténacité. J'aime ta bravoure. J'aime ta *volonté* de voir un travail bien fait. (Son sourire s'estompa.) J'aime la capacité que tu as de tuer.

— Donc, on passerait d'un empire maléfique à un autre ?

— Le bien et le mal ne sont que question de perspective. Mais ces Seigneurs de Guerre Vampires se repaissent de destruction. À quoi cela peut-il bien servir ? Si tu tues tous les esclaves, il se passe quoi ? Qui les *remplacera* ? C'est grotesque. Là se trouve la faille dans leur stratégie.

— Qu'as-tu besoin que je fasse pour toi ?

— Suis-moi.

— Et qu'est-ce qu'on fait des milliers de vampires qui rôdent en ville ?

— Fais-moi confiance, rassura Skanda. (Ses chicots chitineux lancèrent des reflets dans la nuit.) Ils ne sont rien face à moi.

— Je viens avec toi, dit Graal. Mais j'ai quand même une exigence.

— Dis-moi.

— Quand on mettra la main sur Kell, sur la Légende… Je veux être celui qui plantera sa tête sur une pique.

— Accordé.

X

LES VALLÉES DE LA LUNE

KELL FIXA SA fille et, lentement, sans la quitter des yeux, tendit le bras et aida Nienna à se relever.

— Maman ! hoqueta-t-elle.

Sara le toisa, posa l'œil sur Nienna, eut un sourire méprisant et se retourna vers lui.

— Tu as l'air de te faire vieux, fumier de père. Bientôt, bientôt, tu seras mort. Très bientôt, même, si les choses vont dans mon sens.

Kell entraperçut Saark.

— Va chercher des chaînes. Et des fers. (Il fusilla sa fille du regard.) Et tu prends du solide.

Saark opina du chef et se faufila entre les portes de la forteresse.

— Tu as l'air en forme, fit Kell, à l'adresse de sa *vampire* de fille.

Elle fit rouler les muscles de son cou, comme pour en dissiper la tension, et passa ses mains sur sa robe noire. Puis, elle observa les liens qui la retenaient aux poignets.

Ils étaient étroitement serrés, et des croûtes de sang s'agloméraient autour du chanvre.

— Je suis faible. Ces imbéciles m'ont planté une fourche dans le dos. En plein dedans ! Les salauds. Mais bientôt, quand j'aurai recouvré ma force, je leur rendrai la monnaie de leur pièce !

Elle se retourna et cracha sur l'assemblée. Tous s'éloignèrent du chariot, brandissant leurs armes comme des enfants.

Alors, Kell comprit : Sara avait abattu *quarante* personnes, et ce combat l'avait épuisée. On l'avait privée de sa liberté. Mais bientôt, *bientôt*, elle se déferait de ses entraves comme d'un rien. Elle s'était laissé capturer. Pour avoir le temps de se reposer. De récupérer. De dormir comme dorment les vampires... À la façon des chiens qui lèchent leurs plaies et attendent, *attendent*...

Soudain, Kell sauta sur le chariot et se retrouva à quelques centimètres de Sara. Il avait placé Ilanna entre eux deux, et elle cracha à la vue de la hache, avant de reculer maladroitement, aussi loin que ses liens le lui permirent.

— Tu te rappelles de ma hache ? fit Kell d'une voix sourde, le regard rivé dans celui de sa fille. (Le second vampire entreprit de se relever, mais Kell agita Ilanna dans sa direction.) Tu restes là où t'es, ou je te jure que je te tranche ta putain de tête ! Jamais t'arriveras à guérir d'une blessure comme celle-là ! (Il se tourna vers Sara.) Toi-même, tu en serais incapable, ma chère fille.

— Quel dommage d'en arriver là, dit-elle en se passant la langue sur les lèvres, dévoilant ses crocs acérés.

— Certes, fit Kell sans baisser les yeux. Parce que maintenant, il va falloir que je te tue.

— Je t'en prie, non. (D'un coup, elle le suppliait d'une voix douce. Son ton n'avait plus rien d'agressif, et elle tomba à genoux.) Je t'en prie, grand Kell, Kell la Légende. Et je ferai selon tes ordres.

Kell éclata d'un rire moqueur.

— Tu me pries comme tu as prié ton dieu ? Regarde ce qu'il a fait pour toi, Sara. Il t'a maudite ! Il a fait de toi ce que tu es maintenant ! Les dieux ? Peuh ! Que le diable leur prenne le cul ! Et tout ça pour quoi ? Je vais te le dire : le chagrin que tu as causé à Nienna avec ta sévérité, tes leçons de théologie, et tes obligations religieuses. Maintenant, Nienna est sous ma garde. (Kell tomba lui aussi à genoux, et ils se retrouvèrent à la même hauteur.) Et tu vas purger ta peine. Ou tu mourras.

— Je purgerai ma peine, dit Sara, tête baissée.

Elle jeta un œil à Ilanna.

— Regarde bien ces lames, fit Kell. (Il descendit du chariot, comme Saark revenait, chargé de fers et de chaînes.) Parce que vampire ou pas, elles te dépouilleront de ton âme avant de la dévorer. Tu le sais bien. Tu l'as vu de tes yeux.

Saark lui entrava les pieds et les chevilles et, à l'aide d'un petit cliquet, les serra sans ménagement. Sara poussa un hurlement et le tança du regard, comme pour garder un souvenir bien précis de son visage.

Kell aida Nienna à se relever.

— Viens, ma fille. Cet endroit est trop douloureux pour toi.

— Qu'est-ce que tu vas lui faire ?

— Je ne vais pas la tuer, si c'est ça que tu penses.

— Je… Je l'aime, Kell. C'est ma mère, malgré tous ses défauts. Malgré sa langue de vipère et ses préjugés, sa haine de tous les jours. Il *faut* que je l'aime. Peu importe ce qu'elle a fait. C'est pour ça, parce qu'elle est ma mère.

— Je sais, ma chérie.

— Comment est-elle devenue comme ça ? Que s'est-il passé ?

Ils franchirent les portes et pénétrèrent dans les ténèbres menaçantes.

— Je ne sais pas ma fille, murmura-t-il. Je ne sais vraiment pas.

Kell dormit mal. Il rêva de sombres et fugaces souvenirs, teintés de violet et d'écarlate. Dans son dernier songe, il se vit s'éveiller, de façon très réelle, il se *réveillait* vraiment, et Sara était devant lui, à deux centimètres de sa gorge. Elle rit, et sa mâchoire s'ouvrit. Ses crocs lui perforèrent la peau, et il cria, se débattit, mais elle le cloua sur place. Elle était douée d'une force prodigieuse et surnaturelle. Kell lutta, lutta et lutta encore, et il sentit qu'elle le vidait de sa vie, qu'elle lui arrachait la vie en même temps qu'elle lui ouvrait la gorge. Elle se dressa devant lui, dégoulinante de sang, un sourire dément aux lèvres… et Kell se releva en hurlant. Il referma brutalement la mâchoire et jeta un œil noir à Saark, affalé dans un siège à côté de son lit.

— Qu'est-ce que tu fous ici ?

— Bonjour à toi, Kell.

— C'est quoi, cette *odeur* ?

— Du parfum. *Larme de chevreuil*.

— Larme de quoi, mon garçon ?

— Euh… de chevreuil.

Saark eut soudain l'air de ne plus en être si sûr.

— Donc, si je comprends bien, tu portes un parfum qui te fait puer autant qu'un cerf en rut ?

— Mais non. C'est plus un soupçon, comme une aura d'autorité, sur laquelle les femmes butent, érotisées, quand elles entrent dans la pièce.

Kell le regarda fixement.

— C'est soit ça, ou elles tombent dans les pommes à cause de la puanteur, avant de se faire entremettre par une bande de nobles complètement bourrés ! Arrête, Saark, ça sent comme un vieux plat de tripes ! Alors j'espère que tu veux pas ton câlin du matin, parce que je crois bien que j'ai la gerbe du siècle !

— Rien à voir, mon chéri, répondit le bretteur, mâchoires serrées. Je suis juste passé pour voir comment tu allais. Je t'ai apporté du café. Tiens. (Il ramassa un plateau.) Avec les compliments de Myrtax.

Kell vit apparaître un grand plateau en étain, recouvert de bacon, de saucisses, de quatre œufs et de champignons poêlés. La Légende en resta bouche bée.

— Par tous les dieux, c'est un petit-déjeuner de roi !

— Un p'tit déj' de gros porc, ouais. Mais tu vas me bouffer tout ça, Kell, et tu vas reprendre des forces, parce qu'ensuite, faut qu'on cause de ce qu'on doit faire.

Avec sa fourchette, Kell piqua des champignons, les porta à sa bouche et mâcha, presque euphorique. Puis, sèchement :

— Comment ça, ce qu'on doit faire ? Hein ? Qu'est-ce que tu racontes, mon garçon ?

— Eh bien, je parlais de la deuxième phase de ton fabuleux plan. Elle m'intéresse au plus haut point.

Kell dévisagea son ami. Jusqu'aux petites heures, le dandy avait passé la soirée de la veille à se baigner, à s'asperger de parfum et à se farder des produits trouvés dans la trousse de la femme de Myrtax. Les Chiens du Chaos seuls savaient quelle garde-robe il avait écumée ! Mais il portait *désormais* une chemise de soie rose, avec des fraises au cou et aux poignets, accompagnée de pantalons verts en soie bouffante tels qu'il n'en avait jamais vus, et des souliers jaunes, presque bilieux, cirés à en vomir.

— Écoute. Je vais prendre mon petit-déjeuner, dit Kell fébrilement, encore soufflé par les atours extravagants de son compagnon. Va rassembler tous les armuriers et les forgerons. On se retrouve à la Forge avec eux, dans environ… vingt minutes. À supposer qu'ils te cassent pas la gueule avant.

— Ça veut dire quoi, ça, exactement ?

— T'es sapé comme un rouge-gorge.

— Je vois. Eh ben dis donc. C'est pas ce que j'appelle un partage équitable des tâches, répliqua Saark en faisant la moue. Et je *précise* que je t'ai apporté ton petit-déjeuner.

— Ah ouais ? Alors je vais te dire un truc : la prochaine fois que je manque me noyer dans une mare de sang, je *m'arrangerai* pour que toi aussi, tu aies ta part. Ça marche ?

— Message reçu. Vingt minutes, tu dis ?

— C'est bien, mon garçon ! Va les secouer.

Et, pour la première fois depuis ce qui lui parut des *années*, Kell se concentra sur une chose, et une chose seulement : se gaver d'un succulent petit-déjeuner. Il fit de son mieux pour oublier les cris, les éclats de rire et les sifflets qui retentirent à mesure que Saark faisait joyeusement le tour des vieilles cellules, mais il ne put s'empêcher de sourire comme un possédé.

Les armuriers formaient un groupe de gros costauds très musclés. Ils étaient une quarantaine, et l'un d'entre eux dénotait. Noyé parmi les colosses, c'était un petit malingre que l'on avait du mal à distinguer. Ils portaient les habits des forgerons : des pantalons de cuir à la couleur indistincte et de lourdes bottes d'ouvrier. La plupart étaient torse nu, mais certains arboraient des tabliers de cuir. Le malingre était le seul à sourire.

— Regarde-le moi, celui-là, fit Saark en le désignant à Kell du menton. Plus voyant qu'une rose dans un pot de chambre.

— Je baisserai d'un ton si j'étais toi, prévint Kell. Les forgerons ne sont pas réputés pour leur tolérance, et encore moins pour leur amabilité. Tu les chauffes rien qu'un peu, et tu te fais démolir dans la minute, mon pote.

— Message reçu. Message reçu.

— Bon, les gars, fit Kell, ses énormes battoirs posés sur ses hanches. Vous savez tous ce qu'il se trame par ici, alors je vais faire court sur le baratin d'usage. Nous partons au combat. Tous les hommes présents ici seront des combattants, et il leur faudra des armes, des armures légères et des boucliers.

— On ne se déplacerait pas plus rapidement sans armure et sans bouclier ?

— Ha. Peut-être, oui. Mais on ne survivrait pas aussi longtemps, face à, disons, *ces types-là*. Je sais que vous disposez de grandes réserves de fer et d'acier dans ces mines, mais est-ce que vous avez de l'or ?

Le malingre leva la main.

— Je crois qu'il y a plusieurs sacs de pièces dans la chambre forte du gouverneur Myrtax. Il frappait de la monnaie pour le roi Léanoric. Dans les mines, on est tombés sur de nombreux filons, tu comprends. Tout en bas, dans le noir, là où la crainte de se faire ensevelir est la plus grande.

— Bien. Bien. (Kell se gratta le menton.) Nous aurons besoin de cet or, pour payer les mecs. Mais pour ce qui concerne la conduite de la guerre, voilà de quoi j'ai besoin : des épées courtes d'estoc pour le combat rapproché. (Il écarta les mains.) Longues comme ça, environ. Je veux aussi des boucliers ronds aux bords cerclés, de façon qu'on puisse les arrimer ensemble pour repousser les charges. J'ai besoin de lances lourdes, d'environ deux fois le poids habituel, et j'ai besoin de flèches... avec une tige en fer et des pointes fines.

— Ce sera lourd pour les archers, intervint un malabar aux sourcils orageux, bâti comme un taureau, les traits malgré tout aquilins.

— Effectivement, acquiesça Kell. Mais ces flèches auront beaucoup plus *d'impact*. Et croyez-moi, on aura bien besoin de ça face à ces saloperies de vampires. Ils ont la peau dure, ces suceurs de sang, autant que leur sale engeance vachine.

— Mollo, fit Saark, légèrement blessé.

— Je ne fais que les informer.

— Les hommes qui sont arrivés hier soir… reprit l'imposant forgeron. Ils ont raconté que trois vampires ont balayé une quarantaine des leurs. Ils ont réussi à en abattre un et, au terme d'un long combat, ils ont capturé les deux autres. Ça veut dire que ces créatures, c'est du brutal, si tu veux mon avis.

Kell opina du chef.

— C'est du brutal, j'en conviens. Mais ils comptent aussi beaucoup sur notre naïveté. Si on sait qui nous combattons, si on sait comment les tuer, et qu'on est protégés… eh bien, je pense qu'on pourra porter le combat chez eux. Il nous faut encore autre chose. (Il regarda autour de lui pour s'assurer que des oreilles indiscrètes ne traînaient pas dans le coin.) On aura besoin de colliers en acier.

— Comme pour un chien ?

— Ouaip. Y a que ça pour empêcher ces salopards de nous planter leurs crocs dans le cou. Tu comprends ?

— De quelle épaisseur, les colliers ?

— La moitié de mon pouce.

— Ça va pas être très confortable. Ça va même irriter pas mal.

— Ce sera pas aussi inconfortable qu'une gorge tranchée et répandue sur la lande Valantrium.

— Je comprends. Même si je ne suis pas sûr que les hommes accepteront de les porter.

— Ils accepteront. Et ceux qui ne s'exécutent pas, quand ils verront leurs amis dégueuler le sang, ils changeront très vite d'avis.

— Quelle est la meilleure façon pour tuer ces vampires ? demanda le malingre.

Kell désigna Saark du pouce.

— Les gars, je vous présente Saark. C'est un... euh... *expert* pour tout ce qui touche aux vachines, et, franchement, il en connaît plus long sur les Seigneurs de Guerre Vampires que n'importe lequel d'entre nous. Si vous avez des questions sur la façon de les tuer, voyez avec lui. Je sais qu'il ressemble à un concours de pétasses après un tremblement de terre, mais il sait de quoi il parle. Moi, je me barre, il faut que je parle avec ma fille.

— *Kell* ! s'insurgea Saark en fronçant les sourcils.

— Qu'y a-t-il, mon garçon ?

— Tu me laisses ici ? Avec *ces mecs* ?

— Dis donc ! C'est toi, qui as choisi de te saper comme une graisseuse de boui-boui. (Kell sourit de tous ses chicots et donna une grande tape dans le dos du dandy.) T'inquiète pas, mon garçon ! S'ils te gonflent, je t'entendrai crier et je viendrai à ta rescousse !

— Kell !

— Rappelle-toi seulement que certains de ces types sont enfermés ici depuis des *lustres*, et que ça fait longtemps qu'ils ont pas vu un abricot comme le tien.

— Kell, là, tu vois, je n'ai plus aucun sens de l'humour !

— Parfait. Parce que c'est plus l'heure de rigoler. On passe aux choses sérieuses, maintenant. Dis-leur ce que tu sais, et explique-leur bien. D'ici peu, nos vies reposeront sur ces hommes.

Saark déglutit et se retourna. Il observa les quarante gaillards, et croisa leurs lourds regards, dissimulés sous d'épais sourcils. Une bise glacée mugissait au pied des montagnes et, du coin des yeux, il vit Kell s'éloigner à grands pas. *Quel salaud. Quelle ordure.*

Un forgeron s'approcha de lui. Il lui manquait les deux dents de devant, et ses avant-bras étaient aussi épais que les cuisses du bretteur.

— C'est vraiment à toi, cette chemise de soie rose, gamin ? gronda-t-il d'une voix de séisme.

Saark tira sa rapière et sourit.

— Messieurs. Permettez-moi de commencer votre édification.

KELL PROGRESSAIT D'UN pas martial sur le chemin rocailleux, en direction des cellules creusées dans le flan de la montagne. Le gouverneur Myrtax le rejoignit, contraint d'aller au petit trot pour rester à sa hauteur.

— Ils vont travailler pour toi ?

— Ouaip, répondit Kell. (Il fit halte et toisa le petit homme.) Je veux que tu supervises la production. Je veux autant d'ouvriers que possible pour fabriquer des armes, des armures et des boucliers. Quand on ira au combat, je veux que chaque homme ait ce qu'il y a de mieux, car ça va être un vrai carnage, tu peux me croire.

— Tu penses qu'on peut gagner ?

Kell le regarda droit dans les yeux.

— Non.

— Alors pourquoi se battre ?

— Oui. Pourquoi ?

— C'est insensé, Kell ! C'est de la folie ! Tu affirmes que ces Seigneurs de Guerre Vampires sont tout-puissants. J'ai vu les vampires que les hommes de Jalder ont fait prisonniers. Et ils ont tué quarante personnes ! Avec un tel rapport de forces, nous courons à notre perte.

— Mais il est important que nous nous dressions face à eux, rétorqua Kell d'une voix grave. Maintenant, dis-moi : qu'est-ce que vous avez fait de Jagor le Fou ?

Myrtax pointa le doigt.

— Il est dans une cellule, par là-bas. Avec ces deux autres connards de soi-disant gouverneurs. Pourquoi ? Tu vas le tuer ?

Kell n'apprécia pas la lueur qui passa alors dans le regard de Myrtax. La Légende grimaça.

— Non. J'ai besoin de son aide.

— De son… aide ? (La voix de Myrtax s'était faite stridente.) Il ne t'aidera pas, Kell, à moins que ce ne soit pour te jeter au feu. Il te hait de tout son être.

— Nous verrons. D'abord, je vais voir ma fille.

— Je viens avec toi.

Kell fit halte de nouveau et se retourna.

— Non, Excellence. Toi, tu vas voir Saark. Tu vas l'aider à organiser les forgerons. C'est un futé, mais il n'y connaît pas grand-chose en métallurgie, ni, à vrai dire, en ce qui concerne l'éducation des masses. Surtout quand il s'agit d'hommes. Il a tendance à les prendre à rebrousse-poil. Bon, c'est vrai, il cherche à coucher avec leurs femmes et leurs filles, mais bref. Va le voir. Aide-moi, Myrtax. Je ne peux pas y arriver seul.

Le gouverneur acquiesça et fila, une main posée sur son gros ventre bien tendu.

Kell poursuivit son chemin, les yeux levés vers le ciel, gigantesque canevas ardoise, blanc et ocre. Au loin, de puissants nuages tentaient d'asseoir leur suprématie, menaçant de recouvrir une fois de plus le monde des hommes d'une épaisse couche de neige.

Kell gagna la cellule et vit que Sara était seule. Par méfiance, on avait séparé les deux vampires. Elle l'observa approcher, ses pupilles de fiel étrécies, mais elle ne bougea pas, lovée comme un lézard au soleil.

Kell s'accroupit à une longueur de bras des barreaux et posa un poing sous son menton.

— Sara. Mais qu'est-ce que je vais faire de toi, ma fille ?

— Te connaissant, tu vas prendre ta grosse hache et me trancher la tête !

— Tu es une vampire, maintenant. Ce serait peut-être te rendre service ?

— Mon maître te trouvera ! cracha-t-elle sans prévenir en se ruant sur les barreaux, toutes griffes dehors.

Kell resta immobile. L'extrémité acérée de ses serres lui égratigna le bout du nez. Sara se démena et souffla, tentant de s'emparer de lui, de sa gorge, de sa jugulaire, tenta de verser son sang et de le ramener comme une plaque de fumier dans sa cage, où elle pourrait se nourrir, se gaver de lui… Mais il lui fut impossible de lui mettre la main dessus. Kell avait bien estimé la distance. Peu à peu, elle s'apaisa et le regarda de travers, telle une enfant boudeuse.

— C'est Kuradek l'Impie, ton maître ?

— Oui.

— Et il s'est emparé de Jalder ?

— Va mourir !

— Tu m'as précédé, sur ce coup-là, ma fille. Aide-moi !

Kell et Sara se dévisagèrent.

— Tu ne sais rien de ce que je ressens, éructa-t-elle enfin. (Kell s'installa plus confortablement, tout ouïe, et elle lui jeta un regard méfiant.) Tu étais quelqu'un de mauvais, Kell. Je connais tes secrets. Ma mère m'a tout raconté sur toi, avant de… mourir. (Elle plissa les yeux.) Et même ce grand événement est entouré de mystère, pas vrai, la Légende ?

— Ce qui s'est passé pendant les Jours Sanglants ne peut pas être effacé, dit Kell d'une voix douce. Je ne suis pas fier de moi. Je ne suis pas fier de ce que j'ai fait. Mais je vais te dire quelque chose : tu n'as aucun besoin d'impliquer ta mère dans cette histoire. Tu as assez de raisons de me haïr, moi.

— Je sens encore la marque de tes mains ! cracha-t-elle en pointant un doigt accusateur sur Kell. Là ! (Elle mit une main sur sa joue.) Ça me brûle comme un tison, ça fait de moi l'esclave du Grand Homme, du Grand Héros, ha ! ha ! Si seulement le peuple du Falanor connaissait le vrai Kell.

Kell le salaud. L'homme qui bat sa femme. L'homme qui bat ses enfants.

— Ça ne s'est pas passé comme ça, se défendit sombrement Kell.

— Mais bien sûr que si ! Tu vois, tout est question de perspective, de pureté. Tu n'avais ni l'une ni l'autre, espèce de vieil enfoiré. Tu t'es retourné contre nous. Contre nous tous. Et pas seulement ta famille, ton roi et ton pays ! Tu ne te rappelles pas ? Ou bien le whisky t'aurait-il ravagé l'esprit autant que les chicots ?

— Ça ne s'est pas passé comme ça, gronda Kell en serrant les poings. (Il s'efforça de garder son sang-froid.) Tout ça, c'est du passé. Aujourd'hui, Sara, il faut qu'on parle du présent.

— Quoi ? Qu'on parle de la façon dont tu vas tabasser ma fille ? Nienna n'a jamais vu ce qu'il y avait derrière la façade. Petite idiote. Aspirée par les glorieuses légendes, aspirée par le mythe sans jamais l'être par l'homme. Je suis surpris que tu ne l'aies pas encore amochée, Kell. Si ça se trouve, tu l'as fait, et je l'ignore. Je suis sidérée de la voir encore marcher sans boiter. Oh pardon, c'est *ma* jambe que tu as cassée, je suis distraite, parfois.

— Tu as toujours la langue bien pendue, à ce que j'entends, rétorqua sèchement Kell. Il y a des choses plus importantes en jeu, en ce moment, en ce moment même, oui. Des choses comme le Falanor ! Des choses comme la terre entière !

— Peuh ! Comme si tu t'intéressais à autre chose qu'à ton ego pourri et tes petits plaisirs. Tu vois pas, Kell, que je fais partie de quelque chose de plus *vaste*, de quelque chose de *puissant* ! Je suis forte, Kell. Je pourrais me mesurer à toi, je pourrais t'arracher les bras et te pisser au visage pendant que tu patauges dans la boue. (Elle avait les yeux brillants, les joues rosies de triomphe.) Allez, Kell, laisse-moi sortir de là, laisse-moi te montrer ! Ou bien serais-tu encore la larve pathétique, le pleutre que tu as toujours été ?

— Parle-moi de Kuradek.

Sara éclata de rire.

— Et qu'est-ce que tu voudrais bien apprendre ? Il contrôle Jalder. À nous tous, nous avons converti des milliers de vampires ! La résistance est exsangue.

— Ils se sont défendus, donc ? C'est bien. Leur esprit perdure.

— Non ! C'est idiot ! Kuradek est le Maître, il est incroyablement puissant, et il te connaît, Kell, oh ! oui, il te connaît. Il se souvient t'avoir vu sur le Mont de l'Enfer, et il a juré de te traquer, de faire de toi l'un d'entre nous ! Imagine, Kell, imagine la puissance qui serait alors tienne ! Tu serais plus fort, plus rapide, et tu serais immortel !

— Les vampires peuvent mourir. Vous mourez comme tout le reste. Tout ce qu'il faut, c'est vous trancher la tête ou vous planter une épée dans votre saloperie de cœur !

Sara se tut.

— Tu oublies une chose, reprit Kell. Je sais comment vous êtes foutus.

— Tu étais un chasseur de vachines, le railla Sara. Ces couilles molles sont faibles, ils sont pathétiques, avec leurs rouages et leurs cliquetis ! Ils sont une aberration, une impureté. Ils sont dolents, malades, ce sont des chimères. (Elle s'esclaffa.) Les vachines, c'est la corruption à tous les étages.

— Je traquais les vachines, oui. (Il croisa son regard.) Mais j'ai aussi traqué tes semblables. Avec Ilanna. Ne t'imagine pas que je n'ai jamais tué de véritables vampires. Ça fait longtemps, mais je me rappelle comme si c'était hier.

— Impossible ! Avant le retour des Seigneurs de Guerre, il n'existait plus aucun vampire !

Kell secoua la tête.

— Oh que si ! réfuta-t-il, l'œil luisant. Ta cervelle de petite Falanorienne te trompe, et tu ne sais pas à quel point. Tu n'as jamais voyagé, pas vrai, Sara ? Tu n'as rien vu du monde et de ses mystères. Eh bien, moi si. J'en ai vu assez pour rendre n'importe qui cinglé. Et c'est pour ça que je connais… que je connais ton maître. Kuradek. Kuradek, l'Impie. Si je le tue, que je lui tranche la tête, je pourrai alors peut-être sauver tous ceux qu'il a souillés de sa malveillance.

Sara garda le silence et le regarda fixement.

— Comment as-tu appris ça ? finit-elle par demander.

— Je le sais, c'est tout, grogna-t-il. Parce que j'ai vu des choses que vous autres ne pourrez jamais comprendre. J'ai arpenté les chemins de magie noire qui menaient aux Temples du Chaos. Crois-tu que les Seigneurs de Guerre Vampires soient les seules créatures salies par le mal ? Sara. J'ai fait… de nombreuses choses qui m'ont remis les pieds sur terre. Je pense qu'il y a une part de ténèbres, en moi. Mais j'essaie d'être bon. J'y mets toutes mes forces.

— Cesse, alors ! Ne combats pas cette part de ténèbres ! Viens avec moi, viens aux côtés de Kuradek ! Il ne veut pas ta mort, Kell, il veut que tu sois son général ! Il est conscient de ta puissance, il sait ce que vous pourriez accomplir ensemble ! Vous pourriez renverser les autres Seigneurs de Guerre ! Vous pourriez régner sur le monde ! Nous pourrions nous retrouver… Papa. Nous pourrions de nouveau marcher main dans la main.

Kell avait baissé la tête mais il releva les yeux, des larmes mouillant sa barbe.

— Tu voudrais bien de moi ? demanda-t-il, la voix rauque. Après tout ce que j'ai fait ? À toi et à ta mère ?

— Oui ! Nous pourrions former une famille à nouveau.

Kell se leva et lui tourna le dos. Elle se leva elle aussi, dans sa cage de roche et de fer, s'avança et empoigna les barreaux.

— Viens avec moi, Kell. Viens rejoindre Kuradek. Il t'attend !

Kell se retourna, phalanges exsangues enserrées sur le manche d'Ilanna.

— Je vais aller le voir, oui. Et je vais lui trancher sa sale gueule !

— Non, Kell, non ! Attends !

Mais Kell s'éloignait déjà à grands pas. Il franchit les rochers et gagna la cellule de Jagor le Fou.

Derrière lui, dans sa geôle, Sara s'assit en tailleur sur le sol. Elle ferma les yeux, inspira profondément, et elle *sentit* Kuradek s'insinuer en elle, envahir chacun de ses muscles, chacun de ses atomes. Elle eut l'impression de flotter, reprit une grande inspiration, et le monde recouvra une consistance irréelle et confuse, baigné d'une lueur envoûtante. Des nuages couraient dans les cieux et de sombres spectres habitaient les rochers devant sa cellule, déchiquetés comme au cœur des Temples du Chaos.

— Tu as bien travaillé, chuinta Kuradek.

— Je vous ai fait défaut.

— Non. Tu lui as donné à réfléchir.

— Il va venir vous débusquer.

— Oui. Et je l'attendrai.

— Il va tenter de vous tuer.

— Oui. Mais je suis tout-puissant. Il croulera en poussière entre mes griffes.

— En êtes-vous sûr ?

À des centaines de kilomètres de là, sur son trône du Palais Bleu de Jalder, Kuradek ouvrit ses yeux cramoisis et sourit.

— Oui, ma douce, répondit-il, de la fumée suintant de sa gueule, l'épiderme grouillant de symboles religieux impies sans cesse en mouvement. Ils finissent tous comme ça.

***

FOU DE RAGE, Kell approcha la cellule de Jagor le Fou. Les trois hommes qui s'étaient attribué le titre de nouveaux gouverneurs des Mines des Aiguilles Noires étaient assis ensemble, le regard maussade, les traits empreints de désespoir. Ils attendaient leur exécution. L'atmosphère était sinistre.

Kell s'arrêta devant les barreaux, et fit un signe aux deux gardes en kilts de mailles, armés de lances et de petites épées d'estoc.

— Ouvrez.

— Mais… Le gouverneur Myrtax a dit…

— Le gouverneur Myrtax fait *ce que je lui ordonne de faire, mon p'tit bonhomme* ! aboya Kell, usant du ton qui avait fait pisser plus d'un sergent-chef dans son froc sur les terrains de manœuvre.

— Oui, à vos ordres, bredouilla l'un des deux gardes.

Il s'empara des clés et déverrouilla la grille en tremblant, avant de l'ouvrir en grand.

— Jagor le Fou. Tu es libre.

— Qu'est-ce que tu me veux ? demanda le colosse, la voix rauque et basse, le visage encore cabossé et meurtri du combat qui les avait opposés.

Jagor sortit de sa geôle, et la vive lumière du jour lui fit plisser les yeux. Puis, il étira sa formidable carcasse. La corde lui avait laissé de sévères brûlures sur le cou.

— Je veux que tu m'aides, déclara Kell en croisant les bras.

— Et pourquoi je ferais ça ?

Kell tira Ilanna, jeta un œil à ses lames noires et la colla contre sa poitrine.

— Tu m'aides, ou je te bute sur-le-champ. Là, maintenant.

Jagor le Fou réfléchit à cette proposition, leva un doigt et le porta à sa gorge.

— Ça m'a l'air honnête. Je veux bien t'aider. Mais je ne danserai jamais au son de ta flûte.

Kell sourit.

— Mais non. J'ai en tête quelque chose de bien plus rigolo. (Il se tourna vers le garde.) Donne ton épée à Jagor.

— Quoi ?

— T'es sourd, mon garçon, ou bien faut que je te débouche les esgourdes à coups de hache ?

— Pas la peine d'être grossier, grommela le garde en tendant son arme à Jagor.

Jagor s'en empara et, sur son visage, la confusion le disputa à la suspicion.

— Il se passe quoi, ici, Kell ? murmura-t-il.

— Suis-moi.

— Tu veux qu'on se batte ?

— Non, Jagor, pauvre imbécile ! Ces ordures de vampires menacent tout le Falanor ! Je te veux vivant, parce que t'es une brute et un fumier. Et je vais pas me séparer d'un homme comme toi juste parce que tu te battais pour ta liberté ! Je respecte ça. Je respecte ta colère, le feu qui t'habite et ta putain de brutalité ! Tu es né pour lutter, Jagor, pas pour rester enfermé dans une cage, pas pour finir pendu au gibet. Alors, je te donne une chance de te racheter.

— Que veux-tu que je fasse ?

— Je vais te parler d'un endroit. Un lieu secret. Là où les derniers rois lippes-noires résident depuis que le vachine connu sous le nom de Vashell a abattu leur frère. Tu vois de quoi je parle ?

— Oui.

— Tu pourrais m'y emmener ?

— Chez les Lippes-Noires, c'est un secret bien gardé, avança prudemment Jagor.

— Nous sommes tous menacés, ici, dit Kell, le regard brillant. J'ai besoin de l'assistance des Lippes-Noires. Je les ai pourchassés des décennies durant, ouais, et je suis leur ennemi juré. Mais aujourd'hui, je suis comme un frère, comparé aux cauchemars qui rôdent dans les ténèbres.

Jagor le fusilla du regard et baissa son épée.

— Je vais t'y emmener. Mais ils vont te tuer, vieillard. Sans aucun remords.

— On ne me tue pas facilement, sourit la Légende.

Kell rejoignit Saark à grandes enjambées. Le dandy était installé sur un tabouret et dévorait une assiette de saucisses posée sur ses genoux. Il leva les yeux et, à la vue de Jagor le Fou dressé derrière Kell, sursauta, renversant l'assiette et sa chope de bière. Il s'empara de sa rapière et hurla :

— Attention, Kell, il est derrière toi !

Kell lui tapota le bras.

— Je sais, mon garçon. Je sais. C'est moi qui l'ai amené ici.

— Quoi ? *Quoi ?* s'insurgea Saark en crachant des bouts de saucisse.

— Il m'accompagne. Pour m'aider.

— Mais ça devient quoi, cette histoire, tout d'un coup ? (Il se leva et ramassa les bouts de saucisse tombés dans la neige, jurant, l'œil noir.) Je croyais que tu avais dit qu'on avait une armée à rassembler… ?

— Oui. *Tu* as une armée à rassembler. *Moi*, j'ai un problème à résoudre.

— Quel problème ? De quoi tu parles, merde ? Une armée ? Que je forme une armée ? T'es complètement à la masse, mon pote, si tu me crois capable d'entraîner une putain d'armée !

— Tu étais soldat, pas vrai ?

Kell adressa un coup de menton à Grak qui venait d'arriver, un collier en acier tout neuf dans ses puissants battoirs. Il fit halte et posa les mains sur ses hanches, un grand sourire aux lèvres.

— J'étais le Champion du roi Léanoric, dit Saark, l'air insulté. C'est ça que tu voulais dire ?

— Voilà. Tu étais dans l'armée. Ça me suffit amplement. C'est réglé.

— Attends un instant, plaida Saark. J'étais officier des équipages, j'ai pas fait le guignol avec la racaille des casernes. (Il jeta un œil à Grak et Jagor, et déglutit.) Sauf votre respect. Ma place était dans la Haute Cour, je surveillais les pitres, je mangeais de bonnes choses et des homards servis sur des plateaux d'argent ! Je m'occupais des bonasses et j'offrais de superbes bijoux d'argent aux nobles ! Je bouffais pas le rata et jamais j'ai ciré une seule botte ! J'avais des serviteurs, pour ça ! Les paysans ! Ben… ben comme vous…

Il se tut.

Grak toussa et donna une grande tape dans le dos de Saark, si fort qu'il manqua de le faire tomber.

— Ne t'inquiète pas, p'tit bonhomme. Je vais t'aider ! Moi, c'est Grak le Fumier. Ce n'est pas qu'un nom, c'est aussi ce que je suis. Je vais pas laisser des dindes embagousées se mettre en travers de l'entraînement. Pas vrai ?

— Euh… ouais, capitula faiblement Saark, effondré.

— Ouais.

— Je veux dire, si on doit aller affronter un terrible adversaire, un ennemi aussi sauvage et brutal, qui ne connaît pas le remords, plus fort que nous, plus féroce qu'on ne pourrait l'imaginer… On serait bien idiots de laisser faire un crétin parfumé comme toi, sans compétences ni expérience, n'est-ce pas ?

— Euh. Oui.

Ils se dévisagèrent.

— Je dis pas que tu es un crétin, expliqua aimablement Grak, avant d'exploser de rire.

Saark fixa les rondelles de carottes emprisonnées dans la barbe de Grak et secoua la tête. Puis, il regarda Kell de travers.

— Alors, la *Légende*, tu vas te balader où, pendant que je reste coincé ici avec trois mille *condamnés*, sans belle femme aux alentours, et des repas que même Mary refuserait d'approcher en plissant le museau ?

— Je vais me rendre dans les vallées de la Lune, répondit Kell, souriant et hochant la tête.

— Quoi ? fit Saark en posant une main sur sa hanche, ce qui le fit paraître quelque peu efféminé. Les vallées de la Lune n'existent pas ! Léanoric les a cherchées pendant trente ans, et son père lui-même a lâché l'affaire avant lui !

— On raconte qu'il faut être un mystique pour y pénétrer, enchaîna Kell de façon énigmatique.

— Et j'imagine que c'est tout toi, ça, non ?

Kell haussa les épaules.

— Je dispose de trois mille soldats, ici. Du moins, je les aurai quand tu auras fini de les former. Il m'en faut plus. Prendre Jalder ne suffit pas. D'ailleurs, ne prendre qu'une seule ville ne suffit pas. Les vampires sont hargneux. Et l'Armée de Fer a pour elle la discipline, ça c'est sûr. Ils ont également la magie de leur côté. Nous avons besoin des enchantements des Lippes-Noires.

— Peuh ! mais de quoi tu parles ? T'as encore forcé sur le whisky, ou quoi ?

— C'est la vérité, gronda Jagor en s'avançant.

Saark posa à nouveau les yeux sur l'épée qu'il tenait dans ses battoirs. On aurait dit un jouet. Saark déglutit, car il était à sa portée, et Kell paraissait extrêmement décontracté. Comme s'il n'avait aucun souci au monde.

— Et y a quoi de vrai, là-dedans ? Le fait que les vallées de la Lune n'existent pas, ou bien qu'il faudrait être un idiot du village certifié péquenot avec de la marmelade dans le crâne pour, ne serait-ce que *vouloir*, se mettre à la recherche d'un truc pareil ?

— Non. Elles existent, expliqua Jagor. J'y suis allé.

— Et t'es un mystique toi aussi, alors ? railla Saark en examinant les froufrous de dentelle qui ornaient sa manche.

— Parfaitement, répondit Jagor d'une voix de basse. Regarde : mystiquement, je peux te fendre le crâne en deux avec cette épée courte.

— Je vois, frissonna Saark en reportant son attention sur Kell. Plus sérieusement, Kell, réfléchis bien. Tu sais que j'aime bien les jeux d'argent, les vins les plus fins, savourer les mets les plus succulents, me trémousser comme un paon et baiser comme un lapin. Tout ça, c'est ce qui donne un sens à ma vie, mon pote. Je n'ai jamais entraîné d'armée de ma vie ! T'es *cinglé* de me confier une tâche aussi importante !

Kell desserra sa hache et, brusquement, en abattit les lames vers la tête de Saark. Saark les esquiva prestement d'une roulade, plus rapide qu'un humain ne saurait jamais y parvenir. Il avait tiré sa rapière, s'emparant du tabouret qu'il avait occupé pour s'en faire un bouclier improvisé. Imperceptiblement, il se plaça le dos contre la muraille.

Kell sourit.

— Tu vois ? Défense, en position, le dos contre le mur, et tu t'es placé de façon à pouvoir frapper n'importe lequel de nous trois, sans savoir d'où viendrait la prochaine attaque. (Kell rengaina Ilanna. Saark se renfrogna.) C'est intuitif, tout ça. Tu vas faire du bon boulot, mon garçon. Contente-toi de leur détailler la résistance des murailles, les avantages tactiques d'une solide formation en carré, ainsi que la façon de réagir aux ordres qu'on leur donne. Fais-les s'entraîner. C'est de ça que j'ai besoin. Et c'est ça que tu dois faire. Nos vies en dépendent, Saark. Nos vies à tous.

— Trop génial, grommela le dandy.

— Comme je te le dis, ton fumier de serviteur va t'aider, rugit Grak. J'ai déjà formé des soldats. Considère-toi comme l'officier des équipages, et moi je te servirai d'outil bien affûté.

— Des outils bien affûtés, y'en a qu'un seul, dans le coin, marmonna Saark tout en forçant un sourire. Très bien. Si je dois former des hommes, alors je le ferai ! On va repousser ces vampires maléfiques ! La classe !

Il battit l'air de sa rapière, et tout le monde le regarda fixement.

— D'accord, mais ne va pas croire que tu vas pouvoir rester planté sur ton cul sans rien faire, prévint aimablement Grak.

— Euh. C'est un truc comme ça que j'avais en tête, à vrai dire. Tu as dit toi-même que tu avais déjà formé des hommes.

— Ouaip, mais les feignasses, j'ai du mal à tolérer. Je mets le holà tout de suite, avec eux.

— À entendre ton histoire et à en juger par ton comportement, mon petit Grak, paraîtrait qu'il est arrivé quelque chose de fâcheux à ton dernier commandant…

— Ouaip. Je lui ai coupé une main.

— Par accident ?

— À vrai dire, l'accident, c'était quand il a commencé à manquer de respect aux hommes pendant que je coupais du bois.

— Je croyais t'avoir entendu dire que tu avais abattu ton dernier général ? lança Kell.

— Ouaip. Lui aussi. Pourquoi tu crois que je croupis ici ?

Saark regarda fixement Kell.

— Au secours, articula-t-il silencieusement.

Kell tourna le dos au dandy et, dressé sur la pointe des pieds, donna une grande tape sur l'épaule de Jagor le Fou.

— Viens, mon garçon. Nos chevaux attendent.

— Vous en avez pour combien de temps ? demanda Saark d'une voix qui confinait au jappement d'un petit chiot.

— Une semaine, je pense, répondit Kell, avant de regarder derrière lui. Tu me laisses pas tomber, sur ce coup-là, Saark. Tu comprends bien ?

— Oui, Kell.

— Saark ?

— Ouais ?

— Tu fais gaffe à Sara. C'est une vraie salope. Je crois qu'elle communie avec Kuradek. Alors, si j'étais toi, je surveillerais les choses qu'elle est autorisée à voir, entendre et faire. De la cellule dans laquelle tu l'as jetée, elle peut tout espionner, cette morue.

— Tu voudrais peut-être que je lui mette un sac sur la tête ?

— Tu es un génie, Saark ! T'approche pas trop de ses griffes, quand même.

— D'accord, capitula Saark.

— Saark ?

— Vas-y, cause, soupira-t-il. Y a quoi, encore ?

— Tu touches pas à Nienna.

— Même pas en rêve !

— Tes rêves, je les connais un peu trop, enfoiré. Si tu recommences, mon garçon, la prochaine fois qu'on se bat, invasion vampire ou pas, je t'accroche les pieds en souvenir autour de ta jolie gorge tranchée.

— D'autres conseils ?

— Tu nourris bien les hommes, mais tu les fais bosser dur.

Saark mit les mains sur ses hanches.

— T'en as d'autres, des conseils *pourris* comme celui-là ? Pourquoi tu te *barres* ? Avant de partir, tu devrais me laisser un, tu sais, un petit exposé écrit sur l'art de diriger une caserne à la con remplie de fumiers… sauf ton respect…

— C'est pas grave, fit Grak en lui adressant un rictus menaçant.

— Tu crois pas que tu *devrais t'en occuper toi-même* ?

— Allez, à la semaine prochaine.

Saark fit la moue tandis que Kell et Jagor rejoignaient les chevaux, les meilleurs destriers des étables du gouverneur Myrtax. C'étaient d'énormes hongres de dix-neuf paumes : un isabelle et un autre à la robe suie. Kell enfourcha ce dernier, qui rua brièvement. Une fois sa monture domptée, la silhouette de Kell se découpa dans la lumière faiblarde du soleil hivernal.

Saark était effaré.

Kell calma le hongre, lui donna une tape sur le cou, murmura à son oreille et, couché sur son encolure, passa au galop les portes des Mines des Aiguilles Noires et partit à travers les étendues recouvertes de neige, suivi de près par l'imposante silhouette de Jagor. Le Fou, vêtu d'encombrantes fourrures, debout sur les étriers, jeta un œil menaçant derrière lui.

— J'espère qu'il sait ce qu'il fait, dit Saark.

— J'espère que toi aussi, fit Grak en le regardant droit dans les yeux.

Les portes se refermèrent sans un bruit, et Saark fusilla Grak du regard.

— Je vais prendre un bain, annonça-t-il.

Grak acquiesça et regarda le frimeur se pavaner, une main sur son fourreau, une saucisse égarée coincée dans le revers de ses froufrous. Puis, il poussa un soupir et contempla le ciel.

— Les dieux aiment bien les défis, dit-il, tout en prenant la direction de la caserne.

Kell et Jagor chevauchèrent longtemps en silence. Ils se dirigèrent vers l'ouest, le long des petites collines amassées aux pieds des sinistres Aiguilles Noires. Les deux chevaux transportaient de généreuses provisions et Kell, lugubre, repensa à sa dernière conversation avec Nienna.

— Tu vas me manquer, grand-père.

— Toi aussi, ma petite Nienna.

— *Ma petite Nienna*, c'est dépassé, maintenant, s'esclaffa-t-elle.

— Tu seras toujours ma petite Nienna.

Il la sentit, plus que ne la vit, changer d'humeur.

— C'est ça le problème, pas vrai ? Tu contrôles tout. J'ai entendu ce que maman a dit, j'ai entendu les accusations qu'elle a portées sur toi. Et je t'ai vu lever la main sur moi à plusieurs occasions ! Il faut que tu apprennes, grand-père, il faut que tu te mettes en phase avec les idées de notre temps ! Je ne suis plus une petite fille ! Tu comprends ?

— Quand j'étais minot, dit Kell, une femme ne pouvait pas… *rencontrer* d'homme avant ses vingt-cinq printemps ! Tu m'entends bien ? Vingt-cinq ans ! Et toi, tu en as dix-sept, du lait te coule encore du nez, et les mamelles de ta mère te manquent toujours.

— Comment oses-tu ! Je suis en âge d'avoir des enfants ! Je suis en âge de boire du whisky ! Je suis une femme, et les hommes me trouvent attirante. Merde alors ! Qui es-tu, *toi*, pour me faire la leçon ? J'ai réglé cette histoire, Kell. Je ne suis pas idiote. Tu avais *vingt* ans quand tu as mis ma mère enceinte, et elle en avait dix-huit. À peine plus âgée que moi ! Et je me doute bien que c'était pas la première fois que vous vous amusiez, tous les deux…

Kell la fusilla du regard et brandit Ilanna de façon menaçante.

— Il faut que tu apprennes à tenir ta langue.

— Sinon quoi ? Tu me la coupes ?

Kell fronça alors les sourcils, comme une bise glacée habitée de neige soufflait des montagnes et le frappait avec plus de férocité que dans son souvenir. Peut-être avait-il été plus résistant, dans sa jeunesse ? Au fil des ans, ses forces avaient-elles pu s'amenuiser ? Avait-il pris goût au confort ?

S'était-il plus appuyé sur sa *réputation* que sur ses véritables talents au combat ?

Kell était inquiet au sujet de Nienna, mais il était conscient que les événements menaçaient de bientôt le dépasser. Il savait que Saark allait saboter tous ses efforts en vue de former son armée. Franchement... Une armée de taulards ? Il aurait pu rire à en vomir, s'il en avait eu la force.

Et, juste pour lui pourrir davantage la vie, sa vie d'épreuves, sa vie de douleur, le poison que lui avait injecté *Myriam* commençait à refaire parler de lui. Ses os le picotaient. Surtout les articulations : chevilles, genoux, coudes et poignets.

— Saloperie de vachine, grommela-t-il.

— Ça va, vieillard ? On dirait que tu vas te casser la gueule !

Jagor souriait, mais il n'exprimait nulle menace, rien qu'un soupçon de haine.

— Je t'enterrerai, grogna Kell en le regardant de travers. Et te fais pas d'idées, mon pote. Je suis pas aussi faible ou malade à crever que tu le crois.

Jagor leva les deux mains, comme sa monture trouvait son chemin à travers les touffes d'herbes recouvertes de neige.

— Hé ! je me plains pas, Kell. Le truc, c'est que je voulais tellement te voir mort... vraiment. Tellement que j'en brûlais intérieurement. C'était comme de l'acide dans ma bouche. Mais, quand j'avais la corde au cou, tout ce que je voyais, c'étaient d'intenses lumières, et j'entendais ma petite fille chanter dans la prairie. Je savais que j'allais mourir. Je savais que je ne la reverrai jamais. Et ça m'a fait mal, Kell. Ça m'a fait plus mal que cette putain de corde. Et après, tu m'as détaché et tu m'as sauvé. Même si la rage brûlait toujours en moi, ce n'était plus pareil, je devais admettre que tu m'avais épargné. Tu m'as laissé la vie. Un jour, si on ne se fait pas massacrer dans les vallées de la Lune, je pourrais peut-être revoir cette petite fille.

— Je ne savais pas que tu avais une enfant.

— Pourquoi tu l'aurais su ?

— Je me disais qu'on aurait dû en entendre parler, pendant le procès.

Jagor le Fou éclata de rire.

— Je leur ai *rien* dit, à ces salauds, tu m'entends ? *Rien.* S'ils l'avaient su, ils auraient arrêté Eilsha, et seuls les Temples du Chaos savent où ma petite aurait fini. Je lui aurai au moins épargné les souffrances de la captivité.

Kell réfléchit et tourna la tête sur la gauche alors que la neige s'abattait toujours sur lui, le cinglant et faisant naître des larmes au coin de ses yeux.

— Y a des trucs que je comprends pas, Jagor. Tu faisais partie d'un gang qui enlevait des enfants et les vendait comme esclaves, c'est bien ça ? Comment pouvais-tu faire ça, alors que tu avais toi-même un enfant ?

Les traits de Jagor se durcirent.

— Fallait bien manger, répondit-il, renfrogné.

— Ça t'aurait plu, toi, si un marchand d'esclaves avait emporté ta fille ?

— C'est pas pareil. Je lui aurais arraché le foie.

— Et donc maintenant, t'as une conscience et tout ?

— Je n'ai pas dit que ce que j'ai fait était bien, Kell. Et crois-moi bien, toutes ces nuits passées en cellule, toutes ces semaines, des années durant, je t'ai maudit pour m'avoir épinglé, d'accord, mais je me maudissais aussi pour toutes les sales décisions que j'avais prises dans ma vie. Je pense que je n'avais aucune morale, avant. Que j'étais au-dessus de toutes ces émotions de chochottes. J'ai changé, à présent. Un peu, en tout cas.

Un sourire sinistre se peignit sur son visage.

— Je ne pense pas qu'un homme peut changer, déclara Kell, amer.

— Tu serais donc le même que pendant les Jours Sanglants ? (Kell releva brusquement la tête, le regard embrasé.) Eh oui, Kell, j'ai entendu parler de tes massacres. Chez les Lippes-Noires aussi, tu es une légende… pour tout un tas de mauvaises raisons.

Kell soupira, sa colère aussitôt dissipée.

— Tu as raison. Et, selon ma logique, je suis encore un barbare assoiffé de sang. Peut-être bien. Je sais pas. Tu pourras en juger par toi-même quand nous serons sur le champ de bataille. Parce que, crois-moi, on a beaucoup de combats devant nous.

La nuit approchait. Ils établirent un petit camp de fortune au pied des Aiguilles Noires, à l'abri d'un gigantesque amas de rochers. Kell tendit une bâche en guise de toit, et la chute de neige qui s'ensuivit pendant la nuit prouva qu'il avait eu raison.

La Légende était allongé dans le noir et écoutait Jagor ronfler. La douleur l'étreignait et le sommeil ne le gagna qu'au bout de ce qui lui parut une éternité. Il fixa les étoiles, brasillantes, incroyablement neutres et distantes, et passa en revue ses rêves et ses aspirations. Puis, il sourit amèrement. En quoi les rêves des hommes pouvaient-ils bien intéresser les étoiles ?

Il se réveilla, gourd et transi, et huma l'odeur du café. Il frissonna. Jagor était accroupi à côté d'un petit feu sur lequel bouillait une casserole d'eau. Le Fou le regardait fixement. Kell serra les dents. Il s'était laissé sombrer dans un profond sommeil. Ce n'était pas la situation idéale quand on voyageait avec un assassin patenté.

— Café ? proposa Jagor en haussant les sourcils.

— Oui. Avec plein de sucre, répondit Kell.

Il se releva et s'étira. Il était enveloppé d'une couverture, entièrement vêtu, et ses bottes étaient posées à côté de lui. Ilanna pendait à sa hanche. Elle n'était jamais bien loin.

— Tu ronfles comme un porc, fit Jagor en servant le café.

Kell plissa les yeux.

— Je t'ai pas demandé en mariage, si je me rappelle bien.

Jagor rit, et la tension diminua.

— J'aime bien quand tu ronfles, vieillard. Ça m'aide à me dire que tu es humain.

— Comment ça ? Tu pensais quoi, de moi, *avant* ?

— Je te prenais pour un Chien de l'Enfer, répondit Jagor, l'air grave, en lui tendant sa tasse. Quand tu m'as suivi jusque dans les tunnels de la Vieille Gilrak, eh bien… J'ai su alors que j'étais maudit, j'ai compris que j'étais la proie d'un être surhumain. De t'entendre péter dans ton sommeil, je vais te dire, vieillard, ça, ça m'aide à guérir.

— C'est la bouffe que fait Saark, voilà tout. Quelle tafiole, celui-là.

Kell sirota son café. Il était trop sucré, mais il ne s'en plaignit pas. Mieux valait ça que trop amer. Comme la vie.

— C'est vrai qu'il est bizarre, ce Saark. Pourquoi il met de la soie rose, exactement ? Et des pantalons verts ? Pourquoi il empeste la bourgeoise ? Tu peux me dire ?

— À mon avis, il se prend pour un noble.

— Et il l'est ?

— J'en sais foutre rien, répondit Kell en acceptant la galette d'avoine que le Fou lui tendait.

— Je peux te poser une question ?

Kell engouffra la galette et reprit du café. Après une nuit glaciale passée sous la bâche, il revenait à la vie. Il devenait plus humain.

— Vas-y.

— Pourquoi tu te promènes avec lui ? Vous êtes si… différents, tous les deux.

— Te fais pas de bile, grogna Kell. Je mange pas de ce pain-là.

— C'est pas ça que je voulais dire, gronda Jagor, un peu gêné. Je veux dire, regarde-le, avec ses longues boucles et sa petite rapière, et compare-le à toi qui ronfles à côté de ta grosse hache. J'aurais jamais cru que tu pourrais supporter ce genre de mec.

Kell réfléchit tout en finissant son café.

— Tu as raison, quelque part, dit-il. Avant, j'aurais pas pu encaisser ses parfums, sa façon de causer ou de cavaler après les femmes, sans parler de ses fringues de tapette. Mais on en a vu des dures, lui et moi. J'ai cru le voir mort à la Vieille Skulkra, et j'ai failli l'abandonner là-bas. Mais il m'a prouvé qu'il en avait, qu'il était résistant et têtu comme une mule, malgré les apparences. Je sais pas. Je l'aime bien. Peut-être que je me fais vieux. Peut-être que j'ai tué trop de types, et que je préfère parler et écouter, pour changer, plutôt que de foncer dans le tas avec ma hache. Bref. Saark est un ami, malgré ses drôles d'habitudes. Des amis, j'en ai pas beaucoup. Et je tuerais pour lui. Je mourrais pour lui.

Jagor finit lui aussi son café.

— Je pense qu'il faudrait qu'on y aille.

— Ouaip. On a du chemin, et j'ai déjà l'impression d'avoir le cul en étoile.

— Ça a jamais été ton truc, l'équitation, pas vrai ?

Kell sourit.

— À mon avis, le seul truc qu'on devrait faire avec les chevaux, c'est les boulotter.

KELL ET JAGOR le Fou chevauchèrent trois jours durant, dans un silence plus ou moins amical. Jagor ne fit aucune allusion à sa capture, toutes ces années auparavant, ni de l'incident avec la corde. Kell, lui, ne parla pas du carreau qui lui avait transpercé l'épaule ni des récentes menaces de mort. Quand ils prenaient la parole, ils évoquaient les vieilles batailles et les villes du Falanor, la *Légende* de Kell, la fameuse saga, et la haine que les affabulations dont elle était truffée lui inspiraient. Il n'avait jamais été un *héros*, putain. Il le savait bien.

Enfin, comme ils progressaient par les plis rocailleux des collines, dépassant d'énormes rochers et une population éparse de pins et d'épicéas, Jagor fit halte et regarda sur la droite, là où les Aiguilles Noires se dressaient de toute leur hauteur. Son cheval piétina la neige et celui de Kell s'ébroua à plusieurs reprises. Un silence surnaturel paraissait s'être abattu sur le monde. Inquiétant et peuplé de spectres.

— Calme-toi, mon garçon, fit Kell en donnant une tape sur l'encolure de son hongre. (Il se retourna alors vers Jagor.) Qu'est-ce qui se passe ?

— On approche.

— De quoi ? Des vallées de la Lune ?

— Ouaip.

Kell embrassa du regard les parois menaçantes de roche brute.

— Moi, je vois rien.

— Il faut savoir où chercher. Suis-moi.

Ils chevauchèrent davantage. Jagor tira une fois de plus sur les rênes. Il paraissait tenir quelque compte. Enfin, il pointa le doigt.

— Là.

Kell plissa les yeux. La neige tombait et brouillait la vue, mais il parvint à distinguer une langue de granit poli, pas plus grande qu'un homme.

— C'est quoi ?

— Un repère. Amène-toi.

Jagor ouvrit la marche. Kell le suivit et libéra Ilanna du fourreau rivé à la selle. Puis, son compagnon observa une pause, et il vit un autre repère. Ils prirent sur la droite, un chemin rude creusé entre deux énormes rochers. Normalement, Kell aurait évité d'emprunter ce creux – réaction instinctive que l'on soit à pied ou à cheval : l'endroit était par trop propice à une embuscade.

Jagor s'avança entre les rochers puis gravit le chemin lisse qui donnait hors de la cuvette.

— Et maintenant, regarde, dit-il.

Kell jeta un œil autour de lui, Ilanna fermement empoignée. Puis, il fusilla Jagor du regard.

— Personnellement, je vois que dalle. Tu me prends pour un imbécile ?

— Pas du tout, Kell. C'est là, sous tes yeux.

Jagor pointa la paroi de granit déchiquetée du doigt.

— T'es vraiment un con ! C'est infranchissable.

Jagor secoua la tête.

— Oblique sur la gauche. D'un pas.

Kell fit pivoter sa monture, et le passage apparut clairement devant lui. La paroi rocheuse en dissimulait naturellement l'entrée. Kell écarquilla les yeux.

— Par les Temples du Chaos, c'est quand même trompeur, comme affaire.

— Il faut savoir que c'est là. Un pas de trop à droite ou à gauche, et le passage disparaît ! Comme par magie !

— Passe devant.

— Tu ne me fais toujours pas confiance ? rigola Jagor le Fou, dont les traits brutaux ne savaient pas exprimer la moindre forme d'humour.

— Je ne fais confiance à personne, rétorqua sèchement Kell. Fais-moi voir les Lippes-Noires. Fais-moi découvrir les vallées de la Lune.

Saark avait les pieds dans la neige et la gadoue. Il grelottait et n'était pas d'humeur joyeuse. Il avait formé des pelotons de vingt hommes, comme il avait vu le roi Léanoric le faire à de si nombreuses occasions. Chaque peloton avait un lieutenant à sa tête, et cinq pelotons formaient une compagnie, elle-même conduite par un capitaine.

Le deuxième jour, ils avaient organisé un tournoi au cours duquel ils avaient réuni des caisses, des tonneaux et des planches de bois, près de ce qu'ils avaient convenu être un cours d'eau. En face, derrière des chariots renversés, des archers faisaient office d'ennemis, équipés d'arcs au rabais et de flèches émoussées. Chaque peloton devait œuvrer de concert, traverser le « fleuve » et s'emparer du chariot, avec pour récompense, or et vin.

Tout d'abord consternés, Saark et Grak observèrent les hommes chahuter n'importe comment sur les planches et les caisses. Mais Vilias, un jeune et beau jeune homme que sa spectaculaire carrière de voleur avait conduit en prison, réunit plusieurs caisses et ordonna à trois pelotons de se ranger derrière, à l'abri des archers. Pendant ce temps, les autres pelotons continuaient de se disputer ou tombaient, en proie aux volées de flèches.

— Il faut qu'on travaille ensemble, dit Vilias.

— Peut-être, mais dans ce cas, la récompense se partage à soixante, pas à vingt !

— Mais on l'emportera quand même, répliqua le meneur d'hommes. Mieux vaut une bouteille de vin que rien du tout, non ?

Vilias envoya des hommes briser les caisses pour en faire de grands boucliers de fortune. Puis, protégés par cinq soldats munis de ces protections de bois, ils construisirent un pont, franchirent le fleuve et investirent le chariot, épées levées, déchirant l'atmosphère de leurs cris.

À l'issue du combat, Saark et Grak mandèrent Vilias.

— Tu as fait preuve d'un grand courage, dit Saark en lui souriant.

Vilias le salua.

— Merci, mon général. Mais ce n'était que du bon sens.

— Et tu dois à ce bon sens ta promotion, sergent-chef. Et ça veut dire aussi du rab de vin et d'oseille pour *tous* les pelotons qui sont sous tes ordres.

— Merci... Mon général !

— Tu as compris qu'une armée est efficace quand les hommes travaillent ensemble, dit Saark, un poing posé sous le menton.

Avec ses boucles noires, son regard scintillant, son charisme et la beauté qui était la sienne, il avait l'air plus impressionnant, maintenant qu'il ne se vêtait plus de chemises de soie ou de pantalons bouffants. Grak l'avait persuadé d'endosser des habits un peu plus dignes d'un général de division.

— Oui, mon général !

Vilias partit rejoindre ses hommes pour partager la bonne nouvelle, et Saark baissa les épaules. Il jeta un œil à Grak, qui lui sourit de tous ses chicots.

— Bien pensé ! tonna le Fumier. En fait, les armées ne fonctionnent, et c'est comme ça qu'elles *gagnent*, par tous les dieux, que lorsque les soldats coopèrent. Quand les soldats se couvrent mutuellement les arrières. Quand les lanciers protègent ceux qui sont en charge des boucliers, quand les archers protègent les fantassins, quand la cavalerie protège les archers.

Saark s'esclaffa.

— Ça, c'est de *toi* que je le tiens, tu me l'as dit hier après la cruche de bière.

— Bref, fit Grak. T'avais *pas l'air* de pipeauter, à ce moment-là ! Et c'est ça l'important, pas vrai, mon garçon ?

— Je suis pas taillé pour ça, dit Saark en souriant sans joie. Rien qu'hier, les forgerons sont venus me poser des questions à propos des boucliers. Putain, je sais pas comment c'est foutu, moi, un bouclier. Demande-moi de parler de jolis abricots, là d'accord. Je pourrais parler toute la journée des seins, de leurs tailles, de leurs caractères, de leurs qualités, et ce après en avoir vu un nombre incroyable de paires. Mais des boucliers ? *Des boucliers.* Quelle drôle d'idée, sérieusement !

— Quand il s'agit de ce genre de choses, tu viens me voir, dit Grak. Raconte que tu es trop pris pour t'en occuper. La dernière chose dont on a besoin (il croqua dans un bout de pain noir), c'est d'un bouclier gaulé comme une vulve.

Saark fit halte.

— Une quoi ?

— Une vulve.

— Tu parles de l'endroit moite qu'elles ont entre les jambes ?

— Commence pas à faire ton grossier avec moi, prévint sèchement Grak. Parce que ça, je le supporterai pas, tu m'entends bien ?

Saark se leva et s'étira. Puis, il sourit et toisa les hommes qui s'entraînaient avec des épées de bois, tandis que les nouveaux sergents-chefs arpentaient les lignes en hurlant encouragements et conseils. Grak avait prétendu promouvoir ceux qui avaient de l'expérience.

— Je propose qu'on aille voir le quartier-maître, dit Saark.

— Pourquoi ?

— Je propose qu'on aille chercher deux litrons et qu'on se retire dans mes quartiers. Tu pourras m'expliquer des trucs sur la guerre, sur les unités et les manœuvres sur le terrain, pendant que moi… eh bien… (Il sourit et passa une main dans ses longues boucles noires.) Pendant que moi je t'expliquerai des trucs sur les *femmes*.

Kell et Jagor chevauchèrent dans l'étroit défilé. L'endroit était tranquille, irréel, et très, très lugubre. Kell éperonna, et sa monture renâcla. Des pierres chutèrent au-dessus d'eux.

Jagor se retourna sur sa selle, et fit signe à Kell de s'arrêter.

— C'est ici, déclara-t-il doucement. Ils appellent cet endroit le Couloir de la Mort. Pour les vallées de la Lune, c'est le seul chemin. Et on ne l'emprunte *qu'en silence.*

— Pourquoi ?

Jagor releva la tête, effrayé.

— Disons que les parois et les sentes sont loin d'être stables. Une fois, j'ai vu cent hommes se faire ensevelir sous des tonnes de rochers. Il nous a fallu trois jours pour les dégager. La plupart sont morts. Ils étaient coincés et, pendant qu'on creusait, qu'on déplaçait les rochers, et que nos chevaux tiraient les gravats, on les entendait crier à l'aide. Ils hurlaient, ils suppliaient qu'on les libère, et, à la fin, ils nous ont demandé de les laisser mourir.

— Ça fait réfléchir, ton histoire. Je m'en souviendrai, dit Kell en regardant au loin.

Les parois abruptes et les pentes raides étaient boursouflées et rocailleuses, recouvertes de neige, de glace et de cette bruyère écarlate que l'on ne trouve qu'en hiver. Kell se passa la langue sur les lèvres et frissonna. Il n'avait aucune envie de se faire coincer sous un gros tas de rochers branlants.

Ils progressèrent en silence et murmurèrent des paroles apaisantes à l'oreille de leurs montures. Parfois, la piste était assez large pour laisser passer trois chevaux de front. Parfois, ils devaient mettre à pied à terre et passer devant pour se ménager un chemin par les étroites fissures dans la roche. Toutes ces péripéties ne firent rien pour rendre Kell d'humeur plus joyeuse.

Enfin, la voie s'élargit, et ils débouchèrent sur une vallée nue, sans rochers, une gigantesque étendue à perte de vue. Instinctivement, Kell leva les yeux et distingua l'entrée de petites cavernes, tout en haut sur les petites corniches.

— J'aime pas ça, fit-il.

— C'est ici que vivent les Gardiens, dit Jagor. C'est ici que nous allons être mis à l'épreuve.

— Et faut faire quoi ?

— Rien, répondit le Fou en forçant un sourire qui rendit son visage davantage incongru. Si tu dégaines, ils t'abattront. Laisse-moi leur parler. Tu es prévenu.

Ils progressèrent au petit galop, le claquement des sabots étouffés par la neige et, dans l'obscurité de la vallée, ils distinguèrent de formidables parois rocheuses. D'environ six cents mètres de haut, elles les dominaient et projetaient des ombres géantes. Kell perçut alors des mouvements...

Jagor leva une main et ils firent halte, côte à côte. De petites silhouettes cavalaient sur les corniches. Kell, surpris, vit que ce n'étaient que des enfants. Mais, quand les gosses cessèrent de courir dans tous les sens, quand ils bandèrent leurs arcs longs et qu'ils les pointèrent sur eux, la Légende comprit qu'il n'avait pas affaire à des gamins normaux. C'étaient des Lippes-Noires, comme leurs pères, ce qui signifiait qu'ils avaient bu la précieuse huile-de-sang, la drogue dont les vachines avaient besoin pour survivre, et qu'ils s'en imbibaient encore. Quand un humain usait de cette substance, ça le transportait plus *loin* que le Falanor, ça l'emmenait même plus loin que les Trois Océans.

Kell les observa prudemment et garda ses mains éloignées de ses armes, tandis que ses yeux s'habituaient à l'obscurité. Les mômes étaient une cinquantaine, et chacun portait la marque du Sang Profond. Ils avaient ingéré tant d'huile-de-sang qu'ils étaient quasiment insensibles à la virulence et aux sortilèges funestes de cette essence raffinée sans laquelle les vachines n'auraient su survivre (et qui par-là même les dénuait de toute humanité). Ils en avaient les lèvres noircies et leurs veines saillaient sur leur peau blême, telle la toile d'une araignée égarée sur une statue de marbre.

Kell comprit que ces enfants allaient bientôt mourir.

Bientôt, ils participeraient à ce que Kell connaissait sous le nom de Voyage de l'Âme. Ils rejoindraient un au-delà auquel tous les Lippes-Noires aspiraient. Un au-delà qui justifiait une vie de dépendance.

— Lâchez vos armes ! hurla une gamine qui ne devait pas avoir plus de treize ans.

Elle avait les cheveux longs et noirs, sommairement tressés. Elle était nue jusqu'à la taille, et ses veines saillaient comme les deltas que l'on contemple parfois du sommet des montagnes, quand il fait nuit. Elle était armée d'un arc long. Kell savait qu'une flèche tirée avec cet engin pouvait traverser une porte en pin d'une paume d'épaisseur. La penne lui effleurait la joue. Sa main ne tremblait pas.

Kell et Jagor obtempérèrent lentement.

— Maintenant, vous mettez pied à terre et vous me donnez vos noms. Pas de blagues, ou c'est cinquante flèches dans le buffet !

— Chouette endroit, grommela Kell.

— Attends de voir les parents.

— Quoi ? Qu'est-ce que j'entends ? hurla la fille. C'est quoi que vous dites ? Vous répondez ou je vous tue !

— Vous êtes les Gardiens, tonna Jagor. Et moi, je suis Jagor le Fou. Ton peuple me connaît bien.

— Oui, fit la môme. Bienvenue chez toi, Jagor le Fou. Tu peux ramasser ton arme. Qui est l'homme qui marche avec toi ?

— C'est Kell.

— Kell ? La Légende ? s'enquit-elle, d'un ton qu'elle maîtrisa à grand-peine.

— Oui, répondit Jagor.

Il regarda Kell d'un air si étrange que le vieux guerrier se déplaça avant même d'entendre le sifflement des flèches.

Des traits s'abattirent tout autour de lui et se fichèrent dans la neige. Le cheval fut touché et se cabra en poussant un hennissement suraigu. Kell bondit sur sa hache tandis que son hongre titubait, ses antérieurs battant l'air, criblé de flèches. La monture s'effondra dans la neige à grand fracas, et une énorme mare rouge se forma bientôt sous elle. Kell releva vivement la tête, yeux plissés et rivés sur Jagor, à mesure qu'il comprenait, *comprenait*, que ce salopard l'avait mené droit dans un piège…

— Qu'est-ce que tu as fait ? hurla Kell en se jetant sur lui, Ilanna fermement empoignée.

Jagor recula prestement et son épée fendit l'air. Ilanna s'abattit sur lui et, avec un grognement, il fit dévier le formidable coup.

— Rien, Kell ! Rien ! Je n'ai rien fait !

— Je vais te bouffer le cœur, sale fils de chienne, vociféra-t-il.

— Lâche ta hache, cria la fille.

Une flèche se planta entre ses bottes, et Kell la regarda fixement, absorbé. Quelques instants plus tôt, son imposant cheval lui faisait office de protection. Mais à présent, il était comme nu.

La Légende releva vivement la tête.

— C'est quoi qui vous empêche de me larder comme un lapin ? grogna-t-il.

— Moi, fit une voix de basse.

Un homme sortit d'une caverne dissimulée dans les ténèbres. Kell n'avait jamais vu quelqu'un d'aussi grand.

L'homme s'avança. Il dépassait Kell d'une bonne tête, et il était même plus grand que Jagor. Il avait la peau blême et cireuse, et ses veines noircies par le Sang Profond le désignaient assurément comme un consommateur assidu d'huile-de-sang. Mais il y avait plus : la drogue lui avait noirci les prunelles, les lèvres, les narines, et même ses ongles portaient les stigmates de la toxine, de sa drogue de prédilection. Il était équipé d'une formidable masse d'arme d'un noir mat, qui faisait quasiment la taille du torse de Kell. Se faire toucher par une arme pareille…

— Et t'es qui, toi ? exigea sèchement la Légende.

Il baissa lentement Ilanna tout en la gardant contre son corps. C'était une barrière entre lui et l'inconnu, qui permettrait à Kell d'encore arpenter le monde ou, au contraire, de rejoindre l'infinité des Temples du Chaos.

— Je m'appelle Dekkar. Je suis un des rois lippes-noires.

Kell baissa imperceptiblement la tête et laissa retomber Ilanna.

— J'ai connu Preyshan. Je le connaissais bien, même.

— Certes. Mais tu dois quand même lâcher ta hache et rebrousser chemin, déclara Dekkar en bombant le torse. (Ses muscles roulèrent sous sa peau comme autant de serpents à l'agonie.) Je te promets qu'aucun de mes enfants ne tuera une personne désarmée.

Kell opina du chef, et Ilanna tomba dans la neige en produisant un bruit sourd. Il recula. Sous l'œil attentif de Dekkar, Jagor le Fou s'avança, un rictus mauvais aux lèvres, et posa son épée courte, celle-là même que Kell lui avait donnée, sur sa gorge.

— Ça veut dire quoi, ça ? demanda doucement Kell.

Jagor regarda Dekkar et son sourire s'agrandit.

— Tu lui dis, ou je m'en charge ?

Dekkar s'approcha tout près de Kell et le domina de toute sa hauteur. Il brandit son énorme masse d'arme, et Kell y vit son reflet, comme une traînée indistincte sur le vernis noir.

— Jagor est mon frère, déclara Dekkar, d'un ton empreint d'ironie. Et ici, Kell, ton nom est une véritable Légende… Car tous ceux qui résident dans les vallées de la Lune savent que la Première Loi officialise ta mort !

XI
LE TEMPLE DE SANG

Le sergent-chef Wood passait une très mauvaise matinée. Il était dans le tunnel creusé dans la roche, Pettrus étendu derrière lui et inconscient. Une bise glacée apportait une odeur infecte de vieux égouts. Il regarda les deux vampires se diriger vers lui en enjambant les dépouilles démantibulées de leurs frères.

Le premier des deux était une belle jeune fille aux membres graciles, les pommettes hautes et les cheveux blonds bouclés. Mais elle plissait haineusement les yeux, bestiale, et une expression incongrue déformait son joli visage d'*enfant*. Du sang séché lui maculait les lèvres et les crocs.

— Merde, grommela Wood. Merde !

L'autre était un vieillard, difforme et courbé. Il se déplaçait bizarrement, comme si sa colonne vertébrale avait quelque chose de bancal. Sa chevelure blanche était coiffée au bol, hirsute et peu soignée. C'était peut-être l'une des pires coupes de cheveux que Wood ait jamais vue – que ce soit sur la tête d'un mortel *ou* celle d'un vampire. Puis, il le reconnut et crut prendre un coup de masse en plein crâne.

— Langforf ! s'exclama-t-il en reculant. (Il faillit en perdre son épée courte.) Langforf, c'est moi, Wood ! Tu me reconnais pas, mon pote ? On a fait cinq campagnes ensemble !

Langforf, avec sa coupe de cauchemar, grogna puis lui sauta dessus, griffes pointées sur sa gorge. Wood recula vivement, trébucha sur la carcasse inerte de Pettrus et s'affala brutalement sur le cul en poussant un râle qui aurait pu être drôle, sans la mort imminente qui le menaçait. Le vampire se rua sur lui et lui tomba dessus comme un vieil amant fou de désir. Son haleine putride l'écœura, s'insinua dans sa bouche et ses poumons, et il respira difficilement. C'était une puanteur de viande avariée, mélangée au fumet de sang séché. Wood hurla. Langforf voulut le griffer et le prit à la gorge. Ses cheveux grotesques lui chatouillèrent le front, ils luttèrent quelques instants, l'ancien crachant des glaires nauséabondes dans la gueule grande ouverte du sergent-chef.

— Débarrasse-moi de cette merde ! Débarrasse-moi de cette merde ! hurla-t-il.

Mais il n'y avait bien entendu personne pour le *débarrasser de cette merde*, et il comprit qu'il devrait se débrouiller tout seul. Il libéra une de ses mains. Les crocs de Langforf lui frôlèrent le cou, il se tortilla pour échapper à la mort. Il faiblissait et, pour un type avec un bol sur le crâne, Langforf était étonnamment costaud. Wood parvint à tirer une dague de sa ceinture et la lui enfonça brutalement entre les côtes. Aucun sang ne coula. En fait, Langforf continua de lutter avec la même énergie et la même détermination. Le sergent-chef frappa encore et encore. Les flancs de son vieil ami s'ouvrirent. Une sphère, glissante et maléfique, s'en échappa et atterrit sur ses genoux dans une mare de sécrétions gluantes, ce qui ne fit vraiment rien pour améliorer le cours de la matinée.

— Aaah ! cria-t-il en remontant sa dague vers la gorge de Langforf.

Puis, il le laissa fondre sur lui tous crocs dehors, et le vampire s'empala sur la lame et manqua de se décapiter tout seul.

Wood se dégagea d'un coup du revenant pris de convulsions et s'empara de son épée courte… au moment même où la jeune fille bondissait. Il la frappa durement et lui brisa la clavicule, avant de lui enfoncer son arme dans les poumons, où elle se logea entre deux côtes. La lame lui échappa des mains.

Il eut l'air un peu bête. La fille recula et tâta l'épée comme si elle n'avait jamais vu une telle arme de sa vie. Elle tenta de l'extraire tandis que Wood jetait des regards affolés autour de lui, à la recherche d'une lame de rechange, avant de faire un bond en arrière pour s'emparer de celle de Pettrus. Elle était trop longue et fantaisiste à son goût, mais il se jeta sur son adversaire et la lui planta dans le cou. L'impact secoua l'épine dorsale du monstre, et sa tête se détacha, pendant de façon grotesque, retenue par des bandes de peau et de tendons. Elle le fusilla de son regard écarlate, accusateur, tandis qu'elle tirait sur l'épée qui lui fouaillait les entrailles. Wood frémit et tailla encore pour finir d'arracher la tête. Une fumée noire s'échappa lentement du cou de la créature, comme libérée d'une soupape à rouages, et cette dernière s'effondra.

Du revers de la main, Wood se gratta la barbe. Puis, il rampa, tout en dégageant son épée. Enfin, il rejoignit Pettrus, qui reprenait peu à peu conscience.

— Ils ont pris l'avantage sur nous, ces salauds-là, fit-il en contemplant le carnage. Mais tu t'es bien débrouillé, mon ami. Tu t'es très bien débrouillé.

— Ça commence à me fatiguer, tout ça, dit Wood en grimaçant. Tout ce que je veux, c'est retrouver ma vie d'avant.

Pettrus le prit par les épaules et le regarda droit dans les yeux.

— Tu sais pertinemment que ça n'arrivera jamais. Pas vrai ?

— Je sais, oui. Je sais. J'aurais *bien voulu*, rien de plus. Dans un monde normal, dans un monde qui tournerait rond, les belles jeunes femmes ne nous sauteraient pas dessus pour nous ouvrir la gorge à coups de crocs. Ou du moins, pas avant quelques verres.

Pettrus s'esclaffa.

— Je suis content de voir que tu as conservé le sens de l'humour, marmonna-t-il.

— Ouais, on dirait bien. Viens. Nous ne sommes plus loin, à présent. Et il est encore moins dangereux de progresser ici, sous la roche, plutôt que sur les toits.

— Jusqu'à ce qu'on rencontre des fumiers dans les galeries.

— Jusqu'à ce qu'on rencontre des fumiers dans les galeries, convint Wood.

Ils poursuivirent leur chemin, désormais prudents, car les dernières heures avaient vu la négligence les gagner, comme en attestait le fait qu'ils étaient tombés sur le dernier groupe de vampires sans avoir dégainé leurs armes, incapables de se concentrer à cause de la fatigue, quasiment *éteints*. Le combat avait été rude et féroce, et tous deux savaient qu'ils pouvaient se considérer heureux d'être encore en vie. Ce qui les avait sauvés, c'était la chance et les instincts guerriers développés durant des décennies. À présent, ils ne voulaient pas courir le risque d'une nouvelle rencontre, pas si près des Casernes Noires.

Il leur fallut encore une heure d'exploration prudente et de lente progression dans les ténèbres. Après avoir franchi une courbe, Wood fit halte en plissant les yeux. Il distingua une silhouette, au pied des marches qui menaient aux Casernes Noires. Sur sa droite, un lourd flot d'immondice *coagulait* plus qu'il ne coulait. Pettrus loucha par-dessus les épaules de son compagnon.

— Ce n'est pas un vampire.

— Comment tu sais ça ?

— C'est Gros Bill.

— Il s'est peut-être fait mordre, Gros Bill. C'est peut-être une saloperie de vampire, maintenant, le Gros Bill.

— Nan, fit Pettrus en secouant la tête. Il a tiré son épée. Regarde. Il surveille l'escalier.

— C'est *peut-être bien* un vampire qui garde les marches pour empêcher que des mecs comme nous les empruntent.

— Je ne crois pas, insista Pettrus. Les vampires ne se servent pas d'épées.

— Bien sûr que si ! J'en ai vu des centaines !

— Il n'y a qu'une seule façon de le savoir. (Puis, d'une voix de stentor :) Hé, Gros Bill ! T'es un vampire ? Va falloir qu'on te plante une lame dans le cœur et le crâne ?

Gros Bill, qui devait peser ses trois bons sacs de farine, se retourna lourdement et scruta l'obscurité.

— Le type qui se met ce genre d'idées en tête ferait bien de se méfier, gronda-t-il en souriant. Par tous les dieux, c'est toi, Pettrus ? C'est qui, avec toi ? C'est pas ce maigrichon de Wood ? Vache, ça fait du bien de vous voir, tous les deux !

Pettrus et Wood suivirent l'allée et observèrent Gros Bill. Non seulement il était gros, mais il était grand, baraqué, et tous deux savaient qu'il cognait aussi fort qu'un percheron en furie. Ils se serrèrent la main en rigolant, puis Gros Bill monta les marches de pierre.

— Les gars vont être contents de vous voir.

— Y a qui, ici ?

Bill fit halte et se retourna. Il sourit, dévoilant des mâchoires dégarnies par une vie de rixes. Sa tignasse blanche et éparse voletait sur son crâne comme du coton.

— Tout le monde est là, Wood. Tout le monde.

Ils poursuivirent leur chemin et croisèrent d'autres gardes que Wood ne connaissait que vaguement. Puis, ils parvinrent dans une longue caserne au toit bas.

Les Casernes Noires étaient bâties à la périphérie du port de Gollothrim, dans ce qui était autrefois une vieille zone d'entreposage où l'on effectuait les chargements et les déchargements. Quand un accident avait ravagé les quais qui se trouvaient à proximité, l'endroit avait été plus ou moins laissé à l'abandon. C'était un lieu tranquille et, plus important aux yeux des vieillards qui le tenaient, un lieu *bon marché*. Tous ceux qui prétendaient qu'avec l'âge venait la générosité étaient de fieffés menteurs. Une fois par semaine, les vétérans des Casernes Noires s'y réunissaient pour boire toute la nuit et se narrer les exploits parfois fictifs de leur jeunesse, mais ils avaient vraiment des oursins au fond des poches.

Malgré leur emplacement dans le quartier le plus serein de la ville, les casernes avaient été aménagées pour pouvoir tenir un siège. Toutes les fenêtres avaient été condamnées à l'aide de planches et l'on avait renforcé les portes avec de lourdes bandes d'acier. L'on avait également mis les lanternes en veilleuse, et il ne filtra qu'un ronronnement sourd quand Wood passa la porte, bientôt couvert par les rugissements des ivrognes qui accueillirent sa venue.

— Mon Dieu, ça fait du bien de vous voir, mes vieux potes ! fit Wood en souriant.

Pour la première fois depuis que les vampires avaient investi le port de Gollothrim, il sentit son cœur se soulever de joie.

— Wood ! tonnèrent de vieux soldats, qui se levèrent en souriant pour souhaiter la bienvenue aux nouveaux arrivants. On est bien contents de voir qu'il faut plus qu'une grappe de suceurs de sang pour vous jaunir le foie !

Wood avança dans la pièce à grands pas et donna une tape dans le dos d'un convive.

— Par les dieux, regardez-moi qui voilà ! C'est Kelv les Tranchets ! J'ai jamais vu personne se débrouiller mieux que lui avec une hache de guerre, foi de sergent-chef ! Et regardez ! Bonjour à toi, Nicholas. Qui aurait cru que l'Avare serait sorti de ses coffres remplis d'or, malgré l'irruption de la peste vampire ?

— J'en ai planqué la plupart, fit Nicholas l'Avare en clignant de l'œil.

— Et y a aussi le Vieux Connie, Chien Aigri, la Brindille et Bulbo le Terne. Bonjour ! Et regardez aussi, par tous les dieux, voilà Scarabée et Pue-des-Pieds ! Je vous croyais morts, tous les deux !

— Il faut plus qu'un rocher sur le crâne pour m'abattre ! gronda Pue-des-Pieds en se relevant pesamment.

Comme toujours, il avait déchaussé ses bottes, et ses chaussettes étaient une véritable infection. Il avait près de soixante-dix ans, était borgne, et avait tant de cicatrices sur le visage qu'il lui restait peu de peau saine. L'armée s'en était débarrassée plus qu'il ne l'avait quittée.

Pettrus adressa des sourires à tout le monde, tandis que retentissaient les discussions et les disputes.

— Ils sont tous là, dit-il en croisant le regard de Wood. Combien ils sont ? Deux cents, peut-être ? *Deux cents !* Ça fait deux cents épées, Wood. Notre petite armée à nous.

— Ouais, et y en a pas un ici qui ait moins de soixante-cinq ans, je crois.

Mais il continuait pourtant de sourire. Il était bon de revoir tous ces vieux visages amicaux. À vrai dire, il était merveilleux de voir qu'il n'était ni seul, ni détesté de tous.

— Pense à leur expérience, cela dit ! s'extasia Pettrus.

— Pense à leur arthrite ! rétorqua le sergent-chef en souriant.

— S'ils t'entendent dire ça, tu vas prendre une lame dans le buffet.

— Ouais, je sais. Mais, par les Trônes de Granit, ça fait un putain de bien de les voir. (Il haussa la voix.) J'ai dit : c'est formidable de vous retrouver tous ! Ça fait du bien de voir que je ne suis plus seul !

— Tu les as combattus ? gronda Gros Bill. Les suceurs de sang, je veux dire.

— Je les ai combattus, et j'en ai aussi tué.

— Bien. Parce qu'on a un plan. (Gros Bill sourit, mais Wood se sentit tout abattu. Pour lui, le mot *plan* était synonyme d'*ennuis*, d'*erreurs* et, inévitablement, de *massacres*.) On a besoin d'hommes utiles pour le mener à bien.

— Ça n'a rien à voir avec une nouvelle tentative pour cambrioler la Banque de Gollothrim, rassure-moi ? railla Pettrus. Tu sais ce qui s'est passé, *la dernière fois*.

— Rien à voir, répondit Gros Bill. (Wood prit conscience du silence qui régnait dans les Casernes Noires. Tout le monde avait les yeux rivés sur Gros Bill, Pettrus et lui.) C'est quelque chose d'un peu plus *goûteux*.

Graal était fatigué. À bout de forces. Il ne s'était jamais senti aussi las, et il mit Cela sur le compte des blessures que lui avait infligées Bhu Vanesh. Parvenu au sommet d'une colline aride et rocailleuse, il tira sur les rênes de sa monture, un destrier noir qu'il avait dérobé dans les écuries de l'ancien maire, et se retourna sur sa selle. Skanda le suivait de près, en amazone sur une petite jument grise qui ne cessait de l'observer nerveusement en remuant la tête, battant des fers et s'ébrouant constamment.

Skanda remonta à la hauteur de Graal et sourit.

— Tu es fatigué ?

— Je n'en peux plus.

— Bhu Vanesh a fait plus que te meurtrir les chairs. Je pense qu'il t'a peut-être aussi vicié l'âme.

Graal renifla sans élégance.

— Ça fait des siècles qu'on m'a détruit l'âme.

Il embrassa le paysage du regard, terre noyée sous les ombres longues d'un soleil d'hiver sur le déclin. Une pellicule de neige recouvrait les arbres et les pierres, nappait de givre les hautes herbes jaunies, scintillant tels des diamants sur d'imposants rochers épars.

— Il fera bientôt nuit.

— On n'a pas le temps de faire un camp, dit Skanda. (Il se laissa tomber de sa selle et s'étira.) Nous avons trop de terrain à couvrir, et tic-tac, tic-tac, le temps ne nous attend pas.

— Je ne suis pas sûr d'être d'accord avec toi sur notre itinéraire.

Graal regardait toujours au loin. Ses lèvres s'étaient réduites à deux petits traits empreints d'amertume, et ses mains blafardes d'albinos étaient posées sur le pommeau de sa selle.

— Par les marais de Gantarak ? C'est en ligne droite.

— C'est une ligne droite foutrement dangereuse. J'ai entendu dire que des armées entières s'y sont fait engloutir dans la merde et la boue. En ce moment même, les insectes d'hiver nous attendent sûrement, bardés de dards et de mandibules, pressés de nous boulotter.

— Ils vont nous sucer le sang ? (Skanda éclata de rire, et ses chicots luisants et noircis reflétèrent la lumière.) Quelle délicieuse ironie ! Un suceur de sang qui vient s'abreuver d'un autre suceur de sang ! Que tu trouves ce concept révoltant me sidère. Tu ne te sens aucun point commun avec ces insectes ?

— Je méprise les insectes, gronda Graal. Leur manque d'empathie me dérange.

— Hein ? Et vous êtes mieux, vous, les *vachines* ?

— Nous, on prend soin des nôtres.

— Jusqu'à ce que tu massacres une civilisation entière pour assouvir ta cupidité sans limite.

Graal haussa les épaules.

— Je suis ce que je suis. Je crois en l'instinct de conservation et aux fondations saines de ses triomphes. Quel autre but poursuivre que la domination du monde ? Une domination universelle ? *Celui qui ne lutte pas pour atteindre le pinacle de la civilisation vachine devrait rester en compagnie des vers.*

— Comme l'a dit un prophète vachine, oui. Mais il y a une faille dans sa logique et dans la tienne. Car, en te retournant contre ta propre race, dans ta quête de pouvoir absolu, tu as prêté le flanc.

— Sacrifier les vachines du Val Silva était un mal nécessaire ! C'était une manœuvre sur l'échiquier de la vie et de la conquête, un sacrifice qui finira par mener à la victoire !

— Je suis surpris que tu sois encore de cet avis, après avoir vu Bhu Vanesh dévisser la tête de Kradek-ka !

— Il y a toujours des pertes au cours d'une guerre, gronda Graal.

— Certes. Mais normalement, on cherche à éliminer l'ennemi, pas sa propre nation.

— C'était le seul moyen. (Le général déchu haussa les épaules.) Cela étant, des tas de vachines vivent encore au nord, et ceux-là ne savent rien de ma trahison. Je pourrais toujours aller les retrouver discrètement, la queue entre les jambes.

Il sourit et aurait pu avoir l'air d'un enfant, sans les reflets maléfiques qui passèrent dans son regard.

— Il y en a d'autres ? demanda Skanda en relevant un peu trop vivement la tête.

Graal le regarda fixement.

— Des vachines ? Oui. Ça te dérange ?

Skanda se détendit et répondit d'une voix neutre.

— Bien sûr que non. Je sais que la civilisation vachine n'était pas confinée au Val Silva. Combien sont-ils ?

— Des milliers, le renseigna Graal avec un sourire. Des *centaines* de milliers. Loin au nord, au-delà de ces Aiguilles Noires qui ne sont qu'un bubon sur le cul du Monde. Au nord, là où règne la glace, là où les vachines ont bâti leur prodigieuse civilisation, Garrenathon, avec l'aide des Moissonneurs Immaculés.

— C'est noté, fit Skanda, toujours aussi froid, les yeux rivés sur lui. Pourquoi tu ne vas pas vivre là-bas, alors ? Dans cette fameuse *Garrenathon* ? On t'y recevrait sûrement comme un grand général, et tu pourrais certainement y réaliser tes rêves de richesse et de pouvoir, avec une telle position, non ?

Graal secoua la tête.

— Kradek-ka et moi, nous sommes venus ici, à Silva. Nous avons supervisé la construction. Tu comprends, maintenant ? Les vachines du Val Silva étaient nos *pantins*, ils étaient nos *jouets* depuis le départ. Nous les avons élevés, nous les avons édifiés, façonnés, et nous avons attendu que sonne l'heure où nous pourrions faire revenir les Seigneurs de Guerre Vampires à la vie. Mais nous les avons sous-estimés. Les salauds.

— Viens. Il est temps qu'on avance.

Skanda prit place sur la jument avec une agilité incroyable. Il posa très brièvement le regard sur Graal, puis se retourna et reporta son attention loin au nord. Il y imagina de vastes cités de glace, un monde de tours gigantesques, de temples majestueux et de palais grandioses, remplis de millions de vampires d'airain, de millions de *vachines*.

— On vous trouvera, un jour, murmura-t-il.

— Pardon ?

— Rien. Je passe devant, Graal. Faudrait pas que tu te perdes dans la vase.

Après les douleurs et l'inconfort de leurs deux jours passés dans les marais de Gantarak, Graal fut soulagé de retrouver la Grand-Route du Nord, enfin libéré. La neige tombait parfois légèrement, portée par le vent, et des flocons venaient recouvrir d'une fine couche glacée les pins qui bordaient la route. Ils chevauchèrent sans difficulté vers le nord quelque temps, mais Skanda s'agitait de plus en plus : cette voie était généralement empruntée par des armées et, par conséquent, il était possible d'y croiser des régiments de *vampires*. Après tout, les Seigneurs de Guerre répandaient l'ordre nouveau, la *peste* fraîche, avec sagacité. Et la Grand-Route du Nord constituait le moyen le plus facile pour acheminer des troupes le long des frontières du Falanor…

Ils prirent vers le nord-est, juste au sud de la Vieille Valantrium, et progressèrent vers l'orient en direction du lac Lune, mais ils n'avaient aucune intention d'entrer dans la ville : Graal était convaincu qu'elle était soit désertée, soit dévastée par les vampires. Les Seigneurs de Guerre Vampires ne l'avaient pas informé de tous leurs plans, mais l'infestation de toutes les villes du Falanor était certainement une de leurs priorités.

Pour l'essentiel, le voyage se passa en silence. Graal se concentra longuement sur ses actes passés, sur les vachines et leur félonie, sur le legs de l'huile-de-sang, et il pensa à Kell. Kell. Le fumier qui avait contribué à sa dégringolade… c'était du moins ainsi que Graal voyait les choses.

Si Kell n'avait pas abattu les Voleuses d'Âmes, le général aurait peut-être pu, *peut-être*, avoir la force nécessaire pour renverser les Seigneurs de Guerre dès le début, quand ils étaient le plus faibles. Au lieu de cela, il s'était fait repousser comme un enfant turbulent.

Fumier, pensa-t-il. Fumier !

Deux jours plus tard, ils distinguèrent les murs de la Vieille Skulkra, par-delà les bruyères enneigées et ondoyantes de la lande Valantrium. Graal avait passé ces deux jours dans le désespoir, progressant péniblement par les hauteurs, une bise féroce soufflant de l'est, chargée de neige et de glace, sans aucun chemin à suivre sur ces terres abandonnées dominées par un ciel transi plus vaste que le monde.

Sur le plateau recouvert de bruyère, Skanda dénicha un abri et ils établirent un petit camp avant la tombée de la nuit. Le ciel était mordoré, les étoiles paraissaient comme des cristaux de sucre sur un lit de velours. Graal fit un feu et, pour une fois, Skanda vint s'installer à côté de lui. Ils se réchauffèrent les mains au-dessus des flammes.

— Qu'y a-t-il de planifié, quand nous serons rendus là-bas ? demanda Graal en regardant l'enfant, l'air écœuré.

Skanda avait beau avoir les apparences d'un petit garçon, Graal savait très bien qu'il en allait tout autrement. Il avait encore à l'esprit ses mouvements inhumains quand Shanna et Tashmaniok avaient tenté de lui trancher la tête. Il avait dansé entre leurs coups d'épée comme un spectre. Comme un *Ankarok*. L'Ancienne Race.

— Tu verras.

— Tu as besoin de mon sang, n'est-ce pas ?

Skanda pencha la tête en arrière et posa son regard ancestral sur le général, un sourire totalement dépourvu d'humour aux lèvres. Son expression n'était dictée que par la nécessité et la discipline.

— Oui. Je te trouve très observateur.

— À vrai dire, je me disais bien que tu ne me traînais pas avec toi pour mes dons de cuisinier.

Skanda haussa les épaules.

— Ton huile-de-sang est riche de l'âme de milliers de personnes. Elle est riche de massacres et de morts. Mon général, je ne crois pas que j'aurais pu trouver meilleur ou plus puissant spécimen que toi, même en m'épuisant à chercher.

— Tu vas faire opérer la magie ?

— Oui.

— Et qu'arrivera-t-il ?

— Tu verras, mon général. Tu verras.

Et, en dépit du feu, en dépit de la chaleur des flammes, Graal se surprit à trembler.

L'AUBE VINT, ET le ciel se remplit de glace grisâtre. Les énormes nuages étaient auréolés de reflets rosés. Le monde paraissait sinistre. Graal en accusait la noirceur tout au fond de son *être*. Le monde était dévasté. C'était un monde sans espoir.

Ils quittèrent leur camp de fortune et purent bientôt distinguer les colossales murailles délabrées qui entouraient la Vieille Skulkra, autrefois cité majestueuse aux fondations millénaires. Les murs étaient épais, effondrés par endroits, les remparts croulaient et, à l'intérieur, les bâtiments étaient devenus les esclaves du temps. Les maisons partaient en fragments, à demi en ruine, leurs flèches détruites, leurs dômes en tessons, leurs tours éclatées comme par une terrible explosion. Les édifices encore debout penchaient, difformes, et les cloisons menaçaient de sombrer définitivement. Graal contempla tout cela tandis qu'ils arpentaient la lande Valantrium, et ce spectacle était tout à fait conforme à ses souvenirs. Quand il avait envoyé les chancres abattre Kell et Saark…

L'on racontait que la Vieille Skulkra était hantée. Approchant, Graal et Skanda virent une petite brume se répandre dans les rues, sur les pavés craquelés et gondolés, ses mains spectrales se lovant autour des troncs squelettiques et noircis qui bordaient la plupart des avenues. Graal, l'air sévère, tira sur les rênes et scruta longuement ces lieux funestes et antiques.

D'après les rumeurs, la ville avait mille ans, mais Graal savait que c'était inexact. Elle avait été fondée il y avait certainement plus de trois millénaires, voire quatre. Elle précédait sans aucun doute les Seigneurs de Guerre Vampires et leur Premier Empire du Carnage. À l'époque où Graal avait pour la première fois arpenté les jeunes plaines et forêts du Falanor, la ville était une tombe à l'abandon. Il était tout simplement soufflé que la cité soit toujours debout, comme pour défier la Nature, comme pour défier le temps et le monde.

La cité était constituée de merveilles architecturales, extraordinaires et majestueuses. Il y avait des tours immenses, des ponts colossaux, des dômes et des parapets, pour la plupart taillés dans le marbre noir que l'on acheminait de l'est par de périlleux marécages. Autrefois, la Vieille Skulkra avait été une ville fortifiée aux murailles de plus de dix mètres d'épaisseur.

De formidables usines occupaient le quartier nord-est. Elles avaient autrefois abrité d'énormes machines. Les érudits prétendaient qu'elles pouvaient accomplir de nombreuses tâches, mais il n'y avait plus aucune activité, et ces énormes carcasses rouillées étaient remplies de toxines et de lubrifiants déliquescents.

Une grande voie centrale partageait la Vieille Skulkra, bordée d'arbres noircis et difformes aux impressionnantes branches squelettiques et effrayantes. Cette avenue conduisait à de vastes hôtels particuliers, à présent à moitié en ruine, ainsi qu'à d'énormes temples aux murs craquelés et bancals dont on aurait pu croire qu'ils n'étaient pas tout à fait à leur place.

À en croire la rumeur, la Vieille Skulkra était hantée.

À en croire la rumeur, la peste régnait dans ses entrailles.

À en croire la rumeur, des hommes mouraient dans ses rues séculaires.

À en croire la rumeur, de sombres créatures d'huile-de-sang rampaient dans les entrailles des usines abandonnées, avides de proies fraîches et se nourrissant de sang, des fantômes écumaient les venelles au lever et au coucher du soleil, impatients de s'insinuer dans les âmes et de retourner les gens comme des gants…

À en croire la rumeur, la Vieille Skulkra, la ville elle-même, était *vivante*.

Personne n'allait visiter la Vieille Skulkra. La crainte qu'elle inspirait en faisait un endroit à éviter.

Peú à peu, Graal et Skanda se frayèrent un chemin par une brèche pratiquée dans les formidables murailles. Avec précaution, leurs montures progressèrent parmi les débris, et une vague de froid les submergea. Graal frémit. La brume s'enroula autour des sabots de son destrier. Ils dirigèrent leurs bêtes le long d'une large contre-allée bordée de boutiques millénaires dont les vitrines étaient à présent comme des plaies béantes aux tréfonds stériles et ténébreux. Ils débouchèrent sur la grande avenue centrale, et Graal put examiner de plus près les arbres noircis et biscornus. Tous avaient l'air d'avoir été frappés par la foudre, pétrifiés sur place. Graal rapprocha sa monture de l'un d'eux, en toucha l'écorce et se retourna vers Skanda en fronçant les sourcils.

— C'est de la pierre, dit-il.

— Oui.

— Ce sont des sculptures ?

— Non. On les a transmutés. De sombres enchantements ont opéré dans ces lieux, autrefois. Des enchantements très anciens. Viens, suis-moi.

Skanda prit la tête tandis que Graal contemplait les grands bâtiments qui bordaient l'avenue. C'étaient de vastes constructions dont les bas-reliefs forçaient encore l'admiration en dépit des ravages du temps. Même la nature, têtue, n'avait pu balayer leur ancienne splendeur, leur majesté des temps passés ni leur intimidante présence.

Ils me regardent. Ils me regardent derrière les voiles de pierre. Quel est cet endroit ? Quels secrets recèlent les pierres ? Quelles légendes dissimulent-elles, quelles chimères protègent-elles ?

À l'autre bout de l'avenue, une énorme bâtisse en pierre noire devenait plus nette à chaque coup de sabot. Elle paraissait presque incongrue comparée aux majestueux bâtiments que l'on trouvait partout sur l'avenue, et donnait l'impression d'être moins délabrée, moins dévastée. Tous les murs étaient encore debout, et le toit, simple dalle noire en pente douce, était intact. Des piliers en ornaient la façade, ainsi que d'énormes marches dont Graal put constater, en approchant, qu'ils avaient la taille d'un homme.

— C'étaient des géants qui habitaient ici ? demanda Graal.

— On l'a trouvé en l'état, répondit Skanda. Nous, les Ankaroks. C'était notre demeure, mais ce n'est pas nous qui l'avons bâtie. Nous ignorons même la façon dont elle a été édifiée. Des machines incroyables et de puissants rouages ont dû participer à sa création.

Graal se tordit le cou et regarda vers le haut, tout en haut, avant de s'attarder sur la formidable façade. Skanda dirigea sa monture sur la droite, imité par Graal. Là se trouvait une rampe, lisse et noire. Le petit garçon mit pied à terre et entrava les deux chevaux. Les bêtes étaient capricieuses, les yeux écarquillés, les oreilles rabattues sur leurs crânes. Graal tendit la main pour calmer son hongre, pas par compassion mais parce qu'il ne voulait tout simplement pas qu'il s'emballe et l'abandonne… *ici*.

Ils gravirent la rampe. Les bottes de Graal résonnèrent tristement, et les pas de Skanda claquèrent doucement en rythme. Ils firent halte sur la crête. Graal jeta un coup d'œil à l'intérieur. Il faisait chaud, là-dedans, trop chaud, étonnamment chaud, et, l'espace d'un effroyable instant, Graal eut l'impression d'entrer *dans* une créature, une entité douée de vie, de pénétrer un *orifice*. Il s'admonesta et pénétra dans le temple, une main tendue pour se tenir contre la paroi lisse.

Derrière lui, Skanda sourit et entonna une douce mélopée. Il lui emboîta le pas dans les ténèbres, bientôt remplacées par une chaleureuse lueur orangée. Graal suivit de longues rampes, dans une gigantesque salle vide. Au bout se trouvait un autel. Il jeta un œil derrière lui comme pour demander confirmation, et il poursuivit son chemin sur les dalles de pierre noire. Il gagna le pied des marches. Puis, il leva les yeux et manqua de défaillir. La haute voûte était infestée d'épais tentacules noirs. Ils ballaient tout lentement, presque imperceptiblement, mais ils *bougeaient* ; il y en avait des milliers. Graal réalisa qu'il avait la bouche sèche, et il sentit une étrange crainte primitive courir dans son huile-de-sang. Il se retrouvait là, les paupières lourdes, et il était complètement perdu. Il rit de bon cœur, haut et fort, car il se dit alors qu'on l'avait dupé une fois de plus, comme avec les Seigneurs de Guerre Vampires… Mais maintenant, il savait que tout pouvait finir de façon désastreuse. Kell n'était peut-être pas le seul pion dans cette partie…

— Grimpe les marches, chanta Skanda, mi-parlant, mi-déclamant.

Il suivit Graal, qui gagna l'autel, se retourna et scruta les lieux, comme si un public attendait que le spectacle commence. Puis, l'espace d'un instant, un court *instant*, le sol parut grouiller d'asticots noirs. Mais cette sensation, cette *image*, cette *essence*, s'en fut comme elle était venue. Graal tenta de prendre la parole, mais s'en retrouva incapable.

— Par ici, dit Skanda.

Il prit Graal par la main. Ce fut un étrange tableau de le voir guider le grand tueur musculeux, ce guerrier, ce soldat, ce *vachine*, jusqu'au centre de la scène, avant de faire halte. Il faisait toujours aussi chaud, et le général sentit la sueur lui couler sur le front, rouler sur ses joues et s'infiltrer sous son armure noire de suie. Il se *tortilla*.

La voix de Skanda monta de quelques tons et gagna brutalement en intensité. Graal sentit la magie qui imprégnait l'atmosphère, et il comprit que cette *magie résidait dans la musique*, que le chant de Skanda était en train d'invoquer quelque chose, quelque chose de *maléfique*. Il ressentit un besoin urgent de quitter les lieux, d'enfourcher son cheval et de filer comme un dératé. Au diable le Dominion et la conquête du monde. Il valait mieux ne pas donner corps à certains rêves.

C'était une complainte magnifique aux échos les plus profonds, qui stridulait parfois aux limites de l'audible, mais chaque note s'enchaînait mélodieusement, belle et irréelle. Ces notes évoquaient les temps passés, des âges de sang, de terre et de chansons, avant les vachines, avant les vampires, quand le Falanor était jeune et vif et que les Ankaroks étaient bons, fiers et forts. Graal tomba à genoux, subitement hors d'haleine. Skanda se dressait devant lui et parut *s'étirer* vers le haut, gigantesque. Le petit garçon affichait désormais une féroce laideur, la face aussi noire que du bois calciné, déformée telles les racines des arbres, de gros nœuds de muscles roulaient sous ses joues aux tendons difformes et disjoints. Il était littéralement défiguré. Son énorme visage toisa Graal de façon menaçante, de petits tentacules lui poussèrent dans les yeux, sa bouche se transforma en bec et ses yeux s'enfoncèrent dans ses orbites, tout ronds. Le chant continuait, continuait, continuait, et une colossale paire de mains empoigna fermement le général. Deux autres appendices apparurent, mais il s'agissait de *mandibules*. Elles se refermèrent sur lui. La douleur fut féroce, et il hurla, hurla, tandis qu'il observait le minuscule disque de verre posé sur le sol devant lui. L'objet irradiait la puissance, accompagnée d'une pestilence immémoriale qui n'avait rien à voir ni avec les humains ni avec les vampires. Une griffe se souleva en cliquetant doucement et un relent pollua l'atmosphère. L'odeur de la *chitine*. Graal déglutit, un instant avant que la griffe se détende et lui tranche la gorge. Il sentit ses chairs s'ouvrir comme un fruit mou sous un couteau. Du sang jaillit de sa blessure et il fut pris de spasmes. Son cœur battit à tout rompre alors qu'il se vidait de son huile-de-sang, de son huile-de-sang sacrée, absorbée à gros bouillons par le disque de verre. Graal aurait voulu crier, mais il en fut incapable. Il aurait voulu se battre, se débattre et prendre la fuite, mais il en fut incapable.

Graal, pris de convulsions, se vida sur l'autel des Ankaroks.

Skanda continuait toujours de chanter. Graal croisa son regard et vit qu'il était redevenu un petit garçon. L'enfant lui adressa un coup de menton, souriant, et le laissa s'effondrer sur le sol, où il demeura en position fœtale, les membres agités de petits spasmes. Graal porta les doigts à sa gorge et toucha la plaie béante d'où on l'avait *purgé* de son huile et de sa magie de sang.

— Viens et observe, murmura Skanda.

Sans pouvoir contrôler ses gestes, Graal se remit debout et suivit l'enfant, ses bottes résonnant maladroitement sur le sol. Une bise fraîche souffla dans la salle et s'engouffra dans son épouvantable blessure, mais il n'était pas mort, *il n'était pas mort*. Il progressa sur les dalles et retrouva le faible jour grisâtre…

La ville *grouillait*.

La Vieille Skulkra était vivante, chaque surface était un véritable maelström. Des *choses* paraissaient bouger, se déplacer et pousser sous la surface de pierre, comme si les bâtiments eux-mêmes étaient des murs fluides d'huile épaisse emprisonnant de sombres créatures prêtes à tout. Le monde entier donna l'impression de basculer et de fusionner. Graal eut la nausée et voulu rendre, mais il ne contrôlait rien, les pans de sa gorge grande ouverte battaient sur son cou et, s'il avait pu crier, ses hurlements auraient jailli des deux orifices…

Skanda se leva et observa. Un minuscule scorpion à deux queues et deux dards était posé sur sa main. Graal reporta son regard rétif sur la ville, la Vieille Skulkra. Il observa lui aussi.

Les murailles fourmillaient et palpitaient, se soulevaient et tourbillonnaient comme sous les socs de quelque formidable charrue. Les pavés se craquelaient et se délogeaient, tout n'était que mouvement, changement. C'était un mélange de réalité et d'onirisme, de raison et de démence, que Graal contempla bouche bée, sa gorge tranchée *oubliée*, tandis qu'ils arrivaient, qu'ils poussaient, qu'ils se hissaient, qu'ils *naissaient*.

Les Ankaroks firent leur apparition. C'étaient des enfants. Ils avaient la peau d'un noir luisant, comme imprégnée d'huile. Ils avaient des mandibules d'insectes, et plusieurs étaient pourvus de quatre bras et de griffes en guise de pieds. D'autres avaient des pinces. Un petit garçon s'avança en se traînant sur le sol. Graal constata qu'il possédait un thorax en chitine. Les Ankaroks n'étaient pas simplement des enfants : ils étaient croisés avec des insectes, des scorpions, des blattes, des fourmis et des scarabées. Ils progressaient, grouillaient et détalaient, ils étaient des centaines à se déverser des cloisons comme d'une termitière, il y en avait des *milliers*, qui jaillissaient de la terre comme une crue de bousiers d'une motte de fumier, et

Nous sommes restés emprisonnés pendant un millénaire

et

Nous avons attendu ce jour, nous avons attendu le bon moment

et

On nous a envoyés ici, on nous a emprisonnés ici, on nous a dupés ici, nous avons tout perdu, ici

mais

Maintenant, nous sommes libres, maintenant nous pouvons nous mettre à l'ouvrage, et c'est tout ce que nous désirions, tout ce dont nous avons toujours rêvé, la joie du labeur, la joie de l'esclave, la joie de fabriquer, la joie de tuer…

La Vieille Skulkra se tortilla et se souleva sous ses pieds, et Graal sombra dans un royaume impossible, emporté sur un plan de non-existence dans lequel les Ankaroks dirigeaient le monde, et où ils

étaient

tout-puissants.

XII
LES ÉCLAIREURS VAMPIRES

SAARK ÉTAIT IVRE. Saark avait le droit d'être ivre ! Après tout, ça avait été une sale journée.

Il sortit en titubant des quartiers de Grak le Fumier, tout en haut des murailles fortifiées. En cas de guerre ou d'attaque, l'endroit servait également de réserve et de poste de tir pour les archers. La vue y était également imprenable et permettait de surveiller quiconque s'aventurerait sur la plaine des Aiguilles Noires.

Saark, complètement saoul, découvrit un autre usage à la meurtrière. Et, tandis qu'un puissant jet d'urine décrivait un arc vers le sol recouvert de neige, son ami lui donna une petite tape sur l'épaule et lui suggéra qu'il était l'heure d'aller se coucher.

Saark flageola sur la boue glacée de ce qui était désormais le terrain de manœuvres, même si, en toute honnêteté, il laissait la majeure partie de la formation aux bons soins de Grak. Grak était quelqu'un de compétent, et le dandy devait bien reconnaître que si lui était capable de s'enivrer, d'apprécier une partie de jambes en l'air et, putain, même si les jeux de cartes ou les paris sur les combats d'ours figuraient en bonne place sur son emploi du temps, il était bien incapable de former des soldats, oh que non !

Comme Saark gravissait l'escalier qui menait à sa chambre, il passa en revue les réussites de la semaine. Kell serait fier, sans aucun doute, à son retour. Ils (c'est-à-dire Grak) avaient fait de leurs hommes un ensemble un peu fruste, mais efficace, d'unités de combat. Ils ne formaient pas une armée. Pas encore. Ils (c'est-à-dire Grak) allaient devoir faire bien plus d'efforts pour s'assurer qu'ils se battraient désormais *comme un seul homme*. Voilà ce que racontait Grak à longueur de journée, *comme un seul homme, putain*… Il avait dit ça ou seulement *putain* ? Saark fit halte et se gratta les couilles.

Cela étant, ils savaient charger en adoptant plusieurs formations et, au son d'un petit clairon ou en entendant les ordres que leur vociféraient leurs chefs, ils pouvaient, de formation en carré, se mettre en ligne ou en coin. Ils savaient assembler leurs boucliers, les libérer, ils savaient aussi charger et battre en retraite. Dans la mesure où la plupart avaient travaillé (et, par là même, *survécu*) longtemps dans les Mines des Aiguilles Noires, ils avaient le torse puissant, ainsi qu'une résistance et une endurance impressionnantes. Plus grandes que celles de Saark, comme la course humiliante de la journée passée l'avait confirmé. Cela dit, Saark avait été saoul *aussi* la veille. Et le soir d'avant. Et, quelle surprise, le soir précédent encore !

Il tituba jusqu'à sa chambre et, tandis que le monde entier chavirait, il se dévêtit et se redressa, les mains sur les hanches, nu, fier, avec un intense besoin d'engloutir une chope d'eau. Il se rendit à un tonneau rempli du précieux liquide et y plongea la tête, la ressortant à grand bruit. Il se passa la langue sur les lèvres. Par tous les dieux, il avait une faim de loup ! Qu'y avait-il à manger, dans sa chambre ? Du pain, du fromage, de l'âne…

— Saark ? s'enquit Nienna d'une voix endormie.

Elle se redressa sur le lit, sa crinière noire ébouriffée au clair de lune qui filtrait de la petite fenêtre carrée. Saark put distinguer sa poitrine nue, et se repassa la langue sur les lèvres. Cette fois-ci, ce n'était pas parce qu'il avait une envie pressante.

— Salut toi, fit-il en se rapprochant du lit.

— Tu as bu ?

— Juste un verre, ma douce, murmura-t-il en rampant sur les couvertures.

— Bien. Je t'ai chauffé les draps. J'espère que ça ne te dérange pas ?

— Bien sûr que non.

Elle s'agenouilla devant lui. Son corps était parfait, d'albâtre, et luisait sous la lune, avec ses petits seins fermes, jeunes et espiègles, les lèvres entrouvertes comme elle rejetait la tête en arrière pour le regarder bien en face.

— Tu veux que je reste ? demanda-t-elle.

— Oh ! oui, répondit Saark.

Il tendit la main et lui caressa les seins. Ses tétons pointèrent sans attendre et, tendrement, il passa la langue autour d'une aréole. Nienna poussa un petit soupir, se rapprocha lentement de lui, et il passa ses bras autour d'elle. Il colla son sexe dressé contre elle et il l'embrassa. Il lui embrassa les lèvres, ses lèvres chaudes au goût sucré de miel et d'ambroisie, il l'embrassa dans le cou, son cou accueillant et doux comme la soie, il fit courir ses mains dans son dos. Elle frémit d'impatience et se jeta sur lui, en proie au désir. Il posa ses mains sur ses fesses, ses fesses fermes d'avoir tant voyagé à la dure. Ils s'embrassèrent de nouveau, plus violemment cette fois, avec une passion et une fièvre qui transcendaient les menaces. Saark laissa descendre sa main, lui caressa l'entrejambe et elle se tortilla avec un petit rire, avant de gémir et de s'abandonner à son étreinte, comme sa main la pénétrait et qu'il la faisait s'allonger sur le lit. L'alcool, le désir et les souvenirs avaient emporté Saark. Il se souvint d'Alloria. C'était son premier amour, c'était son véritable amour, et elle était devant lui, sur les doux draps de soie des appartements du roi Léanoric. Alloria, avec ses longs cheveux noirs et bouclés, son regard émeraude aux reflets menaçants, ses lèvres rubis, grande, avec sa silhouette élancée et langoureuse, les marques bleues de la karissia sur sa langue. Elle releva la tête et lui sourit.

— Fais-moi l'amour, Saark, dit Alloria.

Saark s'enfonça en elle jusqu'à la garde. Elle gémit et gémit encore, ils baisèrent longuement sur le lit, leurs grognements et leurs ébats gagnèrent en intensité, et ils atteignirent l'orgasme dans la joie et l'union.

— Alloria, chuchota Saark.

Mais Nienna était partie trop loin pour l'entendre, et elle se donna tout entière à lui avec insouciance, sans penser à l'état du monde, aux mises en garde de Kell, ni aux imperfections des vachines… Lentement, ils furent aspirés et transportés en un lieu glacé, le monde froid de réalité, faisant face à la guerre et à la mutilation.

Et, dans les petites heures de la nuit, ils se serrèrent fort dans leurs bras comme des enfants.

Le gouverneur Myrtax, lui, ne trouvait pas le sommeil. Il avait trop chaud, il transpirait et se sentait fiévreux. Il sortit de son lit et chaussa de petites bottes en cuir souple. Sa femme marmonna dans son sommeil et se retourna en tendant le bras, mais elle ne se réveilla pas. Le gouverneur passa dans l'autre pièce et contempla ses enfants endormis dans l'obscurité. Ils dormaient d'un sommeil paisible, et il sourit. Il sourit, submergé par la joie d'être père. C'était le sourire joyeux et inné de voir ce qu'un enfant pouvait inspirer à un homme, rien qu'en *étant là*…

Il fait trop chaud. Il fait trop chaud, bordel!

Myrtax sortit de ses quartiers et embrassa du regard les lointaines murailles fortifiées. Des feux brûlaient dans les braseros installés sur les remparts, et dix gardes surveillaient la plaine enneigée. Merde alors. Il ne voulait pas quitter cet endroit. Il ne voulait pas partir à la guerre. Pourquoi l'aurait-il voulu ? Sa famille était ici : sa femme qu'il aimait plus que la vie, et ses enfants, pour qui il serait prêt à mourir !

Il descendit les marches au petit trot et se retrouva sur la boue glacée. Il fut surpris de voir qu'il avait tiré un couteau, qu'il replaça dans son fourreau de cuir bien graissé. *Étrange. Je ne me rappelle pas avoir passé ce couteau à ma ceinture. À quoi pourrait-il bien me servir, dans ma propre mine ? Cela dit, après la prise de pouvoir par les gouverneurs, ces usurpateurs ! et vu qu'ils ont menacé mes enfants… Un homme doit se protéger. Un homme doit s'occuper de ses intérêts.*

Myrtax progressa apparemment sans but, et finit par se retrouver devant la cellule de Sara. La fille de Kell.

Ça fait vraiment bizarre de venir ici. Qu'est-ce qui a bien pu guider mes pas ? Kell a dit qu'elle était dangereuse, qu'il ne fallait pas lui faire confiance, mais je sais qu'il a tort, car je l'ai regardée dans les yeux. C'est une créature noble et belle, et tout ce qui est ravissant ne peut pas être maléfique…

— Bonsoir, Excellence, salua le garde, qui gargouilla et vomit du sang quand Myrtax lui planta son arme entre les côtes, avant de remonter violemment le bras pour atteindre le cœur.

L'homme s'effondra dans ses bras et il fronça les sourcils, confus que le soldat pèse un tel poids, étonné que l'homme se soit enivré pendant le service, stupéfait qu'il dorme maintenant dans ses bras comme un pochard.

— Ça, tu l'emporteras pas au paradis, grommela Myrtax en laissant retomber le garde encore agité de soubresauts, tout en lui subtilisant les clés qu'il portait à la ceinture.

Il gagna la cellule. À l'intérieur, une obscurité impénétrable régnait. Il inséra la clé et ouvrit la grille.

Myrtax recula, incapable de réfléchir, et leva les yeux. Les étoiles brillaient et le baignaient d'une lueur surnaturelle. Il repensa à ses enfants et sourit. Leur naissance avait été une bénédiction, dont les bienfaits n'avaient cessé de grandir à mesure qu'ils devenaient les plus belles choses au monde…

— Tu t'es surpassé, Myrtax, fit Sara en quittant sa cage.

Elle sourit, se pencha en avant, et sortit les crocs pour mordre le gouverneur atterré.

— Hé ! Hé, toi !

C'était une patrouille qui avait la charge de surveiller les murailles intérieures. Grak en avait institué l'itinéraire. Un lourd bruit de bottes retentit sur les pavés, et trois soldats en armure toute neuve, armés d'épées courtes forgées de frais, s'élancèrent. Une lame siffla près de Sara, mais elle bondit à la verticale, et l'arme s'abattit sous ses pieds. Elle se tortilla dans les airs et atterrit derrière les trois hommes, sans heurt, avant de tendre la main pour briser le cou du plus proche. Celui-ci s'effondra sur-le-champ. Quelqu'un abattit une épée, et Sara ondula tout en saisissant le bras de l'homme, qu'elle brisa en deux. Sa main et son poignet atterrirent sur les pavés, encore agités de soubresauts. Le soldat hurla en crachant du sang, cri aussitôt réduit au silence quand Sara lui enfonça brutalement son poing dans la bouche. Ses dents furent réduites en miettes et sa nuque explosa… Sara dégagea sa main, sortit ses griffes d'un geste vif et extirpa l'œil du dernier garde de son orbite. Une bouillie écarlate jaillit à gros bouillons, et l'homme sanglota sur le sol, les mains rivées sur son visage ravagé. Puis, elle tendit de nouveau la main et embrassa Myrtax sur les lèvres.

— À la prochaine, *mon amant*, fit-elle, avant de disparaître dans un murmure de ténèbres.

D'autres soldats firent leur apparition, Grak à leur tête. Le Fumier avait tiré son épée, et son expression était sinistre. Il se rendit auprès de celui à qui il ne restait qu'un œil et une moitié de visage. D'un coup brusque, il mit fin à ses souffrances.

— Inspectez la cellule. (Grak se retourna brutalement vers le gouverneur Myrtax.) Qu'est-ce qui s'est passé, ici, bordel de merde ?

Puis, il vit les clés que tenaient encore Myrtax, ainsi que son air hébété, alors même qu'il paraissait reprendre ses esprits.

— Quoi ? Que… D'où sort tout ce sang ? Oh, mon d… fit Myrtax.

Le soldat revint.

— Excellence. Un vampire s'est échappé, et l'autre, eh bien… c'est comme une housse.

— Ça veut dire quoi, ça, comme une housse ?

— Il est tout fripé. Comme si on l'avait vidé de son sang.

Grak fit un grand pas en avant et regarda fixement la dépouille remplie d'os.

— Merde, grogna-t-il, avant de se retourner vers Myrtax. Elle a dû lui pomper son sang. Pour conserver ses forces. (Il pointa le gouverneur du doigt.) T'es content de toi ? (Puis, il revint sur le soldat, l'air écœuré.) Va m'enfermer ce connard, avant qu'il ne fasse davantage de dégâts.

Deux gardes prirent Myrtax par les bras, le dépossédèrent de la dague qu'il portait à la ceinture et l'emmenèrent. Des larmes roulaient sur ses joues, et il protesta, confus, clamant son innocence.

Grak regarda les soldats tombés au combat et leva les yeux vers le ciel. Les étoiles scintillaient. Grak n'avait pas le temps de contempler leur froide beauté.

— Toi, petit !

— À vos ordres.

— Double la garde.

— Où, mon commandant ?

— Partout ! tonna-t-il. Dis-leur qu'un vampire a pris la poudre d'escampette dans cette putain de mine.

— À vos ordres !

— Soldat ?

— Oui, mon commandant ?

— Va réveiller Saark. Il faut qu'il sache.

INCRÉDULE, KELL REGARDA autour de lui. Les vallées de la Lune étaient gigantesques, coupées en leur milieu par une énorme crevasse, de laquelle montait lentement de la vapeur, accompagnée d'un remugle de soufre qui le fit pleurer.

Il avait les mains fermement ligotées dans le dos. Dekkar portait Ilanna dans une main, et sa masse à ailettes, dans l'autre. Il souriait comme un dément. Jagor le Fou marchait à ses côtés, d'un pas un peu fat maintenant qu'il avait l'avantage.

— J'arrive pas à croire que je t'ai fait confiance, dit Kell en suivant la faille des yeux jusqu'aux huttes situées bien au-delà.

Ces petites huttes avec des toits en ardoise et des portes en chêne, façonnées de boue et de pierre, bordaient les parois.

— T'es encore plus con que je croyais, fit Jagor, à présent impudent, trop impudent, le regard habité d'une lueur nouvelle.

Kell comprit ce qu'était cette lueur. C'était la haine. Elle ne s'était pas envolée, elle avait été refoulée très loin, le temps que Jagor le guide en ces lieux. Kell s'était fait avoir comme un débutant. Et il en souffrait durement, plus que de tous les poisons que la seringue importune de Myriam avait pu lui injecter dans les entrailles.

— Tu sais ce qui est en jeu, ici, dit Kell, une expression orageuse sur le visage. C'est le monde entier qui est en jeu ! C'est le Falanor qui est en jeu. Il faut que nous coopérions, si nous voulons nous débarrasser de cette terrible menace !

— La seule menace dans le coin, c'est *toi* ! cracha Jagor en appuyant son épée sur la gorge du vieux guerrier. Je *vais* me venger de toutes ces années passées dans cette saloperie de mine ! Je vais te saigner ! Mais pas tout de suite, oh ! non, pas tout de suite.

— Tais-toi ! rugit brusquement Dekkar.

Ils progressèrent par les rochers déchiquetés recouverts par endroits de neige et de glace (sauf sur les bords de la faille, là où la neige avait fondu et mis à nu de grosses pierres noires veinées de minéraux gris et rouges), jusqu'à ce qu'un déluge de Lippes-Noires déferle des huttes lointaines pour venir saluer son roi.

Dekkar.

Le roi des Lippes-Noires.

Derrière, de nombreux enfants les suivaient toujours, leurs arcs pointés sur Kell. Personne ne lui faisait confiance, et il sourit amèrement. Ici, tout le monde paraissait le considérer comme un mythe peu ragoûtant. Dans ces conditions, comment pourrait-il convaincre ces gens de se battre pour lui ? Comment allait-il les convaincre de partir en guerre contre les Seigneurs de Guerre Vampires ? S'il les attaquait, il n'aurait aucune chance de les persuader, car il ne ferait que confirmer son statut d'ennemi. Et, avec Jagor le Fou prêt à lui planter son arme dans le dos, sa chance avait vraiment l'air d'avoir percuté une montagne de plein fouet.

— Écoutez-moi ! vociféra Dekkar en faisant halte au bord de la crevasse fumante.

Des émanations planaient au-dessus de la grande déchirure. Kell plissa les yeux pour en distinguer le centre. Il y avait un pont, étroite construction d'airain truffée de gros engrenages. La Légende fronça les sourcils. Il n'avait jamais rien vu de tel, sauf en miniature, dans les rouages des horloges.

— Regardez, nous avons fait prisonnier Kell ! L'ennemi juré des Lippes-Noires ! Le *Chasseur* de Lippes-Noires ! Il a violé nos femmes, assassiné nos enfants, meurtri nos *chairs* !

Les Lippes-Noires se turent.

Kell croisa leurs regards. Tous étaient armés de lances et d'épées, la mine sinistre, fiers et larges d'épaules. Ils appartenaient à une race de guerriers. C'étaient les proscrits, les criminels, les aberrations, les déviants du Falanor. Ils avaient consommé de l'huile-de-sang pour soulager leur douleur et trouver la paix intérieure, loin des tourments du corps, et n'avaient trouvé que l'abandon et un destin de parias. Leur nom était une chose impie et maléfique repoussée dans les régions obscures de montagnes où nul ne voulait s'aventurer. Kell savait tout cela. Il avait traqué assez de Lippes-Noires en son temps pour le savoir. Ce qu'ils disaient de lui était *en partie* vrai.

Il sourit, amer.

Parce que c'était à ça que tout se résumait, c'est cette histoire-là qu'ils ne voulaient pas oublier : ses frasques d'antan. En tant que Chasseur. Chasseur de vachines, certes, mais il avait aussi débusqué les trafiquants de rouge de Karakan qui opéraient dans les montagnes, ceux qui volaient du sang pour alimenter les vachines impurs.

— Merde, grommela-t-il en comprenant vraiment : ils allaient le tuer.

Il n'y avait aucun moyen de faire changer ces hommes d'avis. Il avait été idiot. Il avait été idiot, arrogant, trop confiant, trop naïf.

— Kell ! La Légende ! tonna Dekkar.

L'assemblée lui répondit. Kell tenta de couvrir leurs cris, mais ils faisaient un bruit de tonnerre. Des centaines de Lippes-Noires se jetèrent sur lui et le submergèrent. Il tomba sous un déluge de coups de poing, des bâtons s'abattirent sur sa tête, on le frappa au nez, aux joues et à la mâchoire. Kell chuta rudement, on le roua de coups de pied, et la foule reflua enfin. Kell leva les yeux sur Dekkar, qui se pencha et le *souleva* au-dessus de sa tête.

— Le Pont ! hurla quelqu'un.

— Oui ! Le Procès ! Le Pont !

— Le Pont ! Le Pont ! Le Pont ! scandèrent les Lippes-Noires.

Kell, étourdi, se sentit soulevé comme par un océan de mains. Il comprit qu'on l'emmenait, qu'ils étaient très nombreux à le porter, que Dekkar avait encore Ilanna en sa possession, et que *si seulement il arrivait à mettre la main sur sa hache, il montrerait à tous ces fumiers qui c'était, la putain de Légende, il se frayerait un chemin si sanglant que son nom serait encore synonyme de mort pour mille ans encore de leur saloperie d'histoire !*

L'on transporta Kell le long de la crevasse. Puis, il regarda en bas et le regretta aussitôt.

Les vapeurs le firent suffoquer et une intense lueur rouge et orangée l'aveugla. La chaleur était incroyable. Elle lui roussit la barbe et les sourcils. Il toussa sans relâche, pris de quintes. Pour la première fois depuis des *années*, il sentit la panique se lover dans sa poitrine telle une vipère sur le point de frapper. Cet endroit était néfaste, cet endroit était maléfique, et il comprit instinctivement qu'il était condamné. Il serra les dents. S'il devait mourir ici, il en emporterait d'autres avec lui, oh ça oui, et pas qu'un seul…

Comme il se rapprochait du pont, Kell prit la mesure de ses proportions effarantes. C'était un appareillage à rouages colossal qui n'était pas qu'un pont, mais aussi une machine. Des blocs d'engrenages, de pignons, de roues et de leviers en paraient toute la longueur. Au centre, perdu dans la lumière, se trouvait un gigantesque pendule. Kell en avait vu dans de nombreuses horloges, mais celui-ci avait la taille de vingt hommes, et son poids devait être aberrant.

Ils atteignirent le point où le pont rejoignait presque le sol. Toutefois, il subsistait un vide trop important pour qu'ils le franchissent d'un bond. Dekkar tendit la main vers un levier qu'il tira. Un grand bruit sourd retentit : le bruit de pignons et de roues dentées qui s'activaient de bas en haut tels des pistons. Il y eut un grincement, et le pendule s'anima. Le pont se déplaça lentement, se souleva, et vint se poser à grand fracas. L'airain crissa sur les pierres. L'on poussa Kell, ses mains toujours fermement entravées dans son dos. Il grimaça : Dekkar s'était servi de sa hache, de sa foutue *Ilanna* pour le faire avancer ! Kell cracha sur la grille d'airain qu'il arpentait. Pour ça, Dekkar allait payer.

Ils traversèrent le pont qui ne cessait de bouger et de ballotter comme un navire. Sous ses bottes, Kell sentit l'action des pignons et les roues dentées qui s'engrenaient. Le pont paraissait *vivant*.

Il gagna le centre de l'édifice. Les courants d'air chargés de dérivés chimiques lui arrachèrent de grosses larmes. Puis, il vit une corde d'airain tressée osciller, agrémentée d'un nœud. Ainsi, il allait finir pendu. *Encore*.

— Bordel de merde, grommela-t-il en jetant un œil derrière lui.

À présent, il ne restait plus que Dekkar et Jagor le Fou qui lui souriaient. Puis, Dekkar confia Ilanna à son frère.

— Tu veux le tuer, frangin, ou je m'en charge ?

— Non. Ce boulot est pour moi, répondit le Fou. Je vais lui rendre la monnaie de sa pièce, oh que oui !

— Jagor, écoute-moi ! cracha Kell. Tu sais que les vampires arrivent. Tu sais que c'est de la folie ! Nous devons tous travailler ensemble, nous devons nous battre côte à côte pour repousser cette menace ! Si tu me pends, les Seigneurs de Guerre Vampires ne disparaîtront jamais. Et, lentement, ils pourchasseront tout ce qui vit dans le Falanor. Tu pourras peut-être survivre un mois ou un an. Mais ils viendront te chercher, et, soit ils te transformeront en vampire, soit ils te consumeront l'âme, mon garçon.

— Les Seigneurs de Guerre Vampires ? fit Dekkar en haussant les sourcils. J'ai déjà entendu parler de ce genre de créatures. Ils figurent dans les Légendes des Lippes-Noires. Ils font partie du folklore *vachine* tel qu'il est rapporté dans le Testament du Chêne.

— Depuis les Trônes de Granit, au sommet du Mont de l'Enfer, le général vachine Graal a inondé le Val Silva, poursuivit Kell. Il a sacrifié les vachines pour en faire une colossale offrande, afin d'ouvrir le chemin qui mène aux Temples du Chaos. Les Seigneurs de Guerre Vampires sont revenus. À présent, ils occupent Jalder, Gollothrim et Vor ! Ils vont se propager, Dekkar. Ils vont assassiner ton peuple.

Dekkar réfléchit. Puis, il sourit.

— Je me moque du peuple du Falanor. Tue-le !

Jagor poussa Kell à l'aide d'Ilanna et du sang coula sur l'avant-bras du vieux guerrier. Kell grogna et grimpa sur la rampe d'airain. Jagor lui emboîta le pas et passa la corde autour de son cou.

— Pour tout ce que j'ai enduré, tu vas mourir.

— Si tu me tues, tu te condamnes toi-même, rétorqua Kell d'une voix parfaitement calme. Tu condamnes le peuple du Falanor à une éternité de servitude. Tu condamnes tous tes frères lippes-noires au joug des Seigneurs de Guerre Vampires.

— Tu crois vraiment qu'un vieillard pourrait faire la différence ?

— Non. Mais je sais que *moi*, je pourrais la faire. Si je peux m'approcher suffisamment des Seigneurs de Guerre Vampires, je les tuerai.

— Peuh ! Je m'en chargerai moi-même ! répliqua sèchement Jagor le Fou. Maintenant, tu descends la rampe, mon vieux, avant que je me serve de cette jolie hache pour te fendre le crâne !

Kell tourna le dos à Jagor et prit une grande inspiration. Mille pensées lui traversèrent l'esprit. L'erreur qu'il avait commise en donnant sa confiance à cet assassin patenté. Saark qui formait les hommes de son armée. Nienna, la douce Nienna. Sara, ses grondements, ses criaillements, ses crachats et ses malédictions. Puis, il remonta le temps, des jours aux semaines aux mois, de Myriam aux Voleuses d'Âmes, revit en pensée les combats sur le Mont de l'Enfer, les luttes périlleuses au bord des Aiguilles Noires face aux chancres tonnants, les créatures des ténèbres, les vachines et les vampires, les impies et les réprouvés. Il remonta encore et encore et encore le temps, et un visage ne cessait de lui revenir : s'il devait porter le blâme sur quelqu'un, ce serait bien Graal. Le général Graal. Il l'avait bien cherché. Il l'avait bien cherchée, la mort brutale qui l'attendait. Mais Kell ne serait pas là pour le voir.

Kell repensa à Ehlana.

Il se souvint du Chêne Biscornu, du soleil qui brillait, des fleurs dans ses cheveux et de ses larmes qui roulaient sur ses joues, dans sa barbe. *Je vous déclare mari et femme. Vous pouvez embrasser la mariée.* Puis, il s'était penché et il l'avait embrassée. Ça avait été un moment d'exception, un moment d'unité, de pureté et de perfection. Mais comment tout cela avait-il pu tourner aussi mal ? Comment tout cela avait-il dérapé ? *Je viens te rejoindre, Ehlana, juste comme je l'avais dit, comme je l'avais promis. Nous suivrons ensemble les longues routes noyées dans les ténèbres, et je t'emmènerai au Paradis. Je ne peux rien faire de plus, ici-bas. Dans ce monde. Dans cette vie.*

— Saute, enfoiré, grogna Jagor.

Kell se retourna et sourit au colosse. Le Fou fut stupéfait de voir Kell pleurer. Ça n'arrivait vraiment pas tous les jours. Par-dessus le martèlement du pont, le sifflement de la fumée et le vacarme de la fournaise, Kell perçut un autre son, comme un cri. Jagor le Fou écarquilla les yeux, et Ilanna commença à se lever dans ses gros poings tandis qu'une flèche se matérialisait brutalement dans une de ses orbites. Le Fou hurla, tituba en arrière et chuta, laissant échapper Ilanna. La hache atterrit à grand fracas. Il porta la main sur le trait fiché dans son crâne, hurlant de plus belle.

Kell plissa les yeux dans la fumée. Une silhouette chevauchait sur une jument grise, le long de la crevasse. Une deuxième flèche fendit l'air, mais Dekkar réagit promptement. Il se jeta sur le côté et grogna en heurtant la passerelle du pont.

Kell tira brutalement sur ses liens, mais il était trop soigneusement entravé. Il se débattit, la tête ballant violemment d'avant en arrière, et se libéra de la corde. Dekkar rampa sur le pont et rentra de plein fouet dans un panneau de commande calée contre une balustrade. Le pont à rouages grinça et se souleva, tandis qu'une troisième flèche prenait son envol pour s'abattre sur la passerelle, à quelques centimètres de lui.

Kell sauta sur Jagor. Le Fou sanglotait en caressant la sagette qui lui transperçait l'œil.

— Au secours ! gémit-il à l'attention de Kell.

La Légende lui balança son genou en plein visage, l'envoyant rouler. La flèche plantée dans son orbite claqua sur le pont d'airain. Il hurla, hurla et hurla encore. Kell récupéra Ilanna. Il s'assit, se traîna en arrière et frotta ses liens contre ses lames bien affûtées. Les entraves cédèrent comme de simples fibres de coton.

Kell s'empara d'Ilanna et se releva.

Il était le Tonnerre. Il était l'Orage.

Dekkar, debout, le regardait fixement, une expression furieuse sur le visage, sa masse à ailettes noires déjà fermement empoignée dans ses battoirs.

Il posa le regard sur Jagor. Son frère avait sombré dans l'inconscience.

— Je vais t'écraser comme un ver, pour ça, menaça-t-il.

— Fais-moi voir ça, gronda Kell, l'écume aux lèvres.

Dekkar lança son attaque en hurlant. Il était énorme, puissant, et son geste fut si rapide et brutal que Kell cilla, surpris. La Légende recula et releva Ilanna pour faire dévier la masse, qui s'abattit dans une pluie d'étincelles. Dekkar continua sur sa lancée et Kell mit un genou à terre, mâchoires serrées, les muscles tendus à l'extrême. La masse passa à deux centimètres de son œil. Il leva la tête et vit la botte de son adversaire lui venir en pleine face. Le coup le projeta violemment sur le pont et Ilanna lui échappa des mains. Dekkar bondit et la masse fusa une fois de plus en vrombissant. Kell s'esquiva vivement, et les ailettes laissèrent une profonde marque dans l'airain. Il aurait pu se faire ouvrir la tête comme si elle n'avait été qu'un melon. Un autre coup projeta des étincelles sur les rambardes. Kell se dressa sur ses genoux, trempé de sueur, hors d'haleine, la colère montant en lui comme une vague colossale de démence. Dekkar était plus massif, plus fort et plus rapide, mais Kell était implacable. Kell était un véritable *enfoiré*. Il hurla, la barbe ruisselante de salive, et, tandis que la masse sifflait au-dessus de son crâne, il changea de posture et se jeta sur Dekkar. Il le saisit et, d'un coup de poing, déséquilibra le colosse et le fit chuter. La masse se releva aussitôt, mais Kell en coinça le manche avec son bras et elle glissa des doigts de Dekkar. Kell le gratifia d'un puissant direct du droit, d'un autre et encore d'un autre, et il sentit des dents se briser sous ses phalanges. Dekkar hurla et prit Kell par les couilles d'une main, et par la gorge de l'autre. Le goliath se remit péniblement à genoux et souleva Kell au-dessus de sa tête. Il le jeta sur le pont, Kell roula et roula, avant d'y rester étendu quelque temps, sonné, la gorge et les couilles en feu, transpercé de douleur. Dekkar rugit et se rua sur Kell qui se remettait difficilement debout. Un direct dévastateur le repoussa davantage et un crochet du droit le secoua tout entier. Dekkar prit son crâne entre ses mains et lui donna un grand coup de tête, une fois, deux fois, trois fois, avant de le lâcher en souriant, du sang et des fragments de dents plein la bouche.

Kell releva la tête et plongea son regard dans celui de son imposant adversaire.

— C'est tout ce que t'as dans la culotte ?! hurla-t-il, étourdi, titubant.

— Je vais te tuer ! rugit Dekkar.

Kell encaissa un autre crochet qui le projeta sur le côté. Il buta contre la rambarde et vint s'écraser contre le panneau qui permettait de contrôler les mouvements du pont d'airain. Un énorme gémissement métallique retentit, les rouages s'activèrent, leurs gigantesques roues dentées s'animèrent puissamment, et des pistons cyclopéens sifflèrent et se mirent en branle. Le pont fit une embardée et pivota brusquement, laissant un grand vide entre eux et la terre ferme. Une flèche fusa à travers les fumerolles et ne rata Dekkar que de quelques centimètres. Celui-ci grimaça, et Kell réalisa qu'il avait retrouvé sa masse. Dekkar avança sur le pont pour venir à sa rencontre. La Légende avait la main sur son nez brisé et serrait les dents de rage et de frustration.

— Amène-toi ! hurla Kell comme Dekkar se mettait à courir.

Mais le pont fit une nouvelle embardée et pivota derechef. Un lourd bruit de manivelle retentit dans les vallées de la Lune. La vapeur chuinta sur le pont. Au bord de la crevasse, Kell vit des myriades de visages passer devant lui à toute allure. C'étaient les Lippes-Noires, ils regardaient le spectacle, pétrifiés, pour la plupart bouche bée. Kell ne parvint pas à distinguer la personne qui l'avait sauvé. Le pont reprit sa danse folle. Le cœur au bord des lèvres, Kell se retrouva déséquilibré et chuta en maugréant. Le pont bascula, et il fut propulsé le long de la rampe d'airain, bras et jambes battant dans tous les sens, et rentra droit dans Dekkar, qui s'était retrouvé coincé contre une entretoise métallique. Kell lui colla trois formidables directs et lui ouvrit grand la pommette. Dekkar poussa un hurlement. Puis, le pont bascula une énième fois en grinçant, et Kell fut jeté au loin comme une poupée. Il dévala la rampe et s'écrasa contre la rambarde avec une telle force qu'il crut un instant s'être brisé le dos.

— Il faut que tu quittes le pont ! hurla une voix de femme.

Kell acquiesça. C'était d'une logique implacable. Il se redressa sur les genoux, tout endolori. Un filet de bave coulait dans sa barbe, mélangé au sang que son nez fracassé laissait échapper. Il suivit la rambarde tout en défiant la gravité, tandis que le pont s'arc-boutait sur ses gigantesques pistons, et ne put se retenir qu'à une entretoise de passage pour rester en vie. Le pont se dressa quasiment à la verticale. Kell sentit ses bottes et ses jambes glisser sous lui. Il pendait, un enfer de vapeur et de soufre juste au-dessous de lui.

— Oh putain, murmura-t-il, les yeux ronds, toute idée de livrer combat oubliée.

Ilanna racla le métal et vint se caler contre un épar d'airain. Dekkar battait lui aussi des jambes. Kell vit la carcasse inconsciente de Jagor le Fou glisser et rebondir sans force sur un soutènement. Membres épars, il quitta précipitamment le pont et se perdit dans le brasier.

— *Noooon !* hurla Dekkar.

Mais Jagor le Fou était parti. La fournaise l'avait dévoré.

Dekkar regarda Kell droit dans les yeux.

— C'est de ta faute ! rugit-il.

Kell garda le silence, tout en relevant la tête pour voir s'il lui serait possible de descendre du pont. L'édifice gémit. Les *entrailles* des rouages braillèrent davantage, et ils furent rudement secoués, à tel point que Kell manqua de lâcher prise.

Puis…

Un long ululement déchira l'atmosphère. On aurait pu croire un cri de guerre, mais il était bien trop aigu et féminin. Kell observa la crevasse, scruta les rochers noirs et la glace à l'horizon. Des cavaliers accouraient sur la neige, et il vit les Lippes-Noires refluer massivement dans leurs huttes, tandis que d'autres tiraient leurs armes. Kell plissa les yeux pour percer le voile de fumée, et…

Il battit des paupières.

C'étaient des vampires. Il y en avait au moins vingt, vêtus de capes noires, les cheveux soigneusement tirés en arrière. Leurs chevaux étaient… *rouges ?* Kell accommoda. Non, pas rouges. Ils étaient tout en muscles. *Tout en muscles.* Écorchés. Les bêtes étaient hors d'haleine, elles s'ébrouaient et hennissaient de peur et de douleur. Kell contempla leurs tissus puissants et fibreux en pleine action, et son cœur se souleva.

— Kell, il faut que tu ailles au panneau de commande, hurla une femme.

Kell se retourna vers le remblai pierreux. Il plissa de nouveau les yeux, et secoua la tête. C'était Myriam. Elle avait son arc à la main et ne cachait plus son visage.

— Qu'est-ce que tu fous ici, *toi* ? vociféra-t-il.

— Je te sauve la vie, mon vieux ! Va au panneau ! D'ici, je vois que les axes principaux du pont sont en train de se *tordre*, tu comprends ? Tout ce bazar se fait la malle !

Kell sentit sa salive s'épaissir davantage. Si le pont sombrait dans la fournaise… ce serait salut tout le monde.

Kell entreprit de descendre tout lentement, et posa une main après l'autre sur l'airain surchauffé. Il distingua Dekkar qui se débattait sous lui, et porta d'abord son regard sur le panneau de contrôle, puis sur Ilanna. Il serra les dents, s'efforça de récupérer sa hache et finit par s'en emparer. Il la colla contre sa poitrine. Elle était chaude. Elle le remerciait.

— Kell ! hurla Myriam.

Il releva la tête.

Les vampires chargeaient. Ils prirent les Lippes-Noires en étau, et Kell vit *de ses yeux* des têtes prendre leur envol, il entendit les clabaudements suraigus des suceurs de sang, et il comprit, de plus en plus écœuré, qu'ils riaient. Ils *riaient*, ces fumiers. Le massacre les amusait. La clameur des épées monta sur les vallées de la Lune. L'acier contre l'acier. L'acier qui taille dans les chairs. L'acier qui brise les os.

Kell s'accrocha désespérément à l'entretoise. Le pont gémit et frémit sous lui. Il regarda les commandes, mais il y avait de petits cadrans et des leviers qui lui étaient inconnus. Il entreprit de tout manipuler au hasard, et le pont grinça plus fort, les roues dentées claquèrent, et un bruit tonitruant retentit. Le pont tressaillit et chuta de biais… dans un silence irréel.

Kell s'accrochait désespérément. Le vent et les émanations âcres du soufre soufflaient dans ses cheveux et sa barbe pleine de sang. L'extrémité du pont heurta sauvagement le lit de la vallée, mais le reste de l'édifice s'effondra derrière lui et se brisa dans un vacarme de pièces métalliques rompues. Il releva les yeux et vit l'expression inquiète de Myriam.

— Merde, bougonna-t-il. J'arrive pas à croire que c'est toi !

— Amène-toi ! On n'a que quelques secondes.

Elle jeta un œil derrière elle, préoccupée par les vampires déchaînés qui se frayaient un chemin à travers les rangs des Lippes-Noires. Les hommes, les femmes et les enfants se faisaient massacrer comme un troupeau malade. Les têtes sautaient sur les épaules, et les torses se faisaient démembrer. C'était un massacre. C'était un abattoir.

Kell s'agrippa tant bien que mal aux planches d'airain et bondit pour attraper la main tendue de Myriam. Elle était forte. Elle le hissa sur le rebord pierreux. Kell se retourna brusquement, paupières plissées, les yeux rivés sur les vampires. Les Lippes-Noires avaient battu en retraite et formé un carré cerné par les dépouilles de leurs amis. Ceux qui disposaient d'un bouclier avaient formé un front. Les vampires mirent tranquillement pied à terre et les observèrent avec intérêt. Des sourires vinrent salir leurs traits tandis qu'ils brandissaient de scintillantes épées d'argent.

— Aide-moi à remonter, coassa quelqu'un.

Kell sursauta et fusilla Dekkar du regard. L'énorme bonhomme souffrait. Son visage était déformé par la douleur, meurtri et barbouillé de crasse. Il avait grimpé aussi haut qu'il l'avait pu, sans pouvoir effectuer le dernier saut.

— Pourquoi je ferais ça ?

— Parce qu'ils sont en train de massacrer mon peuple ! s'écria le roi des Lippes-Noires.

Il tendit la main. Kell la regarda fixement.

Le pont eut un ultime soubresaut et sombra davantage. De grands craquements retentirent dans la crevasse, et l'édifice vibra, comme pris de convulsions. Ils purent distinguer des pignons qui tournaient lentement, et un énorme piston produisit un formidable grondement.

Kell jeta un œil à Myriam.

— Accroche-toi à ma ceinture.

Elle l'attrapa d'une poigne de fer, et il s'agenouilla, se pencha, et tendit la main lui aussi. Il toisa Dekkar.

— Il va falloir que tu sautes.

— Je peux te faire confiance ?

— Non. Mais t'as pas trop le choix.

Dekkar grommela un juron oublié des hommes et bondit…

Kell se pencha davantage, les deux hommes s'agrippèrent par les poignets et ils restèrent immobiles quelques instants. Kell plongea son regard dans celui, affolé, du roi lippe-noire, et ses muscles protestèrent sous l'effort qu'il leur infligeait. Puis, la Légende cracha et remonta Dekkar le long de la paroi, tandis que, derrière lui, le gigantesque pont d'airain couinait comme une femme en couches, qu'il s'inclinait peu à peu, avant de disparaître dans l'abysse dans un grand bruit de succion.

Kell regarda sa main, puis fixa de nouveau Dekkar. Il prit bonne note que le colosse avait encore sa masse en sa possession. Kell avait toujours prétendu qu'on ne le tuait pas facilement. Eh ben, celui-là aussi, il était fait du même bois.

Dekkar se retourna et fixa les vampires. Ils avaient mis pied à terre, et ils souriaient, tout en marchant sur les Lippes-Noires en déroute. Il lâcha la main de Kell, qui récupéra Ilanna et regarda Myriam. Elle tira son épée.

— Il est temps que ces fumiers y passent, dit Kell.

— C'est parti, gronda Dekkar.

Ils chargèrent, et les sourires des vampires s'agrandirent, jusqu'à ce qu'ils voient Ilanna. L'un d'entre eux pointa le doigt, mais Kell, Dekkar et Myriam s'abattirent sur eux sans ménagement. La hache de Kell se déchaîna, trancha une gorge et, du revers, sépara une tête de ses épaules. Les chairs explosèrent, et Kell s'empara du crâne par les cheveux pour le brandir haut.

— Vous voyez ! hurla-t-il. Ils peuvent mourir, bordel de merde ! Ils peuvent crever, je vous dis !

Tout n'était que chaos. Les vampires parurent subitement reculer, les yeux rivés sur Kell, sur Ilanna et sur la tête tranchée dont les crocs claquaient encore. Kell lança la tête dans l'abîme et, d'un coup de pied, fit rouler le corps dans une gerbe de sang noir et nauséabond. La Légende se fraya un chemin à travers la cohue, et Ilanna faucha de droite et de gauche, martelant les chairs et l'éclaboussant de résidus carmin. Les vampires se ruèrent sur lui à une vitesse inhumaine, mais Kell était un véritable démon. Ses gestes étaient fluides, il donnait l'air de bondir ici, se faufiler là, sans cesse. Les griffes et les épées le frôlèrent, manquant d'un cheveu de le toucher. Il jouissait d'un instinct quasiment surnaturel, d'une grâce innée, comme imprégné des manœuvres de ses adversaires, et restait toujours hors de portée de leurs serres. Dekkar le suivait à la trace. À mesure que Kell taillait les rangs des vampires, Ilanna s'abattait de partout, tandis que ceux qu'elle ne parvenait pas à faucher tombaient sous les coups de Dekkar. Myriam, elle aussi, avec son incroyable célérité de vachine, faisait des ravages, ouvrait des gorges et transperçait des cœurs. Quelques vampires furent réduits en bouillie poudreuse. D'autres finirent en cendres.

Kell pénétra leurs rangs comme l'éclair, et une plainte suraiguë déchira l'atmosphère. Une dizaine de vampires prirent la fuite, enfourchèrent prestement leurs montures et filèrent au galop. Ils tombèrent nez à nez avec un mur de Lippes-Noires, qui les chargèrent à coups de haches et d'épées. Ils finirent en pièces. Des hurlements retentirent. Sans pitié, les Lippes-Noires abattirent les chevaux écorchés et les jetèrent dans le gouffre sulfureux.

Kell resta immobile quelques instants, le souffle court, et se retourna brusquement vers Dekkar. Ilanna surgit. Le regard de Kell n'exprimait plus aucune émotion.

Dekkar posa la tête de sa masse au sol et se cala lourdement sur le manche. Soudain, il eut l'air vieux et fatigué. Vidé. Il sourit faiblement à Kell et se frotta les yeux.

— Tu t'es bien débrouillé. Pour un vieillard.

— Comme toi. Pour un gros enfoiré.

— Ha ! Kell, je crois qu'on s'est pas rencontrés dans de bonnes circonstances.

Kell se gratta le menton.

— Tu crois ? Je devrais peut-être te dire que oui, sur ce coup-là. Je suis venu ici pour t'avertir que les vampires avaient rassemblé leur *armée* à Jalder. J'ai moi-même organisé une armée, et je venais ici pour te demander de te joindre à moi.

— Quoi ? Tu aurais été disposé à voir les Lippes-Noires se battre aux côtés des bonnes gens du Falanor ? s'étonna Dekkar d'un ton un peu méprisant (les vieux préjugés avaient la peau dure).

Kell haussa les épaules et contempla les lames trempées de sang d'Ilanna. L'humeur grasse des vampires y adhérait encore.

— Mon armée est composée de criminels, d'originaux, et de condamnés tout droit sortis des Mines des Aiguilles Noires.

Dekkar sourit.

— C'est parfait, alors. Ça, c'est mon genre de mecs.

— Tu me suis ? Tu te battras avec moi ?

Dekkar le fusilla du regard, puis se concentra sur les milliers de Lippes-Noires réunis derrière lui. Son peuple. Ses frères d'exil. Puis, il opina du chef et brandit sa masse.

— Prenez vos armes ! rugit-il. Nous partons en guerre !

Une clameur monta de l'assemblée, Kell se retourna. Son visage était un gouffre d'amertume et de noirceur. Myriam le prit par le bras, et ils s'éloignèrent des Lippes-Noires en liesse pour contempler le paysage qui s'étendait plus loin que le pont détruit et ses amarres d'airain, ses seuls vestiges.

— Qu'est-ce qui se passe ? demanda-t-elle.

— Ils sont contents parce qu'ils savent qu'ils vont tuer des Falanoriens. C'est répugnant.

— Tu as ton armée.

— Oui. Je l'ai. Mais ce qui m'inquiète, c'est qu'une fois qu'on l'aura lâchée dans la nature, et que si on gagne la guerre… comment je fais pour les tenir ? Mais bon. Chaque chose en son temps.

Myriam acquiesça et scruta les profondeurs de la crevasse.

— Je suis désolée, Kell. Pour avant. Pour Saark.

— J'aurais dû te laisser lui mettre la tête sous l'eau plus longtemps. Ça lui aurait fait du bien. Ça l'aurait un peu refroidi. (Kell sourit.) T'as bien retenu la leçon ?

— Si je comprends bien, tu vas pas me couper la tête ?

— Tu m'as sauvé la vie, non ? Avec ta saloperie d'arc.

— J'essayais peut-être de t'atteindre ?

Tout à coup, Kell hurla de rire et donna une grande tape dans le dos de Myriam. Il était meurtri, il avait le nez cassé, il avait le visage et les vêtements maculés de sang séché, du sang des vampires, de lambeaux de chair. Il ressemblait à un animal. Pire. Il ressemblait à un Tueur de Vampires.

Myriam frémit.

— Quoi qu'il en soit, ma petite, tu m'as sauvé la mise sur le pont. Et, de façon détournée, tu as contribué à la protection du Falanor.

— Tiens donc ?

— Je crois que c'est toi qui as conduit les vampires ici. Il s'agissait d'une unité de poursuite. J'imagine qu'ils voulaient se faire un vachine. Ils savent que ton espèce représente une menace, et tu dois sûrement représenter une proie prioritaire à leurs yeux.

— Oh, fit-elle en perdant de sa superbe.

Kell la prit par les épaules.

— Ne t'inquiète pas, Myriam. Tu es avec moi, maintenant. Et Ilanna et moi, on commence à pas mal apprécier les vachines. Vous savez bien vous démerder, en cas d'embrouilles !

— Oui, mais on se fait pas aimer facilement, dit Myriam en souriant.

Elle leva les yeux sur lui, et il la regarda comme s'il la voyait pour la première fois. La première fois qu'il l'avait rencontrée, dans la forêt de Vorgeth, elle l'avait empoisonné. Ce n'était qu'une carcasse rongée par le cancer, les yeux caves, les cheveux sans vie. Cela étant, maintenant qu'elle était devenue vachine aux mains des Voleuses d'Âmes, elle était grande et puissante. Elle était pâle, mais son teint était éclatant, et elle arborait une épaisse crinière bouclée, aussi lustrée que la robe d'une panthère. Ses yeux étaient noirs et luisaient d'intelligence. Sans ses crocs d'airain, Kell l'aurait trouvée superbe.

Il se souvint de son contact. Des souvenirs fugaces d'elle lui revinrent, des bribes de sa peau nue, quand elle se baignait, s'habillait. Et, dans la forêt de Vorgeth, juste avant qu'elle ne lui inocule le poison, elle s'était collée contre lui. Il se souvenait encore de son parfum musqué, il se souvenait de la chaleur qui avait pris naissance entre ses cuisses, et il se maudit de sa faiblesse, de sa médiocrité, d'avoir trahi la mémoire de son Ehlana, qui lui avait échappé il y avait tant de temps, déjà. À Vorgeth, Myriam l'avait embrassé, et cela lui avait fait du bien. Plus que du bien. Mais il refoula ces souvenirs. Plus jamais, mon vieux, s'était-il dit. Pas dans cette vie.

Il frémit.

— Non, dit-il.

— Non quoi ?

Myriam le regardait étrangement.

— *Non*. C'est tout. Viens. On va présenter ces Lippes-Noires à Saark et aux hommes. Le combat ne fait que commencer.

— Attends ! intima-t-elle en lui posant la main sur le bras.

Kell posa un regard insistant sur ses doigts, avant de pencher la tête pour la fixer droit dans les yeux. Elle arborait toujours cet étrange sourire et ce cou trop souple. Kell fut parcouru d'un nouveau frisson, car il savait ce que ce sourire signifiait. Myriam était faible, il fallait qu'on l'aime, qu'on la chérisse, tout en la laissant tenir les rênes. Elle avait aussi soif de pouvoir. La férocité de Kell, sa sauvagerie et sa Légende, l'attiraient.

— Je t'écoute.

— Cette histoire, là-bas. Avec Saark. J'ai pas fait exprès.

— T'as pas fait exprès de quoi ? D'essayer de le tuer ? T'en fais pas pour ça. J'adore ce type, mais il se passe pas un instant sans que j'aie envie de le buter.

— Je parlais pas de le buter, non. Je parlais de… de l'autre truc.

— Ahh.

— Ça n'a duré… qu'un instant. Je suis libre. Tu comprends ?

— Je comprends, répondit Kell d'un ton grave, les yeux rivés sur Myriam. Viens, ma petite. Faut qu'on y aille.

— Oui.

Kell prit la tête et Myriam lui emboîta le pas en rengainant son épée.

***

Dekkar envoya un courrier et trois chevaux dans l'heure. La mission était simple : joindre Saark dans les Mines des Aiguilles Noire et lui donner une lettre de la part de Kell. Cette lettre contenait les instructions destinées à l'organisation de la nouvelle armée, et donnait rendez-vous au dandy sur les plaines situées au sud des Aiguilles Noires. Puis, ils se rendraient directement des Mines à la ville occupée de Jalder.

À présent, Kell, Myriam et Dekkar, le roi des Lippes-Noires, étaient à la tête de deux mille hommes et femmes, des *Lippes-Noires* eux aussi, les menant hors des vallées de la Lune par la glace et la neige. Ils se déplaçaient le plus souvent en gardant le silence, comme la bise glacée des montagnes leur ébouriffait chevelure et habits de fourrure.

C'était une journée blafarde, grise et froide. La neige menaçait.

— Maintenant, c'est la guerre, dit doucement Myriam.

— Maintenant, on se bat pour le Falanor, convint Kell.

XIII
LA BATAILLE DE JALDER

— C'EST GRAND-PÈRE ! fit Nienna avec un grand sourire, tout en se protégeant les yeux de l'éclat aveuglant de la neige.

Par-delà la vallée, une horde de soldats lourdement armés fit son apparition et s'avança dans la combe. Kell marchait en tête, aux côtés d'un colosse muni d'une masse.

— Pour moi, c'est une vraie clique d'égorgeurs, marmotta Saark avant de sourire, l'air espiègle. C'est comme t'avais dit : ton grand-père tout craché.

— Arrête avec ça ! Il a réussi ! Il a ramené d'autres soldats avec lui !

Nienna courut au-devant de la troupe, ses bottes labourant la neige fraîche et égale. Son visage arborait une expression presque enfantine. Saark rougit en se remémorant la semaine passée et les choses qu'ils avaient faites. Rien ne pouvait désarçonner Nienna, et le dandy devait bien reconnaître qu'elle lui avait donné du fil à retordre.

Saark regarda Nienna sauter au cou du vieillard en l'enserrant dans ses bras. La Légende rit et il l'étreignit fort, décalant Ilanna de façon que ses sombres lames mates ne dardent plus leurs reflets.

S'il l'apprend, je suis un homme mort. Non. Pire. S'il l'apprend, il va me tabasser, me torturer et me couper en morceaux ! Il va m'arracher les bras et me couper les couilles. Saark se serra les parties avec compassion. *Et j'ai vraiment aucune envie de les perdre, ces deux-là. Je les aime bien, mes burnes. Après tout…* Il fit la grimace. *Mes couilles, c'est un peu mon meilleur profil.*

Saark avança sur la neige en faisant signe à Grak le Fumier de faire reculer les hommes. Tandis qu'il approchait, Kell lui sourit et fit craquer ses phalanges.

— Je te vois, petit minet.

— Tu t'es fait frapper ? demanda Saark en constatant les dégâts, les yeux plissés.

— Y a toujours des types pour me cogner, répondit Kell.

— Je vois qu'on t'a brisé le nez. T'es plus beau comme ça.

— Ouaip, acquiesça la Légende en désignant Dekkar, le roi lippe-noire. On a eu quelques désaccords, dirons-nous. Mais quand les vampires ont attaqué les vallées de la Lune, tout a fini par s'arranger.

Saark opina, tout sourire.

— Enchanté, Dekkar. (Le dandy tendit la main et Dekkar se contenta de le regarder fixement, comme un lion à qui l'on offrirait une pomme de terre.) Ahh, je vois, toi aussi tu es de la vieille école du mépris, comme notre gros pote putride ici présent.

Dekkar se rapprocha de Kell.

— Je le soigne, le petit chiot ?

— Non, non, il est pas méchant. Il est toujours comme ça. On s'y fait.

— Pas l'impression que ça m'arrivera, déclara Dekkar, renfrogné, tout en soupesant son énorme masse.

— Hé ! fit Saark, vexé. Je suis là, vous savez, juste devant vous, et il se trouve que même si j'ai l'habitude qu'on cause dans mon dos, là ça ne va pas du tout. Laissez-moi vous dire que ça ne serait pas arrivé à la cour du roi Léanoric, ce genre de choses !

— Il s'est bien occupé de toi ? demanda Kell à Nienna.

— Oui, répondit-elle d'une petite voix.

Heureusement, Kell regardait de l'autre côté, occupé à observer son armée d'égorgeurs - comme l'avait appelée Saark. Il ne la vit pas rougir, ni ne perçut l'intonation subtile de sa voix. Saark la regarda de travers et fit un signe en direction du coteau.

— On les a formés. Exactement comme tu avais dit. Et, même s'il est vrai que j'aimerais qu'on m'en félicite, ce qui d'ailleurs sera *assurément* le cas, Grak mérite aussi quelques louanges. C'est un fumier, mais il connaît deux ou trois trucs au sujet des formations, de l'édification des recrues et de la façon d'en tirer le meilleur.

— Arrête de bavasser, lui intima Kell.

— Cela dit, on a eu... euh... des petits soucis.

— Quel genre de soucis ?

Ils observèrent Grak dévaler la pente. Il traînait la silhouette rétive de Myrtax derrière lui. L'homme se débattait, et ses mains étaient entravées devant lui.

— Ce n'était pas ma faute, Kell, déclara-t-il, rubicond et dégoulinant de sueur.

— Explique-toi.

— Il a laissé Sara s'échapper, révéla Saark tout bas. Il a tué les gardes. Il l'a laissée s'enfuir dans la nuit.

— Bordel, gronda la Légende. Maintenant, ces enfoirés de vampires vont tout savoir de ce qu'on prépare ! Pourquoi t'as fait ça, Myrtax ? Pourquoi ?

— Je… J'ai perdu le contrôle de mes actes !

Kell s'empara d'Ilanna, poussa un grognement et, d'un coup sec, trancha la tête de Myrtax. S'ensuivit un silence stupéfait accompagné d'une pluie de sang. Le corps s'effondra d'un côté, et la tête partit rouler dans la neige cramoisie.

— Pourquoi as-tu fait ça ? s'écria subitement Nienna en reculant devant Kell, les traits déformés par l'horreur.

— C'était un traître, directement lié aux Seigneurs de guerre vampires, maugréa le vieux combattant en lui jetant un regard noir. Navré. On dirait bien que moi aussi, j'ai *perdu le contrôle de mes actes*. (Il sourit, sinistre, et pointa vers elle un doigt puissant et trapu.) Alors maintenant, tu arrêtes de poser des questions à la con, et tu remontes sur la colline voir Grak. On a beaucoup à faire, et à cause de ce tas de merde (il cracha), il faut qu'on fasse vite. Saark !

— À vos ordres ! (Le dandy se mit au garde-à-vous, avant de reprendre un air contrit. Il eut l'air peiné.) Je t'ai vraiment vouvoyé ? Merde alors. Je dois avoir mal digéré un truc.

— Certes, rétorqua Kell d'une voix de basse, apaisé, tout affairé à se préparer pour la bataille. Y a un truc que tu risques *effectivement* de ne pas bien digérer, si tu m'écoutes pas bien. Ce truc, c'est Ilanna, et elle ne fait pas de prisonniers. On va marcher vers l'est sur Jalder. C'est pas compliqué, comme plan. Vous avez fini de forger les armes ? tous les colliers ?

— Absolument, répondit le dandy. Les forgerons ont travaillé de longues nuits. Tu penses que ce sera efficace ?

— Si ça ne l'est pas, on sera bientôt tous morts. Profitons du jour pour parcourir quelques lieues. On pourra discuter et jouer aux stratèges ce soir. GRAK !

— Mon général ? tonna le guerrier barbu.

— On bouge.

— À vos ordres, mon général ! vociféra Grak.

Kell jeta un œil à Myrtax, et le chagrin l'étreignit fugacement. Cet homme avait eu une femme. Et des bambins. Mais il se reprit vite. Car Myrtax les aurait tous volontiers vendus pour sauver sa peau. Sa lâcheté avait entraîné sa fin… En outre, il fallait donner une bonne leçon aux nombreuses recrues de Kell : il ne tolérerait pas les traîtres. Il s'en occuperait rapidement. Durement. Sans pitié.

— Au revoir, Myrtax, mon vieil ami.

Le sang du gouverneur continua de se répandre sur la neige.

Puis, à la tête de trois mille condamnés en armure, à présent armés d'épées, de boucliers et de heaumes d'acier poli, ils déboulèrent dans la vallée et réduisirent la neige en bouillasse.

Les deux nouvelles divisions des hommes du Falanor se déplacèrent par unités discrètes. Ces soldats des mines des Aiguilles Noires étaient rudes, il fallait le reconnaître, mais pas autant que les Lippes-Noires, qui se considéraient comme voués à la mort.

Grak et Saark dirigeaient une colonne, Kell et Dekkar, la seconde. Nienna chevauchait aux côtés de Saark et, même si cela irritait Kell, il l'acceptait. Qu'il ait abattu le gouverneur Myrtax l'avait contrariée, mais un jour, il le savait, elle comprendrait pourquoi il avait agi ainsi. L'heure n'était pas à la stratégie. L'heure était à l'action.

Après une demi-journée de marche, quand ils firent halte à l'orée d'une jeune forêt pour se ravitailler en eau et se restaurer hâtivement d'avoine et de gâteaux secs, Kell partit voir Saark à grandes enjambées.

— Une vieille amie va bientôt nous rejoindre, dit-il en fronçant les sourcils.

Il se voyait comme un intrus quand Saark et Nienna bavardaient. Saark lui sourit, mais sa petite-fille continuait de bouder.

— Et c'est qui, cette vieille amie ? demanda-t-elle.

— Myriam.

— Quoi ? postillonna Saark en projetant des bouchées humides de biscuit sur sa chemise rose. Je vais la tuer, cette chienne, je vais lui arracher la tête et lui pisser dans le cou ! Cette salope ! Cette *putain* à rebours !

— Non, dit Kell en s'asseyant à côté de son ami. Dans les vallées de la Lune, j'étais comme mort, mon garçon. Sur le point de me faire massacrer par ce gros empaffé. (Il désigna la puissante silhouette de Dekkar, qui discutait tranquillement avec un des plus vénérables Lippes-Noires tout en examinant un collier d'acier.) Myriam m'avait suivi. Elle est venue à ma rescousse. Sans elle, Saark, Nienna, *je ne serais plus de ce monde.*

— Elle nous a trahis, grand-père, intervint doucement Nienna.

La Légende haussa les épaules.

— Et ensuite, elle m'a sauvé. Elle s'est rachetée.

— Et ça veut dire que tu vas lui trancher la tête comme tu l'as fait à ce pauvre Myrtax ?

— Ce *pauvre* Myrtax a planté son couteau dans les côtes d'un bon soldat. Cet homme avait une famille, Nienna. Des petites filles, si j'ai bien compris. Des petites filles qui vont grandir sans père à cause de sa félonie. Et, avec sa grande gueule et sa cervelle d'oiseau, il se pourrait fort qu'on se dirige droit dans un piège, à Jalder. Cette partie est loin de bien se présenter.

Nienna haussa les épaules à son tour en rougissant.

— Pourquoi s'y rendre, dans ce cas ?

— Parce qu'il le faut ! répondit Kell avec humeur. (Il sentit sa colère lui échapper et lutta pour se reprendre.) Écoute. Je suis désolé. C'est juste que… J'ai tellement de choses à gérer seul ! Je suis un guerrier, pas un général. Un tueur, pas un putain de stratège. Je suis pas à ma foutue place, et je fais de mon mieux. Mais la seule chose dont je suis vraiment sûr, c'est que si on ne résiste pas, si on ne contient pas cette peste vampire, alors un jour, très bientôt, on finira tous morts.

Nienna acquiesça. Kell se leva, avant de pointer Saark du doigt.

— Quand elle arrive, tu te tiens tranquille, mon garçon. Tu m'entends bien ?

— Je t'entends bien, Kell. Au fait, Kell ?

— Ouaip, mon garçon ?

— Te tracasse pas. Pour la bataille. Y a de bons éléments, ici. Des durs de durs, des incassables, pour sûr.

Kell soupira.

— Je sais bien. La sublime ironie, dans tout ça, c'est qu'il revient aux condamnés de sauver les innocents. Mais bref. J'aurais préféré que l'honneur et la tâche de les conduire reviennent à un autre. Je me sens pas à l'aise avec un heaume de général.

— Tu vas faire un boulot admirable, Kell. Tu fais toujours un boulot admirable.

Kell renifla de façon peu élégante et s'en fut parler à Grak et Dekkar.

— Ça fait plaisir de voir qu'il est toujours aussi ronchon, s'esclaffa Nienna.

Saark sourit, mais la tension s'accumulait dans son crâne. Myriam ! Quelle… complication. Désormais, il ne manquait plus que quelques anciennes copines en colère débarquent, le ventre rond, brandissant des factures pour le toit et la nourriture, suivies de près par leurs époux encore plus mécontents, armés de lances et d'instruments de torture.

— Peuh, fit-il, en se dénichant un autre biscuit.

Saark observa de loin l'arrivée de Myriam. Elle mit pied à terre et bavarda quelque temps avec Kell. Le dandy lui jeta quelques coups d'œil, et Grak lui donna une grande tape dans le dos.

— Elle est bonne, hein mon garçon ? tonna-t-il. Regarde-moi donc ces longues jambes ! Ça me dérangerait carrément pas de les avoir dans le dos, si tu vois ce que je veux dire.

— Parfaitement, Saark, survint Nienna en le toisant. Ça te dirait pas de les avoir dans le dos ?

— Vous savez quoi, tous les deux? rétorqua Saark, renfrogné. J'en arrive au point où j'en ai ma claque des femmes. Assez pour durer une vie !

— N'importe quoi, tempêta Grak en bombant le torse. Le jour où j'en aurai marre des gonzesses, ce sera sur mon lit de mort.

— C'est dans pas longtemps, alors, sourit doucement Nienna.

— Ça, ce n'est pas très gentil à dire à un homme qui part au combat, ma petite dame, fit Grak, contrarié.

— Mais vous parlez des femmes comme d'objets ! Comme si on ne pouvait pas penser par nous-mêmes ! Laisse-moi te dire une bonne chose, Grak le Fumier : peut-être que si vous traitiez les femmes autrement que comme un bon steak pour la nuit, vous auriez *peut-être* aussi une excellente guerrière à vos côtés. Quant à moi, je suis certaine que je pourrais entendre des propos un peu plus équitables du côté des violeurs et des assassins. Je vous laisse.

Nienna les quitta d'un pas raide.

— C'est une vraie tigresse, celle-là, y a pas de doute, dit Grak en souriant de tous ses chicots.

— Tu l'as dit, marmonna faiblement Saark.

— Je plains le gars qui va finir avec *elle* !

— *Tu l'as dit*, confirma Saark dans sa barbe.

— Et y a qu'à voir : non seulement faut que tu passes entre ses piques de vipère, mais en plus, si tu fais un pas de travers, tu finis avec la hache de Kell dans la cafetière ! (Il hurla de rire.) Non seulement faudrait être maso, mais faudrait aussi être aussi con que la mule que je vois là-bas.

— C'est une ânesse.

— Hein ? Bon, laisse tomber. Aussi con que cet âne là-bas, c'est ce que je disais. Par les dieux, mon garçon, j'ai rarement vu une bestiole aussi conne.

— Je te suggère de laisser Mary en dehors de tout ça, prévint Saark, irrité.

Il partit marcher seul en lançant parfois un œil à Myriam – une des ribauderies de Kell venait de la faire rire.

— Qu'ils aillent tous se faire foutre, mâchonna-t-il du fin fond de son enfer intérieur.

— Saark ?

Installé près du feu, Saark manqua de se lever, mais Myriam s'extirpant des ombres, lui montra qu'elle n'avait pas d'armes. Il se rassit pesamment en jurant.

— Qu'est-ce que tu veux ? Je croyais que tu voulais me voir mort, la dernière fois qu'on s'est croisés. Je *crois* même me souvenir d'une certaine tentative de me noyer.

— Je suis désolée.

— C'est pas assez, Myriam ! Tu peux pas juste revenir, t'excuser et continuer à vouloir dominer le monde ! Ça va être quoi, ce coup-ci ? Prendre la tête de notre armée et rallier les Seigneurs de Guerre Vampires à ta cause ?

— Je suis désolée. Vraiment. J'étais… incontrôlable. Je n'avais pas les idées claires. C'est juste que je t'aime, Saark. Notre union m'a transportée. Tu comprends ? Nous sommes tous les deux des vachines, et il n'en reste plus beaucoup après la dévastation du Val Silva. Il faut qu'on se serre les coudes, toi et moi.

Elle se faufila près de lui et lui cogna le bras.

— Ah oui, c'est vrai. Y a ce détail.

— Je suis *navrée*, Saark. D'accord ? Je te promets de ne pas recommencer.

— Recommencer quoi, précisément ?

— Que veux-tu que je te promette ?

— Ben déjà, tu pourrais commencer par me jurer de ne pas me tuer.

— Évidemment. Je jure de ne pas te tuer.

Elle s'approcha davantage, et Saark huma le musc de sa peau. Il gémit, comme cette sensation familière le submergeait. Il tenta de se concentrer, de s'en séparer… en vain. *Je suis maudit. Je suis un déviant. J'ai la cervelle d'un gosse et la libido d'un bataillon. Qu'est-ce qu'on va faire de moi ? Qu'est-ce qu'un homme comme moi pourrait bien avoir à offrir au monde ?*

Myriam l'embrassa.

Dans les ténèbres que n'aurait su percer le feu de camp, Nienna se tenait là, chargée de deux tasses d'hydromel et pleurait, ses larmes diaprées par les flammes.

C'ÉTAIT L'AUBE.

Jalder s'étendait au-dessous d'eux, recouverte d'une brume matinale qui fit frémir Kell d'épouvante. Si les vampires étaient avisés de leur arrivée… S'ils étaient accompagnés de Moissonneurs, de magie d'huile-de-sang et de fumée de glace… Eh bien, la bataille prendrait fin avant même d'avoir commencé.

— Tu penses à quoi ? demanda Grak en soupesant la lourde épée qu'il s'était choisie.

Ils étaient restés éveillés tard dans la nuit et avaient élaboré une stratégie de base tout en tentant de prendre en compte toutes les éventualités. Ils cherchaient à attirer les vampires sur la plaine qui faisait face à Jalder, en vue d'une bataille rangée. Là, l'imposante formation de soldats équipés de boucliers et de longues lances serait peut-être à même de contrer la vitesse et l'agilité de leurs adversaires.

En revanche, si leur armée entrait dans la ville même, ils perdraient l'avantage que leur conférait l'équipement de leurs unités.

Kell était persuadé qu'ils pouvaient y arriver.

— C'est de leur arrogance qu'il s'agit, argumenta-t-il. Ils viendront, c'est *certain*. Ils vont affluer par les portes de la ville et ils combattront, ça pour sûr. Les remugles de notre sang joueront un rôle capital ! Ils doivent à présent avoir éliminé la plupart des humains de Jalder, et ça, ça veut dire : pas de viande fraîche, pas de sang frais ! Et ils ont autant besoin de sang frais qu'un noyé d'air frais. Quand on va débarquer, ça leur fera comme un succulent bifteck qu'on mettrait sous le nez d'un affamé ! Vous pouvez me faire confiance sur ce point.

— Je ne suis pas bien convaincu de tout ça, grogna Dekkar. Moi, je pense qu'ils vont battre en retraite et se planquer s'ils se retrouvent confrontés à une force supérieure en nombre.

— Quoi qu'il arrive, poursuivit Kell, il ne faut pas qu'on se fasse entraîner dans une bataille de rue. Ils sont rusés, ces salauds-là. Ils vont poser des pièges partout en ville, dans les ruelles, ils nous tomberont dessus des toits. Non. Il faut qu'on les fasse sortir de la cité. C'est là, que la bataille doit avoir lieu.

À présent, les deux divisions descendaient de petites collines. Jalder était plongée dans le silence, ses antiques pavés noirs pétris d'histoire et de tradition, ses rues, ses temples, ses maisons et ses écoles tous silencieux, nappés de glace et de brume, hantés par les échos des récentes atrocités.

— Jusqu'ici, tout va bien, fit Saark, l'air souffrant.

Kell le regarda du coin de l'œil.

— T'as fait ton dernier vœu ?

— J'ai décidé de renoncer aux femmes !

Kell s'étrangla de rire tandis que cinq mille hommes, par colonnes de cinquante soldats, rangés en carré serré, protégés sur chaque flanc de leurs boucliers, descendaient lentement des collines.

— Facile à dire, juste avant de partir au combat !

— Je suis sérieux ! Ne te moque pas de moi !

— Très bien, alors. Moi, je renonce au whisky ! sourit Kell.

— Et moi, je ne tuerai plus de généraux ! vociféra Grak en donnant une tape dans le dos de la Légende.

Autour de lui, de nombreux hommes rirent, ce qui apaisa la peur qui s'insinuait en eux, fluide telle la fumée de glace.

Ils gagnèrent la plaine. À l'arrière, au sommet de la colline, Myriam et Nienna progressaient avec une cinquantaine de femmes des mines des Aiguilles Noires. Elles avaient accompagné l'armée afin d'aider à nourrir les soldats et à remettre en état armures et habits. Elles aussi étaient armées d'arcs et de couteaux, car personne ne pensait que cette entreprise finirait bien. C'étaient des femmes robustes, rudes et farouches, aux prunelles de glaces et le feu aux tripes. Nienna en avait peur.

— Ça y est. On y est alors, dit-elle d'une voix qui n'était quasiment plus qu'un murmure, tandis que les soldats se dispersaient sur la plaine, entre les collines et les portes principales à l'ouest de Jalder.

— Ça paraissait plus romantique, sur le moment, convint Myriam. « Sauvons le Falanor ! Levons une armée et attaquons les vampires ! » (Soudain, elle frémit et pointa du doigt.) Regardez, les portes s'ouvrent.

Kell ordonna la halte, et la formidable masse de soldats armés de lances patienta. Les boucliers étaient fermement empoignés et les lances étaient fièrement dressées. Un vent glacial hurla dans la plaine, comme les portes grinçaient sur leurs charnières rubigineuses. La neige tourbillonna en décrivant de délicates arabesques qui partirent danser à travers le site désolé.

Une seule silhouette sortit de la ville. C'était un homme grand et élancé, le visage taillé au couteau. Il arborait le regard saigneux des vampires. Il avança d'un pas étrange sur la neige compacte, les yeux rivés sur la formidable assemblée de combattants, sans trahir nulle crainte.

Il fit halte et attendit.

Kell sortit des rangées de boucliers et s'approcha du grand vampire. Subitement, il le reconnut et cracha. Il s'agissait de Xavanath, le président de l'Université de Jalder. Kell l'avait rencontré, autrefois… quand cet homme était encore *humain*. C'était alors un universitaire honorable et respecté. Désormais, du sang lui maculait les griffes, et des lambeaux de chair pendaient de ses crocs. Et… il *puait*. Il puait tel un cadavre. Il puait la mort. Il puait le meurtre. Sa pestilence déferla sur Kell et lui donna la nausée ; c'était une chose qu'il n'avait jamais considérée auparavant : les *vampires* étaient prisonniers de leur propre ignominie, de leur sang caillé, de leur viande nécrosée. Leur *décomposition* empirait à chaque heure.

— C'est toi, le chef ? questionna Xavanath, avec l'arrogance qui caractérisait les universitaires de haut rang.

— Par tous les dieux ! Tu fouettes comme un cadavre, mon garçon. Excuse mes manières, mais faut bien admettre que t'en es un, de macchabée.

Des rires fusèrent dans les pelotons, et Xavanath fusilla Kell du regard. Puis, il émit un cliquetis, comme pour leur témoigner son ennui…

Comme s'il se trouvait face à un enfant difficile.

Comme s'il se trouvait face à un étudiant indigne.

— Kuradek, le grand Seigneur de Guerre Vampire, vous intime de déposer immédiatement les armes et de m'accompagner dans la ville. Il vous garantit le sauf-conduit. Il désirerait s'entretenir avec vous des termes d'une trêve. (Xavanath promena son regard amarante sur les soldats et leur équipement flambant neuf.) Il n'y a nul besoin de s'entre-tuer, aujourd'hui, reprit-il d'une voix douce, mais qui porta sur toute l'assemblée. (Puis, il sourit faiblement, tel un homme cruellement anémié.) De vous massacrer, je veux dire.

Kell se retourna et porta lui aussi le regard sur les cinq mille endurcis qui l'entouraient.

— Eh bé, les gars ! tonna-t-il. Ça, c'est un discours viril !

La Légende se jeta comme l'éclair sur Xavanath et Ilanna s'abattit brutalement, taillant profond dans le cou du vampire. Xavanath recula, trébuchant, toutes griffes dehors, mais Kell s'avança sur lui, hache brandie, comme il s'effondrait dans la neige. Le second coup trancha la tête du vampire, et son cadavre se liquéfia lentement, transformé en vaste flaque noire et huileuse.

Kell releva la tête et jeta un regard noir à Jalder, la ville silencieuse.

— Allez, bande de fils de chiennes ! hurla-t-il. Vous planquez pas dans le noir comme des fillettes, sortez et venez nous voir ! Ou alors se pourrait-il que Kuradek soit un lâche ? Kuradek la Fiente serait-il en train de se tapir en sanglotant dans un coin, serait-il en train de sucer sa propre bite bouffie tout en chiant sa sale trouille ?!

Kell réintégra les rangs d'un pas décidé et planta Ilanna entre ses bottes. Il attendit.

Saark se faufila auprès de lui.

— Je veux pas faire mon pédant, vieille rosse, mais c'était pas un peu… impulsif, ce que tu viens de faire ?

— Le seul truc impulsif, dans le coin, c'est ton entre-jambe ! répondit sèchement la Légende.

— N'aurions-nous pas dû au moins lui *parler* ?

— Non. Il faut qu'on les énerve. Il faut qu'on les attire dehors pour qu'ils se battent. Si on entre dans la ville maintenant, là où ils ont l'avantage, nous perdons le bénéfice de l'acier et des armures. Nous ne pouvons pas les laisser nous pourchasser. C'est à nous d'organiser le combat.

— Pourquoi ne veulent-ils pas venir ?

— Ils n'aiment pas la lumière, sourit Kell, le visage gai, mais les yeux plissés, presque maléfiques, dans la pénombre.

Il jeta un regard aux nuages, lourds, noirs et menaçants.

— Cela dit, une tempête approche. Ils aiment ça. Ils aiment le froid, ils aiment l'obscurité. Prie pour qu'il neige, Saark. Ça nous les servirait sur un plateau…

Sur ce, le ciel s'assombrit fortement. Les nuages s'amoncelèrent et le tonnerre claqua fort, sinistre. Puis, les portes de Jalder s'ouvrirent grand pour laisser passer… une femme.

C'était Sara. La fille de Kell. Et elle souriait.

Kell regarda Saark.

— Recule. Je vais m'occuper de cette pute.

— Qu'est-ce que tu vas faire ? demanda Saark d'une voix tremblante.

— Ce que j'ai à faire.

— Tu ne *peux pas*, siffla le dandy en prenant son ami par le bras. Nienna est là ! Elle voit tout !

Kell s'empara de la chemise de Saark et le tira à lui.

— Il le *faut* ! souffla-t-il, énervé.

Puis, il repoussa violemment l'ancien Maître Épéiste qui partit rouler dans la neige, le regard noir.

Kell partit à la rencontre de Sara d'un pas résolu. Elle avait les cheveux noirs, les yeux dissimulés dans les ténèbres, et un visage magnifique. La Légende déglutit. Il l'aimait. Il l'aimait tant. La perdre à cause d'une amère querelle familiale avait été dur à avaler. Un incident dont il avait tenté d'effacer les effets, encore et encore. Mais Sara était obstinée. Une des pires têtes de mule qui ait été. Il en avait ri, à l'époque. « C'est de moi, qu'elle tient ça. » gloussait-il, mais, en réalité, leur situation n'avait rien d'amusant, et tout cela devait se résoudre ici et maintenant, tous les événements devaient se mettre en place sur le champ de bataille, devant la ville de Jalder. Entre les reclus du Falanor et les vampires convertis.

— Père, fit Sara en avançant prestement.

Elle porta un regard dénué de compassion sur la dépouille décapitée de Xavanath. Quand elle releva les yeux, ils étaient tout embués, ce qui déstabilisa Kell. Pourquoi un vampire *pleurerait*-il ?

— Retourne voir ta lopette de maître, ma fille, intima-t-il sèchement. Ce n'est pas un endroit pour une femme.

— Ces paroles ne m'étonnent pas, venant d'un fumier de phallocrate comme toi ! cracha-t-elle.

Mais ses larmes roulèrent sur ses joues, et ce fut ce contraste qui ralentit Kell. Il savait qu'il lui fallait la tuer. Et vite. Elle était mortellement dangereuse, il le sentait, et le monde perdit subitement de la vitesse, tel un filet de miel. Ilanna s'imposa dans son esprit, tel un spectre…

Parle-lui, Kell…

Écoute-la, Kell…

Tu sais qu'il le faut.

Soudain, Sara bondit, ses griffes dardées sur la gorge de son père. Il recula, mais elle le frappa au visage et le fit vaciller. Il remonta sa botte entre ses jambes, la saisit par les cheveux, grogna, et lui enfonça la tête dans la neige. Elle se débattit violemment, mais Kell abaissa Ilanna de façon que l'arc de la lame papillon gauche lui rive la gorge au sol tel un couperet.

— Vas-y, feula-t-elle sans cesser de ruer. Vas-y, *père*, tu l'as toujours voulu. Ça a toujours été toi, le foutu héros.

Alors tue-moi. Tue ta propre fille, tout comme tu as tué ta propre putain de *femme* !

Le regard de Kell se durcit et, tout en maintenant Sara immobilisée, il tira son Svian et le lui plongea brutalement dans le cœur. Elle se mit à gigoter et à battre des jambes, mais Ilanna la bloquait toujours, la maîtrisait tel un agneau sur l'autel.

Elle fixa son géniteur et sourit, du sang bouillonnant au coin des lèvres.

— Tu te souviens du tunnel sud ? demanda-t-elle, les crocs cramoisis, les jambes folles.

Elle ne quitta pas Kell des yeux, figée dans la mort, mâchoires serrées, les joues ruisselantes de larmes. Il neigeait, et une bise légère les étreignait tandis que d'énormes nuages de suie se déchaînaient. La Légende opina du bonnet.

— Il est ouvert, reprit-elle dans un flot de sang noir. Et Kuradek se trouve à l'autre bout.

Puis, prise de spasmes, Sara, la fille de Kell, s'éteignit.

Saark accourut auprès de Kell, et le formidable vétéran se releva lentement, avec lassitude, avant d'entreprendre de nettoyer son Svian tout en contemplant sa fille trépassée. Il se remémora l'avoir tenue dans ses bras quand elle n'était encore qu'un poupon, ses babils, l'amour et la joie incroyables qui l'avaient alors envahi. Pour la première fois dans sa vie, il y avait eu quelque chose qui avait vraiment eu du *sens* pour lui. Un enfant. Un enfant pour lequel il aurait tué… et pour qui il aurait donné sa vie. Mais tout était parti de travers.

— Que s'est-il passé ? intervint brusquement Saark.

— Elle s'est sacrifiée, répondit Kell doucement, la voix brisée.

— Que veux-tu dire ?

— Elle savait que je devais la tuer. Elle m'a *permis* de la tuer. Après, elle m'a renseigné. Sur la façon d'atteindre Kuradek.

— La façon d'atteindre Kuradek ?

La Légende regarda alors Saark, et le dandy vit que le vieillard sanglotait. Des larmes roulaient sur ses joues et mouillaient sa barbe. Saark s'approcha de lui et soutint l'énorme guerrier.

— Quand elle était petite, elle est venue chevaucher avec le roi Léanoric et moi. Elle était si fière, juchée sur la selle de son petit poney noir. On avait découvert un tunnel creusé par les contrebandiers lippes-noires, bien au sud de Jalder. (Il fit un vague geste de la main.) Il conduisait au cœur de la ville et débouchait dans un bâtiment proche du Palais. Léanoric l'a fait condamner. Sara a rouvert ce tunnel pour moi. Je le sais. Je le *sens*.

— Pour que tu puisses entrer ?

— Pour me permettre d'arriver jusqu'à Kuradek.

— Ce pourrait être un piège.

— Ce n'en est pas un. (Kell inspira profondément et recula. Son chagrin s'évanouit, et il regarda la neige tomber. Puis, il se retourna et s'adressa à l'armée.) Ils arrivent, les gars ! Tenez-vous prêts ! Saark ?

— Oui… Kell ?

— Merci, mon garçon.

Saark sourit.

— Hé, mollo. Je t'aime comme un frère, mais il n'est toujours pas question d'épousailles. Alors te fais pas trop d'idées, vieille bique.

— Même pas en rêve, fit la Légende en se retournant vers les portes de la ville.

Ce fut alors qu'ils sortirent.

Un flot funeste se déversa de la ville de Jalder en hurlant, crachant, grognant. D'aucuns couraient, leurs yeux rendus fous par la soif de sang, d'autres rampaient, d'autres encore faisaient d'énormes bonds. Il y avait des hommes, des femmes et des enfants, des forgerons, des armuriers et des marchands de légumes, des professeurs et des étudiants ; tous grondaient et salivaient, tous crocs dehors, mâchoires grandes ouvertes. Kell sentit ses hommes frémir derrière lui, comme ils comprenaient *l'ampleur* de la bataille : il ne s'agissait pas juste de quelques vampires, ils *dégorgeaient* des portes qui ralentissaient leur charge. Ils se répandirent devant la ville, dispersés en formidables rangées de centaines d'individus. Ils étaient des milliers. Kell déglutit difficilement. Son œil expert embrassa leurs rangs grouillants comme ils faisaient halte et se rassemblaient, tels des chiens enragés tirant sur des liens invisibles. Kell déglutit derechef.

— Doit y en avoir dix mille ! éructa Grak, qui venait de se placer derrière lui.

— Bordel, jura Kell. Tu as raison. (Ses doigts glissaient sur Ilanna. Il se retourna vivement vers le Fumier.) Tu sais quoi faire.

Grak acquiesça, et courut rejoindre les hommes.

— La tortue ! hurla-t-il. Apprêtez les lances.

— Il est temps qu'on bouge, vieille rosse, fit Saark.

La peur se lisait sur son visage et se reflétait dans son regard, telles des larmes d'or.

— Oui. Je sais. Je suis peut-être un peu lent, mais je ne suis pas idiot.

Ils se retournèrent alors que les vampires poussaient un immense ululement qui retentit sur toute la plaine, une clameur atroce. Ils chargèrent l'armée de bagnards et de Lippes-Noires.

Kell et Saark rallièrent vivement leurs lignes, et la tortue s'ouvrit pour les accueillir. Ils s'installèrent à leurs postes, s'emparèrent chacun d'une lance et se tinrent prêts.

— On bouge plus, maintenant, gronda Grak. (Chaque homme perçut sa voix, forte et assurée.) Laissez-les venir ! Laissez-les nous tomber dessus !

La tortue tint bon.

La peur s'empara des soldats telle une peste.

La neige tombait des cieux d'hiver, sombre comme un crépuscule.

LES VAMPIRES CHARGÈRENT. Les premiers rangs se ruèrent sur les hommes du Falanor. Les monstres s'écrasèrent sur le mur de boucliers, qui s'ouvrit au dernier moment quand Grak le Fumier hurla ses ordres. Les lances transpercèrent chairs, gorges, cous, entrejambes, cœurs et globes oculaires. La première rangée de vampires s'effondra, grouillante et hurlante, crachant des flots de sang et de renvois noirs. Puis, les lances se retirèrent pour frapper encore et encore et encore, et un déluge de vampires s'effondra sur leurs congénères, mais ils formaient un mur trop large, bien trop large. Des deux côtés, les vampires se resserrèrent sur les soldats du Falanor et créèrent bientôt un troisième front. Les Lippes-Noires et les taulards des mines des Aiguilles Noires étaient forts et acharnés, et, bien qu'ils n'aient pas été des soldats, ils tinrent bon. Ils massacrèrent les vampires, et la neige se trempa de sang en quelques minutes, en quelques secondes. Une brèche se forma sur la gauche de Kell. Un vampire égorgea un homme et s'insinua dans leur carré d'armures et de lances. La Légende tira son Svian, l'enfonça dans l'œil de la créature, qui s'effondra dans un gargouillis.

— Brèche ! s'époumona Kell, tandis que d'autres vampires affluaient par l'ouverture pratiquée dans le mur défensif.

Les épées courtes accomplirent leur œuvre, mais les vampires étaient rapides, puissants, et leurs griffes, comme des rasoirs. Ils luttèrent à coups de crocs et de serres. Ils tranchèrent des gorges et arrachèrent des têtes avec une force incroyable. Les hommes du Falanor poussèrent de terribles grognements. Des hurlements retentirent au-dessus de la fange et des dépouilles des vaincus. Kell jouait de son Svian, car Ilanna était attachée dans son dos, trop encombrante pour être utilisée en combat rapproché. Il s'empara de l'épée courte d'un cadavre alors qu'un vampire bondissait sur lui. C'était une vieillarde aux yeux jaunis. Il lui planta la pointe de son arme droit dans la gueule, les poumons et le cœur, dans un geyser d'os et de sang qui le macula de la tête aux pieds. Il entendit des feulements et se retourna comme l'éclair, mais Saark embrocha la colonne de son assaillant et lui dévasta la poitrine. De la fumée fusa de ses oreilles, et il tomba dans la neige, gémissant, jusqu'à ce que Kell lui plante son arme à la base du crâne. Un autre vampire frappa Saark dans le dos. Kell lui trancha le bras. Le dandy lui creva l'œil et le globe ressortit à l'arrière de son crâne. Tous étaient noyés sous les chairs et le sang. Kell vit que la formation ployait. Il s'infiltra dans la brèche, épée et Svian au poing. Un vampire le toucha à la poitrine. Et lui envoya un coup de boule. Son nez brisé lui fit souffrir le martyre, mais il planta son Svian dans l'entrejambe de son agresseur. Il sentit un flot saigneux lui ruisseler sur le poing, et il poussa davantage, toujours plus profond. Deux autres vampires bondirent. Calmement, Kell trancha la gorge de l'un et atteignit l'autre à l'œil, mais davantage firent leur apparition, toujours plus nombreux. Cinq d'entre eux avaient élargi la brèche en moissonnant les têtes des taulards. Saark et la Légende se jetèrent sur eux, dérapant et hurlant alors que les feulements les assourdissaient. Mais ces vampires-*là* avaient des épées, et l'acier claqua contre l'acier dans une symphonie d'holocauste. Kell taillait comme un dément. Une lame siffla sous ses yeux. Il recula tandis qu'un vampire lui atterrissait sur les épaules. Il leva les bras, le traîna au sol et lui abattit un genou sur la gorge pour lui arracher les yeux. Puis,

Dekkar se retrouva à ses côtés. Il s'était frayé un chemin jusqu'à lui. Le vide régnait autour de lui, et la Légende en comprit la raison : il faisait tournoyer sa formidable masse à ailettes qui vint s'écraser sur le crâne d'un vampire dans un geyser d'os et de cervelle. Il en abattit un autre, encore un autre, trois, quatre, cinq… Kell surgit et libéra Ilanna. Ensemble, Dekkar et lui dévastèrent les rangs des vampires et les repoussèrent par la brèche du mur de boucliers, les refoulèrent sur la plaine balayée par la neige, et ils franchirent les lignes de leurs camarades. La masse de Dekkar virevoltait, massacrait, et Ilanna chantait, à présent, une complainte suraiguë telle celle d'une jolie femme en pleurs. Kell se sentit aspiré. Il était revenu, de retour là-bas, il retrouvait ces putains de Jours Sanglants, *et ça fait du bien c'est légitime ils tombent devant la hache devant Ilanna devant ses lames, et personne ne peut se dresser sur mon chemin, nul homme, nulle femme, nul monstre, nulle saloperie de vampire,* il abattit son arme de tous côtés, et des têtes volèrent dans les airs dans une gerbe de sang. Ilanna coupa un vampire en deux de la tête à l'entrejambe, son corps s'ouvrit comme un fruit mûr, ses entrailles nécrosées libérées tels des serpents gras et fétides. Elle tailla à gauche, brisant les côtes d'une vampire qui s'effondra dans le limon en se tordant, là où la masse de Dekkar la cueillit et lui ravagea la face. Dans son élan, Ilanna priva un vampire de ses jambes. Il tituba, progressa quelque temps sur ses moignons, avant de se faire engloutir dans la boue, la neige et le sang. Dekkar et Kell poursuivirent le combat sans voir que le cercle de créatures s'élargissait autour d'eux et, bien que les vampires aient continué de lutter en hurlant leur férocité, leurs rangs s'éclaircissaient. Un enfant sauta sur Dekkar, qui tituba sans pouvoir le tuer. La chose lui atterrit sur la poitrine, crocs claquant sur sa gorge. Ilanna se ficha en lui et le projeta dans la horde de ses semblables. Le roi des

Lippes-Noires sourit à Kell, et celui-ci, recouvert de sang et d'humeurs, lui adressa un signe de tête sans lui rendre son attention. Dans sa tête, il était ailleurs. Puis...

Une clameur retentit.

Kell vacilla et se ressaisit. Il reprit son souffle et réalisa qu'il haletait. La réalité reprit ses droits, et elle n'était pas belle à voir. Les vampires battaient en retraite et reformaient leurs rangs. Leurs morts gisaient par *centaines*, épars, en demi-cercle autour du carré défensif des hommes du Falanor.

— Grak ! hurla Kell.

— Je m'en occupe !

Grak entreprit de réorganiser les hommes, et les brancardiers firent leur apparition pour emporter les blessés. Des plaintes et des cris retentirent sur le champ de bataille. Les vampires observaient en silence, comme des chiens battus se léchant leurs plaies. Se léchant les couilles.

Kell, démon maculé d'humeurs sanglantes, réunit Dekkar, Grak et Saark autour de lui.

— Vous savez ce qu'il doit se passer, à présent.

Saark prit le poignet de Kell, à la façon des guerriers.

— Fais vite, mon ami.

Kell acquiesça, réintégra les rangs et ôta son pourpoint en peau d'ours qu'il tendit à un grand gaillard du nom de Mallabar. Cet homme était armé d'une hache, une hache similaire à Ilanna, forgée dans les mines des Aiguilles Noires.

— Bon combat, gronda Kell.

— Bonne chance à toi aussi.

— Je ne crois pas à la chance, réfuta la Légende en lui donnant un grand coup sur le bras. Moi, je force le destin.

Puis, Kell s'en fut derrière les milliers de combattants, là où l'attendaient plusieurs chevaux. Il remonta la colline à cheval, en direction des femmes qu'accompagnaient

Myriam et Nienna. Il fit halte, et Nienna le dévisagea, le visage dur et blême, ses yeux telles des pierres.

— Je devais le faire, dit Kell.

— Tu aurais pu la faire prisonnière, rétorqua sèchement Nienna.

— Un jour, tu comprendras.

— Je comprends déjà.

— Et c'est quoi, que tu comprends, ma fille ? grogna-t-il.

— Je comprends enfin ce qu'est ta *Légende*.

Kell jura, éperonna sa monture et s'en fut sur la colline vers le sud, loin du champ de bataille. La neige tombait dru. Il chevaucha dur, son étalon s'ébrouant et protestant sous son poids. Il fila à toute allure, conscient qu'il était crucial de se hâter. Leur armée était dramatiquement inférieure en nombre et, bien qu'elle combatte bravement, elle ne tiendrait guère longtemps face à tant d'ennemis…

Il gagna une forêt enneigée et découvrit bientôt un cours gelé. Les sabots de sa monture firent craquer la glace alors qu'il franchissait le ruisseau. Il repartit ensuite au galop. Des fumerolles montaient en volutes sur les flancs de la bête, qui lutta, atteignant la prochaine élévation. Il mit pied à terre, s'accroupit, et scruta la muraille sud de Jalder. Les souvenirs de Sara sur son poney noir et du visage rieur du roi Léanoric étaient vivaces. C'étaient les jours d'antan. Des jours plus heureux. Des jours à présent disparus…

Là !

Il progressa sur la neige et repensa à Saark, Grak et Dekkar, Nienna et Myriam. En ce moment même, Grak devait être en train d'organiser les femmes et les archers pour qu'ils se placent à l'arrière du carré défensif. Ils s'étaient entraînés dur ces dernières semaines, et il était persuadé qu'ils pourraient infliger de terribles dommages aux vampires…

Il grimaça. Il espérait qu'ils puissent tenir bon.

***

Kell se mit à croupetons dans un fossé, près de l'entrée du tunnel, et fronça les sourcils. Il y avait d'épais barreaux d'acier, trop épais pour qu'il puisse les tordre, mais ils avaient été violemment forcés, comme par une terrible explosion. Mais il était sûr d'une chose : ce qui avait déformé ces barreaux et les avait disloqués pour lui permettre d'entrer sans être vu à Jalder n'était pas humain.

Kell plissa les yeux.

— Merde, marmonna-t-il en soupesant le lourd manche d'Ilanna.

Je suis avec toi, dit-elle.

— C'est bien ça qui m'inquiète, poursuivit-il en touchant un des barreaux. (Il était chaud, tout comme le courant d'air qui se faufilait par le tunnel. Y avait-il des rats ? Ou… quelque chose de bien plus sinistre ? Il haussa les épaules et sourit.) Rien à foutre.

Quoi qu'il y ait là-dedans, ça pourra pas être plus terrible que moi !

— Kell ! Attends !

Il jura et se retourna lentement, le regard posé sur la pente recouverte de glace. C'était Myriam, à pied, qui tenait son arc long dans une main. Il porta son attention sur sa taille où une veuvière était engainée. Il avait oublié que Myriam avait pour habitude de se munir de cette arme, une arbalète de poing à rouages fort puissante. C'était avec une arme comme celle-ci que l'amie de Nienna, Kat, avait été abattue par un des anciens *collègues* de Myriam. Ce souvenir était encore frais, comme une tache pourpre et térébrante sur son âme. Quelque part, il en rendait Myriam responsable. Ainsi que cette arme. Cette arme *nauséabonde.* Cette arme de *sournoise.* Il la haïssait de tout son être.

— Qu'est-ce que tu veux ?

— T'aider.

— Tu vas me gêner.

— Il *faut* que je t'aide, Kell ! Tous ces hommes qui meurent, là-bas, toute cette merde, c'est *ma faute*.

— Alors barre-toi et va te battre à leurs côtés ! cracha-t-il, les yeux tels des joyaux de ténèbres. Tu vas me gêner. Je ne peux prendre aucun bagage.

— Je suis un bagage, alors ? s'insurgea-t-elle. (Elle était près de lui. Sa main glissa le long de sa cuisse et il grogna. Puis, d'un geste vif, elle lui planta sa lame sous la gorge et sourit.) Ce bagage est parvenu à s'approcher assez de toi pour te passer le goût du pain.

— Je pourrais te tuer, tu sais, déclara-t-il calmement.

— Je sais. Mais c'est drôlement chouette, pas vrai ? C'est trop bien d'être en vie !

Il la regarda droit dans les yeux. Il y vit de la démence. Il y vit plein de choses. Il n'était pas bien sûr de vraiment la comprendre. Elle n'était pas seulement complexe ; elle était également farouche et imprévisible. C'était ce qui lui plaisait, chez elle. C'était ce qui renouvelait son intérêt pour les femmes… après tout ce temps. *Une femme*, se corrigea-t-il. Une femme.

Autrefois, dans les marais à l'est, il s'était fait attaquer par un *kroug*, un fauve hirsute et nauséabond qui écumait les lieux par des itinéraires inconnus. À l'époque, il était à l'armée et, comme il lui plongeait son épée courte dans le ventre, les poumons et le cœur, leurs regards s'étaient étroitement croisés. Il s'était affalé sur le dos, le fauve moribond déversant son sang sur lui, son haleine fétide le caressant, le pénétrant tel un baiser de démence. Le regard de Myriam lui rappelait celui de cet animal. Indomptable. Toujours en marge, dangereuse, une vraie créature du chaos.

Il sourit.

— Tu peux lâcher ma jambe, maintenant.

— C'est ça, que tu veux ?

— Non, soupira-t-il. (Il se détendit, et Myriam recula pour rengainer sa lame. La veuvière pendait à sa ceinture et l'arc long dans son dos. Elle était grande, vive et athlétique. Il avait encore son goût sur la langue.) Plus tard, marmonna-t-il.

— Je peux venir, alors ?

— Je pense pas avoir le choix.

— Effectivement, vieillard. Après toi !

— T'as pas traîné Nienna avec toi, j'espère. La dernière chose dont j'ai besoin, c'est que ma famille déboule au pire moment. Ça rend la chasse aux vampires un peu plus compliquée.

— La chasse aux Seigneurs de Guerre Vampires.

— Certes, certes.

Ils s'accroupirent, aux aguets, et se faufilèrent dans le tunnel. L'air chaud les déconcerta après le froid de la neige et de la glace. Le conduit était calme et aussi aride qu'un désert. Kell en toucha les parois.

— C'était quoi, cet endroit ?

— Une route de secours pour la famille royale, répondit Myriam. (Il la fixa, et elle haussa les épaules.) Enfin, je pense, même si on ne répand pas trop ce genre d'informations, à mon avis.

— J'oubliais. T'as dû apprendre plein de secrets bien tenus en levant les jambes, quand t'étais à Vor. Ta quête, c'est de survivre.

— C'est ce qu'on cherche tous, murmura-t-elle.

Ils se glissèrent le long de tunnels sales et poussiéreux, aux relents de renfermé et de vieux métal malmené. La maçonnerie n'était pas d'hier, façonnée en courbes et en cannelures baroques qui le firent tiquer. Pourquoi exécuter ces sculptures ici, là où personne ne serait susceptible de les admirer ? Il sentit que ces tunnels avaient une longue histoire à raconter, des choses qu'il lui serait à jamais impossible de découvrir.

Au bout d'une heure, Kell sentit de l'air frais. Le tunnel débouchait abruptement sur une antique échelle en fer au sommet de laquelle il put discerner la lueur du jour. La neige tombait par l'ouverture et il en fut ravi. Il inspira profondément, libéré du confinement du tunnel. Il détestait les tunnels. Il détestait les espaces clos. Cela lui rappelait trop la tombe…

— Elle est sûre ? demanda Myriam.

Il éclata de rire.

— Qu'est-ce qui t'arrive ? s'insurgea Myriam.

— Y a trois Seigneurs de Guerre Vampires en goguette qui convertissent des milliers de personnes, la bataille fait rage sur les plaines recouvertes de neige à Jalder, et toi tu te fais du mouron pour une bête échelle ?

— Je veux juste pas finir ensevelie, dit-elle doucement.

— Hmm.

Il amorça l'escalade. L'échelle branla mais tint bon sous le poids de sa considérable carcasse. Myriam lui emboîta le pas et, parvenus sur le toit d'un entrepôt, ils se tapirent derrière un muret de pierre. Au loin, ils perçurent les clameurs du combat. Les vampires assaillaient de nouveau les lignes de l'armée falanorienne.

— On va par où ? demanda Myriam.

Il pointa le doigt en direction du Palais Bleu, dressé dans la lueur diaphane de l'averse de neige, immonde, sinistre, ancestrale et maléfique. La Légende frémit, comme sous le coup d'une prémonition. Il allait se passer du vilain, ici. Pour sûr.

— On peut passer par les toits, pour aller… là-bas, fit-elle en pointant le doigt à son tour. (Il acquiesça.) Viens. Ça, c'est mon domaine.

Ils grimpèrent sur un toit pentu, en gagnèrent l'arête et firent halte. Kell jeta un œil sur les murs qui ceignaient

Jalder. Il discerna la vieille garnison qui abritait autrefois une des Divisions des Aigles du roi Léanoric, désormais désertée et dont les pavés étaient sans doute maculés du sang des vaincus.

Puis, il regarda derrière lui vers la colline, en direction du fleuve, et vit le petit lopin de son ancienne demeure. Son cœur s'arrêta. *Tu as fait le tour, vieillard. Tu es revenu à ton point de départ. À Jalder. Là où l'Armée de Fer a débarqué. Là où la fumée de glace est apparue et a emporté tant de vies, là où tant de gens se sont fait congeler pour devenir le bétail de vachines assoiffés de sang...*

Il toisa Myriam. Vachine.

Il secoua la tête.

Il faut qu'on y aille, dit Ilanna d'une voix douce et aérienne. *Kuradek nous attend.*

Et tu veux son sang ?

Je veux qu'il goûte aux Temples du Chaos. Qu'il retourne à sa place...

Il se leva, mais Myriam le retint par le bras.

— Attends. Regarde.

Kell porta le regard sur la bataille. Les vampires avaient reculé. Les hommes du Falanor, sans doute sous les ordres de Saark, Grak et Dekkar, réorganisaient leurs rangs. Mais alors, il vit une chose qui lui souleva le cœur. Des Moissonneurs se tenaient aux portes de Jalder... Une *rangée* de Moissonneurs. Mains brandies, les yeux rivés sur leurs ennemis... À leurs pieds se formait un gigantesque globe tourbillonnant de fumée de glace.

— Bordel de merde, grogna Kell, l'œil sombre.

Il regarda quelques instants la neige tombante, puis, presque instinctivement, porta son regard au nord et vit une armée faire son apparition dans le brouillard. Elle marchait en ordre, des armures brillant sous le soleil hivernal, des heaumes noirs et des épées noires se dressant fièrement. Il comprit qu'il s'agissait d'une armée de soldats albinos, très similaire à l'Armée de Fer qui avait pris Jalder la première fois. Si elle se combinait aux Moissonneurs invocateurs de fumée de glace installés devant les portes de la ville… eh bien, cela ne présageait rien de bon pour les hommes du Falanor.

— Amène-toi ! siffla Myriam.

— Écoute, dit-il d'une voix blanche, les yeux embués. Comment pourront-ils combattre de tels enchantements ? Comment pourront-ils mener une guerre face à de tels maléfices… avec ne serait-ce qu'un mince espoir de l'emporter ?

— Ils se battront, grogna Myriam. Ils tiendront bon ! Viens ! Nous devons suivre notre propre chemin. *Viens !*

Ils progressèrent hâtivement sur les toits. Myriam indiqua un endroit d'où ils pourraient regagner la terre ferme. Les rues étaient désertes : la plupart des vampires étaient de toute évidence déjà sur la plaine, en train d'affronter les Lippes-Noires et les criminels du Falanor. Kell atterrit sur les pavés et se sentit stupide. Il se sentit perdu. Son âme fut submergée par un froid sentiment d'*abattement*.

Tue Kuradek, dit Ilanna. *Il le faut ! Maintenant !*

Kell empoigna son arme et crissa des dents. Ils gagnèrent un grand portail de fer monté sur un mur de pierre envahi de roses blanches sauvages. C'était ouvert, comme si Sara avait anticipé leur itinéraire, et cela le fit sourire.

Ils suivirent des corridors et pénétrèrent davantage dans le palais. À l'intérieur, il faisait frais. Les grandes salles étaient vides, mais présentaient de nombreux signes de vandalisme. Des centaines de marques de griffes striaient les parquets cirés et les meubles étaient entassés en grand désordre, les vases brisés, les tasses de bronze tordues, écrasées et éparpillées ; tout avait des airs de décadence, de destruction et d'irrespect.

— Je le sens pas, ça, chuchota-t-il.

Il soupesa Ilanna. Myriam chargea sa veuvière qui projeta des reflets grisâtres à la lueur des hautes fenêtres.

Ils progressèrent par une suite ininterrompue de pièces, de salles de banquets désertées, de longs couloirs au plafond haut et aux voûtes de pierre, dont beaucoup étaient occupés par les statues des reines et des rois d'antan.

— Il est où, ce fumier ? finit-il par maugréer.

Ils gagnèrent enfin le pied d'un grand escalier courbe. Ils montèrent, aux aguets, armes parées, et, parvenus à mi-chemin, ils perçurent des grognements…

Les deux vampires se laissèrent tomber, grondants et écumants, et atterrirent avec souplesse devant eux. Le premier était petit, la face étroite, mince et sec, avec des serres en guise de mains. Ses vêtements étaient en haillons et son regard vermillon irradiait la démence. Kell le reconnut. Il s'agissait du *Furet*, reconnu par tout le Falanor comme combattant, voleur et membre de la pègre. Il avait une *réputation*. Il faisait partie du Syndicat. Mais ils l'avaient eu… Ces ordures de vampires l'avaient eu…

Le second était une fille d'environ douze ans. Elle était fine, la peau noire, le regard voilé, un rictus bestial sur le visage. Ses doigts étaient ornés d'anneaux sertis d'énormes joyaux qui contrastaient avec son teint de vampire et ses griffes jaunies et crochues…

Ils attaquèrent, vifs comme l'éclair. Le Furet se rua sur Kell qui le cueillit d'un coup de hache vertical qui lui ouvrit la poitrine. Il le souleva, le porta et le projeta au-delà des marches de marbre, où il glissa sur le plancher, à quatre pattes tel un animal. Mais il revint illico à la charge…

— Non ! cracha Myriam.

Mais Rose fondit sur elle, fulminante. Il y eut un grand bruit, comme la veuvière déchargeait. Rose fut catapultée dans les airs, bras et jambes battant dans tous les sens, les traits déformés par la rage, du sang et des lambeaux de chair dégoulinant de ses crocs. Myriam recula d'un pas, ajusta et lui tira un second projectile en plein visage. Rose s'effondra en arrière, la face enfoncée, disparue, et couchée sur les marches, fut prise de spasmes. Myriam pirouetta au moment où le Furet bondissait sur Kell, qui l'esquiva adroitement, Ilanna fermement empoignée. La hache l'atteignit à l'entrejambe, lui dévasta les parties et remonta sur son abdomen. Emporté par la puissance du coup, le Furet chuta brutalement sur les marches. Ilanna échappa à Kell, qui jura. Le Furet se tortilla et ses griffes crissèrent sur les lames de la hache, comme il tentait de l'extirper de son corps. Kell tira son Svian et s'approcha du vampire toujours gigotant. La Légende sourit, avec compassion, empathie, de la pitié dans le regard.

— Je suis désolé, mon garçon. Vraiment, murmura-t-il d'une voix apaisante, avant de lui plonger son Svian dans le cœur.

Le petit homme se figea, ses muscles se détendirent, le sang forma une flaque au-dessous de lui et se répandit lentement sur les marches, un à un, avant de se tarir. Puis, tout ce que l'on put entendre dans la formidable salle fut le bruit de petites, petites, gouttes ruisselant doucement, tout doucement.

Myriam récupéra ses carreaux et rechargea sa veuvière. Elle se tourna vers Kell.

— Ça va ?

— Non.

— Ça va pas s'arranger.

— Je sais. Ramène-toi. Allons soulager les maux de ce salopard de Seigneur de Guerre Vampire.

Saark respirait difficilement. Il se toucha délicatement les côtes, là où les griffes d'un vampire l'avaient lacéré jusqu'à l'os. *Bordel,* se dit-il. *Ils les ont tranchantes, ces cons-là. Et rapides ! Trop rapides.* Plus rapides que lui. Subitement, son statut de vachine n'avait plus l'air aussi impressionnant...

— Allez, Kell, allez, bougonna-t-il en observant les vampires battre en retraite.

Ces monstres étaient rudes, mais les robustes hommes du Falanor tenaient bien leurs positions et leur infligeaient de lourdes pertes. Les lances pour repousser leurs charges, et les épées courtes d'estoc pour les combats au corps à corps, constituaient une redoutable combinaison. Le champ de bataille était jonché de centaines, voire de milliers de vampires morts. Du moins ceux qui ne s'étaient pas désintégrés sous forme de flaques huileuses ou de fumée.

— Comment tu vas, mon garçon ? s'enquit Grak en tapant Saark sur l'épaule.

Le dandy gémit. Il n'était plus qu'une plaie.

— C'est comme si une pute au gros cul venait de s'asseoir sur mon visage.

— Tiens ? J'aurais pensé que ça t'aurait plu, ce genre de trucs.

Saark le dévisagea. Cet homme n'avait décidément aucun humour.

— Ouaip, fit-il. Peut-être bien. Combien de temps, avant qu'ils reviennent ?

— Pas longtemps, répondit sèchement le Fumier en jetant un œil à travers le mur de boucliers. Merde alors. Par les Ossuaires Sacrés, c'est qui, *ceux-là* ?

Saark regarda, bouche bée. Une rangée de Moissonneurs faisait son apparition aux portes de Jalder. Ils étaient vêtus de robes blanches tissées de fil d'or. Ils étaient grands, avec de petits yeux noirs et des gueules sifflantes, mais ce fut leurs longs doigts osseux qui attirèrent son attention. Il avait vu de près ce dont ils étaient capables. Et il en avait peur, tout au fond de lui.

— Ce sont des Moissonneurs, répondit-il.

— Ils ont pas l'air commodes. Ce sont des guerriers ?

— Des magiciens, chuchota Saark. (Sous ses yeux, de puissantes volutes de fumée de glace se mirent à fleurir sur le sol.) De sales magiciens. Du genre à congeler les hommes et à les rendre incapables de se battre. Il faut sonner la retraite, Grak ! Il faut fuir !

— Ça va pas, non ? s'insurgea violemment le Fumier. Si on file, si on rompt les rangs, ces ordures vont nous massacrer par l'arrière ! Ils vont nous cueillir comme des pâquerettes !

Saark vit les nuages laiteux prendre en taille. Les Moissonneurs disparurent dans la fumée de glace.

— Ils vont nous congeler sur place ! siffla Saark, le regard fou. Après, ils vont nous pomper le sang. Je les ai déjà vus faire ! J'ai *déjà* vu ça…

— Mon général ! intervint subitement un soldat en faisant halte à leur niveau.

— Quoi ? s'écria Grak en fronçant les sourcils.

— Des soldats, mon général. Des tas de soldats.

— Où ça ?

— Au nord.

Grak et Saark contournèrent vivement le carré défensif et stoppèrent, sidérés. Au loin, sur une petite colline, se tenaient au moins cinq mille soldats albinos. Ils arboraient des armures noires, des heaumes noirs, des épées noires, et leurs boucliers exhibaient un emblème de cuivre.

— Sainte Mère, fit Grak en tirant son épée. On ne peut pas affronter deux armées ! Pas sur deux fronts ! On va se faire écraser !

— Il faut fuir le champ de bataille, exhorta Saark.

— Non ! Il faut tenir ! Il faut nous battre !

— On ne peut pas !

— Archers ! s'époumona Grak.

Il se retourna et vit le carré des femmes, leurs arcs tendus, leurs flèches fichées dans la neige à leurs pieds. Puis, il reporta son regard sur les Moissonneurs. La fumée de glace tourbillonnait et commençait de se répandre sur le sol en direction des hommes du Falanor… De leur côté, les vampires souriaient, observaient, et faisaient jouer leurs griffes, leurs yeux de sang rivés sur leurs proies…

Au sommet de la colline, quelqu'un hurla un ordre, et Saark tira son épée. Il ne pensait plus à rien. Il avait les foies et la vessie prête à éclater. Ils allaient mourir. Congelés. Massacrés. Réduits en bouillie comme des fruits trop mûrs.

— Merde merde merde, bougonna-t-il. BORDEL DE MERDE !

LES SOLDATS DE l'Armée de Cuivre, dirigés par le général Exkavar, tirèrent leurs épées de façon surnaturelle, comme des machines… et chargèrent sur la colline en direction des hommes du Falanor, dans un silence spectral…

LA PIÈCE ÉTAIT incroyablement opulente. Des coffres en cerisier sculpté, des urnes d'or et de cuivre, de riches tableaux sur de grands pans de mur, d'épaisses tapisseries et draperies de velours, des tapis luxuriants… C'était une pièce digne d'un roi.

Kell et Myriam se figèrent.

Kuradek se tenait au milieu, devant le lourd lit à baldaquin en chêne.

Kuradek l'Impie.

Le Seigneur de Guerre Vampire avait cessé de bouger, de respirer, et apparemment, de *vivre*. Mais il était vivant. Vivant, et il attendait.

— Tu es venu, dit-il, des volutes lovées autour de ses lèvres fumeuses.

Il sourit.

— Disons qu'on voulait pas que tu te sentes seul, mon garçon, gronda Kell en carrant les épaules tout en soulevant Ilanna.

Reste calme, dit-elle.

Jusqu'au bon… Moment.

Kell s'avança, inspira profondément et fixa l'imposante silhouette de Kuradek. Il l'avait vu pour la dernière fois sur le Mont de l'Enfer, après qu'il ait été invoqué hors des Temples du Chaos par le général Graal.

— Je t'imaginais plus grand, dit la Légende.

— Je savais que tu viendrais, déclara Kuradek. C'était écrit.

— Quoi ? Encore des prophéties ? railla Kell. Laisse tomber avec ça, vieux fumier. (Il le pointa du doigt.) Bon. Tu sais ce que je suis venu chercher. Tu sais pourquoi je suis là. Si tu retournes pas *vite fait* dans les Temples du Chaos, je te file une trempe mémorable et je te renvoie chez toi la queue entre les jambes.

Kuradek s'esclaffa.

— Tu penses pouvoir me défier, mortel ? Comment comptes-tu faire ?

Cette situation l'amusait réellement. C'était une vraie question.

— Avec *ça* ! rétorqua Kell en agitant Ilanna à l'attention du Seigneur de Guerre Vampire.

L'énorme personnage garda quelque temps le silence, comme pour analyser l'arme et celui qui la brandissait. Myriam, près de la porte, n'avait aucune importance. Oubliée. Pire : congédiée.

— C'est l'une des Trois, finit par dire l'Impie. Bien joué. Cela dit, *elle* ne suffira pas.

— C'est mon lien de sang, annonça doucement Kell, tête baissée, ses yeux luisant dans le noir. Et tu sais ce que ça signifie.

— Alors montre-moi ça ! grogna Kuradek.

Il lança ses bras colossaux devant lui, toutes griffes dehors, en direction de Kell. Celui-ci recula, et Ilanna tailla de droite et de gauche pour trancher les membres tendus. Mais, incroyablement, ses redoutables lames ne parvinrent pas à pénétrer les chairs fulminantes. Kuradek avança, baissé. Derrière Kell, la veuvière de Myriam fit sonner ses rouages et un carreau vint cueillir Kuradek en plein visage. Celui-ci engloutit le projectile et éclata de rire. Il se déplaça dans un chuintement d'air, si vite que Kell partit voler dans des vases et une coiffeuse délicatement sculptée, qu'il réduisit en miettes, puis heurta violemment le mur et chuta au sol, à bout de souffle, sonné, ahuri par la rapidité et la férocité de Kuradek. Du Seigneur de Guerre Vampire.

— *Tu croyais qu'un enfoiré de mortel parviendrait à me donner du fil à retordre ?* gronda-t-il en attrapant Myriam par la gorge. (Il la souleva à cinquante centimètres du sol. Elle battit des jambes, violacée.) *Tu pensais pouvoir te dresser face à la puissance des Seigneurs de Guerre Vampires ?* vociféra-t-il.

Il projeta Myriam au loin, qui disparut par l'embrasure de la porte, culbutant sur les dalles de pierre avant d'enfin s'arrêter, désormais brisée et sans défense.

Kell se releva. Il avait l'impression d'être un vieillard. Il lança un regard mauvais à l'Impie dont les yeux saigneux luisaient tels des charbons ardents.

Il tenta d'invoquer Ilanna, mais elle garda le silence.

Il tenta d'invoquer la rage des Jours Sanglants… en vain. Elle n'était plus là, elle l'avait déserté. Elle l'avait laissé là tel un agneau sur l'autel. Prêt à se faire aspirer. Abattre…

Il tint bon et refoula la peur intense qui le submergeait.

— J'en ai *déjà* tué, des comme toi ! gronda la Légende, mais sa voix n'était plus qu'un miaulement chétif.

— Pas des comme moi, réfuta Kuradek.

Il y eut un éclair, une image indistincte, et Kuradek se retrouva à côté de lui, le dominant de toute sa hauteur, le toisant de ses yeux cramoisis. Kell était paralysé, impuissant. Il comprit, horrifié, que le vampire l'avait *envoûté*. Envoûté traîtreusement à l'aide de magie d'huile-de-sang. Il grogna, mais il avait l'impression que des fers l'entravaient.

Kuradek se pencha vers lui. Son visage n'était qu'à quelques centimètres du sien.

— Tu vois ? Tu es en mon pouvoir. C'est si simple, si simple, de désarmer le grand Kell. Kell… La Légende ?

Kuradek éclata d'un rire moqueur, et de la fumée s'échappa de sa gueule pour pénétrer les poumons de Kell, pour l'étouffer.

— On dirait bien que ton heure est venue.

L'Impie baissa la tête et planta ses crocs dans la gorge de la Légende…

XIV
LES JOURS SANGLANTS

KELL SE TROUVAIT dans la ville en ruine. Des cadavres brûlaient autour de lui. Il était nu, maculé du sang de milliers de personnes. Des hommes. Des femmes. Des enfants. Il rit, vaincu par la démence. C'étaient les Jours Sanglants. C'était ce que lui avait promis Ilanna. *Fais-le,* enjoignit la voix. Ce n'était pas une voix humaine, mais celle de la hache, la voix primitive d'Ilanna – l'une des Trois. *Nous devons nous lier par le sang. Pour l'avenir. Pour survivre.* Kell arpenta les rues d'un pas décidé. Quand les gens couraient devant lui, Ilanna se déchaînait, tranchant bras, jambes, et têtes. Les corps s'amoncelaient à ses pieds, morts avant de toucher le sol. Ses jambes étaient recouvertes de sang. Ses orteils pataugeaient dans les chairs meurtries. Les caniveaux charriaient des eaux carmin. Kell marcha, marcha et marcha, pendant une éternité. Il se demandait parfois s'il ne rêvait pas, ou s'il n'était pas en Enfer, ou bien dans les Ossuaires, ou encore dans les Temples du Chaos. Il n'avait besoin, ni de se nourrir, ni de boire, il ne manquait de rien. Il désirait seulement massacrer, saccager sans fin. Sa rage était terrible, dévorante, inhumaine. Il n'était plus un mortel. Son sang courait en lui comme de la lave. Il était devenu une maladie infectieuse. Un fléau. Une créature vouée à…

Combattre.

L'Impur.

Pour tuer l'Impur, tu dois te corrompre à ton tour. Pour éradiquer le mal, tu dois en absorber l'essence. Tu dois danser avec les diables, Kell, les Jours Sanglants doivent te consumer, car c'est la seule façon pour toi de véritablement comprendre tes pires ennemis, de devenir la némésis des rouages, des vampires, des loups, des dragons et des autres cauchemars qui viendront assaillir le Falanor ces prochaines années.

C'est écrit, Kell.

Dans le Testament du Chêne.

Il est écrit que tu seras un tueur, et un sauveur.

Il est écrit que tu seras impur, et pur.

Il est écrit que tu ne connaîtras jamais la rédemption.

Il est écrit que tu seras à jamais un esclave.

Kell hocha la tête, poursuivit sa marche et accepta son sort. Il gagna la maison. Sa douce femme Ehlana était là, nue et mince, allongée sur le lit. Elle leva les yeux et la peur se lut dans son regard. La peur, la confusion et l'horreur. Puis, elle le reconnut et se redressa…

— Kell ?

— Chut, fit-il.

Ilanna s'abattit, mais ses lames ne taillèrent pas comme elles l'auraient fait dans des chairs normales. Elles pénétrèrent son esprit.

— Non ! hurla-t-elle.

Son âme lui fut arrachée, et son corps se flétrit et mourut, exsangue, arraché aux flammes, arraché à ses terribles *maléfices*. Ehlana, la femme de Kell, sa bien-aimée fut emportée et *absorbée* au sein même de la hache, se fondant dans l'acier. N'était-ce pas le sort qu'elle avait lancé ? Pour offrir l'immortalité à Kell. Pour faire de lui une Légende. Elle avait eu les visions. Elle avait vu les ténèbres à venir. Et il leur fallait un héros. Un homme capable de combattre les démons. Mais son pacte avec les *dieux grellorogains* exigeait *davantage*. Il leur fallait du sang. Il leur fallait de l'amour. Il leur fallait de la *magie*. Son sang noir. Son cœur. Ainsi, Ehlana avait lu les prophéties, lancé ses sorts et avait créé le tueur ultime, le champion suprême du roi Sierlan du Falanor… Elle avait donné sa vie, son amour et ses sortilèges.

Ehlana devint la prisonnière d'Ilanna.

Ehlana devint Ilanna.

Kell ouvrit subitement les yeux. Il comprit, il se souvint, et la haine le consuma. Il voulut crier : « Pourquoi, Ehlana ? Pourquoi nous as-tu fait ça ? Je n'ai jamais voulu ça ! J'ai jamais voulu ça, bordel ! » Mais les crocs de Kuradek étaient profondément plantés dans son cou. L'Impie buvait son sang à grand bruit. Kell rit, inspira profondément et tira son Svian qu'il plongea violemment dans l'entrejambe du Seigneur de guerre. Kuradek poussa un cri perçant, tel un porc embroché. Kell se leva, attrapant le scalp fumant de Kuradek et se libérant de ses crocs, les doigts tremblants et maculés de suie…

D'un geste brusque, il projeta Kuradek dans la pièce. Celui-ci heurta le lit, bascula et s'écrasa sur deux des supports qu'il réduisit en miettes. Kell se massa le cou. Le sang coulait de la morsure du vampire, et les Jours Sanglants s'emparèrent sans ménagement de son esprit.

— Je ne suis plus un pion ! gronda-t-il amèrement.

Il récupéra Ilanna et la brandit. Elle était glacée. Son manche et ses lames luisaient d'un noir zibeline – pas *noir*, pas le gris du fer ou de l'acier, ni celui des chairs calcinées ou du ciel nocturne. C'était un *portail*. Un vide. Une absence de *matière*. Un passage.

Ton retour me réjouit, mon époux, fit Ilanna dans son esprit, douce comme la brise.

— Pourquoi as-tu fait ça ? Je t'aimais. Je te vénérais. Et tu m'as laissé en plan, accablé, désabusé. Je croyais que je t'avais tuée pendant ma crise sanguinaire ! Alors que ce sont tes maléfices qui ont provoqué ta mort.

Je ne suis pas morte, mon époux, dit Ilanna. *Je vis encore, dans cette hache, dans ce symbole de force et de liberté, et ensemble, nous repousserons les Seigneurs de Guerre Vampire ! Ensemble, nous leur montrerons ce que peut accomplir la Légende…*

— Je ne veux rien de tout ça ! hurla Kell en tombant à genoux.

Tes désirs n'ont aucune importance.

Kuradek s'était relevé. Dominant Kell, il bondit sur le vieux guerrier. Ses énormes griffes se refermèrent sur lui et le projetèrent dans les airs.

— Je vais t'écraser ! fulmina le Seigneur de guerre.

Kell croisa le regard cramoisi de son ennemi. Il sourit, dévoilant ses dents tachées de sang.

— Moi, c'est Kell, fit-il en libérant aisément ses bras pour brandir haut Ilanna. (Ses lames noires et mates transperçaient la réalité.) Et il est temps que tu rentres chez toi, mon p'tit père.

Ilanna atteignit Kuradek entre les deux yeux et lui fendit le crâne en deux. De la fumée surgit, une vapeur âcre et noire qui inonda la pièce en un instant. Kell se tint immobile tandis que Kuradek se dressait devant lui, ouvert jusqu'à la taille, bâillant tels des pétales balayés par le vent. Le monde parut ralentir, *gémir*, et un couloir rempli de fumée s'ouvrit derrière le Seigneur de Guerre. Il s'étendait sur des millions d'années. Kell reposa Ilanna à terre, fit craquer ses phalanges, scruta le passage et attendit. Le corridor donnait sur une salle infinie, noyée dans les ténèbres, et du ciel tombaient des cadavres, sans cesse dégringolant vers l'oubli. Le regard saigneux de Kuradek était rivé sur Kell.

— Qu'as-tu fait ? grogna le Seigneur de Guerre Vampire, les deux extrémités de sa gueule s'agitant à cinquante centimètres de distance. Que m'as-tu fait ?

— Je viens de te renvoyer, répondit Kell presque gentiment.

Un bruit de chaînes se fit entendre au loin, et une espèce d'énorme crochet sombre et métallique traversa les millions d'années de fumée. Des griffes à rouages façonnés dans du vieux fer, grêlées, rouillées, immenses et infrangibles, se refermèrent méthodiquement sur Kuradek l'Impie. Elles l'écrasèrent à grand renfort de cliquetis. Un sinistre tic-tac retentit. Des engrenages cliquèrent et se mirent en branle. Kuradek poussa un cri et, en un clin d'œil, fut aspiré dans le couloir. Un courant d'air chaud les balaya, et les Temples du Chaos implosèrent. Toute la fumée fut absorbée et réduite à une petite tache noire, qui disparut dans un cliquettement presque inaudible.

Kell reprit son souffle, frémit et frotta les morsures qui lui déparaient le cou. Il tomba à genoux, puis s'appuya sur Ilanna pour se relever.

— Quel fumier, bougonna-t-il, les jambes tremblantes.

Il se précipita hors du couloir. Myriam reprenait peu à peu conscience, et la première chose qu'elle fixa confusément fut le cou de Kell.

— Il t'a mordu ?

— Ne t'inquiète pas.

— Il t'a mordu ! Tu vas te transformer, tu verras…

— Il est parti. Je ne peux pas me transformer.

— Tu l'as tué ?

— On ne peut pas le tuer. (Il soupesa Ilanna.) Les Seigneur de Guerre Vampires sont immortels. Mais je l'ai renvoyé dans les Temples du Chaos. Chez les Gardiens. Je pense que son évasion les a *saoulés*. Je crois qu'ils ont une *surprise* pour lui.

— Et les autres vampires ?

— Allons voir.

Kell et Myriam gravirent les marches à la hâte et parvinrent sur les remparts recouverts de givre. Une bise glacée souffla et les transit de froid. Muets de stupeur, ils contemplèrent la plaine.

Les hommes du Falanor étaient étroitement rassemblés derrière leurs boucliers et les pointes de leurs lances brillaient dans la pénombre spectrale. Une horde massive de vampires se tenait aux portes. Ils patientaient derrière dix Moissonneurs environnés de volutes de fumée de glace. Cette fumée progressait sinistrement sur la neige bourbeuse en direction des soldats, mais, au même moment, une armée de combattants albinos chargea en silence, comme dans un rêve, s'écartant des hommes du Falanor pour percer les rangs des Moissonneurs et des vampires. Les lignes de front des humains s'effondrèrent sous un déluge d'épées.

— Je ne comprends pas, dit Myriam.

L'Armée de Cuivre enfonça les rangs des Moissonneurs et des vampires, qui se mirent à hurler et prendre la fuite. Des milliers de soldats albinos s'abattirent sur les esclaves de Kuradek et les supprimèrent sans merci. Les lames tranchèrent les têtes, plongèrent dans les cœurs. En quelques minutes, ce fut un massacre.

Kell se rassit sur les remparts et appuya ses doigts sur les plaies de son cou.

— Que s'est-il passé, demanda brusquement Myriam. Je pensais qu'ils reculeraient une fois que tu aurais tué Kuradek.

— Je ne l'ai *pas* tué, expliqua Kell avec patience. (Il s'esclaffa et cala sa tête contre le mur avec lassitude.) Les

Seigneurs de Guerre Vampires sont immortels. Une fois qu'ils te transforment en vampire, tu le restes. Ce sont des parasites. C'est pourquoi on les a invoqués dans les Temples du Chaos. C'est pourquoi les dieux sombres les y ont bannis.

— Et toi ? fit-elle sèchement. Je dois préparer mon couteau ?

— Moi ? (Kell ouvrit les yeux. Il rit derechef et haussa les épaules.) Tu fais comme ça te chante, ma fille. On dirait bien que je suis protégé. Magie noire. Je sais pas. Ça remonte aux Jours Sanglants. Comme si j'avais été *fabriqué* pour tuer ces saloperies. Tu le crois, toi ? (Il rit encore. Un rire brisé. Le rire des vaincus. De désolation.) Seulement, ça s'est passé trente ans trop tôt. Conneries de prophéties. J'aurais dû me les faire tatouer sur le cul, pour ce qu'elles servent.

— Des prophéties ? Protégé ? Mais de quoi tu causes ? Qui t'a *raconté* tout ça ?

Kell lui sourit.

— Ma femme. Tu veux bien être gentille et aller me chercher Saark et Graal, maintenant, si tu veux bien ?

— Et je suppose que tu peux me dire pourquoi les albinos se sont retournés contre les vampires, alors ?

Kell haussa les épaules.

— J'en ai aucune idée, ma fille. Ça m'a surpris autant que toi. Mais je sais une chose.

— Oui ?

— Nos rangs s'épaississent, déclara-t-il, l'œil luisant.

KELL FAISAIT FACE au général Exkavar de l'Armée de Cuivre et au général Zagreel de l'Armée d'Argent. Tous deux étaient grands, minces, avec de longs cheveux blancs, une peau pâle et cireuse, et les yeux cramoisis des albinos, même si Kell savait, à la suite de ses aventures sous les Monts aux Aiguilles Noires, que ces guerriers n'étaient pas que de simples humains souffrant d'un déficit de mélanine. C'étaient des Guerriers Blancs. Une tout autre *race.*

— Messieurs, expliquez-moi ce qu'il vient de se passer, je vous prie, dit Kell en prenant place à l'énorme table de banquet, ses mains posées devant lui.

Les deux généraux ôtèrent leurs heaumes et les placèrent sur le bois abîmé. La salle avait été rangée, et seules les marques laissées par les griffes des vampires témoignaient de l'occupation récente.

Le général Exkavar regarda Kell durement.

— Je pensais que c'était évident. On a empêché vos hommes de se faire massacrer. On a tué les Moissonneurs qui nous ont fait passer les montagnes, et on s'est retournés contre ces foutus vampires. (Il jeta un œil à Saark et fit la moue.) Nous ne nous combattrons plus à vos côtés. Ni les vachines, ni les vampires, ni les Moissonneurs. Il est temps que les Guerriers Blancs prennent leur envol.

— Pourquoi nous avoir aidés ? demanda doucement Kell.

— Nous avons des ennemis communs. Pendant des années, nos deux races ont été les proies des vachines, et surtout des vampires. Nous devions agir ensemble. Nous devions débarrasser le Falanor de cette vermine.

— Et après ? fit Kell, une lueur dans le regard.

Vingt de ses hommes patientaient à l'extérieur de la salle, épées tirées. Ils n'attendaient que son ordre. Si Exkavar ou Zagreel se révélaient menaçants, Kell les exterminerait. Et leurs soldats également, pendant leur sommeil. Kell ne pouvait risquer qu'un ennemi supplémentaire vienne dévaster sa terre natale.

— Nous allons quitter le Falanor et rallier notre repaire sous les Monts aux Aiguilles Noires.

— Pourquoi en être sortis ?

— Nous sommes venus pour notre armée. L'Armée de Fer. Ses membres sont actuellement réduits en *esclavage* à Vor, sous la direction de Meshwar le Violent. Nous n'avons aucun moyen de communiquer avec eux. Alors nous avons décidé qu'une démonstration de *force* était de circonstance.

Kell acquiesça et posa son menton sur son poing. Il fixa les deux généraux, puis Saark, Myriam, Grak et Dekkar. À présent, tous étaient propres, bien coiffés et rassasiés.

Après la bataille de la veille, la déroute des Moissonneurs et des vampires, l'Armée de Cuivre avait passé le reste de la journée à pourchasser les vampires dans les rues de Jalder et à mettre fin à leurs souffrances. Puis, peu à peu, les gens avaient commencé à sortir des égouts et des usines, des caves et des greniers, des tunnels cachés et des entrepôts, des cottages et des trous dans les murs. Environ deux mille personnes s'étaient réunies devant le Palais, une foule indigente d'êtres humains traumatisés. Kell avait chargé Grak de nourrir et donner de l'eau aux réfugiés, de leur trouver des habits et des médicaments. Grak avait encadré joyeusement les prisonniers des Carrières des Aiguilles Noires, et tout le monde s'était mis au travail. Seuls les Lippes-Noires, renfrognés et d'humeur sinistre, étaient restés hors de la ville, affirmant qu'il serait hypocrite d'y entrer.

Avec autant de pain sur la planche, Kell et Nienna s'étaient peu vus. Myriam, qui s'était occupée de la jeune fille, avait rapporté à la Légende qu'elle était fâchée et blessée par la mort de sa mère. Myriam avait tenté d'expliquer que l'état de vampire était irréversible, et que Kell lui avait rendu un fier service, mais Nienna avait plongé dans la dépression. Kell n'y prêta aucune importance. Il avait des choses plus importantes à faire que s'occuper d'une enfant boudeuse.

— Ainsi, vous allez vous rendre à Vor, dit-il en se caressant la barbe. Vous pensez pouvoir balayer Meshwar ? Les

Seigneurs de Guerre Vampires sont des adversaires vraiment redoutables. Ce sont des Créatures des Temples du Chaos.

— Nous avons des magiciens avec nous, déclara Exkavar. Si nous n'arrivons pas à le tuer, nous pourrons ouvrir le portail. Crois-moi, une fois ouvert, les Gardiens viendront le chercher. Ils ont failli à leur tâche, tu comprends ? Ils veulent récupérer les Seigneurs de Guerre Vampires autant que nous voulons nous en débarrasser.

Kell acquiesça.

— Dans ce cas, je suggère que nous prenions la route du port de Gollothrim, dit-il. Nous devons également nettoyer cet endroit des vampires, trouver Bhu Vanesh et le renvoyer chez lui.

— C'est le plus puissant des trois, intervint Myriam en relevant la tête de sa coupe de vin. Le plus puissant, Kell.

La Légende acquiesça.

— Peut-être bien, mais on doit poursuivre le combat. Vous êtes avec moi ?

— Oui, gronda Grak le Fumier en abattant son poing sur la table. Par les dieux, oui.

— Mon peuple désire voir tout cela prendre fin, affirma Dekkar en faisant un signe de tête à Kell. Nous faisons désormais partie de tes guerriers. Nous resterons à tes côtés. Nous nous battrons à tes côtés. Et nous mourrons avec toi s'il le faut.

— Bien, fit Kell en reportant son regard sur les deux généraux albinos. Combien de temps allez-vous rester ?

— Nous partirons pour le sud à l'aube. Ne t'inquiète pas, Kell. Nous n'envisageons nullement de diriger le Falanor. Une fois que nous aurons nos hommes et que nous aurons liquidé Meshwar, nous serons loin.

— Les Moissonneurs sont-ils devenus vos ennemis ? demanda Kell.

— Oui. Mais cette bataille aura lieu un autre jour. Nous avons beaucoup appris sur leurs compétences. Il est à présent temps pour les esclaves de se libérer de leurs chaînes, de relever la tête et de châtier leurs maîtres. (Exkavar sourit brièvement de façon cruelle.) Cela fait trop longtemps que leurs injustices nous accablent.

Kell hocha une fois de plus la tête et les deux généraux se levèrent. Ils remirent leurs heaumes. Kell se leva lui aussi et voulut leur serrer la main. Les deux hommes le dévisagèrent mais n'en firent rien.

— Je suis sûr que nous nous reverrons bientôt, dit Zagreel, une lueur dans son regard écarlate.

— Certes, convint Kell en souriant. (Il observa les deux généraux quitter la salle et jeta un œil à Grak.) Je veux qu'on triple la garde, dans chaque bâtiment, à chaque porte, dans chaque *latrine*, jusqu'à ce qu'ils s'en aillent. Tu m'as compris ?

— Oui, Kell. Je peux te demander quelque chose ?

— Vas-y.

— Tu peux me répéter pourquoi ils nous aident ?

— Parce que nous avons un ennemi commun. Mais ce qui me tracasse, mon cher assassin, c'est ce qui va se passer quand nos ennemis communs seront tous *morts*. L'expérience m'a appris que les esclaves libérés sont dominés par la haine et l'amertume. Et ça n'a jamais d'heureuses conséquences.

— Et nos hommes ? Combien de temps allons-nous nous reposer ?

— Deux jours. Ils l'ont bien mérité. Ensuite, on part pour Gollothrim.

KELL DÉGUSTAIT UN jambon, du jus lui ruisselant dans la barbe, quand Saark vint trotter devant lui.

— Oh, le retour du luxe ! fit-il, rayonnant, avant de froncer les sourcils. Que vois-je ? Un porc qui mange du porc ?

— Mon nez me dit que t'as retrouvé ton parfum, grogna Kell en laissant tomber son jambon dans l'assiette, avant de s'essuyer les mains avec un torchon.

— C'est vrai ? Ça sent bon ?

— Bon ? J'ai visité des *égouts* qui m'excitaient plus, mon garçon.

Saark prit lestement place à la table. Encore une fois, il était parvenu à dénicher des jambières écarlates, une chemise de soie rose, et de lourdes perles d'argent qu'il s'était passées autour du cou comme d'authentiques joyaux. Il se pencha et se coupa une tranche de fromage.

— J'te jure, Kell, un jour il faudra que je t'apprenne à manger avec des couverts.

— Et moi je devrais t'apprendre quelques manières.

— Oui, mais, voyons, regarde donc ton repas… On dirait… On dirait une fausse couche !

— C'est pas exactement le genre de choses que j'ai envie d'entendre à table.

— Ça reste moins ennuyeux que les âneries que débite Grak. Il parle d'épées, de casque, du ravitaillement des réfugiés, de reconstruire la ville. Par les dieux, les vampires viennent juste de décamper, et eux, ils parlent de *reconstruire* cette putain de ville. Les rescapés devraient être dans les rues, en train de picoler, danser, baiser ! Moi, je dis qu'une orgie serait la bienvenue.

— Ils viennent de survivre à une terrible épreuve, dit Kell, mâchoires serrées.

— Exactement, sourit Saark en grignotant son fromage.

Kell le fusilla du regard.

— Écoute, mon garçon, ne t'imagine pas que tu vas porter ces frusques *merdiques* quand on partira pour Gollothrim ! La dernière chose à faire, c'est de voir tes relents pestilentiels nous gâcher l'effet de surprise.

— Ah oui ? Vraiment ?!

Saark s'inclina et s'étira, extatique.

— Je peux toujours rester ici, Kell. Pour superviser la reconstruction de Jalder. M'insinuer parmi les nobles. Je suis sûr qu'ils feraient de la place à un être pétri de bon goût comme moi.

— Tu viens avec nous, mon garçon, réfuta sèchement Kell en reprenant la dégustation de son jambon.

Des bruits de pas retentirent. Saark se retourna.

— Ah ! Voici la *superbe* Nienna.

Elle fit une entrée flamboyante. Il essuya la graisse qui lui maculait les lèvres et pesa longuement ses propos. Elle portait une longue robe de soie, des pantoufles de soie, et elle arborait un rouge à lèvres que les femmes de la Cour Royale auraient pu lui envier. Elle portait également un parfum presque aussi nauséabond que celui de Saark.

— Vous faites une belle paire de gommeux, tous les deux, gronda-t-il enfin.

Il s'empara de sa chope et but sa bière, en en renversant une bonne dose sur son pourpoint et sur la table.

— On n'est pas… ensemble, dit Nienna en fronçant les sourcils.

Puis, elle sourit.

Kell reposa soigneusement sa chope et lui adressa un regard noir. Puis il se retourna vers Saark, qui sourit en mettant les paumes devant lui et en haussant les épaules.

— C'est vrai, confirma-t-il.

Kell reporta son attention sur son repas.

— Parfait, fit-il. (Puis, tandis que Saark et Nienna, hilares, se dirigeaient en murmurant vers l'arche que l'on empruntait pour sortir de la pièce, il reprit sèchement la parole :) Allez préparer vos affaires. On part tôt demain matin.

— Il ne nous reste plus qu'une nuit de mondanités, alors ? demanda Saark.

— On dirait bien, marmonna Kell en le regardant de travers.

NIENNA OBSERVA SAARK se dévêtir. Il était un peu ivre, mais elle s'en moquait, car elle l'était également. Elle se glissa plus profond sous les couvertures, s'abandonnant à leur douceur et à la fermeté du lit.

— Tu veux encore de moi, ma Belle ? chuchota Saark en ôtant ses jambières dans l'obscurité.

Nienna sentit un frisson d'excitation la parcourir. Elle avait l'impression de mourir. Non, de *naître*. De s'éveiller à un autre monde.

— Oui, répondit-elle d'une voix rauque.

Il la rejoignit et s'insinua sous les couvertures. Sa peau était chaude et douce. Il la toucha et elle frémit sous la caresse délicate de ses doigts. Il était tendre. Il était attentionné. Il était doué. Il l'embrassa, et ils restèrent immobiles quelque temps, lèvres contre lèvres, la langue folle, sa main entre ses cuisses.

Nienna s'écarta de lui.

— Tu m'aimes, Saark ?

— Je t'aime, répondit-il d'une voix de miel.

— Je parie que tu dis ça à toutes les femmes.

— Seulement à celles que j'aime. Et je t'aime.

— Tu l'as dit à Myriam ?

— Non.

— Je suis sûre que si.

— Non. J'aimais une autre femme… elle était fiancée à un autre. C'était la reine Alloria. Elle m'a trahi. Graal la manipulait. Je me suis senti idiot, et maintenant cette déclaration ne me vient pas facilement.

— Alors… C'est vraiment vrai ?

— Oui, mon ange.

Nienna l'attira à elle, et elle hoqueta quand il la pénétra. Elle lui passa les mains dans les cheveux, lui griffa le dos, empoigna ses fesses et le fit venir plus profondément en elle, avec désir, urgence, luxure débridée.

— Baise-moi, Saark, lui murmura-t-elle à l'oreille en lui mordant le lobe.

Il la prit plus fort. Il aimait ça.

— J'essaye, marmonna-t-il en lui mordant le cou, avant de se retirer au dernier moment.

Les rais épars de la lune faisaient luire ses crocs d'airain. Il cracha comme un chat, mais Nienna était partie trop loin dans le plaisir pour voir venir le danger. Il secoua la tête. *Combien de temps vais-je pouvoir vivre entre deux mondes ? Combien de temps vais-je pouvoir réprimer mes instincts de vachine ?*

Le sang. L'huile-de-sang.

Le désir monte…

— Combien de temps vas-tu m'aimer ? demanda Nienna.

— Jusqu'à ma mort, susurra Saark.

La soie était parfaite, la femme qu'il étreignait était sublime, et son parfum les baignait de son charme et de sa sophistication.

— Ça pourrait bien être dans pas longtemps, fit froidement une voix de basse.

Quelqu'un se trouvait dans la pièce, et sa présence occupait toute la pièce. Saark couina, s'écarta précipitamment de Nienna, roula sur le dos et tomba du lit à grand fracas.

— Kell ! souffla-t-il.

Kell était *là*. Il était imposant, c'était un géant, un titan, un dieu. Son visage était noyé dans les ténèbres. L'obscurité était sa maîtresse, la nuit était son seigneur, et il tenait Ilanna contre sa poitrine. Saark connut la peur, car c'était l'heure, l'heure de sa fin. La mort arrivait si tôt, et pourquoi ? Pour le simple plaisir de posséder une fille ? *Il y a de pires façons d'y passer… Merde !* La hache luisait faiblement dans le noir, la lune se reflétant imperceptiblement sur les lames papillons. Saark ne pouvait pas quitter cette arme des yeux. Elle était plus formidable que Kell. Plus puissante. Elle emplissait l'univers. Elle s'abreuvait aux étoiles. C'était un passage vers les Temples du Chaos, et à présent, *à présent,* Saark comprenait, émerveillé, terrifié, pétri d'horreur devant cette arme plus vieille que le temps, cette dévoreuse éternelle. C'était avec elle que Kell avait combattu les Seigneurs de Guerre Vampires. C'était comme ça qu'il abattait les chancres, les vachines, les vampires et les dieux. Car Ilanna n'était pas qu'une création de métal, ni même de métal habité par le mal. C'était un symbole. C'était une voie. Elle était la matérialisation des maléfices les plus terribles. Elle était le Chaos, le Chaos pur, sous la forme d'une arme brandie par l'Homme. Et elle contrôlait Kell. Saark le sentait. Le *savait.* En ce moment même, Kell ne s'appartenait plus, alors qu'il avait toujours prétendu que c'était le whisky qui le faisait se perdre dans une violence irraisonnée. Mais ce n'avait jamais été l'alcool, le responsable. Non. Ç'avait été la *hache.*

— Allez, vas-y ! hurla Saark, les mains crispées sur le tapis ionien. Finis-en, bordel ! Tranche-moi ma putain de tête !

Il y eut une pause, une brèche dans les royaumes du temps, et le monde ralentit sur son axe. Puis Kell se pencha en avant. Son visage n'était plus que guerre, déformé par un intense conflit intérieur. Il crissa des dents.

— Tu le mérites. Par toutes les saloperies de démons qui chient sur cette planète, tu le mérites, Saark.

— Je suis désolé ! Désolé, Kell ! Je l'aime !

— C'est vrai, grand-père. (Nienna s'était relevée, nue, sa peau pure, douce et blanche, les yeux voilés d'amour. Elle rejoignit Saark, se mit devant lui pour le protéger, telle une fée onirique venue défendre les faibles et les opprimés.) Je ne te laisserai pas faire ça.

Kell tremblait de tous ses membres, déchiré, les muscles tendus, Ilanna brandie, prête au carnage. Puis, lentement, ses épaules s'affaissèrent, et il reprit des airs de mortel, rien qu'un vétéran usé au dos meurtri, de l'arthrite plein les membres, en quête d'une vie simple.

— Je suis navré, Nienna, dit-il.

Elle sourit, tendit la main et lui toucha le bras.

— Pardon de faire l'idiot du village. Pardon d'être plus têtu qu'une mule, vulgaire, impulsif, mon sale caractère, mes menaces et, pire que tout, de t'avoir traitée comme une enfant. Tu es une femme. Je le comprends, maintenant.

— Oui, dit-elle d'un ton vif. Je suis une femme.

— Sais-tu à quel point ça a été dur ? (Des larmes roulèrent sur ses joues et firent briller sa barbe.) De tuer Sara ? Ma chair et mon sang ? Ma propre fille ? Merde. (Il secoua la tête, et se tourna à moitié avant de reprendre sa position initiale.) T'es un putain de veinard, fit-il.

— Tu crois que je m'en rends pas compte ? fit Saark.

Kell agita nonchalamment Ilanna en direction du frimeur.

— Trouve-toi un falzar. Viens avec moi.

— Mais il pèle, dehors ! On est en pleine... Bon. D'accord. Ça marche, pas de souci. Si c'est ce que tu veux, on va faire comme ça.

Kell traversa le grand couloir à toute allure. Au-dessus, des tours et des piliers sombres luisaient. D'énormes voûtes et des sculptures représentant des démons étaient tapies dans les ténèbres. Saark lui emboîta le poids, pieds nus. Il jeta un œil inquiet à la hache, pas entièrement convaincu qu'il ne s'agissait pas d'une ruse perverse de Kell pour se retrouver seul avec lui et lui passer le goût du pain.

Kell fit halte. Saark l'imita, mais garda une certaine distance. Toujours garder une certaine distance.

— Tu ressembles vraiment à rien, dit Kell en faisant allusion à l'allure débraillée de Saark.

La chemise du dandy pendait sur ses jambières, et il était toujours pieds nus. Ses orteils étaient noircis d'avoir si longtemps marché dans les montagnes. Il remit en place ses longues boucles noires.

— Hé, les dernières semaines ont été plutôt rudes, pas vrai, Kell ?

— Effectivement, mon garçon. Effectivement.

Un long silence s'installa.

— Y a un but à cette discussion, Kell ? Je me pèle les meules, et un bon lit bien chaud, euh, m'attend. (Il se tut. Kell le fusillait du regard.) Euh…

La Légende agita ses battoirs.

— Panique pas. Il va bien falloir que je m'y fasse, non ?

— Euh, oui, je suppose.

— Tu vas bien t'occuper d'elle, Saark, hein ?

Kell lui avait tourné le dos, mais Saark avait perçu l'angoisse qui l'étreignait. En ce moment même, le puissant Kell était en train de renoncer à son emprise sur sa précieuse petite-fille. Et, plus effrayant encore, il passait le flambeau à Saark.

Nienna serait la responsabilité du dandy, désormais.

Il frémit.

— Bien sûr que oui, vieille rosse. Je tuerais pour elle, et je mourrais pour elle.

— Je ne peux rien demander de plus.

Saark croisa les bras et sourit, avant de récupérer un peu de son arrogance.

— Merci d'être aussi compréhensif, Kell. Tu as enfin permis à ta petite-fille de devenir femme ! Elle l'a bien mérité, après tout ce qu'elle a enduré. Elle mérite d'avoir une vie à elle, d'être libre, de se libérer de tes chaînes.

Kell le regarda de la tête aux pieds et hocha la tête.

— Oui, je suppose. Mais je te préviens d'une chose… (Il pointa un doigt noueux sur l'épéiste.) Si tu lui manques une seule fois de respect, je peux encore venir te chercher. Je te trancherai la bouille en deux avec autant d'égards que j'en accorderais à une fourmi.

Saark frissonna et fronça les sourcils.

— Oui. Oui, je sais, mon vieux. Je n'ai pas oublié nos précédents... bavardages !

Kell s'assit sur son lit. C'était une nuit sans lune, et il faisait frais. Au loin, il entendait chanter et une odeur de fumée de bois lui parvenait aux narines par les fenêtres ouvertes. Il pensa au passé, aux choses qu'il avait faites, et broya longtemps du noir. Rien n'allait. Rien de rien. Sa vie n'avait pas été censée prendre ce tour.

Je suis là pour toi, Kell.

Va brûler en Enfer, ha ! J'avais oublié que tu y étais déjà ! Et ce, grâce à ta propre traîtrise et tes sales sortilèges, si je peux me permettre.

J'essayais juste de faire le bien. Ce qui servirait au mieux le Falanor. Le peuple. Les faibles et les innocents !

J'emmerde le peuple, gronda intérieurement Kell. Il sentit Ilanna, *Ehlana*, reculer face à sa colère, pure et aveuglante telle une étoile naissante. *Et nous ? Que dire de la vie que nous menions ? Que nous aurions dû mener ? Tu nous as condamnés, ma femme ! Tu m'as condamné à une vie de violence, et tu débarques dans cette hache avec ta magie noire pour aider des inconnus. ET NOUS ? TU NOUS AS DÉTRUITS !*

Ehlana s'enfuit doucement, et Kell fixa longuement son arme. Ils n'étaient plus liés par le sang. C'était plus intense. Ilanna recelait l'âme de son aimée, qu'il chérirait à jamais...

Jusqu'à la fin des temps.

Jusqu'à l'extinction des étoiles.

Kell se recroquevilla sur le lit et s'endormit. Seul.

***

— Kell ?

La Légende maugréa et se redressa.

— Quoi ?

— C'est moi. Myriam.

— Ahh. Oui. Comment pourrais-je t'oublier ? Comment pourrais-je oublier le poison qui court dans mes veines et m'enflamme les articulations *à chaque putain de seconde ?* Sympa de venir me voir. Ça égaye mes nuits, de causer avec des folles.

— Folle ? Je le suis peut-être. (Myriam se rapprocha de lui, prit place au pied du lit, et Kell se retrouva sans voix. Il la dévisagea durement.) Je suis ici pour toi.

— Comment ça ? finit-il par demander.

— Tu sais très bien ce que je veux dire. Je ne pense pas que tu sois naïf à ce point.

— Myriam, y a un truc qu'il faudrait que tu saches…

Elle rit et l'étreignit. Elle était incroyablement forte. Elle l'avait toujours été, mais avec ses rouages, elle pouvait presque rivaliser avec lui…

— Laisse-moi deviner. T'es marié ?

Kell fit la grimace.

— Eh bien…

— Chut, intima-t-elle en posant un doigt sur ses lèvres.

Elle l'embrassa, et Kell la laissa faire, lentement, tel un béhémoth émergeant d'une mare de fange. Puis, il répondit à ses attentions, posa ses battoirs sur ses épaules et la repoussa.

— Je ne peux pas faire ça, dit-il.

— Je pense que tu le devrais.

— Non.

— T'es quand même pas *si vieux que ça,* si ? railla-t-elle. Vieux, peut-être, mais rien n'est fini.

— Que si.

— T'as encore tes dents, non ? Tu pisses pas encore dans une poche qui pend à ta jambe. Ce sont tes vrais tifs, ou un postiche comme ceux dont ils s'affublent dans les théâtres de Vor ? (Elle lui sourit tendrement.) Je croyais que tu étais un héros. Une *Légende*, bordel !

— Que le diable maudisse les femmes et leurs langues de vipères.

— Il existe un moyen simple de me calmer, déclara-t-elle en souriant derechef.

Myriam recula et se dévêtit rapidement. Elle se tint nue devant lui, ondulant légèrement des hanches, les yeux grands ouverts et une moue amicale sur le visage.

— Viens à moi, l'enjoignit-elle.

Un *tic-tac* étouffé se fit entendre, tel le ressac d'un océan lointain…

Et Kell lui obéit en silence.

La nouvelle armée du Falanor avait formé deux colonnes discrètes et progressait. La première colonne était menée par Dekkar, et formée de lugubres Lippes-Noires en rang de trois. Ils avaient perdu quatre cents hommes à Jalder, et cela les avait rendus plus déterminés, plus haineux, et résolus à expulser leurs ennemis de leur monde. La seconde colonne, les criminels des Carrières des Aiguilles Noires, avait perdu presque six cents des leurs au cours de la bataille – du moins, six cents qui ne repartiraient plus jamais au combat. Kell disposait donc désormais d'environ quatre mille soldats seulement. Cela ne ressemblait pas vraiment aux Divisions des Aigles du roi Léanoric ! Mais au moins l'Armée de Cuivre et l'Armée d'Argent avaient-elles poursuivi leur marche en direction de Vor, leur laissant un but clair : le port de Gollothrim. Fief de Bhu Vanesh.

Kell progressait à grands pas, Ilanna attachée dans son dos. Il respirait fort et sifflait parfois de vieux airs guerriers ou entonnait des couplets grivois. Cela fit peu à peu sourire les hommes, et certains l'imitèrent même, leurs chants retentissant par les vallées et les campagnes transies du Falanor.

Saark se glissa à ses côtés.

— T'es en forme, dis-moi, fit-il, le regard pétri de soupçons.

Kell le regarda de travers.

— C'est quoi ces fringues de *tapette*, aujourd'hui ?

— C'est la dernière mode à Vor, si tu veux savoir.

— Ce sont les vampires qui contrôlent Vor !

— À mon avis, ils ont bien plus d'élégance que *notre* armée. Les vachines n'ont peut-être pas grand-chose pour eux, mais ils sont fiers. C'est ce qui différencie les hommes des animaux, sais-tu ? Mais c'est pas le propos. Je m'interrogeais sur la raison de ta bonne humeur. Je pensais vraiment que t'allais me trancher la tête, cette nuit.

— J'ai encore le temps pour faire ça, rétorqua Kell d'un ton bourru.

— Ne sois pas comme ça, Kell. On marche vers la mort ! Seuls les dieux savent combien de vampires Meshwar et Bhu Vanesh ont engendré. Tout le pays pourrait très bien être rempli de ces saloperies. La dernière chose à faire serait de nous quereller comme des buses sur un bout de carcasse.

— Ils vont pas te rater avec ta chemise orange, laisse-moi te le dire. Quelle belle cible ! Tous les archers du Falanor vont te repérer direct. Je croyais qu'on apprenait la discrétion aux soldats. T'as fait l'armée, Saark, tu devrais le savoir.

— Certes, mais j'étais pas un bleubite, tu te rappelles ? J'étais un putain d'officier, mon pote !

Kell haussa les épaules

— À mon sens, un officier devrait pas faire le malin comme ça ! Assure-toi juste de pas rester trop près de moi quand ça commencera. J'ai aucune envie de prendre une flèche destinée à ton petit fion de frimeur.

— Tu n'as pas répondu à ma question, Kell.

— C'était quoi, cette question ?

— T'as la banane. Ça te ressemble, mais pas du tout. D'habitude, t'es aussi joyeux qu'une veuve qui pleure tous ses fils.

— Je pars au combat, non, sourit Kell en détournant le regard. Tu sais comment c'est. La perspective de voir des têtes au bout d'une pique, des dos brisés. J'ai trop hâte, je t'assure, mon garçon. Tu me connais ! Je m'appelle Kell, et rien ne me fait plus bander qu'un bon massacre.

— Non, réfuta Saark en secouant la tête. Il y autre chose.

— J'ai aussi hâte de graver mon nom sur le cul de Graal avec Ilanna. Ça fait un bout que ça lui pend au nez. Après tout, il ne servirait pas à grand-chose de renvoyer ces fumiers de Seigneurs de Guerre Vampires dans les Temples du Chaos si Graal les fait revenir deux heures après. Tu crois pas, mon garçon ?

— Tu as tout à fait raison. Mais tu oublies que je suis un oiseau de nuit, Kell. Ou plus précisément, une créature qui chasse dans les chambres des filles, danse sur les mosaïques des salles de bal, caresse des ventres dans des jardins somptueux, et qui se comporte généralement comme n'importe quel noble. Toi, en revanche, ton domaine, c'est les armes et la guerre. *Moi,* mon vieux, je *connais* les choses du sexe, et je peux dire que tu viens d'avoir ta part.

— Hein ?

— T'as joué à la bête à deux dos, pas vrai, vieillard ? Rhôô, le cachottier. Gros malin, va. Allez, c'était avec qui ? Une servante ? C'est pas que je suggère que ta roture t'exclut des raffinements de la chair, mais je sais que la ville a été désacralisée, que des milliers de personnes se sont fait transformer en vampires. Juste que la chair fraîche se fait rare, pour ainsi dire. (Il lui fit un clin d'œil.) Allez. C'était qui ?

— Tu te trompes, fit Kell avec raideur.

— N'importe quoi ! Je sais reconnaître quand un mec a tiré sa crampe. Et quand je vois Kell se comporter de la sorte… eh bien, je sais qu'il l'a tirée, sa crampe. Accouche, vieille rosse. Après tout, tu t'es bien moqué de moi et de mes frasques malheureuses ces derniers mois. T'as été assez critique, aussi. Il est temps que tu paies pour toutes les horreurs que tu as racontées sur mon ânesse.

— J'ai vu qu'elle était encore là, fit Kell, mâchoires serrées.

— Mary va très, très bien, et transporte sa part de boucliers. Change pas de sujet. Allez, quoi. C'est qui, la veinarde qui a eu la chance de faire tagada avec Kell la Légende ? C'était celle qui nettoyait les tables, pas vrai ? Voyou ! Elle doit avoir trente ans de moins que toi ! N'as-tu aucune honte ?

Saark lui donna un coup de poing sur le bras. Kell fixa l'endroit où il l'avait frappé, se renfrogna et le fusilla du regard.

— T'as une vraie grande gueule. Tu t'imagines plein de trucs. Trop de trucs. Va falloir que tu sortes ton pif des affaires des autres. Et il va falloir *aussi* que tu changes d'attitude, si tu veux convenir à ma petite-fille pendant les trente années qui viennent sans que je te pourchasse pour t'écraser comme une merde.

— C'était donc *vraiment* la fouille-au-pot ! Je dois avouer, elle était bien robuste, et j'ai toujours dit qu'une femme bien replète, avec de gros os comme ceux-là… Ben on peut pas se tromper. J'veux dire, ce qu'il te faut, c'en est une qui peut encaisser une bonne fes…

— C'était Myriam.

Ils marchèrent en silence quelque temps. Saark regarda Kell, voulut à plusieurs reprises dire quelque chose, mais se ravisa, avant d'enfin prendre la parole.

— Elle m'a dit qu'elle m'aimait. Qu'on vivrait ensemble, qu'on serait forts ensemble. Qu'on serait immortels grâce à notre vigueur de vachines. Elle a prétendu qu'on était des rois ! Qu'on réaliserait tous nos désirs !

Kell s'esclaffa.

— C'était juste avant qu'elle tente de te noyer, si je me rappelle bien.

— Là, t'es dur, Kell.

— Tu t'attendais à quoi ? Tu fais le coq, tu entreprends toutes les femmes qui croisent ton chemin. Voilà comment t'es, Saark. Un putain de cavaleur. J'ai jamais vu un type comme toi. Tu *débandes* jamais !

— Tiens ? Je croyais qu'on parlait d'une des femmes que j'ai vraiment aimée, et que tu me disais que tu lui étais passé dessus. On dirait que tu t'es éloigné du propos et que tu te moques pas mal de me blesser.

— Elle m'a aguiché.

— *Quoi ?* Ha ! Quel salaud. Je connais bien Myriam et elle sait toujours à qui elle a affaire.

— C'est peut-être bien pour ça qu'elle a voulu te supprimer.

— Désopilant. Tu me vois rire ?

Kell gloussa.

— Non, mais je vois Mary se gondoler. Ton ânesse me trouve bien plus amusant que son propriétaire !

L'on entendit Mary braire et les hommes crier tandis qu'ils tentaient de l'arrêter de ruer.

— C'est dur pour moi, Kell. Tu m'as pris ma femme !

— Non, réfuta la Légende. Je n'ai rien volé. En revanche, elle a été très généreuse.

Ils poursuivirent leur marche en silence. Longtemps.

— Hé, fit Kell. Tu sais, le petit bruit qu'elle fait ?

— Quel bruit ?

— Comme un oiseau qui gazouille.

— Je l'ai jamais entendue faire ça. De quoi tu causes, vieux con ?

— Mais si, Saark. T'as dû l'entendre. Elle fait ça, quand elle jouit… (Kell mit une main devant sa bouche.) Oh. Pardon, Saark. Si ça se trouve, tu l'as vraiment jamais entendu, ce bruit.

Kell explosa de rire. Sur la Grande Route du Nord, l'armée tout entière l'entendit. Saark le suivit, rubicond, poings serrés, des rouages déchaînés dans sa poitrine.

Les soldats albinos de l'Armée de Cuivre progressaient lentement à travers la vallée. Celle-ci était ceinte d'arbres, et des flancs rocheux et pentus donnaient sur la Lande Valantrium à l'est.

Le général Exkavar leva le poing et l'armée fit halte. Ses capitaines vinrent le rejoindre et il ordonna d'établir un camp. Les éclaireurs furent envoyés explorer les alentours, et de nombreuses patrouilles se mirent en place pour protéger les troupes tandis qu'elles établissaient les abris pour la nuit.

Au bout d'une heure, les tentes étaient dressées, les feux allumés, et la nourriture chauffait. La nuit tombait. Exkavar savait qu'au sud et à l'est, l'Armée d'Argent les imitait. Il sourit intérieurement. L'Armée d'Argent irait surveiller Fawkrin et Gilrak, plus au sud. L'Armée de Cuivre, elle, marcherait sur Valantrium et la Vieille Valantrium. Puis, les deux forces se rejoindraient à Vor et y écraseraient les vampires. Les survivants de l'Armée de Fer les rallieraient, formant ainsi une tenaille parfaite, et Vor, la capitale du Falanor, serait à *eux*. Aux *Guerriers Blancs.* Et aux *Moissonneurs* avec qui ils travaillaient…

Exkavar gagna sa tente, ôta lentement son armure, et des serviteurs lui apportèrent une cuvette d'eau chaude. Le vieux général lava ses membres blêmes et se purifia du sel et de la sueur qui l'irritaient. Puis, il s'assit, vêtu d'un simple peignoir blanc. Il se restaura de viande fumée et de tranches de fruits secs – de l'*eldabarr*, que l'on cultivait loin au nord, bien au-delà des Aiguilles Noires. Là où régnaient les vachines.

Des cris lointains attirèrent son attention. Il fronça les sourcils. Il se leva et s'empara de son épée noire. Il courut hors de la tente, et le monde fut plongé dans le *chaos*. Tout autour, les hommes se battaient, les épées se heurtaient. Les soldats albinos étaient soit en sous-vêtements, soit en simples caleçons de coton. Il n'y avait eu aucun avertissement. Aucune patrouille n'avait sonné le clairon. Et l'ennemi, c'était, c'était…

Le général Exkavar *cilla* et empoigna plus fermement le manche de son épée. C'étaient des enfants. Ils avaient la peau noire et luisante, ils se déplaçaient à toute allure, certains trop rapidement pour que l'on puisse les voir avant qu'ils fassent halte quelques instants, avant de retourner trancher des têtes, des bras, des jambes. Ils brasillaient sous la lune. Exkavar en eut l'estomac *retourné*. Ce n'était pas qu'un simple dégoût, même s'ils étaient horribles à regarder, mélange d'enfants et d'insectes aux crocs noirs et acérés. Ils couraient, bondissaient, rampaient et grouillaient. D'aucuns avaient des griffes en guise de mains, quatre bras et des ergots aux pieds. D'autres possédaient de grands thorax palpitants qui pendaient entre leurs jambes tels des abdomens bouffis et dénaturés. Il en eut l'estomac *retourné* car il savait ce qu'ils étaient : la peur le submergea aussi sûrement qu'elle dévorait son armée. C'était un essaim, de sauterelles, d'êtres encore plus sinistres, il y en avait des centaines, des *milliers*. Ils s'abattirent sur l'Armée de Cuivre et ne laissèrent aucun survivant, produisant un sifflement sourd et incessant, comme celui de million d'insectes. Exkavar se tint immobile, attendant la mort, et vit un petit garçon se diriger vers lui. Ses yeux de suie brillaient et il était vêtu de haillons, mais Exkavar le connaissait. Il savait qu'il s'agissait du Skanda. Du Roi.

Exkavar se mit au garde-à-vous, tandis que ses hommes se faisaient décapiter et écraser dans la neige tout autour de lui. Un sang blanchâtre maculait les tentes. Les membres volaient dans les airs et retombaient en produisant des sons écœurants.

Il les entendait…

on nous a gardés emprisonnés pendant des millénaires

nous sommes désormais libres d'écumer, de tuer, de dévorer

nous sommes libres de reprendre ces terres

nous sommes libres de donner la mort

Le Skanda fit halte et porta son regard sur le général Exkavar.

— Vous vous rendiez à Vor ? demanda le Roi.

Exkavar acquiesça et cilla une fois de plus, car Graal l'accompagnait. Le général marchait d'un pas altier. Son regard turquoise luisait mais son visage était grêlé de noires plaques de chitine. Comme s'il avait commencé à devenir un des *leurs*, un membre de l'ancienne race des *Ankaroks*.

— Vous avez déployé une autre armée, au sud-ouest d'ici.

— Je ne divulguerai jamais de renseignements militaires, s'insurgea Exkavar en se jetant sur Skanda, épée dirigée droit sur son crâne.

Le petit garçon ne fit pas un geste, mais l'épée de Graal s'interposa et repoussa lentement celle de son agresseur. D'un coup de poignet, Graal se défit de son homologue, avant de pencher la tête sur la gauche comme pour attendre que le Roi lui donne d'autres instructions.

— Nous n'avons plus besoin de lui. Tue-le, ordonna Skanda.

Graal le décapita, puis releva la tête. Tout autour, la mort avait envahi le campement. Le silence régnait. Les milliers de soldats ankaroks ne bougeaient plus, les yeux luisants, la peau brasillante. Ils étaient parfaitement immobiles. Comme contrôlés, transformés en statues de pierre.

— Kell arrive au nord, déclara Graal.

— Nous allons vers le sud, dit Skanda.

— Kell a une armée, maintenant. C'est ce que nous a rapporté la patrouille. Ils sont environ cinq mille. Peut-être plus.

— Notre priorité, c'est Vor. Meshwar sera refoulé. Nous avons *besoin* de cette cité.

— Et Kell ?

Skanda sourit, dévoilant ses crocs miroitants. Il tendit la main et tapota le bras de Graal.

— Ne t'inquiète pas. Ton heure viendra. Tu auras ta chance. Et tu te vengeras.

Skanda se retourna, et un cri perçant retentit par la vallée. Les Ankaroks se tournèrent vers le sud et, comme une masse d'insectes vrombissants, se dirigèrent vers les forêts... en direction de l'Armée d'Argent, qui ne se doutait de rien.

XV

BHU VANESH

C'ÉTAIT LA NUIT. Kell progressait difficilement dans la neige qui lui gelait les genoux et le faisait grimacer. Bordel, il détestait quand ses genoux se bloquaient. *Me fais vieux,* se dit-il amèrement. *Vieux, faible, blasé et lassé. Lassé du monde. Lassé des années. Lassé des combats. Tout semble si compliqué, maintenant. Pourquoi est-il impossible que ce soit simple comme avant ? Avant, Saark aurait fini pendu à la branche la plus proche s'il s'était aventuré dehors en chemise de soie et en empestant le parfum…*

Quelle décadence.

Quelle décadence…

— Tout est calme, dit Kell en scrutant le grand port de Gollothrim qui s'étendait sous leurs pieds.

Ce port était cerné d'usines et de grands chantiers, désormais silencieux, désertés. Une ville fantôme autour d'une ville fantôme. Les machines devraient cliqueter et rugir, Kell le savait. Gollothrim était une fourmilière, même la nuit. Mais pas ce soir.

Les vampires avaient pris le relais…

— Tu sais comme moi qu'on n'arrivera pas à les faire sortir pour se battre, dit à voix basse Grak le Fumier en se grattant la barbe. (Dans l'obscurité, son imposante silhouette était rassurante. Grak avait fait plus que prouver ses compétences de soldat.) On va devoir rentrer, pour les débusquer. Je suppose que les Seigneurs de Guerre sont en train de causer entre eux, là-haut. (Il se donna une tape sur la tête.) Ils savent très bien ce qui est arrivé à Kuradek. Ils savent que Kell lui a mis une trempe. Rien ne se passera à couvert, cette fois-ci.

Kell se gratta lui aussi la barbe.

— Il faut que je puisse approcher Bhu Vanesh. Je dois lui enfoncer Ilanna dans le crâne et rouvrir le portail qui donne sur les Temples du Chaos. Ils veulent le récupérer, ça au moins, ça ne fait aucun doute.

— Qui ? demanda Saark en regardant la Légende de biais.

— Les Gardiens, répondit sombrement Kell.

— T'en sais *beaucoup* trop pour un vieux con, fit Saark en frissonnant. Et parfois, tu vois un peu trop loin. Moi, je préfère quand une bonne paire de miches se pose sur mon nez, accompagnée de dix fûts de bière, une bonne assiette de rôti de porc et des œufs au petit matin.

Kell le fixa.

— J'ai un service à te demander.

— Oui ?

Kell baissa les yeux, parut hésiter et fit un grand geste vers Gollothrim.

— Ça va être du brutal, là-dessous, tu sais ça ? Ça va *chier*. Pire qu'à Jalder.

— Tu crois.

— J'ai comme un sens, pour ces trucs-là. Ce que je voulais te demander, ce que je voulais… Bref, ma *requête,* c'était une promesse. Une chose que l'on jure sur le sang et l'honneur. Tu peux faire ça pour moi, Saark ?

Saark accrocha le regard noir de Kell. Il était habité par le désespoir. Enfin, le dandy acquiesça.

— Kell. Je déconne pas mal. Mais tu sais qu'au fond, je reste l'Épéiste du roi Léanoric. Oui, je l'ai trahi, mais j'ai de l'honneur. J'ai de l'honneur pour mes amis, et pour ceux que j'aime. Je porte peut-être de jolies soies et les meilleurs parfums – ne relève pas –, mais si c'est important, je tuerai et je mourrai s'il le faut. Tu le *sais*, pas vrai ?

— Oui, mon garçon. (Kell se mordit la lèvre.) Si je meurs là-dessous, Saark, je veux que tu me promettes de t'occuper de Nienna. Je veux que tu *jures* sur ta vie que tu ne la maltraiteras pas. Que tu la traiteras avec respect, honneur et dignité. Que tu l'aideras à déterminer les choix importants qu'elle aura à faire dans sa vie… Merde, je sais pas. Que tu sois son *protecteur*. Elle est forte, je le sais, c'est ma petite-fille, après tout. Mais elle reste une petite fille, quand il s'agit de se confronter à la caricature qu'est devenu le monde. À l'Histoire.

— Je ferai tout pour elle, Kell. Et pour toi. Donc, oui. Je le jure. Sur tout mon honneur. Sur tous les rouages qui s'agitent dans mon corps. Tu le sais, Kell.

Kell reporta le regard sur Gollothrim et se permit un profond soupir de soulagement. Il embrassa les usines et les chantiers du regard, les entrepôts, les casernes, les maisons, les écoles, les temples, les venelles tortueuses et les avenues destinées au transport des biens venus des docks. Il vit les carcasses de nombreux bateaux, voués à emporter les vampires sur d'autres rives pour harceler d'autres continents et étendre leur domination. Kell était conscient que ce serait le combat le plus rude de son existence. Il savait que la mort l'attendait dans ce port. Tout avait l'air calme, sûr, mais les vampires viendraient bientôt jouer avec eux. Et Kell allait devoir trouver son chemin, dans ce dédale. Il allait devoir débusquer cette ordure de Bhu Vanesh et lui régler son compte.

— Tu sais que je vais te suivre, dit Saark.

— Non, mon garçon. Toi, tu restes ici et tu protèges Nienna. Ce doit être ta priorité. Ta mission. Si les choses tournent au vinaigre, tu devras la prendre avec toi et t'en aller dans un lieu sûr. Tu comprends ?

— Oui.

— Je te confie mon plus beau trésor, Saark. Ne me laisse pas tomber.

— Compte sur moi, Kell.

Comme Kell l'avait prévu, les vampires entreprirent de se répandre dans les quartiers obscurs de Gollothrim. Pour la plupart, ils se déplaçaient par petits groupes, mais d'autres étaient seuls. Ils hurlaient à la lune comme des loups. Ils riaient, poussaient des cris perçants, dansaient, se battaient entre eux. Kell, Saark et Grak les observèrent, l'air lugubre. Puis, les monstres acculèrent une femme sur la Grande Place. Elle cria et prit la fuite. Ils la poursuivirent tels des démons, s'en emparèrent et la démembrèrent. Ses bras s'envolèrent dans des gerbes de sang, et elle s'effondra, sanglotante, toujours en vie. Les six vampires se ruèrent sur elle, la vidèrent de son sang, hilares, avant d'ululer en se masturbant.

— Il faut qu'on entre, gronda Grak en se pinçant l'arête du nez. Il faut mettre fin à cette dépravation.

Kell hocha la tête.

— Je confirme. Va dire aux hommes de se tenir prêts. Je veux des archers à l'avant. On va descendre tout lentement. Prends les hommes disponibles et répartis-les par petits groupes. Si on s'en tient aux grandes avenues, on ramènera ces enflures à portée de lance. Préviens bien nos soldats de ne pas s'aventurer dans les ruelles. Sinon, ils nous tomberont dessus, et nos lances ne nous serviront plus à rien.

— Combien dans chaque unité ?

— Je dirais des groupes de vingt-cinq. En tortue. Deux archers au centre de chaque carré. On quadrille la ville, et on progresse méthodiquement.

— Pourquoi on n'attend pas le lever du jour ? intervint Saark. À cette heure, la plupart dorment.

— On les trouverait jamais, ces ordures, si on faisait ça, répondit sèchement Kell. On perdrait trop de temps à explorer les caves et les égouts. Non. Si on fait comme j'ai dit, on peut les affronter en terrain assez découvert, et leur bourriner le museau. Après, quand il fera jour, on s'occupera du reste. On rassemblera ceux qui sont restés normaux. Ils sauront où ces merdes se planquent. Ça vous va, comme plan ?

Grak observa les six vampires dévorer le corps de la femme. Il comprit, écœuré, qu'elle était encore consciente. Elle poussait de petits miaulements. C'était la chose la plus invraisemblable qu'il avait jamais vue.

— Moi, ça me va totalement, comme plan. Allons-y.

Grak se retira et disparut dans le noir.

Saark contempla la ville.

— Kell, ils sont un *paquet*, là-dedans. Ils sont des milliers.

— Parfait. Ça nous fait tout un tas de cibles, pas vrai ?

— Tu crois pas que les chances sont contre nous ?

— Les chances sont toujours contre nous, mon garçon. De notre naissance à notre mort, la vie est et restera une pute.

— Non, je veux dire… là.

— Je sais ce que tu voulais dire. (Le regard de Kell s'éclaira.) Tu te rappelles ce que je t'ai dit ? Sur Nienna ?

— Quelque part, je suis soulagé de ne pas t'accompagner, Kell.

La Légende tendit vivement la main et caressa la joue de Saark. Il sourit tel un démon, et la lune illumina ses traits.

— Prends soin d'elle, vachine. Tu es fort, rapide, létal. Personne ne pourrait la protéger comme toi.

Saark acquiesça.

— Et Myriam ?

— Myriam ? Ben, elle vient avec moi, mon garçon.

Les proscrits du Falanor, les Lippes-Noires, les voleurs, les violeurs, les meurtriers, les maîtres chanteurs, les hors-norme, les ravisseurs, les fous furieux, les exclus, les dépravés, les psychotiques, se réunirent en unités compactes, les yeux luisants, boucliers en avant, leurs colliers d'acier fermement arrimés sur leurs gorges, leurs épées graissées et affûtées, bottes bien lacées, mâchoires serrées face à cette promesse de mort et de mutilation, tandis qu'ils évaluaient la valeur de leur ennemi, son nombre et sa férocité.

— On y va, dit Grak.

Ils avancèrent dans l'obscurité, à travers les arbres qui peuplaient les coteaux, et labourèrent la neige, la glace et la boue. Ils rejoignirent la grande artère qui menait de la Grande Route du Nord au port de Gollothrim et la suivirent comme si de rien n'était, émergeant des frondaisons tels des spectres en armes, le regard habité, la lippe humide, une hâte haineuse dans le cœur.

Les unités approchèrent du port de Gollothrim.

Il se mit à neiger fort, et on ne vit plus grand-chose.

Les hommes posèrent le pied sur les pavés recouverts de givre et saisirent leurs armes de leurs doigts engourdis.

Kell et Myriam disparurent dans les ténèbres…

— Tenez bon, gronda Grak.

Autour de lui, ses vingt-quatre soldats s'agitèrent quelque peu dans la tortue. Derrière eux, d'autres unités étaient prêtes. Alors, le combat commença…

Les vampires surgirent. En poussant des cris rageurs, ils se jetèrent sur l'unité. Les lances fusèrent, transperçant leurs cœurs et leurs gorges. Grak vit des crocs briller et des griffes passer le barrage des boucliers. Il tailla de droite et de gauche, et des doigts finirent sous le pas lourds de ses soldats. Un vampire le lorgna, lui cracha dessus et, comme au ralenti, Grak lui enfonça son épée dans la gueule, vit sa lame lui dessiner un grand sourire et s'enfoncer plus profond dans son crâne. La créature n'était plus. De la fumée jaillit de ses narines et elle se débattit sur le fil de son arme. Le Fumier recula et perçut un grand bruit métallique au-dessus de lui : un vampire était monté sur le toit de la tortue. Il releva brutalement sa lame et lui embrocha l'entrejambe. Une autre vague s'abattit sur leur unité. Ce fut une débauche d'épées et de lances déchaînées. Le chaos. Un chaos organisé. Une démence sous contrôle. C'était surréaliste, une aberration de sang et de neige. Tout autour, les hommes luttaient, grognaient, se débattaient. Sur sa gauche, des griffes fusèrent et défigurèrent un soldat. Grak vit ses yeux jaillir de sa face dans un geyser de sang, abomination de cartilages et de mâchoires encore remuantes. Il trancha vivement la main du vampire, poussa un cri rageur et s'extirpa violemment du mur de boucliers pour s'emparer de la créature. Celle-ci ne se laissa pas faire, elle était forte, salement forte, et ils s'empoignèrent. Grak fut repoussé sur les pavés. La *chose* s'aida de sa main orpheline pour sinuer sur lui telle une anguille. Soudain, une lance surgit. La lame passa à un cheveu de son visage et fit jaillir un sang de suie qui vint le détremper. Le cadavre du vampire s'affaissa sur le côté comme un étron trop mou. Dekkar sourit et tendit la main.

— Alors, tu te bats ou tu guinches, mon garçon ? gronda-t-il.

Grak rit et regarda autour de lui. Il n'y avait personne dans l'avenue, à part leurs unités et les corps des vampires.

— On les a repoussés ?

— Pour l'instant.

Les unités reformèrent leurs rangs. Le carré de Grak avait perdu quatre hommes. Grak regarda leurs dépouilles, lèvres plissées, l'œil luisant. Il comprit, horrifié, qu'ils ne remporteraient pas ce combat. Combien étaient-ils ? Combien ? Ils ne pouvaient pas tous les tuer.

— Je sais ce que tu penses, grogna le roi des Lippes-Noires en lui donnant une tape dans le dos. La réponse, c'est : il faut qu'on tente le coup.

Grak acquiesça.

— Ces ordures reviennent, grinça un soldat.

Et, dans l'obscurité, en pleine tempête de neige, des cris aigus et des gloussements retentirent par les fortifications.

Le bruit s'amplifia, s'amplifia encore, et le monde parut peuplé de vampires. Des ombres envahirent les murailles, les toits, les ruelles, les rues et les intérieurs cossus des pavillons de ville.

— Sainte Mère, murmura Grak, tandis que ses hommes relevaient la tête, dos-à-dos, indécis.

Puis, ils surgirent dans un bruit de tonnerre. Les vampires affluèrent, tel un cours cancéreux, par centaines. Ils couraient, bondissaient et caracolaient dans les ténèbres…

Le sergent-major Wood s'assit sur le toit de l'Église Verte, sise près des docks, et observa les vétérans des Baraquements Noirs se mettre lentement en position. Ils avaient beau être vieux, ils se déplaçaient avec un brio que seules des années d'expérience et de combats pouvaient leur conférer. Ils avaient beau être vieux, tous avaient un tas de rixes de bar derrière eux. Chacun se battrait jusqu'à la mort, et Wood ne pouvait pas en exiger davantage.

Gros Bill s'assit à sa droite et Pettrus à sa gauche. Tous deux faisaient grise mine, le visage déformé comme par une overdose de citron. Wood empoigna son épée et cilla. Les vétérans avaient *disparu*. Ils savaient se dissimuler comme personne.

— Là, indiqua Gros Bill en désignant les ténèbres.

Il s'était mis à neiger, et tout ce qui se trouvait à plus de trois mètres paraissait vague et irréel, comme au festival du Chêne Sacré. Un festival parfait où l'on accroche du houx sur la porte, et où l'on dépose des cadeaux devant le feu nourri par le Vieux Crake et ses Spectres Gardiens. Mais il n'en était rien. Cette époque était depuis longtemps révolue. Après tout, les enfants du port de Gollothrim avaient peu de raisons de sourire, maintenant que les vampires avaient pris les rênes…

— C'est quoi ? demanda Wood, en faisant bien attention de ne pas hausser la voix.

— Les docks.

— Et alors ?

— Qu'est-ce qui a le plus de valeur, aux yeux des vampires ? Les bateaux, je suppose. Ils cravachent dessus comme si leur vie en dépendait. Ils construisent une flotte. J'imagine que ces ordures veulent visiter des climats plus cléments.

— Mais tout cela nous sert, dit Wood. À condition qu'ils décampent pour nous laisser le champ libre.

— On sait tous les deux que ça n'arrivera jamais, fit sombrement Pettrus. Je suis d'accord avec Gros Bill. Il faut qu'on les crame. Qu'on tape là où ça fait mal. On n'a pas assez d'hommes pour les affronter, mais, par les Seigneurs des Ossuaires, on peut toujours leur planter un couteau dans les côtes dès qu'on le peut.

— La plupart de nos gars disposent de fioles d'huile, déclara Gros Bill avec un grand sourire. Je pense qu'il est temps de mettre le feu.

Wood acquiesça, la bouche sèche, et se leva en même temps que Gros Bill et Pettrus. Quelque chose *claqua* sur les dalles derrière eux. Il se retourna vivement. Il ne put percevoir qu'un mouvement confus et il recula, bousculant Gros Bill tout en tirant son épée. C'était un vampire. Pettrus encaissa un coup de pied jeté en pleine poitrine et fut projeté dans les airs, le souffle coupé, avant de traverser le toit crénelé de l'Église Verte. En une seconde, le vampire atterrit et se releva sans effort.

Pettrus heurta les pavés à grand fracas.

Wood voulut crier et se précipiter sur le garde-fou, voir ce qu'il était advenu, mais une appréhension monumentale lui envahit les tripes. Il savait que son ami, son mentor, était mort, et qu'il était le suivant sur la liste. Le vampire – c'était une femme – souriait, et une incoercible peur s'empara de lui. C'était Lorna, la Chienne de Bhu Vanesh, celle qu'il avait fait basculer du toit de la plus haute tour. Il l'avait vue s'écraser au sol, avant de se tortiller et de pousser de petits miaulements de chaton malmené. Mais c'était bien elle. Vivante. Puissante.

— Tu te souviens de moi ? grogna-t-elle, son regard cramoisi irradiant la haine.

Elle se déplaça sur la gauche, et l'épée de Wood la suivit. Puis, elle fit un pas sur la droite. La lame fusa à quelques centimètres de son visage.

— Je me souviens t'avoir vue te briser ton joli dos, dit-il, les yeux rivés sur sa petite silhouette blonde. (Elle était belle et mince, mais ce n'était plus la femme qu'il avait connue par le passé. La peau de son visage et de ses mains paraissait distendue, artificielle, comme s'il s'était agi d'un masque. Ses cheveux, autrefois crinière blonde et luxuriante, n'étaient plus que filasse. Elle suintait la mort. Pour Wood, ce n'était plus qu'un cadavre en décomposition.) Et je savais que tu viendrais. Je sentais tes remugles mortifères à des centaines de pas.

Lorna cracha, griffes en avant. Elle se glissa sous l'épée de Wood et plongea ses serres dans l'abdomen de Gros Bill. Elle l'ouvrit comme un sac, et ses entrailles se répandirent sur le sol. Il lâcha son arme et se tint les tripes en tentant de les ramener à lui.

Lorna bondit en arrière, et l'épée de Wood siffla tout près de sa gorge. Elle souriait. Gros Bill chuta sur le toit et s'éteignit lentement. Il agita une main ensanglantée en direction de Wood.

— Tue-la, tue-la, gémit-il. Te soucie pas de moi !

Wood se rua sur Lorna. Bien qu'elle ait eu l'air surprise, elle parvint à se dérober. L'épée lui balafra le bras, mais aucun sang ne s'échappa de sa blessure. Puis, elle pressa la plaie et son sourire s'estompa.

— Tu vois, on peut t'ouvrir comme n'importe qui d'autre, gronda Wood.

Sa colère s'était muée en haine. À ses yeux, il ne s'agissait plus d'un vampire de plus. C'était devenu une affaire personnelle.

— Tu ne m'as pas tuée, la dernière fois, le provoqua Lorna en se déplaçant en cercle.

Elle bondit, ses griffes cherchèrent la gorge de Wood, mais il para l'attaque avec son épée. Elle recula, poussa un hurlement, et, au-dessous, les vampires sortirent des bâtiments plongés dans le silence et l'obscurité. Ils se mirent à escalader les maisons, les usines, et les tours, et se dirigèrent vers les vétérans. La lune leur donnait des airs de spectres. La neige fondait sur les chairs nécrosées et les faisait briller.

Wood se précipita sur elle, mais elle sauta par-dessus lui et décrivit un arc impossible. Il anticipa son geste et bondit au même moment. Son épée s'abattit brutalement, pénétra en plein dans son dos et ressortit par ses seins dans une gerbe de sang noir.

Wood atterrit, pantelant, et se retourna vivement. Lorna avait touché terre et tenait la lame qui dépassait de sa poitrine entre ses mains. L'épée était enfoncée en elle jusqu'à la garde. Elle sourit, ses lèvres et ses crocs maculés de sang.

— Ordure, éructa-t-elle en se jetant sur lui.

Il leva les mains pour se protéger, mais elle s'empara de lui. Elle était incroyablement forte et le serra contre elle. Wood sentit son épée appuyer sur sa poitrine, s'enfoncer dans ses os et dans sa chair. Il hoqueta. La douleur était intense. Lorna était tout près de lui. Assez pour l'embrasser. Son haleine sentait le tombeau, et elle le fixait de ses beaux yeux noirs.

Elle se pencha vers lui.

— Comment te sens-tu, sergent-major Wood ? Ça fait quoi, de mourir et de *voir tous tes amis y passer* ?

Wood hoqueta de nouveau et la douleur l'accabla. Le monde se fit rubescent, ardent, insupportable. Puis, il se reprit, tourna la tête et vit les vampires qui se tenaient sur le toit. Il y en avait des centaines. Les vétérans du Falanor émergèrent des ténèbres : Kelv le Bûcheron, le Vieux Connie, Bulbo le morne, le Charançon, Pue-des-Pieds et plein d'autres. Il y en avait tant, tant de soldats, tant de souvenirs. Ils étaient cernés, surpassés en nombre…

Lorna embrassa Wood, d'abord sur les lèvres, puis sur l'oreille. Ses crocs se dirigèrent vers son cou. Elle l'attira plus près d'un coup sec et fit davantage pénétrer l'épée en elle. Ses incisives lui effleurèrent la gorge, et elle savoura la curée. Elle parut le renifler, le goûter, jouir de ce moment d'exception.

Sur les toits, les vampires passèrent à l'attaque…

***

Kell et Myriam se faufilaient de maison en maison, rue par rue. Ils suivaient les ombres et progressaient avec une prudence infinie. Ils n'avaient pas pour but de s'en prendre à l'armée des vampires, mais d'éliminer son Seigneur de Guerre.

— Tu avais raison, chuchota Myriam tout près de l'oreille de Kell. Il est dans la tour. Comment pouvais-tu savoir ?

Kell sourit dans l'obscurité.

— L'intuition. Ces vampires ont un putain d'ego, ça pour sûr. Amène-toi.

Ils progressèrent davantage, sous une neige aux relents de mer lointaine. Le vacarme de la bataille leur parvenait, à présent, des cris, les hurlements des vampires déchaînés et le fracas de l'acier contre la chair. Kell et Myriam firent comme si de rien n'était. Il n'y avait pas à en parler. Ils se contentèrent d'avancer, de se rapprocher du domaine du Seigneur.

Ilanna était prête.

Myriam empoignait sa veuvière dans sa main gantée, et ses crocs de vachine étaient sortis de leurs fourreaux, luisant dans le noir. Elle aussi n'aurait pu être plus préparée au combat.

Ils se déplaçaient comme des fantômes. Non loin, un bâtiment était en flammes. Les vampires vociféraient au cœur de l'incendie. Leurs chairs roussies sentaient le porc, mélangé à quelque chose de plus subtilement… *humain.* Kell manqua de vomir, et ils reculèrent pour emprunter une autre artère. En émergeant de la fumée noire, ils purent distinguer la tour du Seigneur de Guerre.

Ils s'accroupirent et l'observèrent quelque temps. Une centaine de vampires étaient rassemblés à sa base, errant dans la neige. Le silence était complet. Ils paraissaient léthargiques, endormis, complètement déconcentrés.

— Qu'est-ce qui leur arrive ? souffla Kell.

— C'est le manque de sang frais. Ils commencent à fatiguer. Bientôt, ils se jetteront les uns sur les autres. Tu vas voir.

— Comment tu sais ça ?

— Je le sens en moi, répondit Myriam en dévoilant ses crocs d'airain. Nous ne sommes pas si différents que ça, eux et moi. Quoi qu'ils disent, quoi qu'ils pensent. Ils estiment que nous sommes une espèce déviante. Les Voleuses d'Âmes m'ont affirmé que c'étaient les *vachines* qui constituaient la race première. Nos clans se trouvent loin au nord, dans les contrées gelées où les hommes ne s'aventurent pas. Saark et moi, on fait partie de ces clans, désormais. On fait partie d'un monde lointain, dominé par les rouages. C'est notre héritage séculaire. Un jour, ils nous appelleront. Et nous ne pourrons pas faire la sourde oreille.

Kell la dévisagea et haussa les épaules. Soudain, il eut le sentiment que les vachines du Val Silva, au cœur des Monts aux Aiguilles Noires, n'étaient qu'une partie *infime* de ce que cette race *était* véritablement. Ils n'étaient qu'un aperçu de leur nombre, de leur puissance, et de leur férocité. De sinistres images lui vinrent à l'esprit. De formidables armées composées de vampires à rouages. Vastes, sans âme et mécaniques. Des milliers, des dizaines de milliers, des centaines de milliers de vampires. Les résidents du Val Silva n'avaient été qu'une division, quasiment des rebelles. Les vampires pensaient avoir créé les vachines, alors qu'en réalité, il s'agissait de l'inverse.

Kell frissonna. C'était trop dur à appréhender. Pas ici. Pas maintenant.

— Ce combat devra attendre un autre jour, finit-il par dire. (Il vit l'air étonné de Myriam et leva l'index.) Non. N'essaie même pas de me convertir à ce que tu es devenue. Tu avais une bonne raison de te transformer en vachine,

Myriam. Une putain de bonne raison. Mais pour ma part, je serai heureux de mourir normalement, comme tous les autres vieux.

— Tu pourrais devenir immortel, murmura-t-elle avant de l'embrasser sur la joue.

— Parfois, je me dis qu'il vaut mieux mourir, réfuta-t-il d'un ton sage qui ne le convainquit pas lui-même. (Puis, il cilla et se libéra des charmes vachines de sa compagne. Il sourit.) Viens, ma fille. Comment on fait, pour rentrer ?

— Par là-haut. (Elle désigna une autre tour, reliée à la première par deux câbles.) C'est pour faire passer des messages de la tour du Seigneur de guerre aux quartiers des serviteurs. On peut passer par là.

Kell observa l'invraisemblable hauteur à laquelle se trouvaient les câbles, et contempla les pavés givrés qui les attendaient si Myriam et lui venaient à chuter.

— Je peux pas me balader sur une saloperie de câble comme ceux-là ! s'insurgea-t-il. Je vais tomber ! Je vais crever !

— Mais non, sourit Myriam. Tu vas pas tomber. Tu es Kell. La *Légende*.

— J'aimerais que les gens arrêtent de m'appeler comme ça, marmonna le vieux guerrier.

Il rengaina Ilanna et suivit Myriam en direction de la seconde tour. Elle n'était pas surveillée, et ils y pénétrèrent par une entrée qui leur fit penser à une gueule monstrueuse.

Par la brèche, se dit Kell. *Celui qui crèche là-haut manque pas d'humour !*

Ils gravirent un énorme escalier en spirale pendant ce qui leur parut une éternité. Les genoux de Kell le firent souffrir. Son dos le fit souffrir. Il se plaignit en silence, un monologue intérieur qui l'avait bien servi pendant ses décennies passées dans l'armée. Des années passées à patauger dans les fleuves, à tituber sous de lourdes armures, un bouclier massif accroché au bras, hache en main, des corps chutant sous ses pas, lacérés comme autant de tranches de viande...

Il cilla. Un vent glacial le transit.

Sur le parapet de la tour, la vue était saisissante. Le paysage était noyé derrière un mince rideau de neige. L'incendie faisait rage dans le port de Gollothrim. Les vampires hurlaient. Il perçut à nouveau la clameur de la bataille, mais ne put discerner les unités d'hommes du Falanor, de Lippes-Noires et de criminels qu'il avait réunies. *Ils se battent pour toi, ils sont prêts à mourir pour toi. Alors poursuis ton chemin ! Tue le Seigneur de guerre. Ensuite, tu pourras rentrer chez toi.*

Facile, non ?

Le plus dur, c'est de s'y mettre.

Kell avança au bord du précipice et empoigna le câble. Métallique et glissant, il paraissait ridiculement fin. La Légende se renfrogna et porta le regard sur la cour. Les vampires erraient toujours. Quelque chose n'allait pas. Comme si Kell sautait à pieds joints dans un piège. Se pourrait-il *vraiment* qu'ils laissent une telle ouverture sans protection ? Ou y avait-il des vampires armés d'arbalètes, à l'affût de le voir se balancer sur le câble ?

— Je peux pas, fit-il.

— Pourquoi ? siffla Myriam, qui arrimait ses armes sur elle. Attache cette foutue hache. Si tu laisses tomber un truc, ces fumiers vont nous entendre et ils vont relever la tête. Si ça arrive, on est morts.

— C'est trop facile.

— T'appelles ça *facile*, toi ? rétorqua sèchement Myriam en indiquant le câble ballant.

Il y avait bien cinq cents foulées de distance, et c'était très haut. Assez pour que les vampires qui se trouvaient au-dessous aient l'air de petits pantins.

— On sera vulnérables. (Myriam haussa les épaules.) C'est comme ça qu'on se sent tout le temps, nous les mortels ordinaires. (Elle se lécha les crocs.) Tu vois ce que je veux dire, quoi.

Myriam s'empara du câble. Il était glacé. Elle grimaça.

— Amène-toi, la Hache. On a du pain sur la planche.

— Juste une chose.

— Oui ?

— Je t'aime bien, Myriam, déclara-t-il en souriant.

— Je sais, dit-elle, l'œil brillant. Tu me l'as démontré de tant de façons. Ça prouve juste ce qu'un vieillard peut conserver en lui, s'il essaie vraiment.

— Non. J'veux dire, on a eu nos différends. Et je n'ai toujours aucune confiance en toi. (Il leva l'index pour l'empêcher de maugréer.) Mais tu t'en es bien sortie, Myriam. Tu es peut-être aussi imprévisible qu'une tempête en pleine mer, mais, par les Temples du Chaos, je crois que j'aime ça chez une femme.

— Si je comprends bien, tu es en train de me dire qu'en dépit de ce qu'on a enduré, si je te trahis maintenant, tu me trancheras quand même la tête avec ta saloperie de hache ?

— Tu sais bien que oui. Allons-y, maintenant. Avant que je change d'avis.

Myriam empoigna le câble et se hissa dessus, jambes croisées. Puis, elle commença la traversée lestement et sans effort.

Kell l'imita, Ilanna arrimée dans son dos. Le câble s'affaissa, et Kell bringuebala sévèrement. Il jura. Ses muscles le faisaient déjà souffrir. C'était une chose d'être un formidable guerrier aux muscles d'acier quand on partait au combat, mais une telle masse ne se prêtait pas facilement à de telles acrobaties.

Il progressa sur le filin. En quelques minutes, la tour était loin derrière lui ; il avait parcouru une bonne distance.

Une bise glacée le cingla. Ses muscles lui firent souffrir le martyre, ses articulations craquèrent, et ses genoux et son dos le lancèrent, mais le pire, c'étaient ses mains transies par le froid. Ses doigts étaient gourds, il luttait pour les bouger, bataillait pour progresser davantage.

Il observa une courte pause et regarda en bas. Il savait qu'il ne le devrait pas, mais le danger lui procura un plaisir malsain. S'il tombait, il fracturerait les pavés. Il sourit. Fumier. Fumiers ! Il voulut hurler sa rage au vent, à la neige, mais il serra les mâchoires et, animé d'une volonté de fer, reprit sa route. Encore et encore.

Il parvint à mi-chemin.

Il s'arrêta. Il n'avait jamais eu les mains aussi engourdies. Littéralement gelées.

— Bordel de merde.

Il crissa des dents et battit furieusement des paupières, comprenant que le froid lui engourdissait *l'esprit*. Il regarda en haut. Myriam approchait du portail. Il la vit bondir sur le rebord. Elle disparut, et il attendit qu'elle revienne, un sourire aux lèvres, et qu'elle lui adresse un geste d'encouragement. Il n'en fut rien. Il fit la moue.

Merde.

Il reprit son chemin aussi vite que ses muscles léthargiques le lui permirent, mais la glace prenait le dessus. Le froid l'emportait sur lui, il ne fallait pas se voiler la face.

Parvenu aux trois quarts, Kell ne put plus continuer. Il était paralysé, bloqué sur le câble, au-dessus des hordes de vampires et d'une ville en guerre. Il écouta le vent hurler et se demanda bien quoi faire. Puis, pire encore, un fracas métallique dans la tour lui parvint. L'acier contre l'acier. Le heurt des lames. Myriam avait des ennuis !

Il s'efforça de repartir. De se traîner. Il regarda en bas. Les vampires avaient eux aussi entendu la clameur du combat et ils le regardaient. L'un d'entre eux le pointa du doigt.

Plusieurs parurent sourire. D'autres vampires apparurent, avec des arcs. Kell gémit. Une flèche s'envola et ne le loupa que de quelques centimètres. Il entendit un rire grinçant.

Kell tenta de forcer ses doigts à bouger. En vain. Il était coincé…

SAAR TOISA NIENNA comme si elle venait de le gifler.

— C'est la chose la plus stupide que j'ai jamais entendue.

— Mais tu ne peux pas m'en empêcher, dit-elle doucement, ronronnante, inquiétante.

— Oh que *si*, rétorqua-t-il durement. Et je vais pas me gêner !

— Non. Il faudrait que tu me couches à terre, que tu t'assoies sur moi et que tu me plaques les bras sur la glace. Parce que je vais aller les rejoindre, Saark. Je vais partir les aider. Ils ont besoin de moi, je le sens dans tout mon être !

— Tu racontes vraiment que des conneries, s'énerva-t-il en lui prenant le bras.

Nienna releva la main. Elle était armée, et sa lame vint se poser sur la gorge de Saark.

— Tu vois ? Je suis assez rapide pour passer *ta* garde.

Saark recula, paumes levées devant lui, et secoua la tête.

— Kell m'a dit qu'il fallait que tu restes ici. Dans la forêt. Pour s'assurer qu'il ne t'arriverait rien de fâcheux. Il m'a fait *promettre*.

— C'est quand même pas croyable ! tempêta Nienna. Même les femmes sont parties se battre à Gollothrim ! Et moi, je dois rester assise là à me tripoter ? Pas question. Je vais aller rejoindre Kell et Myriam. La seule façon que tu auras de m'en empêcher sera de me tuer.

— Ces femmes savent se servir d'arcs ! tenta Saark. (Nienna s'en fut dans la forêt d'un pas décidé, et il lui courut après.) Attends, attends ! Laisse-moi au moins attraper ma rapière.

— Tu viens avec moi, alors ?

— On dirait bien, non ?

— Dis-toi que quand une femme veut quelque chose, on lui donne.

— D'après mon expérience, ça s'est toujours passé comme ça. Le hic, c'est que le plus souvent, vous finissez toujours par le regretter.

Nienna haussa les épaules.

— Tu sais que j'ai raison, Saark. Tu sais qu'il faut qu'on s'implique. On peut faire la différence. On peut aider Kell.

— Non mais tu t'entends ? rétorqua-t-il sèchement. *Aider* Kell ? Tu l'as déjà *vu* se battre ? Ce vieux lion tout moisi n'a pas besoin de l'aide d'une petite fille comme toi.

— Surveille ta langue si tu veux la garder.

— Poulette, si Kell apprend que je t'ai autorisée à le suivre dans ce *trou à rats*, laisse-moi te dire qu'il va pas me couper que la langue.

— Dans ce cas, faut s'assurer de vraiment faire la différence, asséna-t-elle durement.

Saark vit bien qu'elle ne plaisantait pas. Elle avait fait du chemin depuis leur première rencontre dans la tannerie, à Jalder. À l'époque, elle était tendre comme un agneau, fleur bleue mais lascive, sa peau était douce comme de la soie. Désormais, elle était rude, amaigrie, et son expression était sinistre. Elle en avait trop vu. On lui avait arraché son innocence, couche par couche.

Il trotta après elle dans les bois. Il ne semblait pas y avoir d'autre choix.

Il ne leur fallut pas longtemps pour rallier Gollothrim. Ils s'arrêtèrent dans une venelle sombre en périphérie, tendant l'oreille aux abominables échos qui retentissaient dans les rues. De nombreux combats faisaient rage au loin. Les vampires hurlaient. Les soldats hurlaient. Les flammes rugissaient. La ville était plongée dans le chaos.

— C'est une *mauvaise* idée, bougonna Saark.

— Dans la tour, c'est ça ?

— C'est ce que Kell m'a dit, marmonna-t-il. (Il se sentait comme un traître, comme si sa langue allait noircir et fuir ses mâchoires. Il s'approcha d'elle et lui toucha l'épaule.) Je t'en *prie*. Rebroussons chemin. C'est pas notre heure. C'est pas le bon endroit.

— Je ne suis plus une enfant, dit-elle froidement.

Un petit bruit de pas se fit entendre au bout de la ruelle. Une silhouette fit halte et se retourna. C'était une femme. Un vampire. Elle cracha, les yeux cramoisis, et sortit ses griffes.

— Super, maugréa Saark en tirant son épée.

Il se retourna à son tour et vit un second vampire se rapprocher, l'air de rien, au bout de la venelle. Deux femmes, deux vampires, agissant en binôme. Pour piéger les imprudents. Pour massacrer. Pour se repaître de sang frais…

Nienna, qui avait elle aussi dégainé son épée, se rapprocha de Saark.

— Y en a deux, murmura-t-elle en levant les yeux vers le toit pour s'assurer que d'autres n'allait pas leur tomber dessus.

— Sérieux ? fit-il sèchement, portant tour à tour son regard sur les deux créatures. (Elles avançaient. Leurs gestes étaient fluides. Trop fluides. Elles se déplaçaient avec autant de grâce qu'un chat. Saark avait déjà vu des vampires comme ces deux-là. C'étaient les véritables prédateurs de la meute. Rapides et mortellement dangereux.) Rappelle-toi, souffla-t-il. Les yeux, la gorge et le cœur. Tu frappes vite et bien, et tu continues de cogner jusqu'à ce que ces saloperies s'effondrent.

Mais l'heure n'était plus aux bavardages. Les vampires se mirent à courir et se ruèrent sur eux. Saark et Nienna, la mine sombre, levèrent leurs armes, et les lames scintillèrent…

***

GRAK ENFONÇA SON épée dans la gueule d'un vampire. Ses crocs claquèrent et ses serres ripèrent sur son plastron, avant de sauvagement labourer le collier d'acier qui lui protégeait la gorge. Ce collier lui avait sauvé la vie.

— Ils sont trop nombreux ! hurla Dekkar.

Leurs unités s'étaient fait décimer, taillées en pièces, et les soldats avaient reculé, désorganisés, pantelants. Les vampires les encerclaient sur l'avenue principale de Gollothrim. Parfois, l'un d'entre eux se jetait sur eux, mais les lances fusaient pour le repousser. Grak jeta des regards affolés autour de lui. Il ne lui restait plus qu'une vingtaine d'hommes sur cinquante. La plupart n'avaient plus de boucliers, à présent, et peu portaient encore leurs armes. Des cadavres de vampires jonchaient l'avenue. Qu'était-il arrivé aux autres unités ? Grak supposa qu'ils avaient leurs propres emmerdes. Dans les rues et les venelles. Dans les bâtiments. Qu'avait-il dit ? S'en tenir à l'artère principale, là où les unités pouvaient se protéger mutuellement. Et qu'est-ce que tout le monde avait fait ? Ils étaient tous partis dans toutes les directions comme des jeunes filles en fleur à l'approche d'un bordel ! Grak le Fumier se racla la gorge et cracha. Des connards sans aucune discipline, voilà ce que c'était. Manque d'entraînement, voilà ce qu'était leur malédiction ! Mais bon… Pas étonnant. Ils n'étaient pas nés pour passer leur vie dans l'armée.

Dekkar le Lippe-Noire le rejoignit.

— Ç'a été un honneur de combattre à tes côtés, mon frère, dit Grak en levant la tête pour plonger son regard dans celui du colosse.

— Pareil, fit Dekkar. Dommage qu'il ait fallu une *guerre* pour nous unir.

Grak approuva.

— Tu vois combien ils sont ? T'as une meilleure vue d'ensemble avec ta taille.

— Environ trois cents, à vue de nez, répondit amèrement Dekkar.

— Bon, ben, c'est notre heure, alors.

Grak se remémora tout le mal qu'il avait fait. Finirait-il dans les Temples d'Or ? Dans les Temples des Héros ? Il se racla la gorge derechef et cracha. Après tous les crimes qu'il avait commis ? Ce combat n'allait guère compter. Non. Il finirait dans les Temples du Chaos. Avec les Gardiens. Mais au moins y avait-il une putain de chose de sûre… Il emporterait autant de vampires qu'il était humainement possible de le faire, avec lui…

— AMENEZ-VOUS, BANDE DE FILS DE CHIENNES ! hurla-t-il en faisant claquer son épée sur son plastron.

Ses hommes l'imitèrent, et leur vacarme, leurs chants et leurs cris couvrirent les grognements des hordes de vampires. Les monstres se bousculaient et grouillaient comme une entité unique, serpentine.

Puis, un cri perçant déchira l'atmosphère. Les vampires hurlèrent et sortirent leurs griffes. Leurs crocs luisirent dans les ténèbres et, dans un ensemble effrayant, ils chargèrent…

LE SERGENT-CHEF WOOD gronda et donna un grand coup de tête sur le nez de Lorna. Elle couina, fut repoussée vers l'arrière, et il lui planta ironiquement ses incisives dans *sa* gorge. Il mordit et mâcha sans relâche, lui arrachant la trachée, creusant dans les chairs, les muscles et les tendons. Lorna lui griffa violemment le dos, mais ils étaient tous deux cloués par l'épée. Il poursuivit son carnage, aussi rapidement qu'il le put, et un sang noir et lustré se déversa dans sa gorge. Il avait un goût écœurant, un goût de pourrissement, de mort, d'éternité. Ils tombèrent sur le côté, roulèrent sur les dalles de pierre qui ceignaient le toit de l'Église Verte, puis Lorna s'immobilisa subitement. Wood, paniqué, pétri de haine et de dégoût, continua de mordre et de mastiquer, incapable de croire qu'elle était morte, jusqu'à ce que ses dents atteignent sa *colonne vertébrale*. Il lui avait entièrement ravagé la gorge. Il glissa ses mains entre eux deux et se libéra de la pointe de l'épée en poussant un cri déchirant. Puis, il ne bougea plus, tremblant, avant de poser une main sur les créneaux pour se relever, recouvert de plaies, en proie à une douleur totale. Il porta le regard sur les vétérans, mais ils avaient été plus rusés que leurs adversaires. Les vampires avaient encerclé les hommes des Baraquements Noirs, mais ce n'avait été qu'un *leurre*... Pour les attirer au dehors, à découvert. Des centaines de soldats surgirent de caches annexes, et quand les vampires attaquèrent, des centaines de flèches aux pointes de fer fusèrent dans l'obscurité et transpercèrent gorges, orbites, cœurs et entrejambes. Ils hurlèrent, avant de rouler sur les tuiles et les dalles et chuter du toit dans les ruelles.

Puis, des regards se tournèrent vers *lui*. Chancelant, à bout de souffle, il fit un simple geste de la main. Du sang et des chapelets de chair dégoulinaient de ses mâchoires, tandis qu'il regardait les vétérans se déplacer sur le toit givré. Malgré leur grand âge, ils étaient infaillibles. Implacables. Rien ne pouvait les arrêter. Il eut un peu honte de s'être plaint. Après tout, il était encore en vie. Il serra les dents, ignora la plaie qui lui dévastait la poitrine et extirpa son épée du cadavre de Lorna... Cependant, tandis qu'il se retournait pour s'éloigner... il vit son visage. Son regard était encore plein de vie. Elle le regardait. Elle *vivait encore*...

Elle bougea la main. Lentement, comme une couleuvre. Wood crut d'abord qu'elle le pointait du doigt, mais elle indiqua la plaie béante où s'était autrefois trouvée sa gorge. C'était clair et net : elle voulait qu'il l'achève.

— Je suis pas bien sûr que tu le mérites, ma fille, grogna-t-il.

Il brandit néanmoins sa courte lame. Leurs regards se croisèrent, et un lien étrange s'établit. Curieusement, Wood eut l'impression que Lorna le remerciait. Qu'elle le remerciait de la libérer de sa malédiction.

L'épée s'abattit et il sépara la tête du corps.

Lorna ferma les yeux, enfin en paix.

Wood partit s'enquérir de Gros Bill, mais il n'était plus qu'un corps froid sur le toit recouvert de neige. Le sergent-chef lui referma les yeux et, grimaçant, sauta dans la ruelle avec peine pour rejoindre les vétérans.

De là, ils se dirigèrent vers les docks…

Saark frappa brutalement. La vampire esquiva.

— À moi, Saark ! couina Nienna.

Saark planta sa rapière dans l'œil du vampire, rebondit contre sa poitrine et effectua un saut périlleux pour emboutir la seconde vampire dans l'arrière du crâne. Elle mit un genou à terre, Saark l'accompagna et leva la main. Après une courte pause, il lui ouvrit la gorge avec ses serres de *vachine*. Elle gigota quelque temps sur les pavés recouverts de glace, avant de s'immobiliser, l'œil vitreux. Elle vomit du sang sur son menton, sa poitrine et son ventre maculés d'humeurs.

Saark releva la tête et fusilla Nienna du regard.

— Bon. Maintenant, on rentre chez nous.

Elle fronça les sourcils, obstinée comme à son habitude.

— Non. On continue.

— Tu nous emmènes à la mort !

— C'est le chemin que j'ai choisi de prendre, rétorqua-t-elle sèchement.

— Par tous les dieux, on voit bien que le sang de Kell court dans tes veines.

— Vaut mieux celui de Kell que celui d'une lopette !

— Qui ça, moi ? Je viens de te sauver la vie, quand même !

— Ça, c'est juste une question de prouesses physiques ! Moi, je te parle de *détermination*. Ramène tes fesses.

Nienna arpenta les pavés d'un pas raide, écrasant le corps d'un vampire au passage. Saark lui emboîta le pas, la tête légèrement baissée, regrettant le bon vieux temps du Palais royal, les airs délicats, les vins fins, là où l'on baisait à couilles rabattues. Saark était né dans le ruisseau et avait gravi tous les échelons de la vie sociale… Jusqu'à ce qu'on lui tire le tapis sous les pieds !

— J'ai dû être une ordure, dans une vie antérieure, bougonna-t-il.

T'as pas été chouette non plus dans celle-là, railla une petite voix dans sa tête.

Nienna prit la tête, presque par instinct. Il était indéniable qu'elle ressemblait à son grand-père. Comme par miracle, ils se faufilèrent entre des bandes de vampires, contournant unités et bataillons. À plusieurs reprises, ils entendirent des bruits de combat et aperçurent des groupes en armes : c'étaient les braves criminels et les Lippes-Noires du Falanor qui affrontaient vaillamment des groupes entiers de monstres hurlants. Les épées et les lances claquaient, perçant cœurs et gorges. Les épées taillaient. Les hommes tombaient dans la glace et la boue, poussant des cris et s'étouffant de leurs propres entrailles.

Tapis au fond d'une petite ruelle, ils virent Grak et Dekkar combattre dos à dos. Les pauvres effectifs qu'il leur restait étaient cernés. Saark voulut les ignorer, mais Nienna le prit par le bras et retint son pas.

— Non, Saark. *Non !* cracha-t-elle. Kell a peut-être besoin de nous ! Nous devons nous concentrer !

Saark la regarda de travers mais se laissa faire. Il se voyait comme un faux frère. Néanmoins, tout au fond, il comprenait bien que la mission la plus importante consistait à détruire les Seigneurs de Guerre Vampires. Et surtout Bhu Vanesh... leur chef. Le *Premier d'entre Eux*.

Ils se dissimulèrent par les venelles, dans des caniveaux jonchés de cadavres. Ils passèrent par des demeures profanées et virent le mobilier des défunts. Cela leur donna la chair de poule, et ils eurent du mal à respirer sans gêne. Ils se rapprochèrent de plus en plus de la tour du Seigneur de Guerre, et, après avoir traversé une longue bâtisse au toit bas, firent halte devant l'entrée encombrée des éclats d'une porte abattue. Puis, ils jetèrent un œil dans la cour et virent des centaines de vampires y rôder, léthargiques.

— On fait quoi, maintenant ? marmonna Saark.

— Il faut qu'on passe ce barrage.

— Et avec quoi ? Des sorts d'huile-de-sang ?

— Il faut trouver Kell.

— Ben il est pas là, grogna le dandy. Il aurait pas pu franchir ce nid de connards sans foutre un bazar de tous les diables. Non. Mais il est pas loin, c'est sûr. J'imagine qu'il doit chercher un autre moyen de rentrer, ce vieux malin.

Ils virent que les vampires s'étaient mis à s'intéresser à quelque chose, au-dessus d'eux. Quelque chose qui se trouvait au-delà de leur champ de vision ; deux d'entre eux encochèrent des flèches et tirèrent paresseusement vers le ciel...

— Kell doit se trouver là-haut, dit Nienna, une envie irrépressible de quitter les lieux dans la voix. Viens. Il faut qu'on les arrête !

Saark s'empara de Nienna et la secoua brutalement.

— Hé. On n'a pas la peau plus dure qu'un autre, gronda-t-il. Sers-toi de ta cervelle ou tu vas nous faire tuer.

Il la relâcha et vit une expression haineuse passer dans son regard. Il se passa la langue sur les lèvres. Subitement, il comprit ce qui n'allait pas... Nienna était au bord de la démence. Elle avait perdu son emprise sur la réalité. Peut-être était-ce parce que les vampires lui avaient enlevé sa mère, ou qu'elle avait grandi trop vite ? Elle avait vu assez d'abominations pour une vie entière. Mais il n'empêchait qu'elle devenait une menace. Pour Saark, Kell, et elle-même.

Un rugissement se fit entendre au loin, suivi de grands fracas et d'étranges crépitements. Saark se rendit à une autre fenêtre de la demeure dévastée et observa la vaste cour. Les limites de la ville luisaient d'une lueur orangée : des incendies ravageaient les docks.

Dehors, les vampires avaient eux aussi vu les flammes. Ils poussèrent des cris perçants, dans un langage guttural et sauvage qui n'avait rien d'humain. Ils oublièrent Kell et se déplacèrent comme un seul homme, qui courant, qui bondissant, crue monstrueuse se déversant dans la nuit… Ils laissèrent l'entrée de la tour sans surveillance.

— Ils ont réussi ! souffla Saark. Les hommes de Grak ont dû atteindre les docks ! Ils ont mis le feu aux bateaux ! (Il sourit de toutes ses dents, sans bien comprendre.) La panique commence à gagner les vampires. Il leur faut… (Il se retourna, mais Nienna avait disparu. Il regarda par la fenêtre et la vit traverser la cour en direction de la tour. Il fronça les sourcils.) Mais quelle idiote, s'énerva-t-il.

Il s'empara de sa rapière, et ses crocs de vachines luisirent sous la lune. Puis, il courut sur les pavés recouverts de givre, à la suite de sa protégée.

WOOD, ACCOMPAGNÉ DE quelques soldats, observa les flammes dévorer les bateaux, de la coque aux mâts. Sur les docks, près d'un navire, une réserve de combustible contenant une centaine de barils d'huile de poisson avait pris feu. Le bâtiment explosa violemment, et Wood en ressentit les effets jusque sous ses semelles. Des flammes s'élevèrent, détruisirent les bâtisses attenantes, et dévastèrent une demi-douzaine de navires. Le ciel était en feu. La nuit devint orange, envahie par la fumée. Le vent fit s'envoler les braises, qui partirent incendier davantage de vaisseaux, lesquels étaient détrempés du naphte dont les avaient arrosés les vétérans des Baraquements Noirs. Quand les vampires arrivèrent à la hâte sur les lieux, il était trop tard pour qu'ils puissent sauver leur nouvelle flotte – ainsi que l'*ancienne*. Même les bâtiments amarrés plus loin finirent par prendre feu. Les courants d'air chaud emportèrent des étincelles et des pans de voile enflammés, qui partirent embraser d'autres voiles, d'autres mâts, d'autres gréements, des planches et des barils de combustible. Les explosions secouèrent les flots. Les docks devinrent un enfer. En quelques instants, même l'océan parut devenir la proie des flammes.

Wood s'adossa contre le mur et sentit la chaleur lui roussir la peau. Accompagné des vétérans survivants, il avait battu en retraite après un âpre et ultime combat. Mais maintenant que les navires brûlaient, les vampires paraissaient avoir d'autres chats à fouetter, et la sauvage escarmouche semblait momentanément oubliée. Des milliers de vampires étaient alignés sur les toits, leurs yeux rougeoyant à la lueur lointaine des incendies. Ils se contentaient de rester en spectateurs, peut-être trop réticents pour combattre les flammes. Cela étant, Wood devait reconnaître que seul l'océan allait pouvoir venir à bout d'une fournaise de cette ampleur. Il n'avait jamais rien vu de tel.

Le port de Gollothrim rayonnait comme le Fourneau des Temples du Chaos.

Wood prit lentement conscience de la présence d'un autre groupe de vampires. Ils étaient une centaine, ce qui ne le mit pas trop à l'aise. Après tout, les vétérans n'étaient plus qu'une quarantaine, désormais. Wood attira l'attention de son compagnon, dont la barbe blanche était maculée de suie et de cendres. Il avait le regard fou.

— On les a bien baisés, pas vrai, mon garçon ? fit-il à Wood en souriant. Il va leur falloir des *années* pour reconstruire tous leurs rafiots !

Wood acquiesça et lui indiqua les nouveaux arrivants. Ils s'intéressaient d'un peu trop près aux vieux soldats.

— Je crois que ces fumiers aimeraient bien nous rendre la monnaie de notre pièce, dit-il en soupesant son épée malmenée.

— Faisons leur payer le prix du sang frais, grogna le vieillard en se grattant sa barbe roussie, le regard vif et *alerte* à la lueur du brasier.

Les vétérans s'emparèrent de leurs armes et, malgré leur intense fatigue, se tournèrent crânement, les poings serrés, vers les vampires qui venaient à leur rencontre. Ces hommes savaient qu'ils avaient fait leur part pour faire reculer ce cancer, pour oblitérer la *menace* que représentaient les Seigneur de Guerre Vampires…

Ils avaient contribué à leur briser les reins.

Ce serait à d'autres de poursuivre le travail… d'écrire la fin de la saga…

La Légende.

Les vampires, roussis par les flammes, leur peau blafarde maculée de fumée et de suie, parfois recouverts de cloques, grondèrent et se *jetèrent* sur les vieux soldats. Leurs crocs claquèrent, et la meute poussa des ululements triomphants qui retentirent à travers la ville envahie par la fumée…

Les épées s'entrechoquèrent.

En quelques minutes, le combat fut terminé.

KELL REGARDA LES vampires quitter la cour, chargés de leurs arcs et de leurs flèches. Puis, il contempla les flammes monter à l'horizon et vit les navires brûler. Son point de vue était idéal pour comprendre la dernière étape de la dévastation. Il n'arrivait pas à croire que l'incendie se répandait aussi rapidement. Les innombrables fûts de naphte y étaient pour beaucoup.

Une clameur lui parvint, et Myriam apparut à l'entrée.

— Amène-toi ! hurla-t-elle. Je peux pas m'occuper d'eux toute seule !

Elle disparut. Kell grimaça et lutta pour reprendre sa progression, maudissant son poids, son âge, promettant de ne plus jamais s'enfiler une seule goutte de whisky.

Il gagna la corniche, pantelant, les yeux noyés par la sueur, les mains recroquevillées telles celles d'un vieillard anémique. Il mit pied à terre, incapable de percer les ténèbres qui régnaient dans l'entrée. Derrière lui, la flotte brûlait.

Deux vampires étaient en train de prendre le dessus sur Myriam. Elle virevoltait pour éviter leurs griffes et faisait danser son épée, mais elle ne leur infligeait aucune blessure *mortelle*. Ils étaient trop rapides pour elle.

Kell grogna et s'empara d'Ilanna. Puis, pris de crampes, il la laissa retomba et manquer de se trancher les orteils.

— Par tous les fumiers du Chaos, maugréa-t-il en tentant de récupérer sa hache, tandis qu'un vampire se précipitait sur lui.

Il releva son arme juste à temps, des étincelles jaillirent des lames papillons, et il l'enfonça d'un revers éclair dans la face du vampire. Les lèvres fendues de la créature laissèrent échapper un cri, et Kell posa un pied sur sa gorge. Il brandit Ilanna et lui fendit proprement le crâne en deux, juste au-dessous du nez. Les pavés furent recouverts de sang. Myriam, elle, planta sa lance dans l'œil de son adversaire, qui s'effondra mollement à terre.

Myriam se tourna vers Kell.

— J'ai bien cru que t'allais te croûter ! fit-elle sèchement.

— Moi aussi.

— T'aurais fait un sacré trou dans les pavés, avec ton gros cul.

— Quand cette histoire sera finie, je mets de côté la bière et le pudding, tu peux me croire.

Myriam sourit et poussa un long soupir.

— Y en a un autre qui arrive. On dirait bien qu'ils savaient qu'on viendrait !

— Je n'en attendais pas moins.

Le général de division Dekull émergea des ténèbres. C'était un grand gaillard qui perdait ses cheveux, avec un cou de taureau et un sale regard. Il tenait une épée dans un de ses battoirs. C'était un adversaire redoutable qui rivalisait en carrure avec Kell mais qui bénéficiait de plus de sveltesse.

Avant que Kell puisse parler, Myriam chargea, légère, pleine de grâce, et elle porta un grand coup d'épée. Dekull l'esquiva adroitement et la projeta à l'autre bout de la pièce, où sa tête vint violemment heurter le mur. Kell grimaça.

— Enfin. Le puissant Kell, gronda Dekull. On… t'*attendait*. Ta réputation t'a précédé, dirons-nous.

— Je vais pas te demander ton nom, dit Kell. Et toi, la seule chose qui te précède, c'est ta puanteur.

L'expression de Dekull s'assombrit.

— Tu devrais quand même me témoigner plus de respect, petit *mortel*.

— Du respect, pour une sale engeance comme toi ? Je préférerais autant te montrer ma bite.

— Je vais t'apprendre une leçon que tu n'oublieras jamais, mon *garçon*… grogna Dekull.

Il sortit ses crocs, carra les épaules, et les lames de ses épées scintillèrent.

Kell rit de bon cœur.

— Moi, c'est Kell, gronda-t-il. Laisse-moi te le graver sur le cul, histoire que tu l'oublies pas.

Kell avança prudemment. Dekull se rua sur lui en poussant un rugissement, dévoilant ses crocs dans toute leur gloire.

Kell sentit une rage meurtrière monter en lui. C'était le *bon* moment et le *bon* endroit. Il n'était plus un vieillard. Il n'était plus un vieux soldat fatigué *à la retraite*. Non, il était fort, rapide, et mortellement dangereux. Il était une créature issue des Jours Sanglants, et il se *délectait* de sa puissance, de ses prouesses, de sa supériorité. Même s'il savait que c'était dû à un soupçon de magie d'huile-de-sang, de magie *noire*, d'un subterfuge maléfique qu'il devait à sa femme défunte emprisonnée dans sa formidable hache, il remisa cette information dans un coin de sa tête et refusa d'y penser davantage. Il avait besoin de cette énergie. Peu importait l'infamie à laquelle elle était liée. Peu importait le *mal* fondamental qui la caractérisait.

Il avait besoin de la Légende.

Kell avait besoin de la *Légende*…

Il fit dévier les épées d'un geste complexe d'une fluidité insensée, et donna un grand coup de pied dans la poitrine de Dekull. Mais le général revint à la charge et lui rentra littéralement dedans. Kell lui attrapa l'oreille et la lui arracha en ahanant. Dekull hurla de surprise, le sang jaillit, et Kell lui écrasa son poing – dans lequel il tenait encore son oreille – sur le nez. L'arête céda. Puis, la Légende brandit Ilanna, impatiente, et l'abattit brutalement, taillant Dekull de la clavicule au diaphragme. Le général s'ouvrit comme une fleur, recula en titubant, quasiment coupé en deux, les bras séparés d'au moins deux mètres cinquante. Ses doigts lâches laissèrent tomber ses épées, et elles claquèrent sur les dalles, inutiles.

Kell roula des épaules et fixa Dekull. Le regard voilé du général criait l'incrédulité, mais il était encore en vie, encore *conscient*.

— Merde alors, maugréa Kell en serrant et desserrant les poings. C'est à cause du froid, ça. Ça m'a saboté mon affaire. Bon. On s'en rejette un, mon garçon ?

Le second coup acheva l'œuvre du premier, et Dekull fut proprement coupé en deux. Ses entrailles et ses organes internes se déversèrent sur le sol, accompagnés de graisse, de muscles, de peau et d'os sectionnés. Kell tourna le dos et scruta l'entrée.

Myriam s'était relevée et s'appuyait contre le mur, chancelante. Elle perçut un changement chez Kell et se garda bien de l'approcher. Il était différent. Il n'était plus juste dangereux, il était *létal*. Pour *tout le monde*. Elle se passa la langue sur les lèvres, et le regard furieux de Kell se posa sur elle. Il y avait de la démence dans ce regard, une démence insidieuse telle un ver au cœur d'une pomme gâtée.

— Kell ?

— Oui ?

— Bhu Vanesh. (Elle pointa le doigt.) Par-là.

— Reste ici, dit Kell, les traits déformés d'un rictus. Je voudrais pas que tu me gênes.

La Légende traversa la voûte d'un pas décidé, gravit quelques marches et déboucha dans une grande salle circulaire. Il n'y avait aucun mobilier, mais d'épaisses tapisseries étaient tendues aux murs et aux fenêtres pour empêcher toute lumière de pénétrer. Le sol était lui aussi recouvert de riches tapis décorés de complexes invocations d'huile-de-sang, ou encore de scènes de viols et de mutilations ayant eu cours lors d'antiques batailles.

Bhu Vanesh était assis au centre de la pièce, jambes croisées. Ses longs membres étaient détendus, et son épiderme enfumé grouillait de motifs évanescents qui reflétaient toute sa dépravation : cannibalisme, gorges tranchées, nécrophilie, infanticides joyeux, traque orgasmique des innocents, des faibles, des imbéciles…

Bhu Vanesh.

Le plus grand des Seigneurs de Guerre Vampires.

Le *Premier.*

Bhu Vanesh…

Celui Qui Dévore dans les Ténèbres.

Kell s'immobilisa, et posa Ilanna sur le sol dans un bruit sourd. Il avait le regard embrasé. Il sourit sans joie et posa les yeux sur une pile de corps d'enfants, petite pyramide de désolation piteusement arrangée aux côtés du Seigneur de Guerre. Il y en avait une quarantaine, tous exsangues, sacs de chair aux os brisés.

— J'interromps ton p'tit déj', enfoiré de merde ? grogna Kell d'une voix blanche.

— Bienvenue dans mon humble logis, Kell, la Légende, dit Bhu Vanesh.

De la fumée s'échappa de sa gueule, s'enroula autour de ses crocs grisâtres, et partit se lover autour de ses longues griffes pointées vers Kell, comme s'il l'implorait de lâcher sa hache.

— Faut que je te dise un truc, Bhu Vanesh. T'es pas chez toi, ici. Il est temps que tu retournes dans ta vraie maison. Dans les Temples du Chaos. Chez les Gardiens. Tu le sais. Tu sais qu'il est temps pour toi de quitter mon monde.

Les yeux de Bhu Vanesh luisirent tels des obsidiennes. Il se leva langoureusement, dégageant une impression de *puissance* contenue. Il domina Kell de toute sa hauteur. Ses longues jambes paraissaient fléchir de façon incongrue au niveau de ses rotules. Ses bras, eux, touchaient presque le sol et finissaient en redoutables serres crochues. Sa peau fumante ne cessait de décrire des motifs tourbillonnants, dépeignant des scènes de meurtres, de cruauté, de sexe insane, de viols cruels et de chasse. De chasse aux femmes. De chasse aux enfants. Ces motifs racontaient son histoire… Son Héritage. Des visages défilaient rapidement sur son épiderme. Tous suppliaient. Imploraient. Hurlaient. Mouraient.

Le Seigneur de Guerre Vampire irradiait les ténèbres, la désolation, la peur et la haine de tous ses pores. C'était un relent de détestation. Un arôme de sacrilège.

Kell déglutit, et quelque chose lui saisit les entrailles.

C'était la peur, comme une grosse boule de graisse rancie dans son ventre, sa gorge, son âme.

Il succomba. Elle le submergea, l'étreignit tout entier.

Kell eut la nausée. Il voulut crier. Voulut mourir…

Ce fut tout ce qu'il put faire pour soutenir le regard perçant de Bhu Vanesh.

— Tu *oses* venir ici pour me défier ? gronda le Seigneur de Guerre Vampire. Toi, qui n'es rien qu'un étron dans la vaste étendue du temps et de la pureté, rien qu'un nourrisson difforme tout juste sorti de la chatte flétrie de ta mère, *rien* qu'une flaque de pus sorti du *cul* frétillant du Chaos ? (Il rugissait, à présent. Les murs parurent s'ébranler. Les flammes des torches vacillèrent et manquèrent s'éteindre sous sa colère déchaînée. Il s'avança, baissa la tête au niveau de Kell et tendit ses bras devant lui de façon menaçante.) Tourne les talons, petite larve inutile, et laisse-moi en paix.

Bhu Vanesh commença lentement à se retourner vers son tas de cadavres, une expression écœurée sur le visage. Une expression de révulsion, d'aversion totale.

— Une petite larve inutile, hein ? grogna Kell.

Il se jeta sur le Seigneur de Guerre en poussant un cri bestial, et Ilanna entonna un chant cristallin, superbe, le chant de mondes moribonds, arraché au Chaos, un chant de vertu. La hache fusa vers le crâne de Bhu Vanesh, mais celui-ci fit volte-face d'un coup et frappa violemment Kell en pleine poitrine. Le vieux guerrier fut projeté en arrière et partit s'écraser contre le mur. Il atterrit lourdement, se retrouva accroupi, et releva la tête. Il se massa le torse et se défit sans douceur de son plastron cabossé. Pris d'une quinte de toux, il laissa retomber le bout de métal malmené.

— Bhu Vanesh, dit Kell. (Son ton était grave, rude, inhumain, à peine différent de celui qu'aurait pu produire un démon… Il n'était certainement plus tout à fait lui-même.) Bhu Vanesh, Créature des Temples du Chaos. Il est temps de rentrer chez toi. Les Gardiens en ont décidé ainsi. Je suis ici pour te guider.

Kell se jeta de nouveau sur lui. Bhu Vanesh se tourna vivement et ses griffes ripèrent sur les lames papillons d'Ilanna. Elles n'étaient plus constituées de simple acier, désormais. Elles aspiraient toute lueur et donnaient directement sur les Temples du Chaos. Bhu Vanesh lutta et, tandis que Myriam gagnait la porte en titubant, elle eut l'impression que ses gestes étaient lents, paresseux, tel le mouvement d'un pendule, un engin à rouages. Les serres du Seigneur de Guerre frappèrent Ilanna de droite et de gauche, et il s'empara de Kell pour le soulever jusqu'au plafond.

— Je vais te casser en deux, petit mortel ! gronda-t-il, de longs filets de salive fumante dégoulinant de ses crocs. Tu ne peux pas me résister ! Je suis Bhu Vanesh. Celui Qui Dévore dans les Ténèbres. Je n'*obéis* pas aux Gardiens. Je les *bafoue* !

Kell frappa, et Ilanna s'enfonça dans le crâne du Seigneur de Guerre.

— Ah ouais ? rugit la Légende. (Il frappa derechef, et Ilanna couina, hurla, gémit tel un animal aux abois, encore et encore. Les cris du métal torturé retentirent dans la pièce.) Tu sais quoi ? Si tu refuses d'obéir aux Gardiens, tu ferais mieux de m'écouter, moi !

Kell frappa une troisième fois. Une sombre lueur parut brasiller tout autour, baignant les tapis et les tentures. Un feu noir les consuma, un courant d'air glacial s'engouffra dans la pièce. Bhu Vanesh gémit et projeta la Légende dans les airs. Le vieux guerrier heurta le mur, ses vêtements s'embrasèrent. Il tenta d'étouffer les flammes tout en regardant férocement Bhu Vanesh. Mais cela ne suffisait pas, cela ne suffisait pas encore. Il chargea de nouveau le Seigneur de Guerre qui se débattait de façon frénétique en hurlant, ses griffes battant l'air comme des faux. Un gémissement abyssal retentit dans la salle, et chaque pierre vrombit. Nienna débarqua dans le pandémonium, le visage blême, les lèvres retroussées par l'horreur. Myriam tenta de s'emparer d'elle, lui effleura le bras, mais Nienna la repoussa brutalement et pénétra maladroitement dans la pièce, épée brandie, le regard triomphant, comme elle se retrouvait face à *ce* qu'elle redoutait le plus : Bhu Vanesh, Celui Qui Dévore dans les Ténèbres, le Poignardeur de Rêves, le Profanateur de Chairs.

— Je te défie ! hurla-t-elle. Je te renvoie dans les Temples du Chaos !

Le rire de Bhu Vanesh retentit tel l'orage, tel le choc de plaques tectoniques. Kell était au cœur de la tourmente, déchaîné. Ilanna taillait et tranchait, tandis que le feu noir faisait rage en lui, qu'il consumait son gilet, des étincelles dansant dans sa barbe et ses cheveux gris. Tour à tour, Ilanna frappait à droite et à gauche, faisait reculer les griffes du Seigneur de Guerre, et s'enfonçait dans sa chair fumante. Les plaies se refermaient presque aussitôt, tandis que des visages hurlaient dans les volutes de sa peau. Kell encaissa un puissant coup de serres qui l'envoya culbuter au loin. Ilanna chantait toujours. Il heurta Nienna de plein fouet. Les lames papillons ouvrirent la poitrine de sa petite-fille, lui transperçant le cœur, et Nienna chuta violemment à terre.

La tempête s'apaisa, et un *cliquetis* résonna.

Le feu noir s'éteignit de lui-même.

Kell, à genoux, son gilet toujours fumant, redevint un vieillard. Il releva lentement la tête et fut pris d'horreur. Il bougea silencieusement la mâchoire, de la salive dégoulina de ses lèvres. Il avait les mains et le visage lacérés. Son sang gouttait sur les riches tapis calcinés.

Nienna était étendue à ses pieds, haletante, une plaie béante courant de son épaule à sa cage thoracique. Du sang bouillonnait sur son menton, sur sa langue, sur ses lèvres, s'écoulant abondamment de sa blessure. Elle avait le regard vitreux, perplexe, et des larmes roulaient sur ses joues comme du mercure. Kell se précipita auprès d'elle, jeta Ilanna au sol et s'empara des pans de chairs qui bâillaient sur sa poitrine, tentant de refermer la plaie de ses doigts tremblants. Il voulut la sauver rien que par la force de sa volonté, mais du sang vint lui maculer les mains, au rythme irrégulier de son cœur condamné.

— Non, murmura Kell, les yeux rivés sur sa petite-fille adorée. Non. Pas ici. Pas maintenant, pas comme ça…

— Grand-père ? dit-elle, à peine audible. *Pourquoi ?*

Ses lèvres pâlirent, elle ferma les yeux, prise de convulsions, et, même si Kell tentait de la maintenir en vie, elle mourut à même le sol, selon la volonté de la grande Ilanna – selon les ordres du Seigneur de Guerre Vampire.

— NON ! hurla Kell.

Il secoua sa petite fille, mais elle était morte, partie pour un autre monde. Il se releva, ramassa Ilanna et contempla les lames papillons, là où le sang de Nienna, sa force vitale, son essence, son *âme,* maculait les portes des Temples du Chaos… Un vent brutal s'engouffra dans la pièce, à la fois glacial et brûlant, doux et amer. De la fumée s'échappa de la hache, une vapeur âcre empreinte de l'odeur de Nienna, de l'invocation, et envahit les lieux en un instant. Le monde ralentit, des étincelles de noirceur jaillirent de partout. Un *gémissement* déchira l'atmosphère, *le gémissement d'un monde meurtri*, tandis qu'un conduit rempli de fumée s'ouvrait derrière Bhu Vanesh. Il s'étendait sur des millions d'années et donnait sur un lieu infini de noirceur éternelle. Des corps tombèrent des cieux, innombrables, et s'évanouirent dans le néant, engloutis dans des lacs de sang, des fleuves de mort et des océans d'âmes en peine. Kell soupesa Ilanna et fusilla Bhu Vanesh du regard. Le Seigneur de Guerre leva les mains devant lui, implorant, les yeux écarlates, de la fumée s'échappant toujours de sa gueule humide.

— Retourne au Chaos, grogna Kell.

Il s'avança d'un pas décidé, et un effroyable cliquetis de chaînes se fit entendre. Au loin, Kell distingua de grandes et minces silhouettes ressemblant à des squelettes grisâtres aux yeux luisants et argentés. Ils se rapprochèrent, d'une démarche insolite. Kell cilla. Il se trouvait sur la route, sur le chemin qui menait aux Temples du Chaos. De lourdes chaînes de fer grêlées passèrent à toute allure devant lui et vinrent entraver Bhu Vanesh. Le Seigneur de Guerre Vampire gémit, chacun de ses pores exsudant une vapeur légère. Kell fit un pas de plus et lui planta Ilanna entre les yeux. Le crâne du Poignardeur de Rêves s'ouvrit en deux, mais il continuait de sangloter, de la fumée toujours fusant de sa gueule, car Kell ne pouvait pas le tuer. Personne ne pouvait tuer Bhu Vanesh. Il était *immortel*.

— Ça, c'est pour Nienna, cracha-t-il.

— Non, pas les Temples, se lamenta Bhu Vanesh. Pas les Temples !

Les chaînes cliquetèrent de plus belle, et le Seigneur de Guerre fut emporté sans ménagement sur la route infinie, sans jamais cesser de scander sa litanie. Kell vit alors que la route était pavée d'ossements ; c'était un vaste ossuaire bordé de crânes. Il mit un genou à terre et s'abandonna au chagrin. Les grandes silhouettes squelettiques s'approchèrent de lui, toutes les cinq, et l'observèrent de leurs grands yeux argentins, dans un silence total.

Enfin, Kell cessa de pleurer. Il se leva, inspira profondément et brandit Ilanna à deux mains. Les lames étaient encore recouvertes du sang de Nienna. Ce ne fut qu'alors qu'une douce brise vint lui caresser l'âme. Il se retourna, le vent fit battre son gilet roussi, mais le portail qui donnait sur le Mondes des Hommes avait disparu.

Ne restait plus que cette avenue infinie de crânes, un ciel d'obsidienne et un horizon d'âmes et de cadavres chutant sans cesse...

Kell était pris au piège dans les Temples du Chaos.

Le Chaos avait emporté la Légende.

XVI

LA LÉGENDE DE KELL

GRAK LE FUMIER s'agenouilla au milieu d'une centaine de cadavres de vampires, épée déchaînée. Dekkar se trouvait derrière lui, accompagné de quelques vétérans survivants. Les incendies faisaient toujours rage sur les docks, et grâce à cela, d'autres unités de la nouvelle armée du Falanor s'étaient brutalement frayé un chemin jusqu'à lui. La petite centaine de combattants était désormais unie. Mais ils perdaient encore pied. Ils se faisaient toujours massacrer.

Puis, les vampires refluèrent.

L'aube approchait.

Les flammes crépitaient. Grak n'aurait su dire où commençait la neige et où s'arrêtaient les cendres. C'était le chaos. La démence la plus complète. Il observa le cercle de vampires, leurs visages grimaçants, leurs yeux cramoisis.

— Qu'est-ce qu'ils attendent ? grommela Dekkar.

— J'en sais rien, répondit Grak, son épée levée devant lui, le regard *horrifié.*

Il n'y avait pas moyen de se sortir de ce traquenard. Si Kell avait tué Bhu Vanesh, ils auraient été tirés d'affaire il y a longtemps. Si Kell avait tué le Seigneur de Guerre Vampire, ses créatures ne seraient plus que des tas de cendre, d'humeurs et de graisse. Mais elles tenaient encore debout. L'aube était là.

Kell était mort, Grak le sentait dans son cœur, dans ses os, dans son âme. Kell ne reviendrait jamais.

— Merde, fit-il.

Il se racla la gorge et cracha.

— Qu'est-ce qu'ils attendent ? réitéra sèchement Vilias d'un ton empreint de douleur.

Il avait une longue balafre sur le visage qui courait de son œil à son menton. Il s'en était plaint, car aucune femme n'allait plus jamais le regarder de la même façon. Grak se dit que cela n'avait plus guère d'importance… Bientôt, ils seraient souillés. Ou morts.

— Ils savent peut-être qu'on est moins nombreux qu'eux, suggéra Grak. Ils savent qu'on a perdu ! Après tout, on est combien ? Trois cents ? Et eux… (Il scruta les toits, les avenues, les débris, le brasier.) Trois ou quatre mille saloperies de sangsues ? Hé, on se les fait, les gars ? On va leur botter leurs sales culs !

Des rires fusèrent dans les rangs, et les hommes, épuisés, meurtris, brandirent leurs armes et attendirent sombrement la mort.

— Amenez-vous ! hurla Grak. Montrez-nous ce que vous avez dans la culotte, putain de lâches ! SALOPERIES DE VAMPIRES DE MERDE ! AMENEZ-VOUS !

Vilias donna un léger coup dans les côtes de Grak.

— Regarde. Quelqu'un arrive.

— C'est qui ? Dake le Bûcheron ? (Il hurla de rire.) Je lui montre mon cul, ou quoi ?

— Mieux que ça, sourit Vilias. C'est Kell.

— Non !

— Si, j'te jure !

Au loin, tandis que le jour se levait paresseusement, Kell arrivait à grandes enjambées. Le soleil hivernal dardait ses rayons jaunâtres à l'horizon. La Légende disparut quelque temps derrière l'énorme silhouette de la tour du Seigneur de Guerre. Puis, il avança par les débris, enjamba des corps et des boucliers brisés avant de faire halte devant Grak dans un crissement de bottes. Incroyablement, les vampires l'avaient laissé passer. Ils cessèrent de grogner. Ils le fixaient.

Kell était l'objet de l'attention générale.

Kell, la Légende.

Kell s'empara d'Ilanna, et Grak vit que sa barbe était trempée de larmes. Le vieux guerrier brandit sa hache, ouvrit la bouche et toisa la horde de vampires.

Quand il prit la parole, ce fut d'une voix douce, presque tendre, comme une brume recouvrant un champ de bataille jonché de cadavres.

— Il est temps de rentrer, dit-il.

Les vampires relevèrent tous la tête. De la fumée s'échappa de leurs gueules et partit se dissiper, tels de délicats fils argentés, dans Ilanna, la hache de Kell, vers les Temples du Chaos. Kell resta immobile, frémissant à chaque purification. Puis, redevenus humains, tous se mirent à genoux, sanglotant d'horreur au souvenir des atrocités qu'ils avaient commises.

L'opération parut prendre une éternité.

Un par un, lentement, Ilanna draina la putrescence des vampires, exorcisa leur mal.

La bise d'hiver souffla sur les cadavres, glaciale. Les spectateurs furent parcourus d'un frisson.

Quand ce fut fini, Kell s'effondra au sol, roula doucement sur le côté et ferma les yeux. Vilias se rendit tendrement aux côtés du vieux guerrier, du vieillard, du vétéran. Il ne ressemblait plus à Kell la Légende. À présent, il avait juste l'air usé, perdu et absent.

— Alors ? exigea Grak en fronçant les sourcils.

Vilias releva la tête.

— Sainte Mère ! Il est mort, Grak ! Kell est mort !

Kell se tenait face aux Gardiens des Temples du Chaos. Il se renfrogna, serra Ilanna contre lui et les regarda un à un. Ils le scrutaient, silencieux, immobiles, indifférents.

C'est ça, alors ? C'est maintenant, que je meurs ? C'est la fin de la partie ? Le début de l'éternité ?

Non. C'était Ilanna. Elle devisait d'une voix mielleuse dans sa tête, et elle usait une fois de plus de ses sombres enchantements. *Ce n'est pas un châtiment, Kell. C'est une récompense. Ce n'est pas l'heure de ta mort. C'est le moment où tu choisis de vivre !*

Choisir de vivre ?

Y aurait donc un putain de *choix* ?

Kell se redressa et fixa les cinq Gardiens. Ils n'affichaient aucune émotion. Ils étaient neutres, ni bons, ni maléfiques. Ils *étaient*, tout simplement. Kell fit la moue.

— Je peux faire quelque chose pour vous, bande de loquedus ? Hé, les gars, je vous cause. Vous attendez que je vous mette un coup de pied au train pour vous décider ?

— Nous devons te féliciter, déclara l'un des Gardiens, d'une voix basse mais musicale, dénuée de menaces. Sans ton aide, nous n'aurions jamais récupéré les Seigneurs de Guerre Vampires.

— Et Meshwar, alors ? Il est à Vor…

— Il est avec nous, désormais, expliqua le Gardien. Tu n'es pas la seule créature à même d'ouvrir un portail donnant sur les Temples du Chaos. Même si apparemment, tu es la plus… *efficace*.

Kell réfléchit et opina du chef. Puis, il parut s'affaisser. Le souvenir de Nienna lui était revenu. L'amertume s'insinua en lui tel un cancer.

— Pourquoi suis-je ici ?

— Nous avons une dernière tâche à te confier.

— Supposons que ça me dise rien ? Supposons que j'en aie ras le crâne de ces histoires ? Supposons que je sois juste un vieillard aigri et solitaire qui n'aspire qu'à mourir ?

Le Gardien se pencha vers lui et vint planter son visage à quelques centimètres du sien. Il le scruta de son regard argenté. Kell discerna dans ses prunelles une chose impossible, éternelle, absolument divine. Le Gardien poursuivit d'un ton léger, et Kell s'abreuva de ses paroles, s'en imprégna.

— Pour le moment, tu es perdu, Kell, en proie à la tristesse. Et pour cela, je te laisse la vie malgré les idioties que tu as proférées et tes pensées errantes. Mais n'imagine pas pouvoir nous défier, car nous sommes les Gardiens, et nous avons en main la Clé de Toute Vie. Les Seigneurs de Guerre Vampires n'auraient jamais dû recouvrer la liberté… Et un jour, ils paieront pour cette abomination. Cela étant, à Gollothrim, les vampires écument les lieux, les rejetons de Bhu Vanesh… Tu peux y retourner. Nous te fournirons les outils nécessaires pour reprendre le port. Tu peux sauver des milliers de vies, Kell. Ou bien tu peux… (Le Gardien recula, les yeux rivés sur Kell. Celui-ci toussa et mit un genou à terre, comme oppressé.) Ou bien tu peux rester ici et être notre hôte pour l'éternité.

Le ciel s'assombrit, parcouru d'énormes éclairs cramoisis. Les cadavres chutèrent plus rapidement, des cris déchirèrent l'atmosphère, des cris de pure angoisse comme Kell n'en avait jamais entendus – ne voudrait plus en entendre.

— L'heure des comptes finit toujours par arriver, reprit le Gardien. Rien ne reste caché. Rien ne reste impuni.

Souviens-toi de ça, Kell la Légende, quand tu viendras enfin chercher notre pardon.

Kell acquiesça, mais ne put que rester silencieux. Le monde bascula; les Temples du Chaos tourbillonnèrent et se réduisirent à un petit point de noirceur. Kell fut aspiré par la lumière et rouvrit les yeux. Il était étendu sur le dos, à côté du corps bientôt refroidi de Nienna.

Trois chevaux se frayèrent un chemin dans un paysage pastel de blancs, de gris et d'infinies nuances de bleu. Ils pénétrèrent une vaste forêt de pins et mirent une demi-journée à en ressortir, sur les flancs d'une colline. Ils l'escaladèrent, suivant la vieille piste des fermiers qui menait à l'est des marais de Gantarak. De là, on pouvait discerner la grande ville scintillante de Vor, loin au sud. Kell fit halte et resta immobile quelques instants, les yeux rivés sur la cité qui était devenue le nouveau foyer des Ankaroks.

Saark l'observa brièvement puis porta son regard sur Myriam. Celle-ci haussa les épaules et fit la moue.

— Tu veux visiter ? finit par demander Saark.

— Non.

— Tu fais confiance à Skanda ?

— Non.

— Il prétend que ce que veulent les Ankaroks, c'est juste une ville. Il a livré Meshwar aux Gardiens, ramenés les esclaves vampires à la normalité et les a tranquillement installés devant les portes de la ville. Il a tenu toutes ses promesses. Il leur a donné des vivres, des fournitures, de l'argent. C'est un petit prix à payer pour la sauvegarde de tant de vies, je pense.

Kell resta muet, toujours renfrogné. Puis, il toussa, se gratta la barbe, se frotta les yeux et prit la parole :

— Rien de bon ne va résulter de tout ça, rappelez-vous bien de mes paroles. Ce n'est pas la dernière fois qu'on entendra parler de Skanda, ni de ces saloperies d'Ankaroks. J'ai un sale pressentiment, Saark. Et ce sont les sombres origines du Falanor, qui me l'inspirent.

— On pourrait y aller, proposa Saark, l'œil luisant. Prendre la ville ! À nous trois ! Comme au bon vieux temps, hein, Myriam ? Hein ?

Kell secoua la tête.

— La bataille de Vor devra attendre. Je suis fatigué, Saark. Trop fatigué. Trop vieux. J'ai vu ma fille et ma petite-fille mourir. (Il se retourna, les larmes aux yeux.) Ça n'aurait pas dû se passer comme ça. On ne devrait jamais vivre plus longtemps que ses enfants. Parfois, Saark, j'ai bien peur de ne jamais pouvoir retrouver le sourire.

— Au moins les Seigneurs de Guerre Vampires ne sont-ils plus là pour nous accabler, Kell. Nienna a perdu la vie en défendant la terre qu'elle aimait. Elle s'est sacrifiée pour le bien du Falanor, pour son peuple, son histoire, son honneur.

— C'est pas pour ça que c'est plus facile à encaisser, gronda Kell, les yeux toujours rivés sur Vor.

— Nous ne sommes plus opprimés, tenta Saark en se forçant à adopter un ton guilleret.

Comme toujours, il était vêtu d'habits de soie ; vert clair, cette fois, pour « se fondre dans la forêt ».

— Ouais, fit Kell, le visage déformé d'un rictus. Mais pour combien de temps ? Dans les Temples du Chaos, les Gardiens m'ont affirmé qu'une guerre était proche. Les vachines du Val Silva... Ce n'était qu'un début. Il y en a bien plus, loin au nord, au-delà des monts aux Aiguilles Noires, là où nul humain n'a posé les pieds depuis dix mille ans. Ils possèdent un vaste empire, creusé dans la glace. Et ils veulent se venger de ce qui est arrivé aux vachines du Val Silva.

— Tu penses qu'une guerre est imminente ? demanda doucement Saark.

— Une guerre est toujours imminente, répondit Kell, impassible.

— Que faisons-nous ?

— Que pouvons-nous faire ? s'interrogea Kell d'une voix blanche, des larmes lui roulant sur les joues comme il repensait à Nienna pour la centième fois, repensait aux terribles lames d'Ilanna.

Il tenta de *se persuader* que sa hache n'était pas responsable de la mort de la jeune femme. Après tout, ce n'était que de l'acier froid et noir. Ni plus ni moins.

— Il est temps qu'on y aille, dit Myriam en regardant le ciel. Une tempête approche.

Kell acquiesça, éperonna sa monture et prit la tête du petit groupe.

Myriam jeta un œil à Saark.

— Tu penses qu'il va s'en sortir ? s'enquit-elle. On le croyait mort, quand même.

Saark opina du chef.

— Peut-être qu'il est mort. Un peu. Peut-être a-t-il perdu une partie de son âme.

— Mais il va s'en sortir ?

— Bien sûr que oui. C'est Kell. Kell, la Légende.

À Vor, le printemps n'était plus bien loin. Les vents glacés du nord perdaient de leur mordant et la fonte des neiges avait lentement débuté, libérant peu à peu la Grande Route du Nord, ce qui facilitait le transport à la fois des personnes et des marchandises.

Les mois qui suivirent, les villes du Falanor se reconstruisirent lentement, et les milliers de personnes qui avaient fui les atrocités – d'abord de l'Armée de Fer des albinos et des Moissonneurs, puis des Seigneurs de Guerre Vampires – tous ces réfugiés, ces proscrits, revinrent peu à peu. Les populations recommencèrent à croître, bâtir et prospérer.

Les jonquilles recouvraient progressivement les collines et les vallées de leur éclat quand un nouveau roi fut couronné. On l'avait retrouvé s'abritant dans la cité forestière de Vorgeth, près du Palais d'Automne, accompagné de son frère Oliver. Il s'appelait Alexander, fils de Léanoric, fier petit-fils de Sierlan le Roi Guerrier. Et, même s'il n'avait que seize ans, il était sage, sévère, droit, et promettait de faire un excellent dirigeant. Il désigna sur-le-champ un nouveau général pour ses Divisions d'Aigles. Ce général, c'était Grak, qui avait mérité ses galons en défendant loyalement les Terres du Falanor.

Avec le temps, le regard d'Alexander se tourna vers le sud, vers la ville de Vor, autrefois capitale du Falanor, autrefois la ville de son *père*, sa *fierté*. Et le roi se lamentait des non-dits des occupants que l'on connaissait sous le nom d'Ankaroks.

Depuis que Vor avait fermé ses portes, personne n'était entré ou sorti de la cité désormais bien changée.

Un an après la déportation des Seigneurs de Guerre Vampires vers les Temples du Chaos, Alexander, Oliver, Grak et vingt soldats firent halte avec leurs montures cuirassées, loin à l'ouest de Vor, et contemplèrent, à la fois émerveillés et horrifiés ce qui avait autrefois été la plus vieille cité du pays.

Là où se dressaient de formidables tours immaculées, des temples et des palais, là où des murailles blanches ceignaient la ville, tout avait été… *englobé* dans ce qui, au premier abord, ressemblait à une énorme carapace de scarabée, mate et noire.

— Sainte Mère, fit Olivier en se frottant le menton et posant la main sur le pommeau de son épée. La ville ! Elle n'est plus là !

— Ce n'est pas exactement ça, dit Alexander, qui arborait désormais une petite cicatrice qu'on lui avait faite lors d'un duel, d'un *entraînement*. La ville a été *enterrée*. Qu'ont fait ces fumiers à la cité de notre père ? Qu'ont-ils fait de notre *héritage* ?

Grak éperonna sa monture et posa une main sur le bras d'Alexander.

— Votre Majesté. Je vous suggère de rester prudent. Nous ne devons pas nous approcher. C'était le pacte, l'accord conclu entre les dirigeants du Falanor et les… Ankaroks.

Alexander acquiesça, mais il avait l'œil brillant. Secrètement, il se dit que cet accord n'était *pas de son fait*. Plus tard, tandis qu'il compulsait des cartes dans sa tente, buvant du vin coupé d'eau et se restaurant de fromage et de pain noir, il envisagea *hypothétiquement* de reprendre la ville de Vor.

Pour honorer la mémoire de son père, bien entendu.

Pour honorer le Falanor.

UNE BISE GLACIALE soufflait des montagnes.

Kell se trouvait sur un rocher escarpé et s'entraînait calmement, maniant Ilanna de droite et de gauche. Il pratiquait ces manœuvres depuis si longtemps qu'elles en étaient devenues instinctives. Il inspira profondément, se repaissant du vaste spectacle des monts, des collines et des forêts, des vallées, des fleuves et des lacs. C'était un gigantesque panorama, un tableau plus magnifique que tout ce qu'avaient pu capturer les peintres sur leurs toiles. Et tout cela appartenait à Kell, pour son seul plaisir.

Il finit ses exercices et resta là quelques instants, Ilanna serrée contre sa poitrine. Un violent conflit intérieur l'agitait. Une partie de lui voulait se débarrasser de sa hache, la jeter du plateau, la perdre dans les étendues rocheuses et les éboulis. Mais il n'en fit rien. Même si, dans une certaine mesure, il lui reprochait la mort de Nienna.

Nienna.

Elle le hantait.

Elle le hantait, avec toute son innocence et l'injustice dont elle avait été la victime.

— Comment tu te portes, vieille rosse ? (Saark sourit à Kell, escalada adroitement la saillie et s'assit, contemplant la vue.) Par tous les dieux, c'est un trône digne d'un prince !

— Qu'est-ce que tu fous là ?

— Un simple *bonjour* aurait été bien plus agréable.

— Ah. Le hic, c'est que je suis pas payé pour être agréable.

— J'ai remarqué. Tiens.

Saark ouvrit un sac en tissu et lui tendit un bout de fromage et une tranche de pain. Le dandy se coupa une part de fromage et l'entama.

Kell rompit lui aussi son jeûne, et les deux hommes gardèrent agréablement le silence. Jusqu'à ce que Kell grimace, les mains serrées sur son abdomen, les larmes aux yeux. Il toussa et se gratta la tête.

— Le poison ?

— Ouaip, mon garçon. Ça a empiré.

— Tu sais ce que ça signifie ?

Kell le regarda dans les yeux et acquiesça. Il soupira.

— Ouaip. Faut que j'aille vers l'ouest. Pour trouver l'antidote. Le remède. Je suis réticent à l'idée de quitter le Falanor, mais… Ben je pense qu'après ce qui est arrivé à Nienna, ça me ferait peut-être du bien. De voir du pays, rencontrer des gens. Laisser ma marque ailleurs. Dans un nouveau monde.

— Des cultures différentes, des coutumes différentes, soliloqua Saark en mastiquant son bout de pain. Bien entendu, il va te falloir voyager loin sur l'océan de Salarl, mon ami, vers les terres de Kaydos. Il paraît que ce continent est vaste et torride. Des milliers et des milliers de lieues de forêts, chaudes, humides, poisseuses, inconfortables, où les insectes se battent pour faire de toi leur repas, et où l'on murmure autour du feu que les hommes courent avec les loups les nuits de pleine lune.

Kell le fixa pensivement.

— Ça m'a pas l'air très tranquille, comme endroit.

— Faudrait être idiot pour aller là-bas, convint Saark.

— J'ai déjà préparé mes affaires. Je crois qu'un bateau part de Garramandos dans une semaine. Je ne devrais pas avoir trop de mal pour y embarquer. Comme je l'ai dit, ça me ferait du bien. Sans oublier, bien sûr, que cette saloperie de poison court encore dans mes veines. Y a vraiment des jours où je maudis la libido de Myriam.

— Et d'autres où tu l'en remercies, sourit le dandy.

— Ouaip. C'est pas faux.

Ils gardèrent le silence quelque temps. Enfin, Saark prit la parole :

— Moi aussi, j'ai pris la liberté de préparer mes sacs. Il serait bien entendu assez crétin de laisser un vieux con comme toi voyager seul. Imagine les embrouilles dans lesquelles t'irais te fourrer, avec tes airs de plouc, ton ignorance crasse et tes manières de porc ! Tandis que moi, grâce à mon noble héritage, mon sens inné de l'étiquette et mon *amour* pour tout ce qui est honorable, je pourrais certainement te tirer de tous ces embarras.

Kell le regarda de travers.

— J'imagine que tu as préparé une gigantesque garde-robe ? Des coupes d'argent ? Des chemises en soie ? Un subtil parfum aux relents de crottin de cheval ?

— Évidemment. Mais heureusement, j'ai Mary, mon ânesse, pour m'aider à supporter ce fardeau.

Kell gémit.

— Pas question que tu embarques cette bestiole à la con.

Saark fronça les sourcils.

— Mais, Kell, sans elle, comment je ferais pour voyager avec tout ça ? C'est pas parce que je me trimballe avec des pèquenots que je dois leur ressembler. Je me vois dans l'obligation de protester…

— Minute, papillon. (Kell leva son énorme battoir.) Ça veut dire quoi, ça, *pèquenots* ? C'est au pluriel ? T'en as causé à Myriam ?

— Eh bien… (Saark changea maladroitement de position.) Je pouvais pas te laisser te débiner en pleine nuit sans elle, si ? Je pouvais pas te laisser faire une chose aussi honteuse.

— *Honteuse !* postillonna Kell, fâché tout rouge. Toi ! *Toi !* Tu oses me sortir ce tissu de conneries ? Après toutes les saloperies que tu as infligées aux femmes du Falanor ? Après tous les cœurs que tu as brisés ? Après tous les gniards que tu as engendrés ? Après toutes les ceintures de chasteté que tu as crochetées ?

— Dis donc, se renfrogna Saark. J'ai jamais dit que j'étais parfait. Seulement que tu devrais faire montre d'un peu de morale.

— De morale ? grinça Kell, mais il fut grossièrement interrompu.

Myriam fit son apparition, gravissant l'escarpement avec adresse. Elle était vêtue pour voyager, et son arc était attaché dans son dos. Elle leur sourit.

— Je suis prête, déclara-t-elle.

Kell fit la moue.

— Si je comprends bien, je réserve pour trois personnes, c'est bien ça ?

— Plus une ânesse, précisa Saark.

— Plus une ânesse, maugréa Kell, mâchoires serrées. Ben, je pense qu'on devrait y aller, alors. Garramandos n'est pas la porte à côté, pour sûr. Et le trajet est pas facile.

Tous trois observèrent la face ouest des monts aux Aiguilles Noires, vastes et sombres, immenses et sublimes, et leurs regards errèrent du côté de l'océan de Salarl qui scintillait sous les rayons du soleil matinal.

— Des hommes et des loups, fit Kell, songeur.

Saark sourit et lui donna une tape dans le dos.

— Ouaip. Des hommes et des loups. Amène-toi.

Face à l'océan brasillant, les monts sauvages derrière eux, les trois voyageurs entamèrent prudemment leur descente vers le monde qui les attendait, impatient.

Fin

À PROPOS DE L'AUTEUR

ANDY REMIC est un écrivain britannique amoureux des guerres anciennes, de l'escalade en montagne et du combat à l'épée. Marié, deux enfants, il œuvre dans les domaines de la SF et de la *fantasy*. Pendant ses loisirs, il fait la contrebande d'Ocanines, boit pas mal de breuvages alcoolisés et pourchasse les vachines renégats. Il s'essaie également à la réalisation cinématographique.

www.andyremic.com

QUESTIONS À ANDY REMIC

Angry Robot[1] : Cela nous amène donc à la conclusion du cycle des « Chroniques des Vampires d'airain ». Avant *La Légende de Kell*, on vous connaissait surtout pour votre SF. Comment avez-vous vécu votre première incursion dans le monde de la *high fantasy* ?

Andy Remic : J'ai ADORÉ ça. Je remercie vraiment Angry Robot de m'avoir donné cette opportunité. La façon de travailler diffère totalement des procédés utilisés pour la *fantasy*. J'y ai un tout autre état d'esprit, et le processus de création m'emmène dans des mondes entièrement différents. Sous certains aspects (plein d'aspects), quand j'écris de la *fantasy*, ça me paraît bien plus réaliste – à croire que je combattais dans l'armée de Gengis Khan ou un truc dans le genre, dans une autre vie. J'adore faire du poney. Et je peux humer les Steppes les jours de pluie… Même à Londres ;-)

---

[1] Éditeur britannique d'Andy Remic.

Angry Robot: Vous avez déjà reconnu que vous devez beaucoup à Gemmell, et vous avez présenté les aventures de Kell comme un hommage à votre héros. Avez-vous accompli tout ce que vous aviez prévu pour cette série ?

Andy Remic: J'avais envisagé Kell comme un hommage à David, mais une idée m'est venue – oh, mon Dieu, ça doit faire quinze ans, maintenant –, quand je traversais les Pennines, dans la glace et la neige. Bien entendu, David était alors encore en vie. J'avais toujours établi que Kell serait mon « Druss », qu'il serait un type sans trop d'humour avec une grosse hache, qui attrapait le monde par les couilles avant de lui filer une bonne tannée, tout en restant « droit » – au sens le plus propre. Au départ, Kell/Druss était pour moi un guerrier à la retraite qui vivait dans un phare abandonné dominant une côte déchiquetée ; puis, quand les soldats albinos attaquaient (je lisais *Elric*, à ce moment. Chapeau ! Moorcock), le vrai Druss aurait été contraint de se servir de sa hache. Toutefois, je n'avais pas encore écrit le livre… Je ne pensais pas avoir assez d'éléments originaux, et, en outre, je débutais dans l'écriture et n'avais jamais été publié. L'élément fondateur de *La Légende de Kell* ne vint qu'avec l'introduction des vampires à rouages, ce qui me faisait partir sur un chemin complètement différent et un peu bizarre. Après, quand toutes les idées se sont réunies… La vache ! Oui. Ces longues randonnées hivernales à vélo, sur la Route des Vikings, m'ont donné le temps d'agencer ce qui allait devenir *La Légende de Kell*, *Les Voleuses d'âmes* et *Les Seigneurs vampires*. Cela dit, il est certain que je n'ai pas casé tout ce que je voulais y mettre… Oh que non ! Je n'allais pas laisser Kell et Saark s'en aller comme ça ! J'ai tant de tourments en magasin pour eux, que même *Evil Dead* aura l'air d'un conte pour enfants, à côté.

Angry Robot: Les parallèles entre Kell et le Druss de Gemmell ont déjà été établis. Pourquoi rendre un hommage particulier à Druss? Dans quelle mesure ce personnage a-t-il influencé cette trilogie?

Andy Remic: *Légende* a été le premier roman de *fantasy* qui m'ait vraiment fait penser: «Nom de Dieu, c'est du pur GÉNIE! Je devais avoir quinze ans, à l'époque. De toute évidence, Druss en était le véritable moteur, et on pouvait s'y identifier totalement. On parvenait à saisir combien Gemmell avait donné d'amour à ce vieillard. Druss est devenu une icône au sein des mondes fantastiques de David (pour tout un tas de gens) et, pour cette raison, je voulais rendre hommage, pas seulement aux personnages que j'admirais tant, mais également à cet auteur que je vénérais, malheureusement disparu. À sa mort, avec Ian Graham nous avons allumé un feu et porté un toast aux Temples des Héros, arrosé de moult whisky. J'espère que de là-haut, son âme me trouvera digne. Dans le cas contraire, je suis persuadé que Snaga saura m'enseigner quelques leçons dans l'Après-Vie! (Il regarde par-dessus son épaule et scrute les ténèbres...)

Angry Robot: Reverrons-nous Kell et Saark?

Andy Remic: Dans ma tête, j'ai encore six volumes de douleur, d'agonie et de tourments en réserve pour Kell et Saark. Donc oui, je veux vraiment continuer à travailler avec eux. Ça a été une grande joie de relater leurs aventures et, une fois *Les Seigneurs de Guerre Vampires* achevé, ils n'étaient plus exactement les personnages que j'avais créés. C'étaient de vieux camarades avec qui j'étais revenu de l'Enfer. J'ai assisté à leurs chamailleries et à leurs combats en en dégustant chaque seconde! Cela dit, je dois d'abord m'occuper d'une autre série… Mais faites-moi confiance, je reviens prochainement du côté de Kell et de Saark. Tout est prévu, mes amis, TOUT !

Angry Robot : Vous êtes un auteur de SF bien établi, et maintenant vous touchez à la *fantasy.* Quels autres domaines allez-vous explorer, ensuite ? La bit-lit ?

Andy Remic : Tiens, c'est marrant que vous en parliez, car j'envisage d'écrire une suite de romans sentimentaux intitulés « Les baisers brûlants de l'amour », « L'abricot de la nonnette » et « Le clito du plaisir »… Mais bon, ce n'était peut-être qu'un rêve ;-). Côté *fantasy,* j'ai en vue une nouvelle série, intitulée « Chroniques des Dragons Mécaniques » : *Le Dragon mécanique, La Glace du dragon,* et *Le Crépuscule des dragons,* où le monde des hommes a été recouvert par la glace, les forçant ainsi à se réfugier sous terre, réduits en esclavage par les Nains et le « dragon mécanique » dont ils se servent pour fondre les minerais. Ces romans relatent les machinations d'un ecclésiastique fou furieux, poète et bourreau, le cardinal Skalg, et décrivent son plan pour user de trois sombres aventuriers en vue de libérer le dragon mécanique de ses chaînes terrestres. Ce n'en est encore qu'au stade préparatoire, mais l'action sera constante, et l'intrigue, sinistre et malsaine. Le plan, c'est de détourner tout ce qu'a écrit Tolkien !

DÉCOUVREZ

ARARAT

TOME I :

LA CITÉ DES DIEUX

DE FELIX GILMAN

Felix Gilman nous livre avec *La Cité des Dieux* son premier roman de fantasy. Son talent et son originalité furent salués par la critique et *La Cité des Dieux* fut nominé en 2009 au Locus Award comme meilleur premier roman, et Felix Gilman fut nominé au John W. Campbell Award en 2009 et en 2010 comme meilleur nouvel auteur.

LA CITÉ DES DIEUX
ARARAT - 1
ECLIPSE
FELIX GILMAN

DÉCOUVREZ

LES CHRONIQUES AZTÈQUES

TOME I :

D'OBSIDIENNE ET DE SANG

DE ALIETTE DE BODARD

Aliette de Bodard est l'un des nouveaux auteurs français les plus connus à l'étranger, notamment grâce à ses nouvelles régulièrement récompensées. *D'Obsidienne et de Sang* est son premier roman de fantasy, mais l'auteur reste très prolifique et à récemment obtenu un Nebula Award pour sa nouvelle *Immersion*. En 2013, elle reste en lice pour pas moins de 7 prix, dont le Hugo Award et le Locus Award.

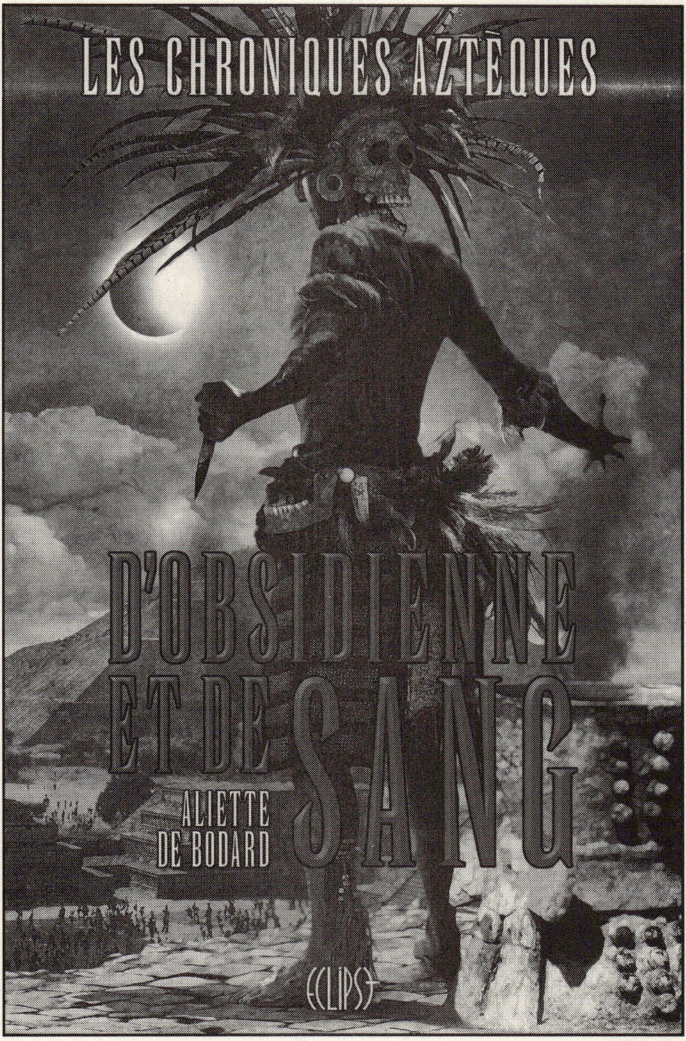
LES CHRONIQUES AZTÈQUES
D'OBSIDIENNE ET DE SANG
ALIETTE DE BODARD
ECLIPSE